BASTEI
LÜBBE
TASCHENBUCH

Titel in der Regel auch als E-Book erhältlich

Mary Rose Maxwell

VERRUCHT

Erotische Storys

Aus dem Englischen übersetzt von
Markus Berg und Karla Schaden

BASTEI
LÜBBE
TASCHENBUCH

BASTEI LÜBBE TASCHENBUCH
Band 16 854

1. Auflage: Juli 2013

Dieser Titel ist auch als E-Book erschienen

MIX
Papier aus verantwortungsvollen Quellen
FSC® C006701
www.fsc.org

Vollständige Taschenbuchausgabe

Deutsche Erstausgabe

Titel der englischen Originalausgabe: »Sauce for the Goose«
Published by Arrangement with Virgin Books LTD., London, England
Dieses Werk wurde vermittelt durch die Literarische Agentur
Thomas Schlück GmbH; 30827 Garbsen

Titelillustration: © shutterstock/Maksim Shmeljov;
© shutterstock/Jacqui Martin
Umschlaggestaltung: Manuela Städele
Satz: Urban SatzKonzept, Düsseldorf
Gesetzt aus der Palatino
Druck und Verarbeitung: CPI – Ebner & Spiegel, Ulm
Printed in Germany
ISBN 978-3-404-16854-5

Sie finden uns im Internet unter
www.luebbe.de
Bitte beachten Sie auch: www.lesejury.de

Der Preis dieses Bandes versteht sich einschließlich
der gesetzlichen Mehrwertsteuer.

Inhaltsverzeichnis

Danksagung

Mein Dank geht an drei schamlose Frauen, Mandie, Nadia und Renate, ohne deren Eifer und Unterstützung ich nie entdeckt hätte, welch ein fantastischer Spaß es ist, schlüpfrige Geschichten zu schreiben.

M. R. M.

Geheimnisse

Als sie in der blassen Wintersonne auf ihrer Lieblingsbank im Park saß und ihr Gurkensandwich mit Erdnussbutter aß, war sich Annette ihrer unscheinbaren und farblosen Erscheinung schmerzlich bewusst. Sie selbst hätte sich als plump und einfach beschrieben. In spießige, formlose, wenn auch warme und funktionelle Kleiderschichten gehüllt, mit ihren mausgrauen, gelockten und streng über den Ohrläppchen gekürzten und dennoch unkontrollierbaren Haaren fühlte sie sich bereits als alte Jungfer, obwohl sie erst einunddreißig war.

Sie war keine Jungfrau mehr. Das hatte sich vor vielen Jahren nach den linkischen Bemühungen des pickligen, Brille tragenden Jungen von nebenan erledigt. Sie hatten es einige Male versucht, und ihre einzige Erinnerung daran war das schnaubende Geräusch, wenn er mit seinen verstopften Polypen laut in ihr Ohr atmete. Jedes Mal, wenn sie es taten, hatte er sich bereits kurze Zeit, nachdem er in sie eingedrungen war – ohne nennenswerte Befriedigung für sie beide –, ergossen, nach wenig mehr als einem kurzen Zwicken ihrer Nippel und immer noch bekleidet. Schließlich hatten sie es aufgegeben und sich nicht weiter damit behelligt.

Aber Annette hatte ein Geheimnis. Ein persönliches, intimes Geheimnis, das sie noch nie jemandem erzählt hatte. Es bereitete ihr eine Menge Vergnügen, und im Stillen nannte sie es ihren Fetisch und fand, dass es sie interessanter machte. Vermutlich wären die Leute um sie herum zutiefst geschockt gewesen, hätten sie auch nur das Geringste geahnt. Seit jeher hatte Annette mit verrückter Unterwäsche experimentiert. Heute zum Beispiel. Heute trug sie einen sehr engen, grünen PVC-Anzug, der dafür sorgte, dass sie reichlich schwitzte, und der ein heißes Jucken verursachte. Mit ein wenig Glück machte es sie so heiß, dass sie hier in der Öffentlichkeit kam, wenn sie nur lange genug den Park ablief mit ihrem gequetschten Unterleib und den pummeligen Oberschenkeln in dem feuchten, kneifenden PVC. Niemand würde etwas bemerken, da die Leute sie meistens übersahen. Sie fieberte vor Erwartung, und ein prickelndes Gefühl der Erregung machte sich in ihrer Möse breit. Sobald sie ihr Sandwich vertilgt hatte, würde sie losgehen. Unbeachtet von den Leuten merkte sie, wie das klebrige PVC dafür sorgte, dass sich zwischen ihren angewinkelten Oberschenkeln wahre Rinnsale bildeten. Ein einziger Gang um den See herum würde ausreichen. Ihr Schritt begann zu pochen bei dem Gedanken an das warme, ungebremste Glühen, das sie durchwogen würde, und sie errötete am helllichten Tag.

Einmal hatte sie eine Höschenwindel getragen, ein wirklich lohnenswertes Experiment, da die Bahn auf dem Heimweg in einem Tunnel steckengeblieben und es eine Ewigkeit nicht weitergegangen war. Mit einem Druck auf der Blase, dass sie hätte platzen können, und unendlichen Qualen, die sich über Stunden hinzuziehen schienen, war ihr plötzlich bewusst geworden, dass sie sich gar nicht zurückhalten brauchte, und sie hatte glückselig in die Windel gepisst. Das ungehörige, ungehemmte Loslassen und der warme Strahl waren so lustvoll gewesen, dass sie eine unerwartete Woge der Geilheit erfasst hatte und umklammert hielt und sie schnell die Beine übereinanderschlagen musste. Doch anstatt ihre Lust zu bremsen, hatte der Druck der köstlichen, ungehörig nassen Windel an ihrer erregten Knospe einen plötzlichen Orgasmus ausgelöst, ihr Herz zum Pochen gebracht und sie aufkeuchen lassen. Es war ihr unmöglich gewesen, es zu verbergen, doch sie hatte einen Schwächeanfall vorgetäuscht, und die Leute waren sehr zuvorkommend gewesen.

Meistens trug sie Männerwäsche, Jockeys oder Boxershorts. Manchmal trug sie gar keine Wäsche, weder BH noch Unterhose. Korsetts waren nicht ihr Ding, da sie es nicht darauf anlegte, weiblich zu wirken, aber sie mochte es, wenn ihre üppigen, mütterlichen Brüste darin überquollen und ihr Intimstes nackt zur Schau gestellt wurde.

Sie konnte ihre Lust nicht mehr länger ignorieren, also aß sie ihr Sandwich auf und setzte ihren Weg um den See herum fort. Ihre Schenkel rieben schwitzend und nass gegeneinander, und sie hoffte, dass niemand die leisen, verräterisch quietschenden Geräusche wahrnahm.

Clive hatte die altbackene Frau auf der Bank bemerkt und nichts als Ärger empfunden. *Mist*, dachte er. *Das ist meine Lieblingsbank.* Sobald sie aufgestanden war, schlenderte er hinüber und setzte sich. Das heißt, er wäre gerne geschlendert, doch aufgrund seiner kurzen Beine und seines beachtlichen Bauchansatzes wirkte es mehr wie ein Watscheln. Mit einem Grunzen ließ er sich auf der Bank nieder und holte ein pappiges Brötchen und eine Thermoskanne mit süßem, heißem Kaffee hervor. Clive war ein Mittdreißiger und hatte bereits eine Glatze. Unansehnlich, wie er war, ging oder vielmehr watschelte er auf seinen Entenfüßen zur Mittagszeit hierher, und seine Vorliebe für pappige Brötchen und klebrige Burger stellte sicher, dass er seine korpulente Statur auch nicht verlieren würde. Aufgrund seiner blassen und farblosen Erscheinung erwartete er nicht mehr vom Leben als die tägliche Routine, den stetig wiederkehrenden Kreislauf von zur Arbeit gehen, in die Wohnung zurückkehren und wieder zur Arbeit gehen. Er lebte allein, sah eine Menge fern und baute Schiffe aus Streichhölzern.

Doch Clive hatte ein Geheimnis, dessen er sich schämte und das er niemals zugegeben hätte. In seinem Kopf nannte er es seine Fantasie, da es sich dann weniger real anhörte und ihm nicht so viel Scham bereitete. Clive trug auf der Arbeit Damenunterwäsche, für die er einen großen Teil seines Einkommens aufwendete. Er verbrachte viel Zeit in Dessousläden und hatte sich eine rote Korsage mit schwarzen Bändern zurechtgeschneidert, die man auf der Rückseite schnüren konnte. Er quetschte sich hinein und genoss seine unübersehbare Erektion, die sich ganz und gar unweiblich darunter erhob. Er beobachtete sich im Spiegel, während er sich befriedigte, und die Spritzer cremigweißen Samens, die aus ihm herausströmten und gegen seinen in schimmerndes Rot und schwarze Spitze gehüllten, prallen Leib schossen, waren das erotischste Bild, das er sich nur denken konnte.

Heute trug er ein pinkfarbenes, im Schritt offenes Nylon-Höschen, das er in einem Sexshop gekauft hatte. Als sein vor Kraft und Männlichkeit strotzender Schwanz sich gegen das köstliche Pink drückte, ahnte er, dass er sich, bevor der Tag vorbei sein würde, auf die Herrentoilette zurückziehen und durch den zarten Stoff hindurch selbst befriedigen würde. Der Gedanke daran brachte Farbe auf seine Wangen.

Am nächsten Tag saß sie wieder dort, auf seinem Stammplatz. Clive sah sich um, doch alle anderen Bänke waren besetzt, und so blieb ihm keine Wahl. Er ließ sich auf das andere Ende der Bank plumpsen, und sie aßen stumm ihre Brote, wobei sie jeglichen Kontakt vermieden.

Unter der fantasielosen Bürokleidung verbarg Clive einen weichen, sanft schimmernden Velouranzug mit Leopardendruck, Annette hingegen eine enge Ringerhose, die sie, um es echter wirken zu lassen, mit einem Dildo ausgestopft hatte, von dem sie im Laufe des Tages mehrfach Gebrauch machen würde. Und Clive hatte herausgefunden, dass ihn das sinnliche Gefühl des Velours zusammen mit den Vibrationen des Aktenvernichters, wenn er das Gerät nur lange genug mit Papier fütterte, so sehr erregte, dass er unbemerkt und halb versteckt hinter dem Aktenschrank sehr schnell zum Orgasmus kam.

Es wurde wärmer und sonniger, und es war unausweichlich, dass sie die Bank zu verschiedenen Gelegenheiten schweigsam teilten. Anfänglich nahmen sie kaum voneinander Notiz und waren lediglich leicht verärgert über die Störung ihrer jeweiligen Privatsphäre. Nach und nach gewöhnten sie sich jedoch an die Gegenwart des anderen.

Eines Tages dann, sehr zu Clives Erstaunen, sprach ihn Annette an: »Ich kann keine Erdnussbutter und Gurkenbrote mehr sehen. Hätten Sie vielleicht Lust auf ein Tauschgeschäft?«

Dreistes Ding. Doch er wurde sonst nie angesprochen, und auf gewisse Weise war er dankbar für ihre Worte. Er war verwirrt, doch nach einer langen Pause antwortete er schließlich: »Tut mir leid, ich mag keine Erdnussbutter, aber wenn Sie wollen, können Sie von meinen Donuts mitessen. Ich habe genug davon.«

Sie wollte. Und wie sie da saß und seinen Donut aß, wirkte es, als würden sie sich schon Jahre kennen.

Dennoch benötigte er noch etliche weitere Tage, um den

nächsten Satz herauszubekommen. »Möchten Sie etwas heißen Kaffee? Ich habe allerdings nur eine Tasse.«

Sie drehte sich um und sah ihn mit ihren kleinen, grauen Augen verwirrt und ein wenig erschrocken an. Doch auch sie war dankbar. Sie teilten sich die Kaffeetasse, und das schwarze Gebräu schmeckte wie Honig.

Erst eine ganze Woche später stammelte er in fast entschuldigendem Tonfall: »Hätten Sie vielleicht Lust, mit mir in ein Café zu gehen? Wir könnten Kuchen essen. Für den Fall, dass Sie ein wenig Abwechslung von Erdnussbutter und Gurkenbroten brauchen.«

Annette schoss die Röte ins Gesicht. Da sie an diesem Tag nur Boxershorts trug, kam sie sich recht normal vor. Clive hatte sich vorsichtshalber eine weißgeblümte Unterhose angezogen, sodass auch er sich entspannt und sicher fühlte. Schließlich sagte sie ja, und sie hatten beide die erste Verabredung ihres Lebens.

Diese Treffen behielten sie den ganzen Sommer über einmal pro Woche bei. Sie sprachen über ihre Arbeit und ihre – wenigen – Hobbys, und oft saßen sie einfach in verschwörerischer Eintracht beisammen, doch ohne sich ihre lustvollen und unaussprechlichen Geheimnisse anzuvertrauen. Beide gaben sich weiterhin ihren Vorlieben hin, doch sie stellten fest, dass sich der Gedanke an den anderen in ihre intimsten Momente von Vergnügen und Erotik schlich. Aus Angst und Scham waren sie nicht bereit, ihre Freundschaft zu vertiefen, und so ging es bis zum Herbst weiter, als es zu kühl wurde, um im Park zu sitzen. Von da an gingen sie gelegentlich ins Kino, und eines Tages griff Clive im Dunkeln verstohlen und zögernd nach Annettes Hand und hielt sie stumm während des ganzen Filmes. Sie sprachen nicht darüber. Beide waren innerlich in Aufruhr. Hätten sie sich entscheiden müssen, so wären sie nicht bereit gewesen, ihre Privatsphären und lustvollen Vorlieben aufzugeben. Keiner der beiden wollte dem anderen etwas beichten und sich dem Hohn und der möglichen Zurückweisung aussetzen. So ging es etliche Monate weiter.

Es war Clive, der die Dinge versehentlich ins Rollen brachte. Unfähig, seinem quälenden, einsamen Hunger nach dieser kleinen, unscheinbaren Frau, der er sich so verbunden fühlte und die seine treue Gefährtin und Freundin geworden war, noch einen Moment länger zu widerstehen, legte er die Hand auf ihren reizlosen Wollrock und berührte ... Leder. Leder?

Hastig und mit einem hörbaren Ächzen zog er die Hand zurück, ohne die enorme Tragweite seiner Entdeckung zu begreifen. Annette saß da wie versteinert, fast sicher, dass sie ihn nun verloren hatte. Doch wie er so neben ihr saß, hatte er einen ordentlichen Ständer, sein Schwanz war wach und voller Interesse.

Er begann zu schwitzen. Er hatte keine Ahnung, was er nun tun sollte, also tat er nichts, doch sein erregter Schwanz tanzte und zuckte so drängend, wie er es noch nie erlebt hatte. Das Verlangen nach Erleichterung machte ihn sprachlos. Er wusste plötzlich und ohne jeden Zweifel, dass Annette alles war, was er jemals wollte: die perfekte Frau, die Partnerin seiner Träume – wenn er je von einer zu träumen gewagt hätte.

Sie trennten sich schweigend, nachdem er sie wie üblich zur Haltestelle gebracht hatte, und als er ihre Tränen sah, drückte er ihr ermutigend die Hand und küsste sie auf die Wange. Er musste nachdenken.

Sie mochte es kaum glauben und traute sich fast nicht zu atmen, doch der beruhigende Händedruck gab ihr Hoffnung, und so wartete sie.

Nach einigen Tagen rief er sie an. »Lass uns heute Abend schick essen gehen.« Und nach einer sehr langen Pause und einem tiefen Atemzug fügte er hinzu: »Zieh an, wozu du Lust hast«, und legte auf.

Annette hatte weiche Knie und musste sich plötzlich setzen. In Bezug auf ihre äußere Erscheinung hatte sie keine große Wahl: einen Tweedrock, einen Pullover über den Speckröllchen, offenes, unbändiges Haar und flache Schuhe mit Lochmuster, wie üblich. Aber darunter entschied sie sich für ihre viktorianische Großvater-Unterhose, die sie von den Achseln bis zu den Knien wie ein Badekostüm bedeckte. Die wollene Unterhose war ein Original, mit einem geschlitzten Eingriff auf der Vorderseite und einer großzügigen, geknöpften Kack-Klappe hinten.

Ansonsten hielt sie sich zurück. Sie wollte nicht zu schnell zu weit gehen. Noch nie in ihrem Leben hatte sie sich so gefürchtet. Sie hätte sich nie vorzustellen gewagt, ihr Geheimnis, ihren Fetisch irgendjemandem anzuvertrauen, doch die Beziehung zu diesem dicken, farblosen, langweiligen kleinen Mann, der sie nicht für ihr schmutziges Laster zu verachten schien, war ihr unglaublich wichtig geworden. Ihr Herz klopfte heftig.

Sie gingen in ein sehr vornehmes und teures Restaurant, und Clives Augen leuchteten fiebrig. Die Unterhaltung war holprig und befangen, bis zu dem Moment, als es plötzlich und ohne jede Vorwarnung aus Clive herausplatzte: »Annette, willst du mich heiraten?«

Sie zitterte wie Espenlaub. »Oh Clive, willst du mich wirklich – nach allem, was du weißt?«

»Lass uns nach Hause gehen. Bitte. Jetzt«, bettelte er in einem Anflug von unkontrollierbarem Verlangen. »Bitte, kommst du mit?«

Sie fuhren zu seiner Wohnung, wo sie vor lauter Angst kaum ein Wort redeten. Er näherte sich ihr vorsichtig und schob die Hände unter die keusche, warme Wolle ihres Rocks, ertastete die Öffnung in der Mitte der Unterhose und bahnte sich unter einem langen, erschauernden Stöhnen den Weg durch den Stoff, führte seine dicke, warme Hand unter ihren bebenden Busch und brachte ihren Schoß damit zum Glühen.

Weil er nichts überstürzen wollte, verweilte er so für einen Moment und bewegte nur leicht die Finger. Sie fühlte eine brennende Hitze durch ihre unteren Regionen lodern und wild gegen seine zärtliche Hand pochen. Dann zog Clive die Hand zurück und begann, sich langsam und unbeholfen zu entkleiden.

Annettes Augen wurden immer größer, als sie nach und nach erkannte, was sich da ihren begeisterten Blicken offenbarte. Er stand verlegen, plump und doch auf eine scheue Art erotisch in seinem roten Korsett mit Strumpfhaltern und schwarzen Strümpfen vor ihr, sein Rohr im hellen, gelockten Busch unterhalb der schwarzen Spitze war voll aufgerichtet, die Adern geschwollen und pulsierend. Atemlos starrte sie ihn an, und das Blut rauschte in ihren Ohren, während Wellen heißen Verlangens ihren Schoß durchfluteten. Sein Schwanz unter dem herrlich fetten, geschnürten Bauch sprang ihr entgegen. Ohne noch einen Moment länger zu zögern, fummelte sie hastig an ihren Knöpfen und Verschlüssen. Sie konnte es kaum erwarten, das weibische Beiwerk loszuwerden und schließlich wunderbar entblößt vor ihm zu stehen in ihren viktorianischen Männerunterhosen mit dem leichten Zugang.

Nun ging es ihnen nicht mehr schnell genug. Er streifte ihre Träger herab und befreite ihre üppigen, prallen Brüste. Er packte sie mit beiden Händen und senkte sein Gesicht in die drallen Tiefen, um abwechselnd an den vollen Monden ihrer großen, rosigen, steifen Nippel zu lutschen und zu saugen. Sie presste ihn fest an sich, spürte die Stäbe der Korsage unter ihren Händen und strich freudig über den straff geschnürten Stoff, der seinen speckigen Rücken im Zaum hielt. Unfähig, noch länger zu warten, packte er mit einer Hand seinen drängenden Schwanz, riss mit der anderen die Klappe herunter und führte ihn in den offenen Spalt.

Nach all den Jahren der Enthaltsamkeit war sie jetzt triefend nass, und ihre geschwollenen Intimlippen pochten. Sie legte ein kurzes, stämmiges Bein um seinen Oberschenkel, ihr Fuß strich an dem schwarzen Seidenstrumpf hoch und runter, dann landeten sie auf dem Boden neben dem Teppich, und er brachte seinen enorm angeschwollenen Schwanz zwischen die Lippen ihrer Möse und bewegte sich behutsam in dem Bemühen, Annette Vergnügen zu verschaffen. Doch sie war nicht in der Stimmung für Zärtlichkeiten. Sie stemmte ihm die kräftigen Hüften entgegen, und indem sie mit den nackten Pobacken nach oben stieß, zwang sie ihn, ganz tief in ihre enge, nasse Höhle einzudringen.

Er stöhnte schmerzerfüllt auf, und sie schrie leise, als ihr schmaler, schlüpfriger Tunnel ihn vollständig umschloss. Lust übermannte sie, und sie wanden sich und zuckten und wanden sich und zuckten und schoben sich hämmernd und pumpend über den Boden, Lippen und Zungen untrennbar verbunden. Er noch immer in seiner engen roten Spitze und den Strümpfen, sie mit vollen, reifen Hüften und Schenkeln unter der wollenen Hose. Der Rausch ihres gemeinsamen Höhepunktes kam schnell und in süßen Wogen, als er sich mit einem letzten machtvollen Stoß tief in sie bohrte und sein aufgestautes Sperma in üppigen Strömen verspritzte.

Sie erschauerte mehrere Male, bevor sie schließlich einen

langen, wohligen Seufzer der Befriedigung von sich gab. Er sank erschöpft und zufrieden neben ihr zu Boden.

Nach einigen wortlosen Augenblicken drehte sie sich zu ihm um und knabberte zärtlich an seinem Ohrläppchen. »Wenn ich daran denke, dass wir die ganze Zeit – wir beide – und haben nichts geahnt. Hast du – du weißt schon – jedes Mal, wenn wir uns trafen?«

»Ja. Und du?«

»Ja, jedes Mal.« Sie verzog das Gesicht. »Was für eine Zeitverschwendung. Nun, das wird uns nicht mehr passieren, oder?« Sie drehte sich zu ihm herum und küsste den geliebten Mund, während sie neckisch mit seinem hellen Brusthaar spielte, das frech über die schwarze Spitze seiner Korsage lugte.

Am Tag ihrer Hochzeit gingen sie Hand in Hand zum Standesamt, ein farbloses, uninteressantes, dickes und glanzloses Paar, und niemand hätte vermutet, dass der Bräutigam einen wunderschönen Einteiler aus weißer Spitze trug. Eine Rose aus Spitze mit filigranen Blättern saß oberhalb seines Schritts, aus deren Mitte er sich erheben würde wie Venus aus dem schäumenden Gewässer. Auch ahnte niemand, dass die Braut einen eleganten Zweiteiler aus weißem Leder trug, ausgestattet mit drei Klappen und zwei langen Ketten und einem Vorhängeschloss mit einem winzigen Schlüssel, den sie ihm heimlich beim Ringtausch zusteckte. Die Verbindung von Spitze und Leder versprach ein wahres Feuerwerk der Lust, doch das war ihr Geheimnis.

Die Obstpflücker

Die Obstpflücker waren jung, zumeist Studenten vom College aus der Stadt, die hier ihre jährlichen Sommerferien bei der Ernte verbrachten. Einige von ihnen kamen auch aus dem Ort und hatten entweder gerade Ferien oder waren arbeitslos.

Belinda war im dritten Jahr an der Universität, und es war ihr dritter Sommer als Erntehelferin. Sie zog es vor, von ihren Eltern unabhängig zu sein, und mit ihrem Verdienst konnte sie die Ausgaben bestreiten, die nicht vom Stipendium gedeckt wurden. Darüber hinaus genoss sie es, auf diese Weise den Sommer draußen in der Sonne zu verbringen und sich fit zu halten. Sie kannte die meisten anderen und fand, dass es eine nette und spaßige Truppe war.

Garth war eine Ausnahme. Er war ein Junge aus dem Ort, der über das Jahr verteilt Gelegenheitsjobs auf den Farmen annahm: Schafschur, Melken, Heckenschneiden und Heumachen, was gerade verlangt wurde. Er hatte Erfahrung als Erntehelfer, war sonnengebräunt mit rötlichen Haaren und vielen Sommersprossen. Er hatte eine schroffe und direkte Art und benahm sich häufig recht derb, doch aufgrund seiner unverwüstlich guten Laune und seines Humors akzeptierten sie ihn in ihrer Gemeinschaft. Er war erfrischend aufrichtig, und seine Energie und der Mangel an Zurückhaltung machten ihn zu einer angenehmen Gesellschaft.

Belinda fand ihn irgendwie irritierend, hielt ihn aber gleichzeitig für harmlos.

Sie hatten nicht viel mit den jungen Einheimischen zu tun, die am Ende des Tages nach Hause gingen, und niemand schien zu wissen, wo Garth wohnte. Er machte nicht den Eindruck, als würde zu Hause jemand auf ihn warten, und oft blieb er nach der Arbeit da, um mit den anderen in der Dorfkneipe ein Bier zu trinken.

Es war eine schwere Arbeit. Es gab weite Felder mit Erdbeeren und lange Reihen von Obstbäumen – überwiegend Apfelbäume –, und man brauchte ein oder zwei Wochen, um in den Rhythmus zu kommen und sich an die körperliche Belastung zu gewöhnen.

Wie die anderen Mädchen trug auch sie kurze, enge und ausgefranste Jeansshorts, dazu eine geblümte Baumwollbluse, welche sie unterhalb der Brust geknotet hatte. Ihr durchtrainierter Bauch war sonnengebräunt. Ihre wundervollen, runden Brüste hatten die Größe von Apfelsinen und bedurften keiner Stütze. Auch ohne BH passten sie perfekt in die Falten des geknoteten Oberteils.

Belindas Beine waren schlank und stark wie die eines Rennpferdes mit langen, straffen Schenkeln und schmalen Fesseln. Sie war eine echte Rassefrau mit gold schimmerndem Teint, sehr kurzem blonden Haar und einem fransigen Pony. Ihre Aussprache war korrekt und ohne Akzent. Sie studierte Archäologie und hoffte, dadurch später reisen zu können. Sie genoss die Gesellschaft der anderen und die entspannten Abende, wenn man sich nach der Arbeit auf ein Bier traf und seine Erfahrungen und Ansichten austauschte.

Garth war immer dabei, und obwohl er einen schlichten und ungebildeten Eindruck machte, schien er intelligent zu sein. Er vertrat eigene Ansichten und überraschte sie mit einer unangepassten und selbstbewussten Einstellung zur aktuellen Politik und Gesetzgebung. Hinter seiner dreisten, machohaften Art schien sich ein nachdenklicher Charakter zu verbergen. Sie genossen seine Gesellschaft und begingen nicht den Fehler, ihn wegen seines derben Verhaltens und seiner offenen Art zu unterschätzen. Er gab sich großzügig und bot, ohne sich etwas darauf einzubilden, seine Hilfe an, wann immer seine Muskeln gebraucht wurden, trug Leitern oder hob schwere Kisten. Und er nahm sich stets Zeit, um jemandem einen Handgriff zu erklären oder sonst wie zur Hand zu gehen.

Obwohl Belinda ihn nach wie vor seltsam fand, respektierte sie ihn. Sie bildeten eine kleine, durch die Umstände verbundene Gemeinschaft.

Eines Nachmittags hielt Belinda erschöpft von Hitze und Anstrengung inne und lehnte sich mit geschlossenen Augen an einen Baum. Plötzlich fühlte sie, wie zwei große, starke Hände den Weg in ihre Bluse fanden, sich auf ihre Brüste legten und dann neckend an den Nippeln zogen. Erschrocken und aufgebracht fuhr sie auf und starrte aus weit aufgerissenen Augen geradewegs in Garths unverschämt grinsendes, sommersprossiges Gesicht.

Hastig zog er die Hände weg und hielt sie in einer entschuldigenden Geste hoch. Bevor sie etwas sagen konnte, fing er in seinem breiten, ländlichen Dialekt an zu reden: »Entschuldigung. Ich konnte nicht widerstehen. Sie sahen so frech und vorwitzig aus.« Er grinste noch immer, als er sich lässig auf die andere Seite des Obstfeldes trollte.

Sprachlos blieb sie wie angewurzelt stehen, während sie immer noch den warmen Druck seiner Hände auf ihrer nackten Haut spürte. Was für eine verdammte Frechheit! Und doch hatte es sich nicht schlecht angefühlt. Es war keineswegs eine uninteressante Erfahrung gewesen. Sie beschloss, den Zwischenfall zu ignorieren. Garth dachte wohl genauso, denn als man sich später wie üblich in der Bar traf, begegnete er ihr auf die gewohnt distanzierte Art. Sie versuchte, den Vorfall zu vergessen, und erwähnte auch den anderen gegenüber nichts. Doch als sie abends im Bett lag, prickelte und kribbelte ihre Haut bei dem Gedanken an seine Berührung, und ihre erregten Nippel wurden ganz hart. Dieser verdammte Kerl. Das hatte sie nicht nötig.

Einige Tage später hatte sie die Geschichte vergessen. Sie streckte sich auf der obersten Leitersprosse in einem Apfelbaum, um die besten Früchte zu erreichen. Dann passierte das Unfassbare. Erst spürte sie ein leichtes Wackeln der Leiter und dann, wie starke Finger an der Innenseite ihres Schenkels in ihre Shorts glitten, ihren Slip beiseiteschoben und den Weg in die intimsten Regionen ihrer Möse fanden.

Sie ächzte erschrocken und presste instinktiv die Schenkel zusammen. Das raue, unerwartete Eindringen machte, dass sie sich schutzlos und verletzlich fühlte. Die Finger drängten und tasteten beharrlich weiter.

Sie kreischte auf und verlor fast den Halt. »Hau verdammt noch mal ab, wenn du nicht zum Sopransänger werden willst!« Sie schrie ihn an, während sie gleichzeitig versuchte, ihm ins Gesicht zu treten.

Mit lautem Gelächter zog er sich zurück und sprang von den Sprossen hinunter. Da stand er und sah zu ihr hinauf, während er an seinen beleidigenden Fingern roch, um ihr Aroma zu inhalierten, und sie schließlich ableckte. Sie fühlte sich entblößt und gedemütigt.

»Hey, gib mir nicht die Schuld, okay? Du schmeckst prima, reif und saftig. Und es war alles zu sehen.«

Unverschämter, dreister Wüstling! Das ging zu weit. Sie war sprachlos vor Wut. Ihre Muschi hingegen war hellwach und bereit, und sie spürte warme Schauer der Erregung durch ihr Becken strömen. Ihre Beine zitterten, und sie kletterte wacklig von der Leiter und setzte sich, um die heißen Wogen zu unterdrücken. Sie spürte Feuchtigkeit zwischen ihren Schenkeln und war außer sich. Er war so obszön!

Doch er zog sie magisch an, und erneut wurden ihr seine Kraft und Stärke bewusst, sein harter Körper, seine raue Männlichkeit – und obendrein seine Bereitschaft.

An diesem Abend in der Bar tat sie ihr Bestes, um ihn zu ignorieren, wandte ihm den Rücken zu, doch seine Anziehungskraft rief so stark nach ihr, als wären sie beide die Einzigen im Raum. Ohne hinzusehen konnte sie spüren, dass er grinste. Sie hasste ihn. Lüstling.

In der nächsten Woche ging sie ihm aus dem Weg, wo sie nur konnte. Es gelang ihr eigentlich ganz gut, obwohl erotische Bilder und sein grinsendes, sommersprossiges Gesicht ihre Träume durchzogen. Sie stürzte sich auf die Arbeit. Da sie ihm nicht jeden Tag begegnen wollte, ließ sie sich auf den Erdbeerfeldern einteilen – so brauchte sie nicht in Bäume zu klettern und fühlte sich ein wenig sicherer.

Das vornübergebeugte Arbeiten auf den Knien war anstrengend, doch sie war fit, und so machte es ihr nichts aus. Sie war allein und näherte sich soeben dem Ende einer Erdbeerreihe, als sie kurz innehielt und die verspannten Muskeln streckte – und da stand er, direkt vor ihr, keinen Schritt entfernt. Sein nackter, dicker Schwanz ragte hoch aufgerichtet und prall aus dem geöffneten Bund seiner Shorts. Er legte die Hand um seinen Schaft und rieb daran.

Ihre Möse war schlagartig hellwach, und eine heiße Woge durchlief sie wie ein Stromschlag. Sie kämpfte mit aller Macht dagegen an. »Du bist abartig«, zischte sie zwischen zusammengebissenen Zähnen hindurch. »Steck dein widerliches Ding ein, bevor ich jemandem davon erzähle.«

»Das wirst du bestimmt nicht.« Auf seinem Gesicht lag ein breites Grinsen. »Du willst es doch. Ich weiß es. Ich wette, du bist total feucht. Ich hab noch nie eine gesehen, die mich so anmacht. Du bist reif. Keine andere macht mich hart wie du. Ich kann mir nichts Köstlicheres denken, als dich zu pflücken.«

Wie konnte er es wagen? Es war einfach zu unanständig.

»Verpiss dich«, fauchte sie ihn an. » Du bist widerlich!«

Er stieß ein kehliges Glucksen aus. »Ja, und ich denke, genau das gefällt dir«, spottete er.

Dann war er weg, und dort, wo er zuvor gestanden hatte, nur noch ein leerer Fleck. Reglos starrte sie einen Moment darauf, während sie hörte, wie er sich pfeifend durch die Erdbeerreihen hindurch entfernte. Sie war außer sich vor Empörung, doch gegen ihren Willen bebte ihr Körper in sehnsüchtigem Verlangen.

Er faszinierte sie. Sie konnte nicht aufhören, an ihn zu denken, und jeden Abend in der Bar verspottete er sie mit seinem unverschämten, wissenden Grinsen. Sie wusste, dass er wartete, so als wäre sie eine Stute, die bald in die Rosse kam. Er sondierte ihre Bereitschaft, und sein Instinkt trog ihn nicht. Er schien sie besser zu kennen als sie sich selbst, auch wenn sie entschlossen war, ihm das Gegenteil zu beweisen. Was für ein Tier er doch war! Was für ein grober, unzivilisierter Bauer! Sie war viel zu gut für ihn!

Doch um ihre Lust zu befriedigen, masturbierte sie jeden Tag unter der heißen Dusche oder verstohlen unter der Bettdecke, nachts im Schlafsaal, wenn die anderen bereits schliefen. Sogar tagsüber überfiel sie ein schmerzhafter Hunger, und sie entfernte sich unter einem Vorwand, um sich hinter einer Hecke kurz zu befriedigen.

Es brachte keine Erleichterung. Jedes Mal, wenn sie an ihn

dachte, bekam sie weiche Knie, und ihre Möse begann zu pochen und wurde feucht.

Sie war ständig auf der Hut, da sie nicht wusste, wann er sie das nächste Mal anspringen würde. Der Gedanke daran erschreckte und faszinierte sie gleichermaßen, und sie wusste nicht, was schlimmer war. Der Anblick dieses steifen, hungrigen Rohrs, das ihr entgegensprang, ließ sie nicht los. In ihrer Fantasie sah sie seine festen, kräftigen Schenkel, seinen harten, schwellenden Bizeps. Sein sommersprossiges, lachendes Gesicht, eingerahmt von wilden Locken, schaute sie an, und seine spöttischen Lippen strichen über ihre Brüste und spielten in ihren Tälern und Spalten.

Vermutlich war er von oben bis unten behaart. Igitt! Wie primitiv!

Belinda litt Qualen. Sie fühlte sich ausgeliefert, erfüllt von Begierde und wilder Lust, doch sie war fest entschlossen, die Kontrolle zu behalten. Sie war schließlich eine gebildete, kultivierte Person, nicht irgendein brünstiges Stallvieh. Sie ging ihm aus dem Weg und schloss sich den jungen Studenten an, mit denen sie sich auskannte und deren vorsichtige, manchmal durchaus zweideutige Annäherungsversuche sie besser zu handhaben und abzuwehren wusste.

Belinda führte tiefgründige, philosophische Unterhaltungen und Diskussionen, doch ohne Ablenkung darin zu finden. Die anderen Männer reizten sie nicht. Sie war sich ständig bewusst, wo Garth gerade war und dass er sie unablässig beobachtete. Ein unbändiges Verlangen hatte sie beide gepackt und schien sie aneinander zu binden, hielt sie gefangen wie in einem atemlosen Rausch. Sie war überrascht, dass es keinem der anderen aufzufallen schien.

Eines der Mädchen aus der Stadt, ein schamloses Luder, das bereits sämtliche Jungen der Clique durchhatte und sich nun langweilte, flirtete mit Garth. Ihr Benehmen war ein wenig vulgär, da sie alle mehr als reichlich getrunken hatten, und sie stand aufreizend dicht vor ihm und blickte ihn mit schmollenden Lippen an. Sie hob ein Bein und schlang es provozierend um seinen Oberschenkel. Er beugte sich zu ihr hinunter und gab ihr einen zügellosen, wilden Kuss, während er sie leidenschaftlich an sich drückte.

Belinda spürte, wie eine heiße Welle durch sie hindurchströmte mit einer Wucht, auf die sie nicht vorbereitet war. Völlig überwältigt von ihrem alles verschlingenden Verlangen und ihrer Wut, knallte sie ihr Glas auf die Theke und rannte in die Nacht hinaus.

Sie hatte keine Ahnung, wo sie hingehen sollte, um sich ein wenig zu beruhigen, also stürmte sie in eine geöffnete Scheune, in der Heu gelagert wurde. Wütend schrie sie ihren Frust hinaus.

»Scheißkerl! Scheißkerl! Verdammter Scheißkerl!« Sie griff nach einer Heugabel, die an einem Heuballen lehnte, und stieß sie laut keuchend wieder und wieder in den Ballen, als wäre er es.

Plötzlich war er da und kämpfte mit ihr um die Gabel, während das Heu in alle Richtungen davonstob. »Du bist es! Du bist es! Ich will dich, nicht sie!«, rief er ihr ins Gesicht.

Sie schluchzte und schrie und schlug mit den Fäusten gegen seine Brust. »Scheißkerl!«

Dann fanden sie sich zwischen den Heuballen auf dem Boden wieder, rissen sich immer noch schreiend die Kleider vom Leib. Zuerst ihre Shorts, die Bluse und die Unterwäsche. Dann flogen seine Klamotten, und ohne weitere Vorwarnung rammte er seinen beachtlichen, erigierten Schwanz drängend und tief in sie hinein. Sie war bereit für ihn und stieß ihm wild ihre Hüften entgegen, während sie ihn blutig biss. Er stieß sie so hart gegen den Heuballen, dass das Stroh in ihre Haut stach wie lange, spitze Fingernägel. Sie bockten, zerrten, rissen aneinander wie wilde Tiere, während sie ihre Lust und ihre Wut austobten.

Ihr gemeinsamer Höhepunkt kam schnell und heftig und brach über sie herein wie eine Lawine. Er ließ sie erbeben und alles um sich herum vergessen. Er stieß ein letztes Mal zu, als wolle er sie durch die Vereinigung strafen, brachte ihr Innerstes zum Pochen und ergoss sein heißes Sperma in sie. Sie klammerte sich in befriedigtem Erschauern an ihn, und beide ließen sich ins Heu fallen, immer noch aneinandergeklammert und in inniger Umarmung. Belinda schluchzte.

Er strich ihr mit seiner rauen, schwieligen Hand über das Haar. »Ssssst. Du gehörst jetzt zu mir, so wie ich es mir immer gewünscht habe. Ich will keine andere.«

Sie presste sich schluchzend an ihn, immer noch von dem Wunsch beseelt, auf Abstand zu gehen, doch es gelang ihr nicht. Sie wusste, dass es nun kein Zurück mehr gab. Seine Triebhaftigkeit ängstigte sie. Sie fühlte sich ausgeliefert, hilflos und verwirrt.

Doch irgendwie gefiel es ihr auch.

In den nächsten Wochen konnten sie kaum die Hände voneinander lassen. Manchmal tauchte er breit grinsend am Ende eines Erdbeerfeldes auf, mit ausgepacktem, erigiertem Schwanz, und sie besorgte es ihm mit dem Mund, genoss die brutale Kraft, während er in ihre Lippen stieß und schließlich seinen heißen, cremigen Samen in sie ergoss. Es waren kurze, hastige Begegnungen, denn jederzeit konnte jemand auftauchen und sie erwischen. Sie wehrte sich nicht länger, wenn er seine Finger in ihre Shorts schob und ihre nasse, zuckende Möse erfühlte, während sie Äpfel pflückte. Sie wand und drückte sich gegen seine bohrenden und stoßenden Finger, bis sie zum Orgasmus kam.

Trotz allem erledigten sie ihre Arbeit und erfüllten ihr Soll, ja manchmal meldeten sie sich sogar zu Überstunden, damit sie in der Obstplantage ungestört waren. Dann nahm er sie wild und mit aller Kraft, während sie an einem Baumstamm lehnte und die raue Oberfläche ihren Rücken schmerzhaft zerkratzte. Er kam schnell und ungezügelt mit lauten Schreien der Befriedigung.

Sie bekam nicht genug von ihm. Nach dem Mittagessen verschwanden sie im Gebüsch und fickten, ohne sich zu entkleiden und mit heruntergerissenen Hosen. Es war ein animalischer Sex, wild und hemmungslos, lustvoll und brutal. Sie mochte es besonders, wenn er sie mit seinem prallen Schwanz von hinten nahm. Er öffnete ihre Shorts, schob sie nach unten und umfasste ihre freischwingenden Brüste, während er kräftig gegen ihre Pobacken stieß – stets auf der Hut, nicht entdeckt zu werden.

Tatsächlich ahnte keiner etwas. Es war irgendwie unwirklich. Jeden Abend in der Kneipe gaben sie vor, den anderen zu ignorieren, täuschten den üblichen oberflächlichen Umgang vor, als wären sie nichts weiter als Arbeitskollegen. Belinda legte es nicht darauf an, dass jemand von ihnen erfuhr. Diese ungezügelte, rohe Seite ihrer Sexualität war ihr immer noch nicht ganz geheuer. Sie fühlte sich vulgär, doch gleichzeitig beschwingt und befreit. Es machte sie unsicher und verwirrte sie, ihre wilde Seite so auszuleben.

Garth ging es ähnlich, doch aus einem anderen Grund. Er fühlte sich angezogen von der triebhaften Leidenschaftlichkeit, die sich hinter ihrer wohlerzogenen Erscheinung verbarg. Ihn faszinierten ihr feines Benehmen und ihr selbstbewusstes, sprödes Wesen. Er fühlte sich ihr nicht unterlegen, vielmehr hatte er das Gefühl, als ließe ihre Beziehung ihn über die Grenzen seiner bäuerlichen Herkunft hinauswachsen. Er fühlte sich ihr ebenbürtig in jeder Beziehung und suchte nach einer Möglichkeit, wie er ihre Beziehung noch intensivieren konnte. Suchte nach einem Weg, wie er ihr näher sein konnte. Da er in einem Wohnwagen lebte, konnte er sie nicht mit zu sich nach Hause nehmen. Doch er suchte nach einem Ort, wo er ihr ungestört und in Ruhe eine andere, unerwartete Seite von sich zeigen konnte. Es war ihm klar, dass sie es nicht für möglich hielt, dass er sie lieben könnte, doch so war es, und er sehnte sich danach, es ihr beweisen zu können.

Als ein Freund ihn bat, während einer Fernreise auf sein Haus aufzupassen, sah er seine Chance gekommen. Es war ein hübsches, kleines Landhaus mit traditioneller Ausstattung: dunkle Holzdecken, handbemaltes chinesisches Porzellan, flauschige Vorleger aus Schafsfell und ein offener Kamin. Er lud sie zum Abendessen ein, was sie erstaunte. Er stellte Blumen in die Vasen, zündete, obwohl es Sommer war, ein Feuer an und bereitete eine kleine, aber feine Mahlzeit mit gegrilltem Fenchel-Lachs, frischen Kartoffeln und einheimischem Salat zu. Diese neue Seite an ihm überraschte sie. Er hatte einen sehr guten Weißwein ausgesucht, und nachdem sie zwei Flaschen geleert hatten, lagen sie vor dem Kamin auf dem weichen Fell, und er streichelte sie lange und verführerisch.

Behutsam fuhr er mit dem Finger ihre Kurven entlang, die Erhebungen und Täler, auf der Suche nach den besonders empfindsamen Punkten. Er nahm ihre straffen, runden Brüste in den Mund und sog sanft an ihren Nippeln, bis sie hart wurden. Genießerisch erforschte er sie, und Belindas Augen weiteten sich vor Erregung. Er bedeckte ihre Honigspalte mit langen, erregenden Zungenschlägen, neckte ihre Perle, sodass sie ganz hart wurde und er ihren Saft lecken konnte. Er ließ nichts aus, glitt von ihrem Po nach vorn, stieß die Zunge tief in sie hinein, wobei sie sich vor Erregung unter ihm wand.

Dann küsste er sie lange und zärtlich auf den Mund, sodass sie sich schmecken konnte. Sie war fasziniert von dieser neuen Seite an ihm, die jeden Nerv berührte und jeden Wunsch erfüllte und in ihrem tiefsten Innern eine Leidenschaft erweckte, die so ganz anders war als die wilde Gier, mit der sie bislang nach ihm verlangt hatte. Dies hier war tiefer, sanfter, intimer, und als er schließlich in sie eindrang, sanft, zögerlich, liebevoll, fühlte sie sich mehr als bereit, um ihn aufzunehmen.

Sie schwangen und wiegten sich langsam und in perfektem Einklang, und als ihr Rhythmus schneller wurde, geschah es gleichzeitig und in einer tranceartigen Verträumtheit. Der Höhepunkt, der schließlich über sie hereinbrach, war lang und raubte ihnen in seiner Vollkommenheit den Atem, vereinte und erfüllte sie.

Als sie endlich aus ihrer trunkenen Umnebelung erwachten, löste sie sich von ihm und blickte ihn überrascht an. Das war nicht der Mann, mit dem sie es wie die Karnickel in den Feldern getrieben hatte. Dies hier war ein neuer Mann, ein vollkommener Mann, einer, der alles in sich vereinte. Das hier war ein Liebhaber, der es schaffte, sie zu überraschen. War es möglich, dass er der eine war? Die Zeit würde es zeigen, und sie, mit ihrem wachen, analytischen Verstand, wollte es herausfinden.

Er, mit seinen sensiblen, bodenständigen Instinkten, hatte niemals daran gezweifelt.

Verrückter Malcolm

Malcolm war ein kleiner Perverser, doch er konnte nicht anders. Die Befriedigung, die er aus seinem schmutzigen Hobby zog, war größer als seine Scham und der einzige Lichtblick in seinem Leben. In seiner Wohngegend gab es etliche Telefonzellen, und viele waren mit den üblichen bunten Kärtchen gespickt, auf denen Prostituierte ihre Dienste anboten. Einige zeigten Frauen mit enormen Brüsten, halbnackt, in freizügigen, einladenden Stellungen, und die darauf angebotenen Arten von Sex waren sehr unterschiedlich.

Spät in der Nacht, meist kurz nach Mitternacht, schlich sich Malcolm sich verstohlen umblickend hinaus auf die Straße, um in eine der Telefonzellen zu schlüpfen. Dort betrachtete er die Kärtchen und wichste, während er sich die verschiedensten Sexpraktiken vorstellte. Mit geöffnetem Mantel stand er da, und sein erigierter Schwanz ragte aus seinem Hosenstall, während er sich langsam selbst befriedigte. Er sprach in den Telefonhörer und redete so freizügig, als spräche er mit einem der Mädchen von den Karten. Kurz bevor er kam, zielte er auf das Telefon, wichste sich zum Orgasmus und verspritzte seinen cremigen Samen triumphierend darüber, während er das Gerät ein dreckiges Luder und Ähnliches nannte.

Einmal hatte er in einer Nacht all seinen Mut zusammengenommen und eine der Nummern gewählt, mit trockenem Mund, pochendem Herzen und verschwitzten Händen. Er wollte mit einem der Mädchen Telefonsex haben, doch es hatte sich nur ein Anrufbeantworter gemeldet, und seine Anstrengungen waren umsonst gewesen, obwohl sein Schwanz bereits schmerzlich hart und heiß pochte. Bisher hatte er nicht den Mut gefunden, es erneut zu probieren. Der Gedanke an schnellen, harten und schmutzigen Sex mit einer Nutte erregte ihn über alle Maßen, doch Malcolm ahnte, dass der Mangel an Geld und Selbstbewusstsein ihn gleichermaßen unattraktiv machte. Er bestand nur aus Haut und Knochen, war kantig und hatte eine gekrümmte Haltung, die Brust eingefallen, und die Art, wie er den Kopf hielt, erinnerte an eine Schildkröte. Er bemühte sich, nicht aufzufallen, und wenn er überhaupt mal sprach, dann zögernd und mit einem leichten Stottern. Er trug eine Brille, und sein sandfarbenes Haar war struppig und widerspenstig. Seine Kleidung war stets gleich: farblos, formlos und unmodern.

Das Einzige, was Malcolm wirklich an sich mochte, war sein Schwanz. Etwas dunkler als der Rest von ihm baumelte er lang und weich an ihm herab, und wenn er hart wurde, bog er sich mit freigelegtem Kopf nach oben. Malcolm war Anfang zwanzig, doch bisher hatte er noch nie Sex mit einem weiblichen Wesen gehabt. Stattdessen befriedigte er sich selbst und führte Selbstgespräche, indem er die schmutzigen Worte und obszönen Redensarten verwendete, die er in den Heftchen gelesen hatte, mit denen er sich aufgeilte. Es war das einzige Vergnügen in seinem Leben, mit Ausnahme des Rauchens. Der Geruch von abgestandenem Zigarettenrauch, Schweiß und Sperma haftete an ihm, und sein Jugendzimmer stank nach alten Socken, ungewaschenen Achselhöhlen und Unterhosen. Er arbeitete in einem Lagerhaus und stapelte Kisten auf Regale.

Malcolm ging seiner nächtlichen Gewohnheit regelmäßig nach, und so wechselte er häufig die Telefonzellen, sorgsam bemüht, eine möglichst abgelegene zu finden. Gerade nahm er all seinen Mut für einen weiteren Anruf zusammen. Er wollte seinen Orgasmus und seine unflätige Sprache auf eine reale Person richten, doch er hatte Angst, entdeckt und von der Polizei erwischt zu werden, falls man den Anruf zurückverfolgte. Er hasste es, wenn er Aufmerksamkeit auf sich zog. Eines Nachts schlurfte er wie üblich auf eine Telefonzelle zu, blieb stehen und blickte prüfend die leere Straße hinunter.

»Pssst!«

Es blickte sich um, auf der Suche nach dem Ursprung des Geräuschs, doch er sah nichts.

»Pssst. Hier drüben!«

Er wirbelte herum und spähte in die Nacht. Das Einzige, was er erkennen konnte, war eine unförmige Gestalt, die in einer schmalen Gasse zwischen zwei Gebäuden lauerte.

»Nun komm schon!«, zischte die Stimme.

Argwöhnisch schlenderte er hinüber, während er aus den Augenwinkeln die Schatten absuchte. Die Gestalt kam ihm ein Stück entgegen, sodass er sie besser sehen konnte. Sie war jung und blickte missmutig, und sie wirkte billig und nuttig. Sie trug einen kurzen Synthetik-Mantel mit Leopardendruck und Fellimitat und hohe weiße Stiefel aus Gummi. Der volle, mürrisch verzogene Schmollmund leuchtete hellrot, doch die dunkle Lippenumrandung war unsauber gezogen, und die schwarze Schminke um die Augen wirkte verschmiert. Das dünne, glatte Haar war kurzgeschnitten und fiel ihr in verschiedensten Rottönen ins Gesicht. Sie sah aus wie ein Wischmopp.

Er war augenblicklich interessiert und fühlte, wie der Schwanz in seiner Hose erwachte.

»Ich habe dich beobachtet.«

»Was?«

»Ich habe dich gesehen, wie du dir einen runtergeholt hast in den Telefonzellen. Viele Male.«

»Ich wüsste nicht, was es dich angeht«, stammelte er und fühlte eine heiße Röte in die Wangen steigen.

»Ich habe dich beobachtet. Du sprichst mit dir selbst, während du es tust, und dann spritzt du alles voll. Du bist verrückt.«

»Bin ich nicht.«

»Doch, bist du.«

»Du spinnst.«

Beide schwiegen sie für einen Moment.

»Ich mach's dir für 'nen Zehner, wenn du willst.«

In seiner Scham brauchte Malcolm eine Weile, um die neue Wendung des Gesprächs zu begreifen. »Ich hab keinen Zehner.«

»Dann 'nen Fünfer.«

»Hab auch keinen Fünfer.«

»Du kannst einem leidtun.« Die Worte waren so offensichtlich wahr, dass Malcolm eine Erwiderung für überflüssig hielt.

»Gut, dann willst du ihn mir vielleicht in den Mund stecken? Obwohl ich nicht schlucken werde.« Ihre letzten Worte klangen ziemlich aggressiv.

Malcolms Herz schlug so laut, dass er nicht wusste, ob er sie richtig verstanden hatte. Schnell blickte er die leere Straße hinunter. »Was?«, stotterte er schließlich, während er die ganze Bedeutung ihres Angebots zu begreifen versuchte. Sex angeboten zu bekommen war etwas völlig Fremdes für Malcolm und bedurfte einiger Überlegungen. Die harte Schwellung seines Schwanzes wurde langsam unangenehm, und er wand sich, um den Druck zu mildern.

»Also, willst du, oder nicht?« Sie kniete auf dem Boden im

Schatten, und ehe er sich versah, eilte er zu ihr in die Gasse, wobei er unbeholfen an seinem Gürtel fummelte. Mit einem letzten flüchtigen Blick zur Straße hin bewegte er sich tiefer in die Dunkelheit, und schon nahm sie ihm den Gürtel aus seinen zitternden, unfähigen Händen, öffnete ihn geschickt und zog den Reißverschluss auf. Finger, die nicht ihm gehörten, umschlossen mit festem Griff seinen gierigen, steifen Schwanz und befreiten ihn, sodass er kühn in die Nachtluft ragte.

Malcolm keuchte angesichts dieser öffentlichen Unanständigkeit. Noch nie zuvor hatte er dies in Gesellschaft getan.

»Oh, du steckst voller Überraschungen. Wer hätte gedacht, dass du so ein dickes Ding hast, eh?«

Und dann passierte das Unglaubliche, und sie umschloss seinen Schwanz mit ihrem warmen, feuchten Mund und sog daran.

Malcolm schrie auf. Es war ein unglaubliches Vergnügen, das er nie für möglich gehalten hätte, so intensiv, dass es beinahe schmerzvoll war. Er zitterte von Kopf bis Fuß vor Verlangen und Begierde. Dann plötzlich stieß er unbeherrscht und drängend mit schnellen, krampfartigen Bewegungen in ihren Mund hinein. Rau atmend griff er in ihr dünnes, strähniges Haar und stieß hart und schnell zwischen ihre vollen, roten Lippen und tief in ihren Rachen hinein, sodass sie fast würgen musste. Als seine Leidenschaft den Höhepunkt erreichte, keuchte er heiser, und seine energischen Stöße beschleunigten sich.

Als er stöhnte, zog sie sich zurück und nahm seinen Schwanz in beide Hände. Im nächsten Augenblick spritzten die nassen, weißen Fontänen seines Samens in die Luft und auf ihren pflegeleichten Nylon-Mantel. Mit einem letzten Zucken pumpte er sich leer und erschlaffte, und schwer atmend sackte er in sich zusammen.

»Du hast 'nen hübschen Schwanz«, sagte sie bewundernd. »Komm morgen Nacht wieder hierher, und für 'nen Fünfer werd ich's dir ordentlich besorgen. Du hast's noch nie mit 'nem Mädchen getrieben, oder?«

»Du redest zu viel«, keuchte er schließlich, da er die Wahrheit nicht zugeben wollte.

»Ich seh dich also morgen!« Sie drehte sich unbeeindruckt um und trottete beschwingt die Straße hinunter.

Malcolm hielt einen Moment inne, um seine Gedanken zu sortieren. Er hatte gerade seinen Schwanz in den Mund einer Nutte gesteckt, und es war unglaublich, wie wundervoll sich das angefühlt hatte, so warm und eng und nass. Und er hatte mehr davon in Aussicht, wenn er einen Fünfer auftrieb.

Den nächsten Tag verzichtete er aufs Essen, sparte sein Geld und trank ausschließlich Kaffee. Er konnte nicht aufhören, daran zu denken, und schwitzte den ganzen Tag vor Aufregung. Er wollte sich jemandem mitteilen, mit seinem Erfolg angeben, doch er hatte niemanden, mit dem er hätte reden können. Mit den anderen Jungs vom Lagerhaus hatte er noch nie wirklich gesprochen. Sie standen auf Fußball, Bier und Mädchen und ähnlichen Kram, der ihn nie interessiert hatte. Außerdem würden sie sich vielleicht über ihn lustig machen, weil er es bisher noch mit niemandem getrieben hatte und nun so begeistert von einer Nutte war.

Er versuchte, sich die Zeit bis Mitternacht mit Fernsehen zu vertreiben, doch es gelang ihm nicht, sich zu konzentrieren. Er hatte bereits zwei Packungen Zigaretten geraucht und war aufgedreht von zahllosen Tassen Kaffee, die er auf leeren Magen getrunken hatte. Schließlich war es Mitternacht, und plötzlich war er unsicher, ob er es tun wollte. Er bekam Panik, und am Ende beschloss er, nicht zu gehen. Stattdessen zog er sich aus und ging ins Bett, lag schlaflos und zitternd mit steifem Schwanz im Dunkeln und haderte mit sich wegen seiner Feigheit. Gleichzeitig war er sich sicher, dass sie ihr Angebot nicht ernst gemeint hatte und nur darauf aus war, ihn erst verrückt und sich dann über ihn lustig zu machen. Überzeugt davon, dass es reine Zeitverschwendung gewesen wäre zu gehen, fiel er schließlich in einen unruhigen Schlaf. Am Morgen schob er den gesparten Fünfer unter die Kaminuhr und vergaß ihn.

Die nächsten Tage waren erbärmlich. Er fühlte sich völlig unzulänglich und wertlos. Er konnte nicht glauben, dass er die Chance seines Lebens an sich hatte vorbeiziehen lassen, und schalt sich einen Riesenhornochsen, während er wie eine Furie Sachen durch die Gegend trat. Die Burschen auf der Arbeit gingen ihm aus dem Weg, unsicher, ob es sich bei ihm nur um einen Anfall von schlechter Laune handelte oder ob er nun komplett durchgedreht war. So oder so war es nicht gut, in seiner Nähe zu sein.

Erst nach einer Woche traute er sich wieder, abends vor die Tür zu gehen. Er war fest davon überzeugt, dass sie nicht mehr da sein würde. Die Nummer in der Telefonzelle hatte ihren Reiz verloren, da er sich von ihr ertappt fühlte, doch er hatte das Verlangen, sich die Straße zurückzuerobern und wieder Herrscher über die Nacht zu werden. Er fühlte sich um sein einziges Vergnügen betrogen.

Er suchte die dunkle Gasse auf, wo er an die saugende Wärme ihres Mundes um seinen Schwanz denken musste. Obwohl sie nicht da war, empfand er bei der Erinnerung daran eine so große, intensive Lust, dass er seinen Schwanz herausholte und ungeduldig masturbierte. Anzüglich murmelte er vor sich hin, kam schließlich und spritzte gegen die Hauswand, während er sich vorstellte, dass sie dort stand. Er wünschte sich, dass es auf ihrem Gesicht landete.

»Du bist nicht gekommen. Wo warst du?«

Überrascht drehte er sich um, dann, beschämt bei dem Gedanken, sie könnte ihn beobachtet und gehört haben, lief er davon und die Straße hinunter. Zurück in seinem Zimmer raste und tobte er, während er sich selbst verfluchte und sie eine billige, kleine Schlampe nannte. Er tobte bis zur Raserei, und seine Wut dauerte den ganzen nächsten Tag bis zum Abend an, bis er es schließlich nicht länger aushielt und auf die Straße hinausstürmte, voller Wut und unbefriedigtem Verlangen.

Er wartete fast eine halbe Stunde in der schäbigen Gasse und rauchte dabei eine Zigarette nach der anderen, mit unterschwelliger Lust, schmerzhaft und erregend zugleich, denn er wollte nicht noch eine Gelegenheit vorbeiziehen lassen. Und dann tauchte sie in der Gasse auf, gekleidet in den Leopardenmantel mit Kunstpelz und weiße Lackstiefel.

»Da bist du ja, du schmutziger, kleiner Lümmel. Hast du wieder an dir selbst rumgespielt?«

»Nein!«, fauchte er heftig. »Ich hab auf dich gewartet.«

»Wie bitte? Du wolltest mich doch nicht, du kleiner Perversling, nicht mal für 'nen lausigen Fünfer, nicht mal, nachdem ich dir einen geblasen habe.« Sie klang verärgert und aufgebracht.

Er knallte ihr den gesparten Fünfer in die Hand. Seine Handflächen waren schweißnass, und er war außerstande zu sprechen.

Sie starrte auf den Geldschein in ihrer Hand, überlegte kurz und zog Malcolm schließlich tiefer zu sich in die Dunkelheit der Gasse. Abseits der Straße im Licht des Mondes öffnete sie ihren Mantel und stand auf einmal völlig nackt vor ihm. Dann nahm sie seine Hände und legte sie auf ihre Brüste. Es gelang ihm kaum, sich zu zügeln. Als er plump ihre Brüste knetete, spritzte er in seiner Unerfahrenheit in die Hose ab. Beinahe hätte er geweint, doch er knetete weiterhin ihre Brüste und war völlig gefangen von ihrer nackten, seidenweichen Haut, die blass im kalten Mondlicht schimmerte.

»Dreckige Schlampe«, fing er an zu murmeln, während er ihre weichen Titten massierte. »Ich wette, du treibst es mit jedem, du dreckige kleine Hure.«

»Normalerweise kostet es 'ne verdammte Menge mehr als 'nen Fünfer«, entgegnete sie spitz, während sie seinen Kopf herunterzog und sein bebrilltes Gesicht zwischen ihren Brüsten versengte. Sein Mund fand einen Nippel, und er nahm ihn in den Mund und begann, daran zu saugen. Seine Hand rieb kreisend über ihre andere Brust. Er spürte den steifen Nippel an seinen Lippen und verlor sich in der Erforschung der anatomischen Details.

Sie verstand es, seine Bedürfnisse zu erkennen und auf seine Spielchen einzugehen, und als Antwort auf seinen ausgiebig forschenden Mund provozierte sie ihn ihrerseits.

»Du bist trotzdem nichts weiter als ein trauriger Wichser. Mit der eigenen Hand kennst du dich aus, aber ich wette, du weißt nicht mit einer echten Pussy umzugehen.«

Jemand anderen solche Ungeheuerlichkeiten sagen zu hören, machte ihn unglaublich an.

»Hast du es jemals mit einer hübschen, nassen, glitschigen Pussy getrieben?« Sie griff nach seinem Hosenstall.

Sein nackter Ständer kam ihr entgegen und richtete sich mit stolzem Schwung zur vollen Größe auf, wie ein orientalischer Krummsäbel im Mondlicht.

Er setzte zur Antwort an. »Wie würde dir zur Abwechslung mal ein echter Kerl gefallen, mit 'nem wirklich heißen Schwanz für deine Möse?« Er war sichtlich stolz auf sich, wie er da mit steifem und erregtem Schwanz vor ihr stand, stieß gegen ihren nackten Schoß und attackierte ihn mit kreisenden Bewegungen.

Dieses Spiel war neu für sie. Das Gefühl der Überlegenheit gemischt mit Mitleid für seine Person gaben ihr zum ersten Mal in ihrem Leben das Gefühl, die Oberhand zu haben, und ebenfalls zum ersten Mal in ihrem Leben verspürte sie ein körperliches Verlangen. Sex hatte ihr bisher keinerlei Befriedigung gebracht, doch die raue Sprache und sein unbedarftes, ungeschicktes Benehmen riefen ein warmes Prickeln zwischen ihren Beinen hervor. Es fühlte sich gut an, und sie konnte ihn ein wenig besser leiden.

»Wie fühlt sich das an, he? Macht dich das heiß, du billige Hure? Macht es dich feucht?« Er rieb stärker gegen ihren Schoß.

»Ich heiße Jenny, zu deiner Information, Wichser, und willst du deinen widerlichen, geilen Schwanz die ganze Nacht dort parken, oder was?«

Malcolm schwamm auf der Welle seines Erfolges und zögerte nicht länger. Er drückte sie hart gegen die Wand, seine Hände stemmten sich gegen die Steine und mit gebeugten Knien überließ er sich seinem Instinkt.

Sie hielt die Beine gespreizt und öffnete sich ihm, so weit sie nur konnte. Die Nässe und Bereitschaft, die in ihrer Möse erwacht waren, überraschten sie.

Sie führte ihn mit der Hand zu ihrer Höhle. Er fing ohne Umschweife an zu stoßen und zu schieben, und mehr durch ihre Hilfe als durch eigene Anstrengungen fand er den Weg in die schlüpfrige Enge und versank schließlich in ihren geheimnisvollen Tiefen. Er drängte weiter, rieb dabei hart gegen ihre Perle und bescherte ihr damit hungrige Schauer, die durch ihre Beine und ihren Schoß schossen.

Sie hielt den Atem an, als er tastete und schob, sie mit

jedem weiteren unbeholfenen Stoß erregte und schließlich ihren schlüpfrigen, klammernden Tunnel vollständig ausfüllte.

Mit einem kehligen Stöhnen begann er dann, in voller Länge in ihr Innerstes zu stoßen, und sandte damit lodernde Flammen durch sie hindurch. Sie bewegte sich mit ihm und überließ sich ganz dem köstlichen Gefühl, das die heftigen Bewegungen in ihr hervorriefen. Beide waren sie trunken von der Hitze des Vergnügens, die in ihnen aufstieg.

Allmählich brach sich ihr Orgasmus Bahn gleich einer Blume, die zur Blüte kommt. Sie begriff kaum, wie ihr geschah, als eine neue warme Welle ihre Sinne überflutete und sie vor Befriedigung keuchend und bebend zurückließ, wie sie es nie für möglich gehalten hätte. Sie stieß einen dünnen, hohen Schrei aus.

Dann hörte sie ihn keuchen, während er weiter in sie hineindrängte, schneller und schneller. »Das macht dich an, du Schlampe, nicht wahr? Mein langer, harter Schwanz macht dich an. Schau nur her, jetzt komme ich – jetzt, ah, jetzt! Ich spritz dich voll mit meinem Saft!«

»Spritz ab! Schieß es in mich!«, schrie sie, und er tat es und ergoss mit heftigen Stößen sahnige Ströme in sie, während er sich hemmungslos seiner Lust hingab.

Sie sackten gegen die Mauer, und sein Kopf lag auf ihrer Schulter. Seine Brillengläser waren beschlagen, und sein ermatteter Schwanz ruhte dankbar und zufrieden in ihr.

»Wie sagtest du, ist dein Name?«, murmelte er an ihrem Hals.

»Jenny, und deiner?«

Das Mädchen wollte tatsächlich seinen Namen wissen. »Malcolm.«

»Also, verrückter Malcolm, wenn du das hier wiederholen

möchtest, werde ich morgen Nacht auf dich warten, doch es kostet dich noch 'nen Fünfer.«

Sie hüllte sich wieder in ihren Mantel, stieß sich von der Mauer ab und stolzierte keck die Straße entlang davon. Obwohl Malcolm leicht benommen zurückblieb, hätte er schwören können, dass sie mit dünner, kindlicher Stimme sang, während sie sich langsam entfernte. Er stieß die Hände in die Hosentaschen und schlurfte breit grinsend die Straße hinunter. Er fühlte etwas Knitteriges in seinen Fingern, zog es heraus und betrachtete es im fahlen Mondschein. Es war der Fünfer. Er starrte für einen Moment mit Unverständnis auf das Stück Papier herab, dann stieß er einen Jubelschrei aus. Bei diesem Wechselkurs konnten sie ewig so weitermachen. Malcolm machte einen Luftsprung und streifte mit der offenen Hand einen herabhängenden Baumzweig.

Sein Lachen hallte gespenstisch durch die einsame Nacht.

Die Geburtstagsparty

Die jährliche Geburtstagsfeier für die Zwillinge auszurichten, war eine grauenvolle Aufgabe, und Fleur ahnte, dass sie am Ende rasende Kopfschmerzen haben würde. Deshalb hatte sie ihnen angeboten, nach dem Fest bei ihrem Vater zu übernachten. Mittlerweile hatte die Party begonnen. All ihre Freunde waren gekommen, schrien das Haus zusammen und rannten hinein und hinaus, während sie mit kindlicher Begeisterung wild mit ihren Batman-Umhängen flatterten und energisch die Welt retteten.

Es waren insgesamt zwölf Kinder da, und auf dem Tisch verstreut lagen die Überreste der Speisen, auf die sie sich gestürzt hatten. Fleur gab sich stets besondere Mühe mit dem Essen, und sie war gut in diesen Dingen. Das war es schließlich, worum es bei solchen Partys ging, das Essen und die Geschenke. Neben Eiscreme und Wackelpudding hatte es Törtchen, Würstchen im Schlafrock und eine gewaltige Schokoladentorte mit fünf Kerzen auf jeder Hälfte gegeben. Sie hatte Spiele vorbereitet, bei denen man Preise gewinnen konnte, und die Hysterie beim Auspacken der Geschenke hatte sich in überschaubaren Grenzen gehalten. Nun musste sie lediglich auf die spielenden Kinder aufpassen, bis die Eltern sie einsammeln kamen. Dann würden auch die Zwillinge mit ihrem Vater abfahren, und sie würde in Ruhe aufräumen und ihren pochenden Kopf zu Bett tragen.

Es war ein glühend heißer Sommer gewesen, und auch an

diesem Tag herrschten hohe Temperaturen. Obwohl alle Fenster offen standen, zerfloss sie in der schwülen Luft und wunderte sich, wie um Himmels willen die Kinder so wild herumrasen konnten, offenbar ohne die Hitze zu spüren. Die Glasur auf dem Kuchen war zerlaufen und die säuberlich aufgetragene Schrift *Happy Birthday Jessie und Jack* kaum noch lesbar. Nicht weiter schlimm. Die Kinder hatten sich gefreut, und nun war es ein weiteres Mal geschafft, und ihre kleinen Bäuche waren gefüllt mit Kuchen, Wackelpeter und Eiscreme, genau so, wie sie es liebten.

Nach und nach wurden alle Kinder abgeholt. Schließlich kam David und sammelte die aufgedrehten Zwillinge ein, und endlich war Fleur allein inmitten eines großen Haufens von Dreck und Müll. Sie stieß einen Seufzer der Erleichterung aus und ließ sich dankbar auf das Sofa fallen. Der Schweiß rann ihr die Arme entlang und zwischen die Brüste. Ihre Schenkel klebten aneinander. Sie hasste es, wenn das Wetter so stickig und ermüdend war. Jede Bewegung wurde dann zu einer Anstrengung. Sie zog ihre feuchte Kleidung aus und blieb eine Weile auf dem Sofa liegen, ohne sich zu rühren. Sie fühlte sich schon ein wenig besser, doch die Schwüle lastete weiterhin auf ihr. Nach einem kurzen Moment döste sie ein, wollte sich nur eine kurze, wohlverdiente Pause gönnen.

Als sie eine halbe Stunde später von der Hitze geweckt wurde, waren ihre Kopfschmerzen einem dumpfen Pochen hinter der Stirn gewichen. Widerwillig erhob sie sich und überlegte, ob sie nun aufräumen sollte. Ihre nackten Brüste schwangen, während sie sich vornüber beugte, und wieder einmal stellte sie voller Stolz fest, welch perfekte Größe sie hatten. Nicht zu groß oder zu schwer und dennoch eine gute Hand voll, sanft gerundet, weich und anschmiegsam. Nachdem sie die Zwillinge gestillt hatte, saßen sie nicht mehr ganz so hoch wie vorher, doch die großen braunen Höfe mit den Nippeln zeigten weiterhin aufwärts, und die feinen Dehnungsstreifen störten sie nicht weiter. Sie waren eine Bestätigung ihrer erfüllten Mutterschaft.

Ihr Bauch war immer noch flach, und ihre Hüftknochen zeichneten sich ab. Ihre straffen, glatten Beine waren kräftig, und man sah ihnen die Schwangerschaft nicht an. Nach dem heißen Sommer war ihre Haut gebräunt und glänzte nahtlos in einem dunklen Goldton. Das war einer der Vorteile, wenn man einen Garten sein Eigen nennen konnte, der von außen nicht einsehbar war.

Sie betrachtete den kleinen dunklen Leberfleck an ihrer Kehle. Einen weiteren hatte sie auf der Rückseite ihrer Hüfte. Sie empfand sie nicht als Makel, vielmehr als eine Art Schmuck. Der Rest ihrer Haut war seidig-glatt und makellos. Sie befand sich in der Blüte ihres Lebens und fühlte sich gesund und lebendig.

Ermüdet von der Hitze schlenderte sie ziellos in die Küche und öffnete die Tür des Kühlschranks. Die kühle Luft, die ihr entgegenschlug, war eine willkommene Abwechslung, und ihre Nippel wurden augenblicklich hart. Die Eiscreme war nicht ordentlich ins Eisfach zurückgestellt worden und schmolz nun langsam vor sich hin. Sie zog den Deckel ab, und ohne sagen zu können, warum – vermutlich lag es an der Hitze –, steckte sie die Finger in die Schale und schaufelte einen großen Klumpen heraus. Dann verrieb sie die wohltuende Kühle genüsslich auf ihren Brüsten. Oooh, das tat gut. Sie griff noch einmal zu und verschmierte die Eiscreme großzügig auf ihren Brüsten und ihrem Bauch. Sie schloss die Augen und gab sich ganz dem herrlich kühlen Gefühl auf ihrer erhitzten Haut hin.

»Entschuldigen Sie bitte, ich möchte nicht stören.« Eine

freundliche, leicht amüsiert klingende Männerstimme schreckte sie auf. Erschrocken wirbelte sie herum und präsentierte ihm dabei ihren vollständig mit Eiscreme bedeckten Oberkörper.

Sprachlos stand sie einen Moment mit weit aufgerissenen Augen da, bis er die Stille unterbrach.

»Ich bin Glen. Ich wollte Emily abholen.«

»Sie ist bereits weg«, antwortete Fleur stotternd, während ihr die Lächerlichkeit der Situation bewusst wurde. »Ihre Mutter hat sie abgeholt.«

»Typisch«, murmelte er mit einem Zwinkern in den Augen. »Dabei hatte sie mich gefragt. So was macht sie ständig.« Sein Kopf hatte sich nicht bewegt, doch seine Augen glitten über ihren mit der langsam schmelzenden Schicht Eiscreme bedeckten Körper. Er riss sich zusammen. »Es tut mir leid, dass ich Sie in einem unpassenden Moment erwischt habe.« In seinen Augen glitzerte es verräterisch. Er drehte sich um und machte Anstalten zu gehen.

»Einen Moment bitte, Glen«, hörte sie sich sagen. »Möchten Sie vielleicht eine kleine Erfrischung? Es ist jede Menge übrig geblieben.«

Es musste an der Hitze liegen. Wahrscheinlich hatte sie Fieber bekommen. Sie beschwichtigte sich damit, dass sie es zwischen seinen Beinen hatte zucken gesehen, während er fasziniert auf ihre beschmierten Brüste gestarrt hatte. Sein Schwanz war angeschwollen und ragte unübersehbar hervor. Es musste einfach an der Hitze liegen. Sie hatte keine andere Entschuldigung für ihr Verhalten, außer dass er sehr attraktiv war, lässig und elegant, ohne Anzeichen von Nervosität, ein wenig draufgängerisch, schlank und geschmeidig. Etwas passierte zwischen ihnen, und sie würde keine Zeit damit verschwenden, es lange zu analysieren.

»Wie wäre es für den Anfang mit ein wenig Eiscreme?« Sie ging auf ihn zu, forderte ihn mit den Augen heraus.

Er erwiderte ihren Blick, und sie wusste, dass er sie verstanden hatte. Seltsamerweise fühlte sie sich nicht lächerlich, wie sie da in ihrem Spitzenhöschen stand, am ganzen Leib mit Himbeereis beschmiert. Ihre runden, bronzefarbenen Brüste glichen frischen, reifen Orangen mit kleinen steifen Stielen. Sie erhaschte ein anerkennendes Glitzern in seinen Augen und fühlte, wie ihr Schoß erbebte. Ihre Nippel wurden noch härter, als sie sah, dass er seine offensichtliche Erregung zu genießen schien. Sie beugte sich ihm verführerisch entgegen, und schon spürte sie, wie er die Eiscreme von ihren Brüsten leckte. Er begann mit den Nippeln, sog hart an ihnen und ließ seine Zunge über ihre bedeckten Brüste kreisen.

»Mhm, Himbeereis – meine Lieblingssorte«, murmelte er, und sie versuchte vergeblich, einen Aufschrei zu unterdrücken.

Er umschloss ihren kleinen, festen Nippel mit den Lippen und zog, sog ihn in seinen Mund, wobei er auch noch den kleinsten Rest Eiscreme aufleckte. Erregung durchflutete sie, und ihre Möse zog sich vor Verlangen zusammen und ließ sie wohlig erschauern.

Langsam leckte er mit der ganzen Zunge über das Tal zwischen ihren Brüsten, um sich schließlich ihrem anderen Nippel zu widmen. Er kniete sich hin, umfasste ihre Hüften mit seinen Händen, und während er aufreizend über ihre Haut leckte und sanft an ihr knabberte, wanderte er über ihren Bauch nach unten. Die Berührung seiner Zunge ließ sie vor Befriedigung erbeben, sodass ihr Höschen ganz feucht wurde von ihrem Saft.

Er hielt inne und betrachtete mit einem prüfenden Blick ihren nackten Körper, perfekt, golden und zierlich.

»Ich wusste gar nicht, dass Eiscreme so gut schmecken kann«, sagte er grinsend.

Sein erregter Schwanz drängte vorn gegen seine Hose und zeichnete sich unter dem Stoff ab.

»Das sieht nicht sehr bequem aus«, bemerkte sie. »Warum ziehst du dich nicht ein wenig aus? Es ist unglaublich heiß.«

Langsam und bedächtig begann er, sich zu entkleiden, zog erst Hemd und Krawatte aus und legte beides über einen Stuhl – ein ordentlicher Mann. Dann schlüpfte er aus seinen Schuhen und Socken und stellte sie unter den Stuhl. Dieser Mann weiß, was er tut, fuhr es ihr durch den Kopf. Die meisten Männer hätten ihre Socken bis zuletzt anbehalten und dadurch lächerlich gewirkt, ihm passierte das nicht.

Er hatte dunkle Haare an Armen, Beinen und auf der Brust, von wo sie in einer dünnen Linie auf seinem muskulösen Bauch mündeten. Er öffnete seine Hose und streifte sie mitsamt der Boxershorts herunter, faltete sie und legte alles auf dem Stuhl ab. Mit einer geschmeidigen Bewegung ließ sie ihren Slip zu Boden gleiten. Nun standen sie sich nackt gegenüber. Er, sehnig und dunkel, und sie mit ihren sanften, weichen Rundungen, golden glänzend. Zwei völlig Fremde.

»Fleur, richtig?«, fragte er nach.

»Ja.« Sie wusste nicht recht, wie sie weitermachen sollte, und bemühte sich, nicht zu offensichtlich auf seine enorme Erektion zu starren, die hart und mit pulsierenden Adern in Richtung seines Nabels drängte.

»Wir sind beide erfreut, dich kennenzulernen, Fleur.« Er grinste spitzbübisch.

Sie standen vor dem geöffneten Kühlschrank, und Übermut überkam sie. Sie griff hinein und holte eine Dose Sprühsahne heraus. Während sie ihm zuzwinkerte, besprühte sie seinen aufgerichteten Schwanz sorgfältig mit der weißen Creme. Dann platzierte sie auf der Spitze eine Kirsche, die sie aus einem kleinen Glas geholt hatte.

Er lachte über den albernen Anblick, den sein üppig bedeckter und mit der Kirsche gekrönter Schwanz nun bot.

Vergnügt kniete sie sich vor ihn und genoss das Hors-d'œuvre, pflückte und kaute zuerst die Kirsche und leckte dann mit der Zunge über seine ganze sahnige Länge, bis sie sämtliche Spuren beseitigt hatte. Sein Schwanz sprang ihr entgegen, zuckte und wand sich, und er stöhnte leise.

Der Übermut ließ sie kreativ werden. In der Tür des Kühlschranks schmolzen Eiswürfel in einer Schale. Sie nahm zwei heraus und steckte sie sich in den Mund. Bevor er sich wehren konnte, kniete sie sich erneut hin und umschloss seinen heißen Schwanz mit ihrem eisigen Mund. Der plötzliche Schock ließ ihn aufschreien, und seine Beine zitterten. Er zögerte einen Moment, doch dann bewegte er seine Hüften langsam, während sie mit ihrem Mund an seinem Schaft hoch- und runterglitt. Die kalten Eiswürfel bewegten sich in ihrem Mund, als ihre Lippen fest über seine Eichel glitten und ihre Zungenspitze das kleine Loch ganz oben betastete. Die Eiswürfel begannen zu schmelzen, und das Wasser rann ihr aus dem Mund und den harten Schaft hinunter bis in seinen Busch und weiter über seine Schenkel. Er drängte in ihren Mund, der seinen Schwanz fest umschlossen hielt.

Sie passte sich seinem Rhythmus an und sog an ihm, während sich ihre Zunge an seinen Schaft schmiegte. Als sie spürte, wie seine Erregung wuchs, zog sie sich sanft zurück und legte ihre Hand um seine Eier. Er atmete bereits schwer. Sie griff ein weiteres Mal hinter sich und langte in eine Schale, die auf dem Kühlschrank stand.

Dieses Mal hielt sie eine Banane in der Hand, die sie zügig schälte. Sie beugte leicht die Knie und schob die Banane ohne Umschweife in ihre Möse. Die Unverfrorenheit dieser Aktion entlockte ihm ein leises Stöhnen. Mit zitternden Händen griff er, ohne hinzusehen, nach der Flasche, die sie ihm entgegenhielt. Und dann lag sie auf dem Boden und offerierte ihm ihren Bananensplit.

Er blickte auf die Flasche in seiner Hand, verblüfft und gleichzeitig amüsiert. Die Lust brannte wie Feuer in ihm. Schokoladensoße. In hellem Entzücken betrachtete er die Banane, die zwischen ihren gespreizten Beinen hervorlugte, und bespritzte sie lüstern mit Schokoladensoße. Seine Erregung brach sich Bahn, und er leckte und schlürfte und stieß dabei leise, animalische Geräusche aus, während sie sich stöhnend auf dem Küchenboden wand. Mit dem Mund zog er die Banane aus ihr heraus und aß sie, schmeckte ihren Mösensaft, der sich mit der Schokoladensoße vermischt hatte. Als er fertig war, schob er seine Zunge in sie hinein und erforschte ihre Spalten und Tiefen. Er stieß und bohrte eindringlich, um auch den letzten Rest der Soße zu finden. Ihre Hüften kamen ihm entgegen, doch bevor ihr Verlangen sie überwältigen konnte, entzog sie sich ihm erneut.

Es gelang ihm kaum noch, sich zu beherrschen, und sein Atem raste. Was zum Teufel hatte sie nun wieder vor? Er richtete sich auf die Knie auf und sah, wie sie durch die Tür nach nebenan verschwand. Dort wartete sie auf ihn, neben dem verwüsteten Partytisch, lachend und lockend. In der Hand hielt sie eine Rebe Tafeltrauben, doch er kannte die Regeln nun und war fest entschlossen, sich in ihrem Spiel zu behaupten. Sie hängte die Trauben über seine aufgerichtete Männlichkeit und bediente sich mit dem Mund, Traube für Traube. Dabei spielte sie behutsam mit seinen Eier. Er rüstete sich mit einer Schale Wackelpudding mit Erdbeergeschmack und schob sie rückwärts zum Sofa. Dort verteilte er den Nachtisch großzügig über ihren Körper.

Er strich ihn über ihre lockenden Brüste und den flachen Bauch und zwickte dabei ihre Nippel mit den klebrigen Fingern, bis sie aufschrie. Dann rieb er seinen eigenen Körper gegen ihren und genoss das klebrige Gefühl, während sie über seine Kühnheit lachen musste. Er stieß seinen vor Erregung schmerzenden Schwanz gegen ihre kecken Brüste und verursachte leise schmatzende Geräusche, als er gegen ihre Nippel klatschte. Er umschloss ihre Brüste mit beiden Händen, presste sie zusammen und schob seinen prallen Schaft dazwischen, wobei er den Wackelpudding als Gleitmittel nutzte. Sie betrachtete die erigierte Spitze, die zwischen ihren Brüsten hervorstieß und wieder verschwand, prall und wild. Er sah in ihre vor Erregung geweiteten Augen und dachte an das pochende Verlangen in ihrer Möse. Berauscht und beflügelt sprang er auf und eilte zurück zum verwüsteten Tisch, um mit den Resten der Schokoladentorte zurückzukehren.

Sie fühlten sich beide überwältigt von ihrer fröhlichen Unbeschwertheit und wilden Geilheit, und mit kindlicher Begeisterung bewarfen sie sich mit Kuchen, beschmierten sich gegenseitig, wo immer sie konnten, und leckten sich die Schokolade gierig von ihren Pobacken. Ihre Zungen drangen auf der Suche nach den kleinsten Krümeln tief in alle Spalten. Er schmierte den Kuchen auf ihre Möse, und sie auf seinen Schwanz, und dann leckten sie ihn sich gleichzeitig wieder ab. Sie kostete von seinem pochenden Schwanz, er hingegen kitzelte und lockte ihre Klitoris, fuhr mit der Zunge tief in die klebrige Spalte und wieder zurück zu ihrer ungeduldigen Perle, bis sich ihr gemeinsamer Höhepunkt heiß und drängend in heftigen Zuckungen Bahn brach und er seinen dicken, milchigen Samen in ihren Mund schoss, während sie unter seiner Zunge explodierte und dabei süßlich salziger Mösensaft in seinen Mund floss.

Die Wogen ihrer Leidenschaft verebbten nur langsam, und schließlich lagen sie beide erschöpft da. Keiner von ihnen hatte sich jemals so hemmungslos gezeigt, und sie schoben es auf die geradezu unnatürliche Hitze. Sie lösten sich kichernd voneinander und betrachteten ihre beschmierten und klebrigen Leiber.

»So kannst du nicht gehen.« Sie lächelte. »Du solltest ein Bad nehmen.«

»Gerne.« Er grinste und küsste sanft ihren lachenden Mund, genoss den schwachen Geschmack seines Spermas auf ihren Lippen. »Die Party war großartig, Fleur.«

Als sie zusammen im schaumigen Wasser saßen, seiften sie einander genüsslich ein, sanft und behutsam, ohne Verlangen, und erforschten staunend jedes Detail des anderen. Sie freuten sich über ihre ungezügelte Verrücktheit, und er musste daran denken, dass die Unzuverlässigkeit seiner Exfrau auch ihre guten Seiten hatte. Bei allen zukünftigen Kindergeburtstagen würden sich Fleur und er an diese eine Party erinnern und jedes Mal wieder herzlich darüber lachen. Es war eine köstliche Erinnerung, aber zu schmutzig, um irgendwann ihren Enkeln davon zu erzählen, obwohl keiner von ihnen ahnte, dass es sich dabei um die gleichen – gemeinsamen – Enkelkinder handeln würde und dass sie für den Rest ihrer Leben noch häufig Gelegenheit haben würden, bei vielen Kindergeburtstagen einander vielsagende Blicke zuzuwerfen und in unkontrolliertes Gelächter auszubrechen. Es würde ihnen die letzten Jahre versüßen, von denen sie in diesem Moment noch nicht wussten, dass sie sie miteinander verbringen würden.

Da noch ein langer, heißer Sommerabend ohne Kinder vor ihnen lag, unterhielten sie sich entspannt bei einem Drink, und hinterher schien es die natürlichste Sache der Welt, sich gemeinsam ins Schlafzimmer zurückzuziehen, wo Verlangen und Sinnlichkeit unvermeidlich das Ruder übernahmen. Träge und erregt lagen sie nebeneinander, und sie hatte die Beine um ihn geschlungen, während er mühelos und in seiner ganzen Pracht in sie glitt, als wären sie füreinander gemacht. In enger Umarmung, ohne jede Eile, fanden sie in einen sanftem Rhythmus, während ihre Lust weiter wuchs und sie schließlich auf den Wogen der Ekstase davontrug.

Als Fleur am nächsten Morgen erwachte, war Glen immer noch da. Und auch dreißig Jahre später würde er noch in ihre wohlige, behagliche Enge schlüpfen und ihre gemeinsame Leidenschaft genießen.

Echte Männer

Das Pfeifen und Gejohle hallte vom Baugerüst herab, und Harvey schmunzelte und hielt inne, um zu gucken. Es war das übliche Prozedere, wenn die Mädchen in ihrer Mittagspause aus den Büros auf die Straße hinausströmten. Manchmal stimmte er halbherzig mit ein, doch meistens hielt er sich zurück. Für die anderen Burschen gehörte es irgendwie dazu, Mädchen aufzureißen, doch vor allem ging es ihnen darum, sich gegenseitig ihre Männlichkeit unter Beweis zu stellen – was etwas war, was Harvey überhaupt nicht brauchte. Er zog seinen Schutzhelm aus und wischte sich mit dem Handrücken den Schweiß von der Stirn. Während er sich über das Geländer des Gerüsts lehnte, bemerkte er ein Mädchen, das sich aus der Gruppe löste und der Baustelle näherte. Als sie direkt unter ihnen stand, begann sie, ihre Bluse aufzuknöpfen.

Das Pfeifen verstummte abrupt, und Stille breitete sich aus.

»Was macht sie da?«, fragte einer der Burschen überflüssigerweise. Es war offensichtlich, was sie tat.

Harvey war gespannt, wie weit sie gehen würde.

Als sie den letzten Knopf erreicht hatte, öffnete sie ihre Bluse und präsentierte ihnen ihre blanken Brüste.

»Das habe ich anzubieten!«, rief sie ihnen zu. »Nun seid ihr dran. Lasst mich sehen, was ihr habt!«

»Verdammte Scheiße«, hörte er einen der Jungs stottern. »Was zum Teufel denkt sie, was sie da macht?«

»Ich würde sagen, sie führt euch vor!«, rief Harvey ihm zu.

»Nun?«, rief sie erneut, immer noch mit blanken Brüsten. »Zu heiß für euch? Was seid ihr, Männer oder Mäuse?«

Die Stille dehnte sich aus, und verlegenes Hüsteln war zu hören.

»Ich denke, es sind Mäuse!«, brüllte Harvey unbekümmert zu ihr hinunter. »Das ist einfach zu viel für sie.«

Aus der Gruppe der versammelten Frauen erhob sich ein höhnisches Gejohle. »Ihr seid Schlappschwänze!«

»Entweder scheißt ihr jetzt, oder ihr verschwindet vom Topf!«

»Große Klappe und nichts dahinter! Typisch Mann!«

Harvey grinste verstohlen und applaudierte im Stillen. Er hatte sich nie wohl bei dieser Art Anmache gefühlt und sich manchmal gefragt, was wohl die Frauen davon hielten. Er bezweifelte, dass die Burschen es noch mal wagen würden, sich so zu benehmen, und rechnete den Mädchen ihr Verhalten hoch an.

Harvey wusste, dass er nicht dazugehörte, irgendwie war er nicht ganz »einer von ihnen«. Er hielt sich für unterlegen und kam mit ihrer Art Witze nicht zurecht. Er nahm vieles zu wörtlich und landete prompt im Fettnäpfchen. Wenn sie ihn schickten, um einen Schraubenschlüssel für Linkshänder oder eine Dose gestreifte Farbe zu holen, so lief er erst einmal los. Er war nicht nachtragend und nahm es mit einem gutmütigen Grinsen hin. Er machte sich nichts aus ihren Scherzen, doch dazugehörig fühlte er sich auch nicht.

Er war das Gefühl gewöhnt. Es war das Gleiche in der Schule gewesen und zu Hause mit seinen Geschwistern.

»Harvey ist fett«, pflegten sie ihren Freunden zu erklären, und er hatte es so oft gehört, dass er es selbst glaubte. Er zog sich zurück und sah zu, dass er sich niemanden zum Feind machte. Er war fleißig, umgänglich, gutmütig und auch bereit, den einen oder anderen Witz über sich ergehen zu lassen. Die Leute akzeptierten ihn, ohne sich viele Gedanken über ihn zu machen.

Er war eine attraktive Erscheinung mit einem prachtvollen, kräftigen Körper, nicht besonders groß, doch herrlich geformt. Er hatte feste, starke Muskeln wie aus Granit gemeißelt, Sehnen wie Seile, und Brustmuskeln, für die man sterben konnte. Unter seiner golden gebräunten Haut wölbten sich die Bauchmuskeln zu einem Sixpack, und sein ordentlich geschnittenes, lockiges blondes Haar, welches ihm immer wieder ins Gesicht fiel und bis in den Nacken wuchs, umrahmte ein freundliches Gesicht mit einem gewinnenden Lächeln. Seine braunen Augen blickten stets etwas verwundert und mit einem Ausdruck der Verletzlichkeit in die Welt. Gleichzeitig lagen ein leichtes Funkeln und eine Spur von Belustigung in ihnen. Auf seinem rechten Oberschenkel befand sich unterhalb der Hüfte ein tätowiertes grünes Krokodil mit einem roten Auge. Krokodile faszinierten ihn. Sie waren so wahrhaftig und schienen unverletzbar. Niemand legte sich mit einem Krokodil an.

Harvey kam nicht in den Sinn, dass er attraktiv sein könnte – schon den Gedanken fand er absurd.

Die Arbeit im Freien als Handlanger gefiel ihm sehr gut. Es wurde nie langweilig, und er konnte seine Muskeln benutzen, ohne dass er seinen Verstand hätte anstrengen müssen. Genau so mochte er es. Seine Gedanken gehörten ihm, er kannte seinen Platz im Leben, und die meiste Zeit war er glücklich.

Da er keine echten Freunde hatte, kam sein Privatleben etwas zu kurz. Manchmal ging er mit seinen Schwestern und ihren Freunden in eine Kneipe oder auf Partys, denn er selbst hatte keine Freundin. In seiner Schulzeit hatte er einige sexuelle Begegnungen mit Mädchen gehabt, in der Regel waren es Quickies hinter irgendeinem Fahrradschuppen gewesen. Aus irgendeinem Grund schmissen sich ihm die Mädchen an den Hals, doch er hatte sich nie viel daraus gemacht und legte es nicht darauf an. Manchmal fühlte er sich trotz allem ein wenig einsam und sehnte sich nach jemandem, mit dem er all die Dinge teilen konnte, die er in sich verschlossen hielt.

Die Gruppe der Arbeiter vergrößerte sich, als die Klempner und Stuckateure kamen. In der Menge der Neuankömmlinge befand sich ein Bursche türkischer Herkunft, den Harvey noch nicht kannte. Sein Name war Yusuf, doch alle nannten ihn Joe. Er sah wie eine dunklere Version von Harvey aus, der gleiche starke, stämmige Körper, das gleiche aufrichtige und freundliche Lächeln, der gleiche Schwung im gelockten Haar, nur dass es schwarz war. Auch vom Wesen her waren sie gleich – doch Joe schien cleverer zu sein und zahlte es den Kollegen mit gleicher Münze zurück, wenn sie ihn auf den Arm nahmen. Harvey fühlte sich deshalb magisch zu ihm hingezogen. Joe war nicht einfältig und kannte sich aus. Harvey mochte, wie Joe aussah, und wollte mehr über ihn erfahren.

Auf dem Klo beim Pinkeln waren sie zum ersten Mal allein. Harvey registrierte stets die Schwänze anderer Kerle – nicht auf eine perverse oder unanständige Art. Er nahm sie wahr, wie andere Leute auf Augen achteten. Er mochte Schwänze, und sie waren alle verschieden. Er konnte es nicht verhindern, dass er sich mit Joe verglich. Sein Schwanz war nicht besonders lang, hatte jedoch einen außergewöhnlich großen Umfang. Er war breit und dick mit einer langen, die Eichel verdeckenden Vorhaut und hing artig über seinen Eiern.

Joe hatte gar keine Vorhaut, und sein langer, brauner Schwanz baumelte frei. Harvey wollte mehr sehen – er fühlte sich an ein Pferd oder einen Elefanten erinnert, oder an diesen Wal, den er vor Kurzem im Fernsehen gesehen hatte, mit seinem gewaltigen Rohr, mit dem er über dem Wasser herumwackelte und jeden zum Staunen und Kichern brachte. Joes dunkles Ding mit dem nackten Kopf war faszinierend, und Harvey musste aufpassen, dass er nicht gaffte.

Joe war erfahrener in diesen Dingen und hatte Harveys Blicke bemerkt, doch das behielt er vorerst für sich. In der Zwischenzeit beobachtete er, wie die anderen Burschen mit Harvey umgingen, und versuchte, mehr über ihn herauszufinden. Er fühlte sich angezogen von dessen blondem Haar und seiner gebräunten, muskulösen Vollkommenheit. Jeder, mit dem Joe zu tun hatte, hatte einen olivfarbenen Teint, war schwarzhaarig und hatte einen Schnurrbart. Der Anblick eines hellhäutigen Blondschopfs war eine Seltenheit für ihn, und Joe nahm es als willkommene Abwechslung.

Joe stand auf Männer. Vielleicht lag es an seiner Herkunft, wo der sexuelle Kontakt zu Mädchen als unmoralisch und verwerflich galt. Männer zogen ihre Befriedigung ganz ungeniert aus ihren Kontakten untereinander, blieben dabei jedoch diskret. Man musste nicht schwul sein, doch Joe zog Männer einfach den Frauen vor. Er wartete und beobachtete, bevor er eine Entscheidung traf.

Ihm war klar, dass Harvey ein Außenseiter und Einzelgänger war, und niemand schien zu wissen oder sich dafür zu interessieren, was er nach der Arbeit tat. Joe nutzte das Durcheinander in den Mittagspausen, um sich neben Harvey zu setzen, und sie führten lockere Gespräche. Joe stellte fest, dass Harvey ein recht unspektakuläres Leben führte, und dachte, dass er dies ändern könnte. Als er sich eines Tages sicher genug fühlte, lud er Harvey für das Wochenende zum Feiern mit einigen Freunden ein. Harvey fand daran nichts Merkwürdiges. Er schätzte ihre Freundschaft und fand es nicht überraschend, dass sie ihre Bekanntschaft auch außerhalb der Arbeit pflegen wollten. Also sagte er zu und dachte nicht weiter darüber nach.

Der Club, den sie aufsuchten, war voller Männer. Joe erklärte ihm, dass er an solchen Orten mehr Spaß hätte und er und seine Kumpels die Gesellschaft von Männern der von Frauen vorziehen würden. Harvey wurde sich mit einem Mal klar, dass es ihm genauso ging, obwohl er bisher nie einen Gedanken daran verschwendet hatte.

Der nächste Schritt war etwas schwieriger. Als der Abend fortschritt, sah er Männer, die Händchen hielten und sich küssten. Er beobachtete, wie sie beim Tanzen die Hintern aneinanderrieben und sich zur Schau stellten. Auch die Art, wie sie sich kleideten, war aufreizender, als es die meisten Männer tun würden.

Als er kurz die Toilette aufsuchte, überraschte er zwei Kerle, und was sie miteinander trieben, hätte er niemals für möglich gehalten. Er flüchtete aus dem Klo, ohne sich vorher zu erleichtern. Vor der Tür musste er kurz innehalten, um sein aufwallendes Blut und sein pochendes Herz zu beruhigen. Er rang nach Atem und verließ den Club, um draußen an der frischen Luft einen klaren Kopf zu bekommen.

Das war nicht leicht. Denn sein Schwanz stand derart hungrig und prall in seiner Hose, wie er es nie zuvor erlebt hatte. Er wusste nicht, was er davon halten sollte.

»Harvey?« Es war Joe, der nach ihm suchte. »Stimmt was nicht?«

»Sie haben sich auf dem Klo einen runtergeholt. Nicht sich selbst – gegenseitig.«

»Wie hast du dich dabei gefühlt?«, fragte Joe vorsichtig.

Harvey blickte ihn aufgewühlt an und atmete hastig und tief ein. »Ich hab 'nen Ständer!«, platzte er heraus. Er hätte fast geheult in seiner Not.

Joe legte tröstend einen Arm um ihn. »Ist das so schlimm? Das passiert mir ständig. Überrascht es dich, dass du so fühlst? Es ist alles gut so. Ist schon in Ordnung, glaub mir.«

Harvey sah Joe an, doch diesmal mit völlig anderen Augen, verwirrt und doch neugierig. »Du machst das auch – mit anderen Männern?«

»Ja.«

Für einen Moment herrschte Stille, und Joe wartete, während Harvey mit sich rang. Schließlich wurde Joe belohnt. »Möchtest du das mit mir machen?«

»Ja.«

Als sie sich nun ansahen, war alles anders. Ihre Augen fanden sich. Harvey war völlig aufgewühlt, und Joe wartete, bis er sich etwas beruhigt hatte. Dann bewegte Harvey den Kopf, nur ein wenig, doch geradewegs in Joes Richtung, zögerte und wendete sich ab. Joe griff nach seinem Kinn und drehte Harveys Kopf in seine Richtung zurück. Ihre Gesichter näherten sich, bis sich ihre Lippen berührten. Sie verharrten in einem Beinahe-Kuss, bis Joe vorsichtig mit der Zungenspitze über Harveys Lippen fuhr und ihre Kurve nachzog. Dann wurde die Berührung drängender, und Harvey öffnete zögerlich die Lippen.

Es war elektrisierend, als sich ihre Zungenspitzen trafen. Harvey zitterte am ganzen Körper, erfüllt von köstlichem

Verlangen. Nach Luft ringend lösten sie sich schließlich voneinander, und Harvey legte seine Handfläche auf Joes Wange, um ihn zärtlich mit dem Daumen zu streicheln.

»Jetzt ergibt alles einen Sinn. Es passt. Das ist alles, was ich jemals wollte, ich wusste es nur nicht.«

Joe drehte den Kopf und knabberte zärtlich an der liebkosenden Hand. »Komm. Lass uns zu mir nach Hause gehen.«

Sie schwiegen im Taxi, doch ohne dass der Fahrer es sehen konnte, hielten sie Händchen, schlangen ihre Finger ineinander, aneinander gefesselt in atemloser Erwartung. Harvey war bis in die Nervenspitzen erregt und fühlte sich unglaublich von Joe angezogen.

Als sie endlich in der Wohnung angekommen waren, zogen sie einander langsam und genüsslich aus. Ihre stämmigen, starken Körper waren sich so ähnlich, einer dunkel, einer golden, doch beide wunderbar in Form und Farbe. Ihre unterschiedlichen Schwänze drängten auf verschiedene Weise in Richtung Nabel. Joes langer, beschnittener Schwanz bog sich ähnlich einem Rinderhorn, Harveys kräftiges Rohr hingegen versteckte sich vorn schüchtern unter seiner Haube.

Harvey wusste nicht, wie er anfangen sollte, also machte Joe es ihm vor, sog und neckte züngelnd Harveys Nippel, streichelte mit beiden Händen über die festen Brustmuskeln und Pobacken. Schließlich kniete er sich hin und nahm Harveys Ständer in den Mund und glitt feucht an ihm hoch und runter.

Harvey hielt den Atem an. Er wollte nicht die kleinste Empfindung verpassen, die durch seine Adern und in seinen Schwanz strömte und seinen neuerwachten Körper zum Pulsieren brachte.

Joe erhob sich und führte Harvey zum Bett. Als sie beieinander lagen, war es an Harvey, Joe zu verwöhnen. Nun endlich konnte er dessen steifen, geschwungenen Ständer genauer betrachten und fand ihn unwiderstehlich anziehend. Er bestaunte die weiche, seidige Haut und die spitze Kuppel. In den Venen seines Schwanzes und in seinen Eiern verspürte er einen schmerzhaft pochenden Hunger.

Er ahnte, wonach es Joe verlangte, und so legte er die Hand um dessen Schwanz und sah begierig, wie sich die Haut über dem harten Muskel bewegte. Ohne nachzudenken leckte er die aus dem Auge hervortretende Flüssigkeit ab, dann ließ er den glänzenden Kopf zwischen seine Lippen gleiten. Er war überrascht, als er spürte, wie sehr ihn der Schwanz ausfüllte. Joe stöhnte, und Harvey fühlte sich ermutigt. Noch tiefer nahm er den Schwanz in sich auf, schob ihn vor und wieder zurück, spielte mit der Spitze und erforschte ihn neugierig mit der Zunge.

Nach einigen Minuten legte Joe seine Hand auf Harveys hellen Schopf. »Wir können es zusammen machen. Lass es mich dir zeigen.«

Er drehte Harvey herum, ließ ihn auf die Knie gehen und positionierte sich so hinter ihm, dass sein Schwanz zwischen den muskulösen Hinterbacken lag.

»Es wird nicht wehtun«, flüsterte Joe, während er nach der Gleitcreme griff.

Harvey war mehr als einverstanden und wartete entspannt und voller Erwartung. Joe verteilte die Creme über sie beide und drang vorsichtig und zärtlich in Harvey ein. Nur für einen kurzen Moment schien er gegen ein Hindernis zu drücken, das kurz darauf einladend nachgab, und Joe konnte sich tief in Harveys Höhle versenken. Harvey, der eine enorme Erektion hatte, genoss das Gefühl, das intensiver war, als er es je für möglich gehalten hätte. Er glaubte, jeden Augenblick explodieren zu müssen.

Dann legte Joe seine glitschige Hand um Harveys schreienden Schwanz und bewegte sie im Rhythmus seiner Stöße. Erst langsam und behutsam, bis die Lust sie übermannte und sie wild stießen und im Gleichklang keuchten.

Harveys Verstand war wie leergefegt. Er versank vollkommen in den beinahe unerträglichen, sich immer weiter ausdehnenden Wellen reinsten Vergnügens, die über ihn hinwegbrandeten. Als er kam, schossen pulsierende Fontänen heißen Spermas aus ihm, die ihm einen hemmungslosen Schrei der Freude entlockten. Dann zog Joe seine Hand zurück und umfasste Harveys Hüfte. Harveys Orgasmus ließ auch ihn kommen, und mit einem letzten harten und tiefen Stoß verströmte er sich in Harveys Arsch.

Hinterher lagen sie noch eine Weile beieinander. Ihre Finger strichen leicht über verschwitzte, glänzende Haut. Joe zeichnete die Konturen des Krokodils nach. Harvey stützte sich auf einen Ellbogen und fuhr sanft mit der Hand über Joes prachtvollen Busch.

»Schwänze sind geil, keine Frage. Aber erzähl's nicht den anderen auf der Arbeit, sonst wollen sie alle einen.«

Joe musste über Harveys Naivität lächeln. »Das Problem ist, dass sie denken, ihre eigenen Schwänze seien die besten. Sie sind nicht wie du, keiner von ihnen. Und sie werden nie wissen, was ihnen entgeht. Du bist was Besonderes.«

»Nein, bin ich nicht. Ich bin dick.«

»Nur da, wo es wichtig ist.«

Es dauerte eine Sekunde, bis Harvey den Witz kapierte, doch dann fiel er fast aus dem Bett vor Lachen. Er spürte die Veränderung und wusste, dass dieses andere Ich immer in ihm gesteckt hatte und auf ihn gewartet hatte. Und nun, da er wusste, wer er war, würde er sich nicht mehr verletzen lassen. Außerdem hatte er nun Joe, und das änderte alles. Harvey fühlte sich wie ein Mann, der die beste Zeit seines Lebens hat.

Er war heiß, sein Körper war erwacht und pulsierte. Als er am darauffolgenden Wochenende mit Joe den Club aufsuchte, trug er ein neues, ärmelloses rotes Shirt, hatte Aftershave aufgetragen und zeigte ungeniert seine Sexualität. Als sie tanzten, fühlte er die Blicke der anderen auf sich, und zu Joes großer Belustigung wackelte er verführerisch mit dem Hintern.

Ein Kerl, der an der Bar stand, erregte seine Aufmerksamkeit. Eines seiner Ohrläppchen war vollständig mit Silberschmuck bedeckt, und seine enge Lederjacke gab den Blick auf verschiedenste Tattoos auf Brust und Unterarmen frei. Sein Drei-Millimeter-Haarschnitt ließ ihn leicht bedrohlich wirken, und seine gierigen, brennenden Augen fixierten Harvey und ließen ihn erbeben.

Joe lehnte sich zu ihm hinüber und flüsterte: »Du hast bei Bruno gepunktet, du verdammter Glückspilz. Ich hab keine Chance bei ihm. Er steht nur auf Blonde.«

Harvey wurde plötzlich heiß. Es schien keine Regeln zu geben, und mit einem Mal fühlte er sich schwach und unsicher. Er brauchte einen Moment, um sich zu sammeln. Und da er pinkeln musste, tauchte er in Richtung Toilette ab. Als er die Tür aufdrückte, bemerkte er, dass ihm jemand dicht auf den Fersen war.

Bruno verlor keine Zeit. Er fasste nach Harveys erigiertem Schwanz und rieb ihn. Eine Woge des Verlangens schlug über Harvey zusammen. Ohne nachzudenken griff er nach Brunos Hose und öffnete den Gürtel. Innerhalb von Sekunden standen sie mit heruntergezogenen Hosen da und rieben sich gegenseitig ihre steifen Schwänze.

Brunos Ständer war gewaltig und dunkel wie bei einem

Zuchthengst. Seine Spitze ragte aus der zurückgeschobenen Vorhaut. Ich kann sie alle haben, wen auch immer ich will, wurde sich Harvey plötzlich bewusst. Sie sind alle verschieden, alle einzigartig, und alle wollen sie mich.

Andere kamen und standen um sie herum, doch niemand unterbrach Harveys und Brunos stetigen Rhythmus, mit dem sie sich rasch zum Höhepunkt peitschten. Harvey gelang es kaum, den Blick von Brunos Schlangenauge zu lösen. Er hatte bisher noch keinem Mann beim Abspritzen zugesehen, und er keuchte und stöhnte vor Vorfreude und Erregung. Bruno stöhnte tief und bewegte seinen enormen Schwanz drängend in Harveys Hand. Schließlich fühlte Harvey, wie das Sperma herausdrängte, sah zu, wie es aus dem Schlitz herausraste und in mehreren Stößen schäumend in die Luft schoss.

Der Anblick brachte ihn selbst zum Orgasmus. Mitten in der Öffentlichkeit, zugange mit einem Fremden und umringt von anderen Männern, schrie er seine Befriedigung hinaus und schoss für jedermann sichtbar Fontänen von Sperma in die Luft. Er fühlte sich frei und kühn. Es war ihm egal, wie er gerade aussah, und er hatte völlig vergessen, dass ein ähnlicher Anblick ihn noch eine Woche zuvor mit Panik erfüllt hatte.

Joe wartete an der Bar auf ihn, grinsend und mit einem neuen Drink. Er klatschte ihm auf den Hintern und lachte. »Willkommen im Club. Nun, da du weißt, wofür du deine Eier hast, kannst du den Eunuchen von den echten Kerlen erzählen.«

Heilige Aufträge

Virginia war fünfundvierzig Jahre alt und, passend zur Bedeutung ihres Namens, immer noch Jungfrau. Doch das hatte seine Richtigkeit und sollte auch so sein, denn Virginias vollständiger Name war Schwester Virginia. Im Alter von achtzehn Jahren war sie dem Orden der Barmherzigen Schwestern beigetreten, jungfräulich, behütet und ohne Lebenserfahrung. In ihrer vertrauensvollen Naivität war sie unbedarft wie ein Kind und hätte in der Welt draußen kaum überlebt.

Schwester Virginia hatte nie ein Gefühl für ihren eigenen Körper entwickelt. Sie hatte ihn schlichtweg nie richtig wahrgenommen, hatte ihn akzeptiert, wie er war, und ihn, sofern er funktionierte und sie nicht krank war, nicht weiter wahrgenommen. Sie hatte kein Gefühl für ihr äußeres Erscheinungsbild, da sie sich selbst noch nie richtig betrachtet hatte. Sie badete auf die altmodische Art in einem leichten Baumwollunterhemd, entkleidete sich danach zügig, um sich dann ebenso schnell und diskret wieder anzukleiden, ohne einen Blick in den Spiegel zu werfen. Abgesehen von ihren täglichen Bedürfnissen in Bezug auf Hygiene und Nahrungsaufnahme beachtete sie ihren Körper nicht und hielt ihn stets von oben bis unten bedeckt, indem sie sich den Regeln ihres Ordens entsprechend in weitgeschnittene – inzwischen nur noch knielange – Gewänder hüllte. Nur ein wenig Haar lugte unter ihrem Nonnenschleier hervor.

Sie hätte völlig unförmig sein können, ohne es zu merken.

Tatsächlich war sie jedoch alles andere als missgestaltet. Ohne dass sie es ahnte, besaß sie eine dralle Figur mit sanften Rundungen. Mit all ihrer Kraft opferte sie sich für ihren Orden auf, wobei sie sich unbeirrbar und engagiert zeigte. Niemand hätte inbrünstiger beten und dienen können als Schwester Virginia in ihrer unbefleckten Reinheit, ihrer Aufrichtigkeit und ihrem bedingungslosen Glauben. Sie nahm jeden und alles für bare Münze, unterstellte allen die besten Absichten und besaß einen ungewöhnlich festen Glauben in das Gute im Menschen. Sie wusste rein gar nichts über die Gesetze der Fortpflanzung – sie hatte noch nie auch nur einen Gedanken daran verschwendet –, und ihre Unschuld und ihr zurückgezogenes Leben bewahrten sie vor Aufklärung oder Desillusionierung.

Die heiligen Gelübde waren bei Schwester Virginia sicher. Sie gehorchte ohne Widerspruch, hatte keinerlei körperliche Laster oder emotionale Bedürfnisse, die nicht durch die Kirche befriedigt wurden, und verspürte auch nicht den geringsten Wunsch nach Selbstverwirklichung. Die Kirche sorgte für alles, was sie im Alltag brauchte, gab ihr Aufgaben und einen Lebenssinn und befreite sie von der Last des selbstständigen Denkens und davon, Entscheidungen treffen zu müssen. Niemals stellte sie die Autorität der Kirche in Frage. Die täglichen Rituale beflügelten sie, und sie fühlte sich glücklich und zufrieden.

Nichts erfüllte Schwester Virginia mit mehr Befriedigung, als ihre Pflichten zu erfüllen. Und da sie eine praktisch veranlagte Person war, gehörte seit einiger Zeit zu ihren besonderen Aufgaben, dass sie die Kirche für den Sonntagsgottesdienst des Gastpriesters vorbereitete. Sie stellte sicher, dass die Messbücher in den Bänken lagen, der Altar geschmückt und die Blumendekoration arrangiert waren und das Gewand für

Vater Maximilian bereitlag. Im Anschluss an die Messe räumte sie alles wieder weg. Sie verehrte Vater Maximilian mit der Inbrunst eines Kindes. Nicht nur, dass er der Stellvertreter ihres Herrn auf Erden war, nicht nur, dass er die heiligen Sakramente abhielt, die sie so erfüllten. Zudem sah er aus wie ein Engel in seinen fließenden Gewändern und mit dem weichen silbernen Haar, das sein sanftes, freundliches und väterliches Gesicht wie einen Heiligenschein umrahmte. Hätte sie sich ein Bild von Gott machen müssen, so wäre Vater Maximilian diesem ziemlich nahe gekommen, und manchmal, während ihrer Gebete, war es dieses Gesicht, welches sie im Geiste vor sich sah.

An diesem speziellen Sonntag, nachdem die Messe wie üblich stattgefunden hatte und alle anderen Schwestern die Kirche bereits verlassen hatten, hörte Schwester Virginia eine eindringliche Stimme in der Sakristei. Schwester Virginia ging hinüber, um der Sache auf den Grund zu gehen. An der Tür zur Sakristei erwartete sie ein Bild, das sie bis in ihr Innerstes erschütterte. Vater Max hatte sich seiner Robe entledigt und stand nur noch mit seiner weißen Weste und seiner Unterhose bekleidet da. Das allein wäre bereits schockierend genug gewesen, doch was sie vollends irritierte, war dieses enorm große und merkwürdig harte Ding, das aus dem Schlitz seiner Unterhose ragte. Sie hatte keine Ahnung, was das war, doch sie hörte, wie Vater Max murmelte: »Scher dich fort, Satan, fahre nieder, und lass mich in Ruhe. Hinfort mit dir, du Geißel des Teufels. Ich will erlöst sein von dir.«

Schwester Virginias Herz flog Vater Max entgegen. Er schien furchtbare Qualen zu erleiden, und dieses Ding sah schmerzhaft aus. Sie wollte unbedingt helfen. Außerdem fühlte sie sich merkwürdig berührt davon, dass sie Zeuge dieser Szene geworden war. Ihr Mund war trocken, und ihr Herz pochte in ihren Ohren. Zwischen ihren Schenkeln spürte sie eine unangenehme Nässe. Ihr war heiß, und es gelang ihr nicht, die Augen von »Satan« abzuwenden. Vater Max stöhnte leise.

Schwester Virginia ahnte nicht, dass Vater Max bereits sein Leben lang gegen die Verlockungen des Fleisches ankämpfte und dabei nicht immer erfolgreich war. Der Anblick all der Nonnen mit ihren reinen, leuchtenden Gesichtern und den in süßer Ekstase geschlossenen Augen, ihre feuchten, rosigen, hingebungsvollen Münder, die die Hostie entgegennahmen, all das war für ihn nur schwer auszuhalten. Und besonders eine Nonne hatte ein Gesicht wie ein Engel, umrahmt von goldenen Locken. Ihre großen, betörend blauen Augen sahen ihn bewundernd an, ihre üppigen, rosigen Lippen wirkten einladend, und sie besaß eine dralle, großzügig bemessene Oberweite. Schwester Virginias schlichte, gutgläubige Unschuld befeuerte seine unbefriedigte, unterdrückte Lust auf schmerzhafte Weise und bescherte ihm fortwährende Qualen. Er liebte die Kirche und erfüllte sein Amt mit aufrichtiger Hingabe, doch er wünschte sich inbrünstig, der Bischof würde ihn in ein Kloster schicken, in dem er nicht an jedem Sonntag dieser delikaten und qualvollen Folter in Gestalt dieser Nonne ausgesetzt war.

Er stöhnte, und Schwester Virginia knetete vor Sorge schwer atmend ihre Hände. »Oh Vater.«

Fassungslos wirbelte er herum, während er sich fragte, wie viel sie gesehen und gehört haben mochte. Sie starrte auf die Auswölbung unter seinem Priesterrock.

»Es tut mir leid, Euch so leiden zu sehen, Vater. Habt Ihr Schmerzen? Ist es Satan, der Euch quält? Kann ich irgendetwas für Euch tun?«

Er blickte sie in fassungslosem Unglauben an. War dieser unschuldige Engel mit den verlockenden, großen Augen gleich blauen Seen in Wirklichkeit eine schamlose Schlampe, die mit ihm herumhuren wollte? Er sammelte sich, und da wurde ihm bewusst, dass vor ihm eine personifizierte Unschuld und Reinheit stand, von der er geglaubt hatte, dass sie auf der Welt längst nicht mehr zu finden sei. Seine Lust wuchs, und sein Schwanz reckte sich prall und schmerzend in die Höhe. Seine Triebe gewannen die Oberhand. Er war sich bewusst, dass sie seine Reaktion bemerkt haben musste, denn sie starrte ihn neugierig an.

»Da Ihr Zeuge meiner Not geworden seid, Schwester, will ich mich Euch anvertrauen, auf dass Ihr einem unglücklichen, zutiefst bekümmerten und unwürdigen Mann beisteht. Seit einiger Zeit quält mich Satan, und trotz all meiner Gebete erlange ich keine Erlösung. Dies ist die Waffe, mit der er mich bedrängt, und ich muss einen Weg finden, mich aus seinem Griff zu befreien.«

»Entschuldigt, Vater. Ich möchte nicht aufdringlich sein, aber war das Satans Waffe, die ich unter Eurem Priestergewand sehen konnte? Hat dies die Qualen verursacht? Es sah sehr schmerzhaft aus.«

Vater Max focht einen inneren Kampf mit sich, ihre arglose und aufrichtige Sicht der Dinge nicht auszunutzen. Doch dann gab er der Versuchung nach. »Ja, Schwester. Es tut mir sehr leid, dass Ihr es mitansehen musstet, doch diese Obszönität ist tatsächlich ein Produkt des Teufels, der von mir Besitz ergreifen will.« Er nahm die Chance beim Schopf. »Ich weiß, dass es für Euch ein großes Opfer bedeutet, doch da Ihr ein wahres Kind Gottes seid, denke ich, dass Ihr mir helfen könntet.«

»Ich würde alles tun, wenn ich damit helfen kann.«

Vater Max sandte ein schnelles Gebet um Vergebung gen Himmel und fuhr fort. Ihre verzückte Hilfsbereitschaft entfachte ein hungriges Verlangen in seinen Lenden, und ihre riesigen, himmelblauen Augen befeuerten seine alles verzehrende Lust, die ihn sämtliche Bedenken vergessen ließ. »Ich könnte mir vorstellen, Schwester – sofern Ihr es aushaltet –, dass es helfen würde, wenn Ihr dieses teuflische Ding für die Dauer eines Gebets in Eure heilende Hand nehmen würdet. Ja, ich glaube sogar, dass es ganz ungemein hilfreich wäre. Wäre das zu viel verlangt, Schwester?«

Schwester Virginias Bedürfnis zu helfen war so stark, dass sie keine Fragen stellte. Sie befeuchtete ihre Lippen und bewegte sich zaghaft, doch willig ein paar Schritte vorwärts. Er hob sein Gewand an, gerade weit genug, um ihr den Zugang zu ermöglichen. Dann nahm er ihre Hände und führte sie, bis sie schließlich seinen festen, pulsierenden Schwanz spürte, die Geißel des Teufels. Sie erzitterte bei der Berührung, und doch griff sie entschieden mit beiden Händen zu.

»Haltet sie gut fest, Schwester, und presst die Qualen heraus.«

Sie schloss die Augen und betete inbrünstig für seine Erlösung. Eine seltsame Nässe benetzte ihre Unterwäsche, und ihre Brüste zogen sich schmerzhaft zusammen. Zwischen ihren fest zupackenden Fingern spürte sie unerwartet ein heftiges Pulsieren. Dann ein plötzliches Zucken, und eine warme Flüssigkeit lief über ihre Hand. Augenblicklich schrumpfte das Stück Knorpel zu einem weichen Etwas zusammen. Hingerissen zog sie die Hände zurück und flüsterte: »Es ist weg, Vater. Oh, der Himmel sei gepriesen, es ist fort.« Sie blickte auf die weiße Creme, die von ihrer Hand troff.

Vater Max' Gedanken rasten. »Gadarener Schweine«, erklärte er eilig, während er nach einem Kleidungsstück griff und ihre Hand reinigte.

»Wie bitte, Vater?«

»Ihr erinnert Euch, wie Jesus die Dämonen aus dem Jungen vertrieben hat und in die Gadarener Schweine schickte, die über die Klippen in ihr Verderben rannten? Dies ist der Dämon, den Ihr aus mir vertrieben habt. Nun bin ich erlöst und Euch sehr, sehr dankbar, Schwester. Ich weiß nicht, ob dies des Teufels letzter Versuch gewesen ist, mich anzugreifen, doch habt Ihr Euch als eine wahrhaft ergebene Dienerin des Herrn gezeigt, und ich danke Euch. Könnten wir dieses kleine Geheimnis für uns behalten? Ich möchte nicht, dass die Mutter Oberin von meinen Qualen im Kampf gegen Satan erfährt. Ich glaube auch nicht, dass irgendjemand sonst mir die heilende Unterstützung bieten kann, wie Ihr es vermocht habt, Schwester. Geht mit Gottes Segen, Kind.«

Schwester Virginia betete die ganze Woche über mit höchster Inbrunst. Sie war unaussprechlich glücklich, das Instrument einer solch mächtigen Heilung gewesen zu sein. Zugleich jedoch sorgte sie sich über alle Maßen, dass Vater Max ihre Hilfe nicht länger benötigen könnte. Doch es geschah auch etwas Merkwürdiges mit ihr. In allem sah sie plötzlich die Gestalt von Satans Geißel. Der Kirchturm erweckte in ihr die Erinnerung an die erhabene Spitze, die aus Vater Max' Unterhose ragte. Selbst die Altarkerzen schienen wie Satans Stachel auszusehen, und wann immer sie sie ansah, erfasste sie eine heiße Woge, die sie als heilige, andächtige Ekstase deutete. Eine tiefe Dankbarkeit erfüllte sie und ließ sie innerlich glühen.

Am folgenden Sonntag nach der Messe klopfte sie zaghaft an die Tür der Sakristei. Vater Max erwartete sie. Er war vollständig bekleidet, doch sie stellte erschrocken fest, dass Satan zurückgekehrt war. Sie verspürte ein erwartungsvolles Ziehen, welches sie aufstöhnen ließ.

»Oh Schwester Virginia, ich bin so froh, Euch zu sehen. Eure freundliche und liebevolle Fürsorge letzte Woche erlöste mich von meinen Qualen. Es ging mir danach viel besser, und ich wollte Euch dafür danken.«

Vater Max wusste, dass die Lüge eine lässliche Sünde war, und bei all den anderen Dingen, die sein Gewissen belasteten, hielt er sie für ein eher kleines Übel.

»Dies ist das erste Mal seit vergangenem Sonntag, dass Satan mich peinigt. Ich glaube, dass es mit dem Abhalten der Messe zusammenhängt. Ihr wisst, man sagt, je näher man an Gott ist, desto mehr strengt sich der Teufel an. Ich bin mir sicher, dass er deshalb diesen Augenblick gewählt hat, um mich erneut zu quälen, und leider stärker als je zuvor. Ich leide solche Qualen, Schwester. Seht nur diese Obszönität!«

Sie konnte den Blick nicht abwenden.

»Doch ich habe ein Zeichen erhalten, was getan werden kann, um den Teufel zu vertreiben. Es wäre eine Art Sakrament, wenn Ihr Euch bereit erklären könntet, einen Akt enormer Aufopferung zu vollziehen. Ich wage kaum, Euch danach zu fragen.«

»Sie können fragen, was immer Sie möchten, Vater. Ich werde alles tun, womit ich Ihnen behilflich sein kann.«

Vater Max wünschte sich, sie wäre weniger gutgläubig gewesen. Ihre Ernsthaftigkeit und der Umstand, dass ihr offensichtlich nicht bewusst war, was sie da äußerte, entfachten seine Lust derart, dass er sich kaum noch beherrschen konnte. Seine Begierde war entflammt und drohte ihn zu verzehren seit jenem Moment, da sie ihn so unschuldig berührt hatte. Beim Anblick ihres weichen, rosigen Schmollmundes, als sie die Hostie entgegennahm, die er ihr auf die feuchte, begehrliche Zunge legte, hätte er augenblicklich kommen können. Doch er riss sich zusammen und hielt durch, bis die Messe vorbei war. Nichts lag ihm ferner, als das heilige Sakrament zu entehren, das er wie all seine priesterlichen Pflichten mit Leidenschaft ausführte. Doch dieses körperliche Brennen zwischen seinen Beinen würde sich nicht löschen lassen, egal, wie inbrünstig er betete. Er war ein getriebener Mann, befeuert von rasender Lust, von der er sich trotz aller Bemühungen nicht erlösen konnte. Schuldgefühle, Scham und die Angst vor Entdeckung kippten nur Öl in das Feuer, das ihn zu verbrennen drohte.

»Schwester, Euch ist bekannt, wie der Leib und das Blut Jesu Christi im Abendmahl eine Wandlung erfahren und zum Sinnbild reiner geistiger Gemeinschaft werden. Ich hatte die Vision, wie man im übertragenen Sinne eine Teufelsaustreibung abhalten könnte. So könnte ich mit Eurer Hilfe doch noch vollständig von Satan erlöst werden. Es bedeutet ein großes Opfer für uns beide, doch würdet Ihr die Geißel Satans in Euren reinigenden Mund nehmen? Zusammen werden wir dann für meine Erlösung von diesen Qualen beten.«

Schwester Virginia vermochte nur daran zu denken, welches Geschenk es war, jemandem Heilung bringen zu können. Die pochende, lustvolle Empfindung, die ihren Mund und ihren Schoß wässrig machte und ein elektrisierendes Kitzeln über ihre Haut schickte, drang nicht bis in ihr Bewusstsein. Nichts lag ihr ferner, als Einwände gegen dieses unorthodoxe Anliegen vorzubringen, wenn Vater Max der Meinung war, dass es helfen könnte. Sein Vorschlag schien nur logisch zu sein.

Sie fühlte, wie sich in ihrem Unterleib und zwischen ihren Beinen das inzwischen vertraute Glühen ausbreitete und ihre unberührten Nippel steif wurden, und schrieb es ihrer hingebungsvollen Frömmigkeit zu. Es fühlte sich so gut an, dass sie Vater Max' äußerst ungewöhnliche Anweisung für absolut richtig und zulässig hielt. Letzten Endes war es das, was sie glauben wollte.

Sie kniete sich vor ihm nieder, und er hob seinen Priesterrock an. Dabei enthüllte er Satans aufgerichteten Degen, hart und böse und voller Verlangen. Bei der Berührung ihres Mundes machte er einen Satz, sodass sie die Hand zu Hilfe nehmen musste, um ihn zwischen ihre üppigen Lippen zu schieben.

Vater Max stöhnte laut auf. »Ich halte das nicht länger aus!«, stieß er gequält hervor, und ihr Herz fühlte mit ihm. Fest umschloss sie ihn mit den Lippen, während sie instinktiv ihre Zähne bedeckt hielt, und ohne dass sie dies vorgehabt hätte, leckte sie ihn.

Er stieß ein unterdrücktes Seufzen aus, und dann passierte es erneut: Ein paar schnelle Stöße, ein heftiges Zucken, und ein warmer Strom des weißen Saftes mit dem leicht salzigen Geschmack von Meerwasser ergoss sich in ihren Mund und strömte ihre Kehle hinunter, während sie schluckte.

Doch diesmal geschah noch mehr. Kurz bevor ihn die Dämonen verließen, die ihn besetzt hielten, hatte Vater Max seinen Fuß auf eine sehr intime Art und Weise gegen sie gedrückt – sie war sich sicher, dass es völlig unbeabsichtigt geschehen war, und schrieb es den Qualen zu, die er durchlitt –, und plötzlich hatte sie sich eigenartig schwindelig gefühlt.

Wogen purer Ekstase stiegen aus ihrem Schoß empor, verbreiteten sich gleich einem Feuer in ihrem ganzen Körper und ließen sie in einem solch genussvollen Schauer erbeben, wie sie es sich niemals hätte träumen lassen. Als sie die Dämonen des Vaters schluckte, war ihr Verstand wie leergefegt, und für einen Moment verharrte sie in einem tranceähnlichen Zustand. Sie schrieb es der erfolgreichen Vertreibung der Dämonen zu und gab sich dankbar diesem köstlichen Gefühl hin.

»Nun denn«, sagte Vater Max, als er sie auf die Füße zog. »Das war ein Zustand der Gnade, den Ihr eben erfahren habt, ein heiliges Geschenk für Eure Aufopferung, welches nicht vielen vergönnt ist. Ein Moment äußerster Gnade, Schwester Virginia, und nur Ihr und ich sollten ihn miteinander teilen. Niemand, der es nicht selbst erlebt hat, würde es verstehen.« Da war er sich ganz sicher. »Nebenbei bemerkt, Schwester«, fügte er hinzu, als käme ihm der Gedanke erst jetzt. »Die Wäschestärke in diesen Gewändern macht meinen Hals wund. Wäre es vielleicht möglich, dass Ihr nächste Woche etwas Vaseline zur Linderung mitbringt?« Sie würde alles tun, worum er sie bat.

Schwester Virginia war kaum wiederzuerkennen. Sie hatte einen Zustand der Gnade erlebt, der sie von Grund auf mit einer neuen Vitalität erfüllte. Die anderen Schwestern waren verwundert. Schwester Virginia sang, lachte, schnatterte und arbeitete mit Elan und Freude. Nichts war ihr zu viel, und bereitwillig nahm sie jede neue Aufgabe an. Jedem, der Hilfe benötigte, bot sie ihre Dienste an, und sie war erfreut über jeden kleinen Akt der Unterstützung, den sie leisten konnte.

Ihr Glück war für jedermann offensichtlich, und obwohl

sich die anderen wunderten, forschte keiner nach. Man nahm an, dass es die Folge aufopferungsvoller Jahre war, erfüllt von einfachem Glauben. Niemand ahnte, dass ihr Verstand, ihre Träume und ihre Gebete angefüllt waren von Vater Max und eindrucksvollen Bildern »Satans«. Von Zeit zu Zeit war ihr Körper eigenartig bedürftig auf eine Weise, die sie sich nicht erklären konnte. Es fühlte sich an, als müsste sie öfter als üblich ihre Blase entleeren, doch wenn sie es tat, schien dies wenig Erleichterung zu bringen.

Mit einem Kribbeln wartete sie auf die Sonntagsmesse und erschien dann bereits sehr früh, um die Kirche für den Gottesdienst vorzubereiten. In der Regel bekam sie Vater Max vor Beginn der Messe nicht zu sehen, doch diesmal klopfte sie behutsam an die Tür, als er sich ankleidete, und gab ihm den Topf mit der Salbe für seinen Ausschlag.

»Vater, ich wollte nur nachfragen, ob Satan Sie diese Woche gequält hat.«

»Nein, mein Kind, nicht seit letztem Sonntag, dem Himmel sei Dank.« Er betete um Vergebung. Sein Herz litt aufrichtige Not, doch sein Körper war ihr verfallen. Das Gefühl der Schuld, die Heimlichkeit und Schwester Virginias blauäugige und gefügige Unschuld waren eine starke Droge.

»Lasst uns mit ganzem Herzen beten, dass es mich nicht während der Messe anfällt. Bitte kommt danach zu mir und lasst uns zusammen Andacht halten.«

Ihr Herz machte einen Sprung. Er brauchte sie immer noch. Sie strahlte vor Ergriffenheit und Vorfreude, als sie die heiligen Sakramente entgegennahm, und Vater Max schwitzte, als er ihr die Hostie an die Lippen hielt. Er betete inbrünstig, seine wachsende Lust möge in seiner Unterwäsche verborgen bleiben, und blieb so lange wie möglich hinter dem Altar stehen. Glücklicherweise waren die Priestergewänder weit geschnitten, und so war es unwahrscheinlich, dass man seinen sündigen Turm bemerkte. Doch das Fieber in seinen Adern und in Satans bereitstehendem Degen war nicht zu leugnen und hielt ihn in seiner Gewalt. Er wusste, dass es an der Zeit war, diese Sache auf korrekte und professionelle Weise anzugehen, doch das würde bis zum nächsten Tag warten müssen. Denn heute stand er in Flammen, und das Gefühl ließ ihn im Gebet stolpern und stottern. Er tat so, als müsse er niesen, und sammelte sich, doch tief im Herzen gefiel es ihm nicht, wie die Ausübung seiner priesterlichen Handlungen darunter litt. Er wusste, dass er die Konsequenzen ziehen musste – morgen.

Als sie beide in der Sakristei allein waren, schritt Vater Max auf und ab wie ein eingesperrtes Tier. »Ich werde aufs Schlimmste geprüft, Schwester. Noch nie zuvor war es so schlimm. Ich befürchte, dass ich von etwas besessen bin, was stärker ist als ich und Ihr zusammen. Ich habe wieder und wieder um Erleuchtung gebetet, und dennoch bin ich betrübt, verloren und voller Furcht.«

Ihr Herz litt mit ihm, und sie verspürte das unangebrachte Verlangen, die Arme um ihn zu legen.

Als könnte er ihre Gedanken lesen, schrie er auf: »Würdet Ihr mich trösten, bitte, Schwester, wie die heilige Mutter Gottes es tun würde? Ich leide solch unglaubliche Qualen.«

Sie nahm ihn in ihre Arme, und er umschlang sie wild und presste seine Brust gegen ihre üppige Oberweite. Dann drückte er seine Lippen fest auf die ihren und küsste sie rau und leidenschaftlich und rieb dabei hungrig über ihren rosigen Schmollmund. Sie tat es ihm gleich und genoss seine Kraft und Größe, die gegen ihren weichen Körper drängte.

Abrupt ließ er von ihr ab. »Ich danke Euch, Schwester, ich bedurfte Eures Trostes. Ich bin Euch zutiefst dankbar. Doch leider hat es nicht geholfen. Seht nur diese üble Geißel Satans, die ich erdulden muss. Man sollte sie schlagen und wieder schlagen, bis sie sich fügt. Man sollte sie ausreißen mit Stumpf und Stiel. Sie gehört in die tiefsten Tiefen geworfen, auf dass sie gereinigt werde durch Feuer.«

Er dachte schon, dass er ein wenig übertrieben hätte, doch sie stand schluchzend und zitternd vor ihm und hielt ihre verschlungenen Hände in seine Richtung, und er ahnte, dass er Erfolg haben würde.

»Oh bitte, quält Euch nicht so, Vater. Es ist nicht Eure Schuld. Lasst uns um Beistand beten. Ich ertrage es nicht, Euch so leiden zu sehen.«

Er nahm sie an den Armen und blickte ihr tief in die großen, blauen Augen, in denen Tränen schwammen. Es war ihm unmöglich, ihr zu widerstehen, und so riskierte er alles. »Da gibt es eine letzte große Gefälligkeit, um die ich Euch bitten könnte. Doch Ihr seid zu fromm, zu gütig und viel zu edel, um solch eine gewaltige Tat zu meiner Rettung auf Euch zu nehmen. Gehe ich recht in der Annahme, dass Ihr jungfräulich seid, Schwester?«

»Oh, aber ja, natürlich, Vater.«

»Und Ihr ward niemals versucht, Eure heiligen Gelübde zu brechen?«

»Oh nein, niemals, Vater. Das würde mir niemals in den

Sinn kommen. Es fällt mir leicht, die heiligen Gelübde einzuhalten.«

Das entsprach zwar nicht den Erfahrungen, die er gemacht hatte, doch er beneidete sie um ihre Gewissheit und ihre Schlichtheit.

»Schwester, ist Euch bekannt, was mit Jungfräulichkeit gemeint ist?«

»Nun, ich bin mir nicht sicher, Vater, doch es hat wohl etwas mit Ehemännern und Kindern zu tun.«

»Ist Euch bewusst, an welcher Stelle Eures Körpers die Jungfräulichkeit bewahrt wird?«

»Ich bin mir nicht sicher, ob ich das weiß, Vater.«

»Sie sitzt hier«, sagte er und legte seine Hand auf ihren Venushügel, die heilige Stätte körperlicher Liebe. Ein warmes Glühen durchströmte sie und hinterließ eine hungrige Leere in ihr. Die Berührung ließ sie aufstöhnen. Vater Max zog seine Hand zurück.

»Dieser Ort gehört unserem Herrn und darf niemals von einem Mann oder durch ein Instrument gleich welcher Art entweiht werden. Dies ist Eure Jungfräulichkeit, und sie ist Euer heiliges Geschenk an Euren himmlischen Herrn.«

»Ja, selbstverständlich, Vater.« Schwester Virginia war sich sicher, dass dieses wonnevolle, kribbelnde Glühen, welches sie erfüllt hatte, himmlischen Ursprungs war, und war dem Vater dankbar für die Bestätigung.

»Doch es gibt eine andere Stelle an Eurem Körper, die nicht ganz so heilig ist. Sie könnte letztlich meine Freigabe von den Dämonen auf eine Art und Weise bewirken, die nicht mit Eurer Jungfräulichkeit oder Euren Gelübden in Widerstreit steht. Es könnte ein kraftvoller Akt mit größtem Heilvermögen sein, der mich – da bin ich sicher – für immer dem Würgegriff Satans entreißen würde. Erinnert Ihr Euch, wie sich die

Geißel Satans beruhigte und verging, als Ihr sie in Euren Mund aufnahmt und schlucktet?«

»Ja, Vater.« Sie würde es niemals vergessen. Ihr war heiß, und sie fühlte ein feuchtes Pochen an der Stelle, wo seine Finger sie berührt hatten. Sie stöhnte auf.

Die Furcht erregende Obszönität des Vaters war hart wie Schmiedeeisen, und der dämonische Stachel verlangte nach unverzüglicher Umhüllung und Befreiung von seiner drängenden Besessenheit. Sie spürte, wie er hart gegen ihre Seite drückte, und erbebte.

»Tröstet mich, ein letztes Mal, Schwester, und lasst mir Eure Gabe der Heilung zuteilwerden.« Er umschlang sie fest und presste erneut seinen Mund auf ihren verführerischen Knospenmund, und sie erwiderte seinen Kuss mit hungriger Leidenschaft.

Nun konnten sie sich nicht mehr voneinander lösen. Ihr wachsendes Verlangen hielt sie beide in unheiligem Griff gefangen und überwältigte sie mit einer Leidenschaft, die keinen weiteren Aufschub duldete. Vater Max war ein Mann mit Werten, und er wollte nicht, dass sie ihre Gelübde für ihn brach. Doch er wusste, dass es einen Unterschied gab zwischen Keuschheit und Jungfräulichkeit. Im Griff seiner unbändigen Triebe und außerstande, die aufwallende Lust zu stoppen, während Schwester Virginia sich gegen ihn drängte und mit einem flehenden, schmerzenden Hunger auf seine Liebkosungen reagierte, entschied er sich für das kleinere Übel.

»Ich verspreche, dass ich Euch nicht wehtun werde. Vertraut Ihr mir?«

»Oh Vater.« Sie war längst gefangen im Griff einer Leidenschaft, die sie nicht verstand und die sie auch nicht mehr kontrollieren konnte.

Während sie versuchte, die Beine um ihn zu schlingen, schob er ihren Rock hoch und zog ihr die groben Strümpfe und die altmodische Unterhose aus. Dann nahm er den Topf mit Vaseline und verteilte sie großzügig in der Enge zwischen ihren Pobacken. Er schob auch seine Unterhose hinunter und schmierte die Creme über das wilde, aggressive, von violetten Adern durchzogene dämonische Monster. Dann drehte er sie und brachte sie vor sich in Position, sodass sich ihm ihre vollen Kurven präsentierten. Langsam und entschlossen bahnte er sich seinen Weg in ihren Arsch.

Stöhnend und gurrend wollte sie zurückweichen, doch nachdem er den engen Eingang passiert hatte, öffnete sie sich ihm wie eine erblühende Blume. Während er den festen Druck um Satans Stachel spürte, drängte er begierig in die verbotene Höhle. Gleichzeitig griff er mit der Hand nach der prallen, erigierten Knospe ihrer Lust. Sie erschauerte und schrie leise auf. Ohne innezuhalten zuckte er einige Male, und mit einem lauten, unkontrollierten Stöhnen bäumte er sich auf und spritzte den Saft seiner Besessenheit in ihren jungfräulichen Körper, während er sie hart mit dem Finger stimulierte. Sie krümmte sich vor Ekstase, stieß einen lustvollen Schrei aus und wand sich vom Kopf bis zu den Zehenspitzen unter einem heftigen Orgasmus, den sie niemals als solchen erkannt hätte.

Er offenbarte ihr das Ergebnis ihres Erfolges. »Es ist wieder fort, Schwester, fort und verschwunden, nachdem es mich freigegeben hat. Ich denke, dass es nicht mehr wiederkehren wird. Niemals werde ich Euch diesen gütigen Gefallen vergessen, den Ihr einem alten Mann in seiner Not habt zuteilwerden lassen. Möget Ihr gesegnet sein. Hier, nehmt nun Eure Kleider und bedeckt Euch.« Eilig kleidete er sich an, indem er sich diskret abwendete, während sie ihre verstreute Wäsche zusammensuchte.

»Und durftet Ihr erneut den Zustand der Gnade erfahren?«

»Oh Vater, es war wunderbar. Wirklich wunderbar.« Sie strahlte selig, und er schämte sich für seine Täuschung. Sanft küsste er sie, dann ließ er sie los.

»Nun bin ich vollständig geheilt, Schwester. Das war eine kraftvolle Teufelsaustreibung, und niemals werde ich Euer hingebungsvolles Opfer vergessen. Ihr werdet mir fehlen.«

Er gab ihr den Topf mit Vaseline zurück. Sie nahm ihn und steckte ihn in ihre Tasche, und vor Begeisterung strahlend kehrte sie ins Kloster zurück.

In der folgenden Woche wurde sie zur Mutter Oberin bestellt, deren Gesicht von Sorge überzogen war.

»Schwester Virginia, Vater Maximilian wird nicht länger die Sonntagsmesse halten.«

Virginia fühlte, wie ihr Herz brach.

»Er hatte eine Aussprache mit dem Bischof und ist entschlossen, sich in ein Männerstift zurückzuziehen. Am nächsten Sonntag wird ein anderer Priester die Messe halten, und ich habe beschlossen, dass Schwester Angela die Vorbereitungen für die Messe übernimmt. Ihr habt vorbildliche Arbeit geleistet, Schwester, und wir werden eine andere Aufgabe finden, die Euren Fähigkeiten und Neigungen entspricht.«

Schwester Virginia war betrübt und niedergeschlagen, da sie Vater Max nun nicht mehr sehen würde. Doch sie nahm es als ein Zeichen dafür, dass er nicht länger Satans quälendem Griff erlag, und so war sie glücklich. Wäre er nicht gesundet, so hätte er sicherlich weiterhin ihre heilenden Dienste in Anspruch genommen, dessen war sie sich sicher.

»Darf ich Euch etwas Persönliches fragen, Schwester?«

Man sah der Mutter Oberin ihren inneren Kampf und die Anspannung an.

»Ja, Mutter.«

»Seid Ihr noch jungfräulich, Schwester?«

Schwester Virginia riss abrupt den Kopf hoch, und in ihrem Gesicht stand eine Ehrlichkeit, die nicht gespielt war. »Aber selbstverständlich, Mutter Oberin. Wie eigenartig. Gerade letzte Woche hat mich Vater Maximilian danach gefragt. Er fragte mich, ob es mir leichtfalle, meine Gelübde einzuhalten, und ich bejahte dies.«

Ihr entging der erleichterte Ausdruck, der über das Gesicht der Mutter Oberin huschte.

Es brauchte einige Zeit, bis das eigenartige, leere und hungrige Gefühl dort unten verklungen war. Schließlich war es vorbei, und Schwester Virginia erinnerte sich lediglich an den wunderbaren, gesegneten Zustand der Gnade, den sie hatte erfahren dürfen. Sie hielt es für unwahrscheinlich, dieses Geschenk ein weiteres Mal erleben zu dürfen, und behielt recht. Doch solange sie lebte, strahlte sie eine besondere großzügige und mütterliche Wärme aus, mit der sie ihre Mitschwestern bedachte, und wurde im Gegenzug sehr verehrt. Sie lebte und starb als Jungfrau, und nicht einmal in ihren Träumen hätte sie von sich gedacht, dass sie irgendwelche sexuellen Erfahrungen hatte. Gott behüte. Doch jedes Mal, wenn sie einen Kirchturm sah, insbesondere wenn die Kirchturmglocke läutete, erfasste sie bis zu ihrem Ende ein wonniges Gefühl voller Erfüllung und Behaglichkeit.

Die Truhe der Pandora

Die alte Truhe hatte auf dem Dachboden gestanden, solange Pandoras Erinnerung zurückreichte. Bereits als Kind war sie fasziniert von ihr gewesen, doch jedes Mal, wenn sie danach fragte, schnalzte ihre Mutter mit der Zunge und schüttelte den Kopf, während sie seltsame Ermahnungen vor sich hinmurmelte wie: »Besser, wenn du sie in Ruhe lässt« oder »Es ist nie klug, die Toten in ihrer Ruhe zu stören«.

Nun, da das Haus und alles darin ihr gehörte und Russell sich auf einer Geschäftsreise befand, konnte es Pandora kaum noch erwarten, die Stufen zum staubigen, alten Dachboden emporzusteigen und die verbotenen Geheimnisse ans Licht zu holen. Mit einem Gin Tonic bewaffnet und in ihre gemütliche Strickjacke gehüllt, schob sie im Wege stehende Möbel und Trödel beiseite, bis die alte Truhe schließlich vor ihr stand. Sie griff nach dem Messingschlüssel, den sie im Schmuckkästchen ihrer Mutter gefunden hatte. Er glitt mühelos in das rostige Schloss und ließ sich mit einem lauten Klicken drehen. Als sie den Deckel der Truhe nach hinten klappte, wirbelte Staub auf.

Sie sah hinein und erblickte alte Kleidungsstücke, die übereinander geschichtet lagen. Sie mussten ihrer Urgroßmutter gehört haben und waren vermutlich viktorianischen Ursprungs. Ganz zuoberst lag ein dünnes, schwarzes Lederbuch mit einem Spangenschloss aus Messing. Am Ring des Truhenschlüssels fand sie den winzigen Schlüssel dafür. Sie steckte ihn ins Schloss, drehte ihn herum, und das Buch fiel geöffnet in ihren Schoss. Die spröden Seiten hatten einen muffigen Geruch, als hätten sie schon lange dort gelegen. Auf den ersten Blick wirkte es wie ein Tagebuch, doch es gab weder Datumsvermerke noch Angaben zum Verfasser. Die Handschrift in schwarzer Tinte war geschwungen und klar und sah so sorgfältig aus, als stamme sie von einem Kind. Der Text begann ohne Einleitung auf der ersten Seite.

Herr G. kommt regelmäßig einmal die Woche und äußert stets dieselben Bedürfnisse. Diese müssen genau nach Wunsch erfüllt werden, da er sonst damit droht, sein Geld zurückzuverlangen, und damit stets für Verärgerung und Verlegenheit sorgt. Ich hoffe, dass Lavinia uns erhalten bleibt, da sie als Einzige die entsprechenden körperlichen Voraussetzungen hat, um seine speziellen Bedürfnisse zu befriedigen. Bei seinem Eintreffen muss er vehement für sein spätes Erscheinen und seinen Ungehorsam gescholten werden. Danach wird er gewaltsam die Treppe hinaufgezerrt, bis auf die Unterwäsche ausgezogen und dann für exakt eine halbe Stunde im Wäscheschrank eingeschlossen. Wie sehr er auch schreit und seine Freigabe erbittet, darf ihm nicht nachgegeben werden. Er wimmert und winselt und ängstigt sich in der Dunkelheit. Die Tür muss nach genau einer halben Stunde von Lavinia geöffnet werden, die sich als Nanny zu verkleiden hat. Sie schmust mit ihm, küsst und beruhigt ihn, öffnet dann ihr Mieder und reicht ihm ihre Brust. Er klettert auf ihren Schoss und trinkt ihre Milch, gleich einem Kind, das gestillt wird. Lavinia gebar vor Kurzem ein Baby, und ihre Brust ist voller Milch. Ich denke, dass ihr diese Arbeit, die ihrem Alltag mit Baby ähnelt, mehr zusagt als die Sachen, die sie hier üblicherweise tun muss. So haben alle Seiten etwas davon.

Während er sich an ihren Brüsten satt trinkt, muss sie seinen Schwanz aus der Hose holen und ihn befriedigen, indem sie ihn lediglich mit den Fingerspitzen berührt. Etwas anderes wird er nicht erlauben. Sie zieht und drückt an ihm und erzählt ihm, was für ein guter Junge er ist und dass er eines Tages ein ehrenwerter Gentleman sein und die Damen reihenweise beglücken wird. Immer noch an ihrer Brust nuckelnd, verspritzt er seinen Samen in ihre Hand. Dann hört er auf zu saugen und schläft für ein paar Minuten auf ihrem Schoss. Für diesen Dienst zahlt er bereitwillig eine Guinee extra, und er bleibt nie länger als eine Stunde.

Erforderlich: ein langes schwarzes Kleid, vorn doppelreihig geknöpft, sodass es leicht zu öffnen ist. Eine gestärkte weiße Rüschenschürze samt weißer Haube, schwarze Schuhe und Strümpfe. Lavinia oder eine andere stillende Person.

Pandora starrte in fassungslosem Unglauben auf das Buch in ihrem Schoß. Konnte so etwas das Tagebuch einer Dame sein – nun, wohl kein Tagebuch, sondern eher eine Art Kundenbuch. Und um welche Art von Bordell mochte es sich dabei handeln? Sicher nicht die übliche Art von Etablissement.

Sie griff wieder in die Truhe, und tatsächlich fand sie dort das schwarze Kleid mit der sauberen weißen Schürze und der Haube samt Schuhen und Strümpfen, ganz wie es beschrieben war. Eine Lavinia gab es natürlich längst nicht mehr. Pandora konnte es kaum abwarten weiterzulesen.

Herr L.-S. kommt gerne am ersten Sonntag eines jeden Monats. Ich habe nie gefragt, warum es ein Sonntag sein muss. Stets erscheint er zur Mittagszeit, nachdem er den Gottesdienst besucht hat. Er möchte dann das Rubinzimmer sehen, in dem sich bereits das notwendige Zubehör befindet. Er entkleidet sich allein und wartet, nackt auf dem Fußboden liegend (dieser ist mit einer Gummiunterlage und einer indischen Decke bedeckt). Das Mädchen tritt ein und tut so, als könne es ihn nicht sehen. Sie wäscht ihre Achselhöhlen und ihren Schoß mit dem Wasser aus dem Krug in der Schale und baut sich schließlich mit gespreizten Beinen über ihm auf. Während sie ihr Unterkleid anhebt, hockt sie sich über ihn und entleert ihre Blase über seinem Schwanz. Nun nimmt sie den Tisch mit der Glasplatte und stellt diesen über ihn. Sie masturbiert und kommt, während er durch die Glasplatte alles beobachten kann. Das bringt ihn zum Höhepunkt. Er hat ausdrücklich betont, dass er unter keinen Umständen berührt werden möchte, andernfalls würde er von weiteren Besuchen absehen. Für diese Dienste habe ich Fanny ausgewählt. Sie hat keine Scheu vor diesen Dingen, da sie auf dem Lande aufgewachsen ist, und so ist es leichte Arbeit für sie. Es gibt noch ein paar andere Mädchen, die es genauso gut machen würden, doch bei Fanny treffen verschiedene Vorzüge zusammen. Sie verfügt über eine außergewöhnlich gute Körperbeherrschung, und ihre Bewegungen sind überaus geschmeidig. Sie ist frisch wie ein Gänseblümchen und liebreizend, doch zugleich ohne jedes Schamgefühl. Er mag es gerne, wenn die Mädchen kräftig und gesund sind, und auf keinen Fall dürfen sie liederlich sein.

Erforderlich: ein gestärktes weißes Spitzenmieder und mehrere leichte weiße Unterröcke mit Rüschen. Eine Gummiunterlage und eine zusätzliche Decke auf dem Fußboden. Das Reinigungsmädchen bekommt einen Aufschlag.

Pandora fühlte sich heiß und verschwitzt. Konnte es möglich sein, dass sich Leute so verhielten? Doch da waren sie: die einfachen weißen Unterröcke, das Mieder und, oh Schreck, die Gummiunterlage und die Decke. Pandora wusste nicht, ob sie lachen oder weinen sollte. Jedenfalls konnte sie es kaum erwarten weiterzulesen.

Herr T. möchte nicht mit seinen Vorlieben in Verbindung gebracht werden. Er möchte das Gefühl haben, dass er mit all dem nichts zu tun hat und das hilflose Opfer der Verdorbenheit anderer ist. Ich sollte das hier nicht schreiben, doch ich habe das Gefühl, dass er ein Prediger oder Missionar ist. Zu seinen Besuchen bringt er Blumen mit, trinkt gerne eine Tasse Tee und betreibt Konversation, als sei er auf einem Pfarrbesuch. Die Mädchen (es müssen zwei sein, eine davon sehr jung) laden ihn nach oben ein, wo er ihre Schmetterlingssammlung bewundern soll. Sie nehmen das Goldene Zimmer. Er tut, als leide er unter der Hitze und setzt sich auf das Bett, um sich zu erholen. Die Mädchen bemühen sich um ihn und bieten ihm Riechsalz an. Sie legen ihn auf das Bett und binden ihm mit ihren Strümpfen die Hände und Füße an die Bettpfosten, sodass er sich nicht mehr bewegen kann. Er fleht um Hilfe, doch sie beachten ihn nicht. Die jüngere von beiden beginnt, sich vor seinen Augen auszuziehen, langsam und aufreizend, während die andere ihn neckisch am ganzen Körper mit einem Staubwedel reizt. Das nackte Mädchen befriedigt sich nun selbst oder simuliert dies zumindest. Die andere bringt ihn unter Verwendung reichlicher Mengen an Butter mit beiden Händen zum Ejakulieren. Er will dabei sehen können, wie der Samen aus ihm herausschießt. Nachdem er sich unter lautem Protest erleichtert hat, binden die Mädchen ihn los und verlassen den Raum.

Er ist stets darauf bedacht, zuerst zu zahlen und sich dann zu vergnügen. So kann er hinterher fluchend die Treppe herunter und aus dem Haus stürmen, während er sich über den Verfall der Sitten auslässt.

Seine Besuche sind nicht regelmäßig, und so lässt er sich nicht einplanen. Jedes der Mädchen ist geeignet, doch Annie war Erotiktänzerin und ist nicht nur attraktiv, sondern auch geübt in der Kunst des erotischen Entkleidens.

Erforderlich: die übliche Kleidung. Für die Tasse Tee sollten die Mädchen zusätzlich Jacke und Rock tragen. Strümpfe und Staubwedel befinden sich im Nachttischchen neben dem Bett. Eines der Mädchen sollte daran denken, die Butter vom Tee-Tablett einzustecken.

Da waren der Staubwedel – ein Holzgriff mit braun und weiß gesprenkelten Eulenfedern – und die gewobenen Seidenstrümpfe, die sich angenehm weich anfühlten. Pandora fühlte sich inzwischen ausgesprochen erregt und wünschte, sie hätte mit dem Öffnen der Truhe nicht bis zu Russells Abwesenheit gewartet. Doch während sie darüber nachdachte, war sie sich gar nicht so sicher, ob Russell ebenso fasziniert wäre wie sie selbst. Sie kannten sich bereits ihr ganzes Leben lang und waren schließlich in eine freundschaftliche Ehe hineingerutscht, der es jedoch an Leidenschaft mangelte. Sie vertraute Russell und konnte sich auf ihn verlassen. Sex war eine seltene Sache zwischen ihnen, und wenn es passierte, war er zwar angenehm, doch ohne Überraschungen.

Längst hatte sich Routine in ihre Beziehung eingeschlichen, auch weil sie nie besonders fantasievoll gewesen waren oder einander herausgefordert hätten. Oft waren Russells Arbeitstage lang, und er kam müde oder gestresst nach Hause.

Sie kamen sehr gut miteinander aus, und Pandora war mit ihrem Sexleben zufrieden – bis heute. Nun jedoch begann sie sich zu fragen, ob ihr nicht etwas entging, ohne dass sie es in Worte hätte fassen können, und sie war sich sicher, dass Russell es genauso empfand. Sie las weiter.

Herr P. liebt Reiterspiele. Er zieht sich bis auf die Leibwäsche aus und heftet sich einen Schweif an. Ein üppiges Mädchen mit breiten Hüften legt ihm die Zügel an, und während sie auf seinem Rücken sitzt, springen, trotten und galoppieren sie – leider überaus laut – bis zur Erschöpfung durch das ganze Haus. Dann suchen sie das Smaragd-Zimmer auf.

An manchen Tagen bevorzugt er es, einen Hund zu imitieren. In diesen Fällen gehen sie direkt in das Smaragd-Zimmer. Dort isst er von einem Teller, der auf dem Boden steht, und ist lediglich mit einer Decke aus Ziegenfell bekleidet. Er trägt ein Halsband mit Leine, mit welcher man ihn züchtigen kann, sollte er sich nicht benehmen. Dies gilt vor allem, wenn er ein Bein hebt, um sein Geschäft zu verrichten.

Das Mädchen geht mit ihm im Haus herum, und er bellt fortwährend. Bisher hat er sich noch kein Missgeschick auf dem Teppich zuschulden kommen lassen, weder als Pferd noch als Hund, doch er möchte uns glauben machen, dass er dazu fähig ist.

Das Mädchen muss ein enges, schwarzes Lederkorsett tragen, das ihre Brüste und ihre Scham freilässt, dazu Reiterstiefel. Er nimmt sie von hinten auf allen vieren, wiehernd oder bellend, und gelegentlich kneift er ihr in die Pobacken. Betsy ist dafür am ehesten geeignet, sie besitzt die nötigen Rundungen und verfügt über ausreichend Ausdauer.

Herr P. meldet sich an, bevor er kommt, und zahlt eine Guinee extra für die allgemeine Unruhe.

Erforderlich: ein Lederkorsett, welches die Brüste und die Scham freilässt, dazu Reiterstiefel, die bis zu den Oberschenkeln reichen. Für das Pferd Zaumzeug, Zügel und eine Gerte und für den Hund ein Halsband mit Leine. Alles befindet sich im Smaragd-Zimmer im Schrank.

Da waren sie, lagen ordentlich vor ihr: Korsett, Stiefel und das Zubehör für Hund und Pferd. Pandora fühlte ein Prickeln, als sie die Sachen in die Hand nahm. Nie im Leben hätte sie mit Russell darüber reden können. Was würde als Nächstes kommen?

Herr K. ist nie lange da. Er kommt und geht innerhalb kürzester Zeit. Woche für Woche erscheint er pünktlich am Montagmorgen um sechs Uhr. Er ist sehr eigen, und man darf ihn nicht warten lassen. Er fragt stets nach Harriet, da er sie für erfindungsreich und gewissenhaft hält. Die arme, kleine Harriet hat ansonsten wenige Vorzüge, und ich würde sie wahrscheinlich gehen lassen, wenn er nicht wäre. Je nachdem, welche saisonalen Früchte der Koch gerade entbehren kann, muss sie diese an möglichst vielen Stellen ihres Körpers verstecken und sich dann selbst, eingehüllt in sieben dünne Schleier und eine rote Federboa, unter den Bettlaken verbergen. Herr K. gibt sich genau fünfzehn Minuten Zeit, um sie zu enthüllen und dabei möglichst viele der versteckten Früchte freizulegen. Während er sie ihrer Schleier entledigt und nur mit der Federboa bekleidet zurücklässt, isst er ihre Früchte, und sie »isst« ihn, bis er schließlich ziemlich schnell in ihrem Mund kommt. Er besteht darauf, mehr als das übliche Honorar zu bezahlen, sollte es ihm nicht gelingen innerhalb der selbst festgelegten Frist alle Früchte zu finden. Er ist nie länger als zwanzig Minuten da.

Erforderlich: Früchte, sieben Schleier und eine rote Federboa.

Die farbenfrohen, durchsichtigen Schleier erinnerten Pandora an die Tücher eines Zauberers. In ihrer Vorstellung sah sie, wie sie in einem nicht enden wollenden Strom aus Harriets Möse quollen, mit Früchten in allen Falten.

Sie kicherte aufgeregt in sich hinein. Obwohl es bereits spät war, konnte Pandora das kleine Buch nicht aus der Hand legen.

Vater B. ist ein wahrer Gentleman, stets höflich und zuvorkommend. Er war Mönch, bis man ihn aus dem Kloster ausgeschlossen hat. Zu meiner aktiven Zeit hätte ich ihn gerne zu meinen Kunden gezählt. Aufgrund seines hohen Alters und seiner knappen Mittel zahlt er ein geringeres Honorar als üblich. Er bezahlt stets bei seiner Ankunft, ohne dass man ihn daran erinnern muss. Er mag Florrie, die ein engelsgleiches Gesicht hat. Es ist mir ein Rätsel, wie sie sich diesen Hauch von Unschuld bewahren konnte, doch für das Geschäft ist es förderlich. Sie nehmen das Opal-Zimmer. Florrie ist als sittsame Nonne verkleidet, während sie am Betpult niederkniet und den Rosenkranz betet. Sie hat extra alle Gebete auswendig gelernt. Während sie mit geschlossenen Augen und gesenktem Kopf betet, zieht er sich fast vollständig aus. Dann kniet er auf einer anderen Betbank nieder, nimmt eine mit eisernen Dornen besetzte Peitsche und fängt an, um Vergebung betend sich selbst zu geißeln. Die Spitzen hinterlassen blutige Striemen auf seinem Rücken. Währenddessen wächst seine Erektion, und sein Schwanz wird hart. Er schreit seine Schuld heraus und geißelt sich hart, bis er schließlich kommt und seinen Samen auf Florries entrücktes Antlitz spritzt. Zugleich schimpft er sich einen Sünder und ehrlosen Schuft, der Gottes unwürdig ist und es verdient, in die Hölle zu fahren. Der arme Mann erfährt durch diese Quälerei Befriedigung, und Florrie bleibt dabei unverletzt. Einmal bot sie sich ihm an, doch seine Erektion ließ augenblicklich nach. Offenbar empfindet er sich als zu unrein, um die heiligen Tiefen einer Frau zu erforschen.

Erforderlich: ein komplettes Schwestern-Ornat mit Rosenkranz. Zwei Gebetsbänke und eine Peitsche, die im Opal-Zimmer lagern.

Und dort auf dem Boden der Truhe sah sie die traditionelle Schwesternkleidung, das schwarze Kleid mit der weißen Haube und dem schwarzen Schleier, klobige schwarze Schuhe mit Strümpfen und der harmlos aussehende Rosenkranz neben der eisengespickten Peitsche. Pandora erschauerte. Es war unglaublich, was Leute anstellten, um Lust zu empfinden. Sie war verblüfft über die enorme Bandbreite der menschlichen Sexualität und fühlte sich seltsam unzulänglich. Das Obst-Versteckspiel fand sie anregend, und sie fragte sich, ob sie Russell diese Variante schmackhaft machen konnte.

Armer Russell. Er hatte keine Ahnung, was da auf ihn zukam. Sie erwartete ihn am folgenden Abend zurück, und dann musste etwas passieren, oder sie würde noch wahnsinnig werden. Sie wollte die angeregte Stimmung ausnutzen, in welche sie das Notizbüchlein versetzt hatte. Sie las weiter.

Herr Y. ist leicht zufriedenzustellen. Er sieht gerne zwei Mädchen zu, während sie sich miteinander vergnügen. Doch sie müssen beide von zierlicher Statur sein, kleine Brüste haben und männliche Garderobe tragen. Mabel und Alice haben die richtige Figur und sind bestens für die Aufgabe geeignet. Außerdem sind sie eng befreundet. Sie sehen äußerst elegant aus in ihren strengen Anzügen mit Krawatte, Weste und Taschenuhr. Sie beginnen mit einem kleinen Vorspiel, küssen und liebkosen sich, dann legen sie ihre Westen und die Hemden ab. Sie lecken und saugen sich gegenseitig an den Brüsten. Schließlich entkleidet sich Mabel komplett, während Alice ihren Hosenschlitz öffnet und den Dildo herausholt, den sie sich umgeschnallt hat. Sie behält ihre Hosen an. Es erregt ihn, wenn er dabei zusehen kann, wie der Dildo sich in Mabels Scham versenkt, doch er legt noch eine extra Guinee drauf, wenn Alice Mabels Pobacken spreizt und den Dildo hinten einführt, während Mabel sich selbst verwöhnt. Manchmal denke ich, sie genießen es, wenn sie aneinander rummachen können, und dass ihr Orgasmus zuweilen gar nicht gespielt ist. In der Zwischenzeit sitzt er in seinem Sessel, masturbiert mit Hilfe eines Samthandschuhs und sieht ihnen zu.

Erforderlich: zwei Herren-Anzüge, ein Samthandschuh und ein Dildo.

Pandora fand auch diese Dinge, säuberlich aufeinandergelegt, und lange betrachtete Pandora den Dildo. Sie war sich nicht sicher, ob sie dafür bereit war.

Der Rest des Buches enthielt Notizen über den Haushalt, Einkauflisten und Angaben zur Wirtschaftlichkeit, und es schien offensichtlich, dass es sich um Aufzeichnungen für eine bevorstehende Geschäftsübergabe handelte. Pandora fragte sich, was dazu geführt haben mochte, dass schließlich alles ein Ende in der Truhe auf ihrem Dachboden gefunden hatte. Es gab noch weitere Abrechnungen und offizielle Belege, die Pandora wenig interessierten. Sie nahm den Dildo hoch und legte ihn dann wieder beiseite. Das ist besser zu zweit, überlegte sie. Schließlich entschied sie sich für die rote Federboa. Sie fühlte sich noch nicht verwegen genug, um sie sich umzuhängen, also zog sie sie hinter sich her, als sie die Treppe herunterstieg.

In dieser Nacht machte sie es sich selbst, doch ihre Hände konnten sie nicht ausreichend befriedigen. Sie wusste nicht, was ihr fehlte, doch im Regal in der Ecke sah sie Teddy sitzen, weich und flauschig und ahnungslos, und daneben lag die rote Federboa, die sie aus der Truhe gerettet hatte. Sie fühlte sich unglaublich unanständig, doch zugleich zutiefst erregt. Indem sie sich die Boa um ihren nackten Körper schlang und das wunderbare, weiche Kitzeln genoss, griff sie nach Teddy und packte ihn zwischen ihre Brüste. Seine Pfoten stießen aufreizend gegen ihre Nippel, und der weiche Pelz schickte Wellen der Lust durch ihren Körper.

Sie ließ ihn eine Zeit lang in den Hängen ihres Doppel-D-Gebirges herumpaddeln, dann glitt er ungeduldig in das Tal darunter, um kopfüber in ihren Busch abzutauchen und dort voller Entzücken auf und nieder gegen das feuchte Riff zu stoßen. An den Ohren gehalten rieb er seine Nase genüsslich in ihrer Spalte, bis sich Pandoras Anspannung in einer Reihe heftiger Kontraktionen entlud und sie schließlich keuchend und nach Luft ringend zurückließ.

Oh verdammt, dachte Pandora. Das hat alles verändert. Teddy mag ja für eine Nacht ganz okay sein, doch mein Traumpartner ist er nicht.

Am nächsten Morgen erwachte sie erst spät und sehnte sich trotz anhaltender Geilheit nach einem ausgiebigen Frühstück. Sie erwartete Russell nicht vor dem späten Abend zurück. Ermutigt durch ihr Erlebnis vom Vorabend und beflügelt von den Bildern, die das Notizbuch in ihrem Kopf heraufbeschworen hatte, hüllte sie sich in das köstliche Weiß der viktorianischen Unterröcke. Die Boa trug sie um den Hals geschlungen, und ihre nackten, schweren Brüste schwangen frei und schamlos über dem heißen Herd, als sie sich ihre Eier mit Speck zubereitete. Sie fühlte sich frei und lüstern, und sie liebte dieses Gefühl.

Und so fand Russell sie. Früher als erwartet schloss er die Tür auf und näherte sich Pandora von hinten. Sie summte und brutzelte vor sich hin, ohne das Geringste von seiner Anwesenheit zu ahnen. Er stockte im Türrahmen, sprachlos und ungläubig. Niemals zuvor hatte er sie so gesehen, und für einen Moment fragte er sich, ob er sich im richtigen Haus befand. Doch der erste Schreck wich einem Gefühl der Überraschung, als seine normalerweise wohlerzogenen Lenden mit einem Mal zum Leben erwachten und er zu pulsierender Härte fand. Eine überwältigende Woge der Lust ließ das Blut in seinem Kopf rauschen, und er bekam weiche Knie.

Sie drehte sich um und ließ, als sie ihn so unerwartet dort stehen sah, mit einem Schrei den Teller zu Boden fallen. Ihre riesigen Brüste schienen ihm geradewegs ins Gesicht zu lachen, frech und übermütig. Zum ersten Mal in seinem Leben verlor Russell die Kontrolle. Er riss sich die Hose samt Unterhose herunter und drängte sie mit einem beherzten Schubs gegen den Küchentisch. Noch immer starr vor Schreck ließ sie sich von ihm darauf heben. Dieser Mann, unter dessen Hemd ein harter, gieriger Schwanz hervorragte, kam ihr völlig fremd vor.

Als sie so auf dem Tisch saß, kannte Russell kein Halten mehr. Er hob die weißen, wogenden Röcke an und tauchte darunter ein. Pandora, die immer noch erregt war, war mehr als bereit. Ihre Möse umfing ihn dankbar, und heftig schlugen ihre Körper gegeneinander. Russell fand sich Auge in Auge mit ihren üppigen, runden Möpsen, sog und zog an den Nippeln und vergrub sein Gesicht in den hüpfenden Bergen nackten Fleisches.

»Gott, wie liebe ich deine Titten!«, keuchte er.

Pandora, die kurz vor dem Orgasmus war, hielt ungläubig inne. Noch nie zuvor hatte er so mit ihr gesprochen. Solche Dinge würde er niemals sagen. Meinte er das ernst? Bisher hatte sie sich ihrer Brüste stets geschämt. An die Vorstellung, dass er sie toll finden könnte, musste sie sich erst gewöhnen. Der Gedanke nahm ihr fast den Atem, doch dann ergab sie sich der tobenden Lust.

Das Ergebnis war beeindruckend. Normalerweise verhielt sich Russell sehr kontrolliert, wartete auf sie und half ihr ein wenig, bevor er sich selbst einen sorgsam kontrollierten Höhepunkt gestattete, doch diesmal war alles anders.

»Jesus, was ist mit dir passiert?«

»Das Gleiche könnte ich dich fragen«, keuchte sie mit bebender Stimme. »Stehst du wirklich auf meine Titten?«

Sogar ihre Sprache war neu. So hatten sie noch nie miteinander geredet.

»Ich liebe deine Titten. Das habe ich schon immer. Ich kriege nicht genug von ihnen.«

»Warum hast du mir das nie gesagt?«

Er schwieg für einen Moment. »Aus Respekt, denke ich. Ich habe nicht gedacht, dass so was hier möglich ist.«

»Scheiß auf den Respekt. Gib mir das hier jeden Tag.« Sie fühlte sich wie ein Flittchen, doch sie meinte, was sie sagte. Es gab kein Zurück mehr.

Sie zeigte ihm das Notizbuch. Er las es so begierig, wie sie es getan hatte, schockiert und empört, und dennoch war es der Startschuss für eine sexuelle Kreativität, von der sie zuvor nicht einmal geträumt hätten. Es war erstaunlich, wie oft Russell nun abends zu Hause war, statt Kundentermine wahrzunehmen. Sie probierten die Kostüme in der vorgegebenen Weise aus oder dachten sich andere Kombinationen aus, und das Obst-Versteckspiel wurde schnell zu ihrem Favoriten. Pandora schaffte es, ganze Bananen zwischen ihren Titten zu verstecken. Und wenn sich Russell im Gegenzug Kirschen zwischen seine Zehen klemmte, machte er die delikate Erfahrung, das kitzelnd an diesen geknabbert und gesaugt wurde. Und so versteckten sie Lychees in der Ohrmuschel und Pflaumen in der Achselhöhle, die schließlich neckend und leckend gefunden wurden. Ihre Fantasie kannte keine Grenzen.

Als sie in den Ferien auf die Bahamas flogen, hielt sie die zügellose Erregung, die sie beim Sex im Wasser oder unter freiem Himmel empfanden, in einem Zustand permanenter Lust gefangen. Es gab reichlich neue exotische Früchte, mit denen sie experimentieren konnten, und sie überraschten sich gegenseitig mit der Entdeckung, wie viel Freude Zuckerrohr im Hintern bereiten konnte. Natürlich kam noch hinzu, dass sich Pandora nicht länger mit einem Bikinioberteil abgab, und als er die großen, sonnengebräunten Rundungen frei schwingend vor sich sah, war Russell außerstande, die Hände bei sich zu behalten.

»Es muss doch eine Moral von der Geschichte geben«, meinte Pandora eines Tages.

»Du machst Witze«, gluckste Russell. »Hier ist reichlich wenig Moral übrig geblieben.«

»Nein, du Witzbold, ich spreche von dem Notizbuch der Bordellmutter. Ohne das hätten wir all diese Erfahrungen niemals gemacht. Wir hätten ein trostloses, vorhersehbares und eintöniges Leben ohne große Freuden geführt.«

»Die Moral lautet also ...«, sagte er, während er sie angrinste, »... führe stets Buch, wenn du guten Sex hast. Du weißt nie, wem deine Aufzeichnungen noch mal nützlich sein können.«

»Du hast wirklich einen wollüstigen, schmutzigen Verstand.« Sie beugte sich zu ihm hinüber und küsste ihn. Dabei pressten ihre gewaltigen Brüste gegen seinen nackten Brustkorb – und sie legten erneut los.

Frauentag im Hamam

Türkischer Kaffee mit Lokum, immer auf die gleiche Art. Ich mag meine Gewohnheiten. Nicht, dass ich besonders regelmäßig hier bin, doch es ist eine nette Angewohnheit, mir einmal im Jahr die Moschee in Paris anzusehen und dabei im luxuriösen Dampfbad des Hamam mit seinem wunderbaren Fliesendekor hemmungslos zu faulenzen. Hier kann man vollständig abtauchen: kein Druck, kein Stress, stattdessen jemand, der dich auf Wunsch mit kraftvoller Hand von oben bis unten abschrubbt, Sauna, Duschen, Baderäume, Ruheräume und ein Café, alles gefliest in den typisch islamischen Mustern.

Ich liebe die bunten Glasornamente und die bemalten Kacheln. So farbenfroh und aufwendig gearbeitet sind sie eine wahre Augenweide und sorgen für eine Atmosphäre der Sinnlichkeit und Dekadenz. Bevor ich mit dem Dampfbad beginne, gönne ich mir stets einen starken, schwarzen und mit Kardamom gewürzten Kaffee mit Lokum, um in Stimmung zu kommen.

Dieses Jahr war es meinem Freund nicht möglich mitzukommen. Üblicherweise suchen wir das Bad an einem gemischten Tag auf. Es gibt strenge Regeln für Paare, und wir müssen ein Handtuch um unsere Hüften wickeln, um unsere Scham zu bedecken. Zuerst war ich leicht verärgert, dass er verhindert war – das Bad bietet stets eine gute Gelegenheit, um sich in eine romantische Stimmung für langen, ausdauernden und intensiven Sex zu bringen, der normalerweise im hektischen, von der Arbeit dominierten Alltag zu kurz kommt. Ich hatte gedacht, dass es aber auch recht angenehm sein könnte, das Bad an einem reinen Damentag und ohne die sonstigen Einschränkungen zu genießen. Und nun, da ich hier war, fühlte ich mich ungezwungen und genoss es, mit mir allein zu sein. An diesem exotischen und pulsierenden Ort mit seiner von Feuchtigkeit geschwängerten Luft scheint alles langsamer abzulaufen, und man verliert jegliches Gefühl für Zeit und das geschäftige, laute Treiben der Außenwelt. Es ist eine Wonne und bietet eine wundervolle Gelegenheit, sich einfach nur treiben zu lassen.

Ich starrte träge auf meinen Kaffee und kam nicht umhin, die Frau zu bemerken, die energiegeladen wie ein Tornado im Sommer das Café betrat. Sie schien mit dem gesamten Personal gut bekannt zu sein. Sie lachte und zwitscherte mit ihnen in wortreichem, flüssigem Französisch, die Arme voller Einkaufstüten, die aus den Designerläden der Champs-Élysées stammten, und es war klar, dass sie häufiger hierherkam.

Sie versprühte eine außergewöhnliche Mischung aus Warmherzigkeit, Klasse und guter Laune, und jeder bemühte sich, ihren Wünschen nachzukommen. Sie musste bereits über vierzig sein und war zu ganzer Reife erblüht: vollbusig, ausladend, sinnlich. Sie war in ein fließendes, teures Wollcape gehüllt, und ihre kleinen, zierlichen Hände mit den langen, roten Fingernägeln waren sorgfältig manikürt. An jedem Finger trug sie einen Ring. Ihr dichtes rot braunes Haar fiel ihr üppig bis auf die Schultern, und ihre Haut war glatt und hatte die Farbe von Milchkaffee. Ihre lachenden Augen strahlten in einem lebhaften Braun, und ihr sorgfältig geschminktes Gesicht war ausdrucksstark mit offenen Zügen. Alles an ihr drückte eine Üppigkeit aus. Als sie sich setzte, öffnete sich ihr

Umhang und gab den Blick frei auf ein weites, rubinrotes Kleid mit einem großzügigen Ausschnitt, in dem schwere Brüste wippten. Sie griff nach ihren Taschen und präsentierte dabei vor jedermanns Blick ihr beeindruckendes Dekolleté. Ihre Präsenz überstrahlte alles.

Nachdem sie gemütlich saß, griff sie nach einer Schachtel Zigaretten und einem Feuerzeug. Als es ihr nicht gelang, es zu entzünden, lehnte sie sich über den Tisch und bat mit gutgelaunter Stimme um Feuer. Von diesem Moment an war klar, dass wir ins Gespräch kommen würden. Sie nannte sich Solange, und es stellte sich heraus, dass sie ein sehr gutes Englisch mit einem schweren, verführerischen und interessanten Akzent sprach. Ihre Stimme war wohlklingend. Ganz offensichtlich war sie eine Frau, die wusste, was sie wollte. Für eine Weile plauderten wir über die unterschiedlichen Vorzüge des Shoppens in Paris und London, und bei jedem Satz, den sie sagte, beugte sie sich zu mir hinüber und berührte mich mit den Fingerspitzen ihrer perfekt manikürten und beringten Hände. Ihre Berührung war leicht und neckend und hatte etwas durchaus Kokettes.

Als wir unseren Kaffee beendet hatten, schlug meine neue Bekanntschaft vor, wir sollten das Bad gemeinsam aufsuchen, da wir beide ohne Gesellschaft waren und es zu zweit unterhaltsamer sein würde. Ich stimmte bereitwillig zu, und nachdem wir ihren Berg von Einkaufstaschen in den Griff bekommen hatten, durchquerten wir die Umkleideräume und bewaffneten uns mit Handtüchern. Beide hatten wir unser eigenes Waschzeug mitgebracht, und eingehüllt in die großen, flauschigen Handtücher tapsten wir barfuß zum nächsten Raum, wo bereits eine ganze Reihe von Frauen entspannte und sich ohne Eile und mit langsamen Bewegungen wusch oder gegenseitig abseifte.

Am Damentag gab es keine Kleidervorschriften, und alle Frauen bewegten sich ungeniert in völliger Nacktheit. Der Anblick erinnerte mich an die Frauen in den echten Dampfbädern in der Türkei. Sind sie in der Öffentlichkeit stets zurückhaltend in lange, den Körper vollständig bedeckende Gewänder gehüllt, ist ihr Benehmen fernab neugieriger Männeraugen geradezu schamlos. Sie kämmen sich gegenseitig die Haare, rasieren sich die Achselhöhlen und den Intimbereich und waschen sich ausgiebig und auf intimste Weise im heißen, fließenden Wasser.

Ich musste über die vielfältigen Ausprägungen des weiblichen Körpers nachdenken und kam nicht umhin, die Unterschiede zwischen uns beiden Frauen zu bemerken, die wir so zufällig zusammengefunden hatten. Ich war blond und hellhäutig, mit langen, schlanken und leicht gebräunten Gliedern, einem flachen Bauch und straffen, festen Brüsten, sie hingegen dunkelhaarig mit ihren großzügigen dunklen Kurven, ihrem mit Grübchen verzierten üppigen Po und ihren schweren, vollen Brüsten.

Wir wählten unsere Liegen, richteten uns ein und genossen das süße Nichtstun in der luxuriösen Atmosphäre des Hamam-Bades. Lediglich das Geräusch des Wassers war zu hören, welches gleichmäßig aus den Hähnen in die gekachelten Becken strömte, die sich ringsum in den Nischen der Wände befanden.

Nachdem sie eine Weile in reglosem Schweigen verbracht hatte, fragte mich Solange, ob ich nun gewaschen werden wollte. Ich war leicht überrascht, da ich niemals daran gedacht hätte, mir dabei helfen zu lassen, doch ich erkannte schnell, dass das für die Frauen hier völlig normal war. Ich stand auf und stützte mich mit den Händen gegen die Wand, gerade so, wie ich es bei den anderen Frauen beobachtet hatte.

Sie begann bei meinen Schultern, die Hände voll duftendem Duschgel, fuhr dann mit langen, geschmeidigen Strichen über meinen Nacken zum Rücken, seifte mir die Achselhöhlen ein, massierte mit festen, langen Zügen entlang meiner Arme und knetete behutsam die Zwischenräume meiner Finger. Dann arbeitete sie sich mit kreisenden Bewegungen meinen Rücken hinunter bis zur Taille und weiter bis zu meinem wohlgerundeten Hintern. Erschrocken fühlte ich, wie ihre Hand meine Pobacken spreizte und jene Stelle dazwischen wusch, die ich bisher stets als intim betrachtet hatte. Dann nahm sie erneut ein wenig Duschgel und strich, an der Innenseite beginnend, kräftig mit den Händen an meinem Bein hinunter und wieder hinauf, rieb über meine Kniekehle, entlang meiner schlanken Wade bis zu meinem Knöchel, hob erst meine Ferse, dann den ganzen Fuß, um sich sanft meinen Zehen zu widmen. Das andere Bein erhielt die gleiche, behutsame und doch gründliche Behandlung.

Sie ging um mich herum, sodass sie nun vor mir stand, und begann erneut mit den Schultern. Mit den gleichen langen und bedächtigen Bewegungen wie zuvor, bewegte sie sich nach unten, umkreiste meine Brüste, hob sie an und seifte unterhalb der Falte, glitt über meinen flachen Bauch hin zu meinem Venushügel, der blond war wie alles an mir. Sie nahm eine weitere Hand voll Seife und seifte ausgiebig meine Scham ein. Ihre Hand wusch gründlich zwischen meinen Beinen, und plötzlich bemerkte ich ein scharfes Zwicken in meinen Brüsten, als meine Nippel hart wurden und sich vorwitzig nach oben reckten. Meine Reaktion erschien mir unpassend und verwirrte mich.

Solanges Berührungen waren eine köstliche Erfahrung, und es war ein herrliches Gefühl, so umsorgt zu werden. Ich schloss die Augen, um mich ganz dem ungewohnten Genuss hinzugeben, gleichermaßen Körper und Seele massiert zu bekommen.

Ich hatte nie ein besonderes sexuelles Interesse an Frauen gehabt, doch nun überschwemmte ein neues, prickelndes Gefühl der Erregung meine Sinne und versetzte mich in Aufruhr. Obwohl ihre Berührungen zielgerichtet und ohne Hintergedanken schienen, versprühte sie eine üppige Sinnlichkeit, der ich mich nicht entziehen konnte. Beflügelt durch ihre alles überstrahlende Präsenz war meine Lust erwacht. Ich spürte, wie es vor Erregung in mir prickelte und loderte. Ich spürte meine Möse: lebendig und pulsierend vor Verlangen. Die zarten Liebkosungen ihrer erfahrenen Finger ließen Schauer über meinen Körper und entlang meiner Wirbelsäule laufen. Alles an ihr roch nach Sex, und all meine Sinne reagierten darauf. Ich schloss die Augen und atmete ihren Duft ein, und die Erotik, die sie ausstrahlte, raubte mir fast den Verstand.

Ich war aufgekratzt und vor Verlangen wie benommen und konnte mir nicht vorstellen, dass ihr meine Reaktion entging, obwohl ich mich um Zurückhaltung bemühte. Meine Brüste waren angespannt, und meine nackten Nippel standen fest und aufrecht. Meine Haut war gerötet, und ich fühlte mich schwach. Alles in mir wollte in ihr versinken.

Als sie fertig war, wusste ich, dass es nun an mir war, mich erkenntlich zu zeigen. Ich nahm all meinen Mut zusammen, holte tief Luft und füllte meine Hand mit Duschseife, um sie ebenso professionell zu waschen, wie sie es bei mir getan hatte. Ich war angenehm überrascht, als ich ihre köstlich weiche und dabei doch straffe Haut berührte. Die runden Schultern und der Rücken führten zu einer unerwartet schmalen Taille und von dort zu den üppigen, in voller Reife erblühten Hüften. Um nicht prüde zu erscheinen und um nicht hinter ihr zurückzustehen, legte ich all meine englische Steifheit ab, teilte ihre Pobacken und wusch die enge Spalte mit meiner Handkante. Ich fühlte, wie meine Finger über die feste Verengung ihres Arsches glitten, und widerstand der plötzlichen Versuchung, dort zu verweilen. Ich zog meine Hand zurück, nahm schnell einen weiteren Spritzer Duschgel und wusch ihre Beine, wobei ich mich an der Anmut ihrer Knöchel und Füße erfreute. Ich wandte mich ihrer Vorderseite zu und schwelgte in der fruchtbaren Üppigkeit ihrer Brüste und ihres Bauches. Dann seifte ich, meine bebende Erregung ignorierend, schnell ihre intimsten Zonen ein.

Ich legte das Duschgel beiseite, und wir kicherten albern wie junge Mädchen und gossen gegenseitig Schalen mit heißem Wasser über uns, um den Schaum abzuwaschen. Schließlich suchten wir den Vorraum auf und legten uns nackt und von der Hitze erschöpft auf die komfortablen Liegen. Für eine Weile dösten wir entspannt vor uns hin, doch mein brennendes Verlangen nach ihrer Nähe hielt mich vom Schlafen ab. Ich war mir ihrer Gegenwart derart bewusst, dass es mir kaum gelang, meine Hände bei mir zu halten.

Ich war daher kaum überrascht, sondern im Gegenteil erleichtert, als sich Solange nach einer Weile zu mir herüberlehnte und mir zuflüsterte: »Warum kommst du nicht zu mir auf meine Liege?«

Ich empfand eine unbändige Freude. Ohne zu zögern wechselte ich bereitwillig zu ihr hinüber und legte mich neben sie. Es schien völlig natürlich zu sein, sich dicht an ihren wonnig warmen und leicht feuchten Körper zu kuscheln. Ich legte meinen Kopf an ihre üppige Brust und sog den anregenden Duft ihrer frischen Pfirsichhaut in mich auf. Mit geschlossenen Augen gab ich mich ganz ihrer sinnlichen Ausstrahlung hin.

Ich kann nicht sagen, ob sich noch jemand im Raum befand. Es schien keine Rolle zu spielen. Verträumt und schläfrig, in einem unwirklichen Zustand völliger Losgelöstheit empfand ich es beruhigend, als eine zarte Hand meine Brust streichelte. Erneut versteiften sich meine Nippel vor Erregung. Doch die Hand war nicht fordernd. Sie war behutsam und erkundete mich voller Genuss. Sie umkreiste die feste Rundung meiner Brust, umschloss sie zärtlich und drückte meine Nippel leicht zwischen zwei Fingern.

Ein Finger wanderte zu meiner anderen Brust, umkreiste dort meine Aureole und stieß sanft gegen den erregten Nippel. Solanges Hand glitt träge hinunter zu meinem flachen Bauch und erkundete sanft das Tal zwischen meinen Hüftknochen. Ohne Eile glitt sie über Hüfte und Schenkel und dann an der weichen, goldschimmernden Innenseite meines Oberschenkels hoch zum Ort höchster Wonnen.

Ihr behutsames Streicheln über meinen hellen Busch und meine intimen Lippen ließ mich erbeben, und ich spreizte die Beine, um ihrer Hand Einlass zu gewähren. Ich war lüstern und ohne Scham. Die Liebkosungen ihrer Hand hielten an, und schließlich verlangte es mich nach mehr. Endlich verschaffte sich ein Finger Eintritt in meine feuchte Höhle, erforschte jede Falte und jeden Winkel und spielte mit meiner schlüpfrigen, mehr als bereiten Möse.

Ich fühlte mich auf eine gänzlich neue Weise entdeckt und ganz und gar geschätzt. Ich öffnete mich bereitwillig dem neugierigen Finger. Mein Becken zog sich zusammen, und die Muskeln strafften sich um den Eindringling herum, um ihn willkommen zu heißen. Es war ein Gefühl, wie ich es mir in meinen kühnsten Träumen nicht hätte ausmalen können.

Solange spürte es und drängte tiefer in mich hinein, stieß den Finger fest gegen meine Lust-Erbse. Ich hätte sterben können vor Wonne. Ich war noch feuchter geworden, und der Finger zog sich nach außen zurück, wo er drückend und kreisend die Feuchtigkeit aus meinem Innern auf meiner Perle verrieb. Die Hand bewegte sich nun fester und schneller, und ein warmes Feuer breitete sich in meinem Schoß aus, welches immer heißer in mir loderte, bis ich schließlich zum Höhepunkt kam, in einer langen, intensiven Woge der Befriedigung unterging.

Dankbar drehte ich mich zu ihr und nahm ihren großen, dunklen Nippel in meinen Mund, sog sanft daran und barg mein Gesicht in ihrem köstlichen Fleisch. Es gab mir ein Gefühl der Befriedigung, als sich ihr Nippel zu einer festen Knospe aufrichtete, und ich hob die Hand, um auch die andere Brust zu umfassen.

Überwältigt von dem großzügigen Geschenk, welches sie mir so unaufgefordert und bereitwillig gemacht hatte, verspürte ich das Bedürfnis, mich erkenntlich zu zeigen. Ich war noch unerfahren, doch mit größtem Vergnügen bewegte ich meinen Mund hin zu ihrem üppigen Bauch. Ihre Haut war weich wie Seide. Sie stöhnte auf. Sie schien bereits Erfahrung auf diesem Gebiet zu haben und gab sich offensichtlich ohne Hemmungen ihrer Lust hin. Während ich mit meinen Händen ihre wunderbar ausladenden Hüften hielt, schob ich mich zwischen ihren kräftigen Beinen nach unten und erforschte ihren Bauchnabel mit meiner Zunge, um dann mit meinem Mund geradewegs über ihren köstlichen Leib hinunter zu ihrem pelzigen Hügel zu fahren.

Während ich mit den Fingern über ihre Schenkel strich, sog und leckte ich an der feuchten Innenseite ihrer Oberschenkel, und sie stöhnte leise auf. Entzückt spürte ich, welches Wohlbehagen ich ihr bescherte. Ich badete in dieser neuen Empfindung aus schmelzender Weichheit und warf alle

Hemmungen über Bord, während ich mich dem Vergnügen hingab, Vergnügen zu spenden. Ich teilte die vollen, kaffeebraunen Intimlippen mit meinen Daumen und strich mit meinen Fingern über die flaumigen Ränder, dann senkte ich langsam mein Gesicht und fuhr mit meiner jungfräulichen Zunge in die nassen Tiefen.

Ermutigt durch ihr anhaltendes, tiefes Stöhnen stieß ich meine Zunge tiefer in ihre gierige und erwartungsvolle Möse und erforschte dann die ungeduldig wartende, harte Perle ihrer Lust. Die kleine Knospe faszinierte mich, sodass ich sie zwischen meine Lippen nahm, fest daran sog und meine Zungenspitze gegen sie schnellen ließ. Ich fühlte ihren Körper unter mir erzittern und hörte, wie Solange vor Lust aufschrie. Sie war nicht die Einzige, die hierbei Vergnügen empfand. Ich erlebte ein wahres Feuerwerk an Empfindungen und Freuden aus einem gänzlich neuen Blickwinkel, und die meisten waren äußerst erfreulich. Ich führte meine Zunge in ihrer ganzen Länge in die enge, feuchte und bebende Höhle und erkundete jeden Winkel und jede Spalte, auf der Suche nach größtmöglicher Befriedigung. Ich roch den geilen Meeresgeruch ihrer Säfte und eine leichte Moschus-Note darüber.

Inzwischen nahm meine eigene Erregung wieder zu, und ich wünschte mir, sie möge mir eine ähnliche Behandlung zuteilwerden lassen wie ich ihr. Als hätte sie meine Wünsche erraten, hob sie meinen zwischen ihren Beinen vergrabenen Kopf und schlug vor, eine neue Stellung auszuprobieren. Ich überließ ihr die Führung. Sie drehte ihren schweren Leib und brachte mich so in Position, dass wir uns umgedreht gegenüberlagen. Ich war so gespannt, was mich nun erwartete, dass ich fühlen konnte, wie es zwischen meinen Beinen immer nasser wurde, als Wellen der Erregung durch mein Becken und in meine Möse strömten. Jetzt verwöhnten wir uns beide gleichermaßen, und es war unmöglich, einen kühlen Kopf zu behalten. Ich gab mich völlig meinem Trieb hin und jede Art kontrollierten Denkens auf.

Immer wieder fuhr sie mit der Zunge meinen schlüpfrigen Spalt entlang, und erneut fühlte ich, wie die Schauer des heranrollenden Orgasmus mich erzittern ließen. Ich genoss ihre honigsüße Möse in ähnlicher Weise und hoffte, sie ebenso zu erregen. Sie leckte weiter und weiter und weiter, und mit jedem Mal härter und nachdrücklicher. Schließlich sog sie heftig an meinen intimen Lippen, zog sie in ihren Mund, ließ dann ab von ihnen und umkreiste sie mit flatternder Zungenspitze, rhythmisch und in immer schnellerem Tempo.

Meine Erregung wuchs, und ich bemühte mich noch intensiver um ihre erregte, steife Perle. Wir machten uns nicht die geringsten Gedanken darüber, dass wir stöhnend und vor Erregung zitternd in einem öffentlichen Hamam lagen, und unsere Leidenschaft wuchs weiter, bis der Orgasmus in heißen Wogen über uns hereinbrach. Unsere lauten Schreie verschmolzen miteinander, als die Lust unsere Körper bis in die Fingerspitzen hinein erschütterte.

Glücklich und erschöpft sank ich neben dem satten Körper meiner Begleiterin nieder, und mein Kopf ruhte in ihrem Schoß. Sie legte eine elegante, noch bebende Hand auf mein Haar, und wir genossen die dampfende Wärme um uns herum.

Als wir in einen Zustand zufriedener Schläfrigkeit hinwegglitten, erfüllte mich ein Gefühl stiller Dankbarkeit gegenüber Solange. Es ist ein besonderes Geschenk, eine solch großartige neue Erfahrung erleben zu können. Hätte sie nicht diese unglaubliche Ausstrahlung gehabt, hätte ich niemals das volle Ausmaß meiner eigenen Weiblichkeit erfahren, eine Erkenntnis, die von nun an alle meine Beziehungen bereichern würde. Ich war dankbar für die neue Erkenntnis, wie unglaublich hingebungsvoll eine Frau sein konnte, und empfand weder Schuld noch Scham. Ein Erwachen wie dieses wurde nicht jeder Frau zuteil.

Ganz und gar zufrieden glitt ich hinüber in einen tiefen und erholsamen Schlaf. Als ich erwachte, war Solange bereits gegangen. Obwohl ich sie nicht wiedersah, habe ich sie niemals vergessen. Es muss etwas Besonderes an der Pariser Luft sein.

Der erste Mai

Die junge Sally Semple verging fast vor Aufregung. Es war der erste Mai, und sie war zu einer der Maiköniginnen gewählt worden. Ihr schlichtes, zartes, weißes Kleid lag ausgebreitet auf dem Bett, direkt neben ihrer Krone aus Frühlingsblumen, und sie stand vor dem Spiegel und musterte sich abschätzend. Ihre Wangen waren gerötet, und die dunklen Augen leuchteten und funkelten vor Aufregung. Der Maibaum, der seit Hunderten von Jahren auf dem Dorfplatz aufgestellt wurde, war bereits mit Girlanden und Bändern geschmückt, und sie würde heute eines dieser Bänder beim Maitanz halten. Sie wusste um die Bedeutung des Maibaums, da alle Mädchen in die alten Traditionen eingeführt wurden und lernten, die Fruchtbarkeitsrituale des Frühjahrs zu achten.

Fruchtbarkeit. Was für ein aufregendes Wort, voller irdener Geheimnisse, gepaart mit uralten Geschichten, die ein erschauerndes Gefühl von Sehnsucht heraufbeschworen, das irgendwie mit dem Maibaum zusammenzuhängen zu schien. Sie ließ die Hand über die flache Rundung ihres Bauches gleiten und staunte über die Möglichkeit, darin Leben schaffen zu können.

Sally war gerade siebzehn, und sie war bereit. Sie war noch Jungfrau, doch tief in ihrem Innern verspürte sie eine Unruhe und ein Verlangen, das sie vor Ungeduld erzittern ließ, auch wenn sie es nicht genau einordnen konnte. Ihr Körper war der einer Frau, mit üppigen runden Kurven. Sie hatte keine moderne, schlanke Figur. Ihre breiten Hüften wirkten einladend, und ihr Dekolleté war tief und üppig: ein echtes Mädchen vom Land. Ihre rosigen Wangen betonten das Schwarz ihrer Augen und ihres dichten, lockigen Haars noch. Ihre rosigen Lippen, um die sich Grübchen bildeten, wenn sie lächelte, glichen einer reifen Frucht, die nur darauf wartete, gepflückt zu werden. Ihre Haut war makellos und weiß wie Milch.

Sie wusste um ihre Reize und konnte spüren, wie eine Sinnlichkeit ihren gesamten Körper durchströmte. Sie betrachtete ihre frauliche Gestalt im Spiegel und ließ die Hände über die üppigen Kurven gleiten, liebkoste ihre Brüste und erforschte die Innenseiten ihrer geschmeidigen Schenkel.

Da plötzlich kam ihr ein Bild des Maibaums in den Sinn, groß und kühn und hoch aufgerichtet, und mit ihm fuhr eine Woge voller Energie durch sie hindurch. Sie bekam eine Gänsehaut. Ihre Brüste zogen sich beinahe schmerzhaft zusammen, und sie starrte fasziniert auf ihre Nippel, die hart wurden und sich vorwitzig aufrichteten. Etwas fehlte. In ihrem Kopf tauchten Wörter auf, scheinbar aus dem Nichts heraus, und sorgten für weitere Schauer. *Schwanz*. Die primitive Härte dieses Wortes ließ sie laut ächzen, und das Blut schoss ihr in die Wangen. *Fotze*. Hart und weich vereint, geheimnisvoll und verboten. *Sein Schwanz. Meine Fotze.*

Ihre Gedanken schockierten sie, und sie kicherte schuldbewusst, gleichzeitig fühlte sich das schmerzhafte Kribbeln in ihr unglaublich köstlich an. »Oh Sally Semple, du bist schlimm«, tadelte sie sich. Schnell zog sie das einfache, lange weiße Kleid an, welches eng anliegend und tief ausgeschnitten ihren Oberkörper umspannte und ihre prallen, halterlosen Brüste nach oben presste. Die kleinen Puffärmel ließen die Schultern frei und betonten ihre nackten, weißen Arme. Sie steckte sich die Krone aus rosa und gelben Frühlingsblüten in ihr üppiges, gelocktes Haar und schlüpfte in die Ballerinas aus Satinstoff. Schnell wischte sie ihre lüsternen Gedanken beiseite und rannte, über sich selbst lachend, die Treppe hinunter, durch die Gartentür hinaus und über das Feld hin zum Dorfplatz, wo die Leute sich versammelten.

Es war ein perfekter Tag, sonnig und heiter, ohne zu heiß zu sein, und es versprach ein wunderbarer Sommer zu werden. Der Klang von Violinen und Flöten wehte über die Felder. Ihr Herz hüpfte, und ihre Füße flogen über das Gras der Wiese. Sie gesellte sich zu den anderen Mädchen, die kichernd und schwatzend um den Maibaum herumstanden, und ihre Freundin Daisy flüsterte ihr ungeduldig zu: »Hast du die Jungs von der Morris-Tanzgruppe gesehen? Sieh nur, dort drüben!«

Sally blickte zu der Stelle, auf die Daisy zeigte, und konnte kaum glauben, was sie sah. Dies waren nicht die üblichen Morris-Tänzer. Es waren Punker und andere harte Jungs, allesamt gekleidet in zerrissene schwarze Jeans und Leder, mit silbernen Ketten, Tätowierungen und riesigen Schnallen. Ihre Füße steckten in breiten Schnürstiefeln, und ärmellose Westen gaben den Blick auf ihre muskulösen Oberarme frei. Unter dem Hals lugte ihre Brustbehaarung hervor, und jeder von ihnen hatte ein Messer in seinem Stiefel stecken.

Sally fröstelte. Sie spürte ein Prickeln auf der Haut, und das Blut rauschte durch ihre Adern. Verstohlen warf sie einen Blick auf den mit Girlanden geschmückten Maibaum, dann sah sie erneut zu den ganz und gar männlichen Morris-Tänzern mit ihrer bedrohlichen Ausstrahlung. Sie erschauerte am ganzen Körper. Einer der Tänzer stach ihr besonders ins Auge. Er hatte einen steif aufragenden Irokesenkamm aus kupferrotem Haar, der sich von der Stirn bis tief in den Nacken zog, und stand ein wenig abseits, während er träge mit einem Stock in den Sand zu seinen Füßen malte.

Plötzlich änderte sich die Musik. Ein lebhaftes, fröhliches Lied erklang, und die Tänzer machten sich bereit und stellten sich auf. Plötzlich gab es ein Drängen und Hauen und ein Wirrwarr von Stöcken, Körpern und Füßen, und es war anders als alles, was sie bisher gesehen hatte. Sie konnte den Blick nicht abwenden, atemlos und fasziniert, als die Tänzer aufeinander losgingen und sich dabei mit gegeneinander krachenden Stangen halb umzubringen schienen, die Gesichter hoch konzentriert und voller Leidenschaft. Noch nie zuvor in ihrem Leben war sie Zeuge einer so kraftvollen, aggressiven Männlichkeit gewesen, und es gelang ihr nicht, sich von diesem Anblick loszureißen.

Im Anschluss an den wilden Stocktanz zogen die Tänzer nun Schwerter und kleine Messer hervor und gingen in einem sorgfältig choreografierten Sturm aufeinander los. Sally spürte eine plötzliche Nässe zwischen ihren Beinen, und unter dem zarten Stoff ihres Kleides zeichneten sich ihre Nippel ab. Doch es war ihr egal. Sie war vollkommen gefesselt von dem, was sie sah.

Als sie sich wieder gefangen hatte, bemerkte sie, dass die anderen Mädchen bereits um den Maibaum Stellung bezogen hatten und es an der Zeit war, dass sie nach ihrem Band griff. Plötzlich hatte sie das Gefühl, etwas ausgesprochen Sinnliches, Sexuelles zu tun. Ihre Füße vollführten die einstudierten Schritte wie von selbst, und sie bemerkte die Morris-Tänzer, die nach beendeter Tanzeinlage über die Wiese schlenderten und ihnen zusahen. Sie blickte zum farbenprächtig geschmückten, stolz aufgerichteten Maibaum hoch und ergriff fröhlich lachend ihr Band, berauscht durch die sinnlich aufgeladene Stimmung. Daisy flatterte ihr entgegen, mit leuchtend blauen Augen, und sie tanzten, wie sie noch nie zuvor getanzt hatten, und wippten und hüpften um den Maibaum herum.

Sie tanzten für die Morris-Jungs, die auf ihre Stöcke gestützt dastanden und verstohlen lächelnd auf die kichernde Schar von Mädchen blickten, die sich in einem Wirbel aus zartem Rosa, Gelb und Weiß drehte und sie mit ihrer keuschen Weiblichkeit lockte. Eine begeisterte Vorfreude erfüllte die Tänzerinnen, als die kürzer werdenden Bänder sie immer näher an den Baum heranführten, und als sie ihn schließlich erreichten und berührten, fielen sich Daisy und Sally hemmungslos kichernd in die Arme, und Freudentränen liefen ihnen über die geröteten Wangen.

Dann war es vorbei. Weil die in schwarzes Leder gekleideten Morris-Tänzer mit ihrem bedrohlichen, männlichen Auftreten sie so aufwühlten, rannte Sally zusammen mit Daisy Hand in Hand und immer noch kichernd zum Hauptzelt davon, wo sie sich an der Schnitzeljagd beteiligten, die gerade begonnen hatte. Zusammen rasten sie begeistert in Richtung Wald, wo der Schatz versteckt war. Als sie die Bäume erreicht hatten, teilten sie sich auf. Sally konnte die Schreie und Rufe der anderen hören, die zwischen den Büschen und Bäumen hin und her rannten in dem Bemühen, sich einen Vorteil im Spiel um die begehrten Preise zu verschaffen. Der Wald waren voller Leben, Lärm und junger Leute aus dem Dorf, die sich in einem Taumel aus fiebrigen Frühlingsgefühlen und Festtagsstimmung befanden. In ihrer Hast wurde Sally unvorsichtig und machte einen falschen Schritt. Sie stolperte über eine Baumwurzel und rollte eine moosbewachsene Böschung hinunter.

Als sie unten angekommen war, hörte sie plötzlich eine

besorgte Stimme von weiter oben. »Geht's dir gut? Dir ist doch nichts passiert, oder? Bleib, wo du bist, ich komme runter und helfe dir.«

Eine wohlklingende, sanfte Stimme mit ländlichem Akzent, der nicht aus der Gegend stammte. Oben am Rand der Böschung stand der Morris-Tänzer mit dem kupferroten Irokesenschnitt und hielt sich an einem Ast fest. Sally beschloss, dass sie sich genügend wehgetan hatte, um seine Hilfe in Anspruch zu nehmen, und wartete geduldig, während er die Böschung hinunterkletterte. Seine schweren Schnürstiefel behinderten sein Vorankommen auf den knorrigen, alten Baumwurzeln, und eh sie sich versah, glitt er aus und rutschte mit einem frustrierten Schrei ohne Kontrolle den Hang hinunter, bis er direkt auf ihr landete.

Für einen Augenblick herrschte verblüffte Stille, während beide kurz überlegen mussten, was eigentlich passiert war. Mit Genuss fühlte Sally seine harte, kräftige Männlichkeit, die so unerwartet auf ihr gelandet war. Sie atmete schwer, als er die Augen öffnete und sein Blick auf die sanften Rundungen ihrer Brüste fiel, die sich direkt vor seinem Gesicht hoben und senkten. Er zögerte, und in diesem Augenblick traf Sally eine Entscheidung. Sie sah in sein überraschtes, sanftes Gesicht, die traurigen, himmelblauen Augen und auf seine vollen, sinnlichen Lippen, und gab dem drängenden Hunger in ihr nach.

Mit unverhohlener Lust blickte sie ihm geradewegs in die Augen, und als er erkannte, wozu sie ihn aufforderte, stöhnte er auf. Sie legte die Hände hinter seinen Kopf mit dem rotgoldenen Hahnenkamm und drückte ihn tiefer in ihr üppiges Dekolleté, das ihn bereitwillig aufnahm. Noch im Zweifel darüber, ob das alles wirklich sein konnte, begann er zögerlich, die köstlich geformten Hügel zu küssen, und sie spürte, wie sich ihre Nippel zu kleinen, harten Knospen zusammenzogen. Sie seufzte auf, als er sie mit dem Mund umschloss und die steifen Nippel zwischen Zunge und Lippe nahm. Er sog sanft daran, und ein Schauer erfasste sie, der bis tief in ihren Schoß fuhr. Fruchtbarkeit, dachte sie voll Stolz und reckte ihre Brüste seinem Mund entgegen. Er hatte ihre Brust aus dem Kleid befreit und hielt sie mit der Hand umschlossen. Die Luft spielte herrlich kühl über ihre nackte Haut und ihre vom Speichel feuchten Nippel.

Sie seufzte und gab sich hin in der freudigen Gewissheit, dass nun die Zeit der Erfüllung gekommen war. Er blickte auf, und für einen Moment sahen sie sich forschend in die Augen. Sie ertrank förmlich in seiner energiegeladenen Männlichkeit und musste an den Maibaum denken. Sie spürte, wie etwas hart gegen ihren weichen Schoß drängte, schloss die Augen und gab sich ganz der Empfindung hin, während sie sich wünschte, er wäre ihr noch näher. Sie frohlockte, als sie merkte, wie sein Schwanz weiter anschwoll und beharrlich durch die Falten ihres Kleides gegen sie drängte. Sie wollte das Kleid loswerden. Er wandte ihr das Gesicht zu und küsste ihre bereitwilligen Lippen. Sie erkundete mit der Zunge seine Lippen, und er erwiderte ihren Kuss. Sie spürte, wie die Hitze in ihren Schoß strömte, und tief in ihrem Innern pochte eine hungrige Leere, die gefüllt werden wollte.

Die Neugier riss sie mit, und auf der Suche nach seiner harten Männlichkeit ließ sie ihre Hand zwischen ihren Körpern hinuntergleiten und legte sie um die feste Schwellung. Es war das erste Mal, dass sie einen Mann so berührte. Sie zitterte am ganzen Leib, und ihr Verlangen nach ihm wurde drängender. Lüstern öffnete sie seine Hose und umschloss seinen befreiten Schwanz mit ihrer Hand. Mit leisem Stöhnen wurde ihr bewusst, wie groß er war. Sie schob ihn hoch, um ihn besser betrachten zu können, und ein wenig eingeschüchtert beobachtete sie, wie es in ihrer Hand zuckte und drängte.

Wie soll all das bloß in mich hineinpassen?, fragte sie sich unwillkürlich. Sie leckte sich über die trockenen Lippen und versuchte, ihr rasendes Herz zu beruhigen. Der heiße, pulsierende Schaft wand sich in ihrer Hand, und sie schob die Vorhaut zurück. Fasziniert sah sie, wie die Kuppel mit dem winzigen Schlitz zum Vorschein kam. Instinktiv wusste sie, dass dies sein Schlüssel zu ihrer Fruchtbarkeit war. Sie zog ihm die Hose bis zu den Hüften herunter und starrte fasziniert auf den hellen, goldenen Flaum, der seine vor Erregung straffen Eier bedeckte. Die Bedrohung, die von seinem aufgerichteten Schwanz ausging, wurde durch das helle Gold seines dichten Busches gemildert.

Als sie vorsichtig und sanft mit seinen Eiern spielte, zuckte sein Schwanz abrupt und drängend aufwärts, und sie spürte, wie sich etwas in ihrem Becken zusammenzog. Getrieben von purem Verlangen stieß sie die Hüften in seine Richtung. Er reagierte und schob sich die Hosen bis zu den Knöcheln herunter, wo sie von den Schnürstiefeln gestoppt wurden. Er zog sich die Lederjacke aus und griff dann behutsam nach ihrem Kleid, um es ihr über den Kopf zu ziehen.

Sie hob die Arme, sodass er es leichter hatte, und schon waren ihre drallen Brüste und ihr Bauch entblößt. Noch bedeckte ein keuscher weißer Slip ihre Scham. Sie hob das Becken an und erlaubte ihm, ihr das Höschen über ihren dunkelhaarigen Jungmädchenbusch herunterzuziehen. Die ganze Zeit spürte sie mit ihren Lippen und der Zunge den goldenen Haaren auf seiner muskulösen Brust nach und rieb begeistert seinen prallen, aufgerichteten Schwanz in ihrer Hand.

Er stützte sich auf die Hände und betrachtete ihre Hüften, die sich sehnsüchtig gegen seine Erektion drängten. Sie lag berauscht vor Verlangen auf dem moosbewachsenen Boden, von dem sich ihr heller Körper abhob. Sie war von Lust erfüllt und fühlte sich wie eine Waldgöttin, die sich ihm großzügig als Geschenk darbot. Er war überwältigt von ihrer nackten Schönheit, und seine Lust stieg mit jeder Sekunde.

Sein harter Schwanz wand sich in ihrer Hand, und plötzlich und unerwartet kamen ihr erneut die Worte in den Sinn. Sie zwang sich, sie laut auszusprechen. »Schwanz. Fotze.«

Er stöhnte auf, offensichtlich überrascht darüber, dass sie einen solchen Wortschatz hatte.

»Ich brauche deinen Schwanz in meiner Fotze.« Sein steinhartes Rohr rührte sich gierig, als er diese derben Klänge aus ihrem unschuldigen Mund hörte. Ihre Hand führte die Spitze seines Ständers zu ihren nassen, leicht geschwollenen Intimlippen, und sie drängte sich gegen ihn. Er zweifelte noch an der Aufrichtigkeit ihres Angebotes, und so widerstand er einen Augenblick.

»Dein Schwanz in meiner Fotze«, flüsterte sie erneut mit heiserer Stimme und war sich bewusst, welche Wirkung ihre Worte auf ihn haben würden. Mit einem Stöhnen ergab er sich und versenkte seinen zuckenden Schwanz in der schlüpfrigen Tiefe ihrer zuckenden, köstlichen Möse, die ihn fest umschloss und willkommen hieß.

Sie fühlte den plötzlichen Schmerz, als das Jungfernhäutchen riss und sie unwiderruflich zur Frau wurde, und war glücklich, dass es passiert war.

Seine Augen weiteten sich, und er verharrte ungläubig. Er hob den Oberkörper an und blickte ihr unverwandt in die Augen.

Sie wollte seine Fürsorge nicht. »Jetzt fick mich endlich«, forderte sie ihn auf, und er gehorchte. Beglückt ließ er sich in ihre enge, zuckende Möse sinken und zog sich aus ihr zurück, bevor er sich mit einem lauten Stöhnen erneut in sie versenkte. Er bewegte sich in langsamem Tempo, gleichmäßig und kontrolliert, und war fest entschlossen, ihrem Verlangen und ihrer Lust Vorrang vor der eigenen Befriedigung zu geben. Sie stöhnte und krümmte sich vor Verlangen, und innerhalb kurzer Zeit hatte sie in seinen Rhythmus gefunden und stieß ihre Hüften in festen, gleichmäßigen Bewegungen gegen ihn. Er fühlte sich ermutigt und wurde schneller, hob ihre Knie an, um noch tiefer in sie stoßen zu können. Als er in ihr Innerstes stieß, schrie sie auf, biss die Zähne zusammen und zog ihn noch enger an sich, während Wogen der Lust ihren Schoß erschütterten. Sie führte ihn erneut, und schließlich ergab er sich ihrem Verlangen. Mit einem Aufschrei stieß er mit ganzer Kraft tief in sie hinein, und hemmungslos wälzten sie sich auf dem moosbewachsenen Abhang hin und her.

Nun war sie oben und ritt auf ihm, während sie mit dem Kopf im Nacken nach Luft schnappte. Ihre Brüste schaukelten wild, und seine Finger fuhren über die kleine Perle. Ein elektrisierendes Feuer wand sich durch ihre Mitte und drohte sie zu verschlingen. Dann war er oben, während ihm die Hose noch immer um die Knöchel hing. Sie pumpten und stießen hart gegeneinander, und mit einem kehligen Stöhnen rief sie ihm zu: »Fick mich, fick mich, fester, fester!«, und brachte ihn beinahe um den Verstand.

Er wollte ihre Lust vollständig befriedigen, also hielt er sich zurück. Bald erwuchs aus ihrer Mitte unaufhaltsam ihr erster Orgasmus und brach sich in mächtigen Wogen Bahn. Sie schien von innen zu explodieren, und das Gefühl brannte sich durch jede Nervenfaser und ließ sie in einem Meer der Ekstase versinken. Sie schrie ihre Lust laut hinaus, als ein weiterer Höhepunkt über sie hereinbrach, und sank wenig später mit einem letzten Zittern erschöpft und befriedigt gegen ihn.

Nun ließ er seiner eigenen Lust freien Lauf, und sie war nur zu bereit, seinem drängenden Begehren Linderung zu verschaffen. Seine feurige Schlange tanzte, bevor er sich noch einmal in ihr versenkte und hart und schnell pumpte, bis er seinen Samen kraftvoll in ihren willigen, fruchtbaren Schoß ergoss. Wieder und wieder entlud er sich unter lautem Stöhnen, und ihre Möse klammerte sich saugend um seinen Schwanz. Ihr Körper trank den dicken Samen, den er in sie hineinpumpte, und führte ihn an den Ort seiner Bestimmung.

Befriedigt und erschöpft lagen sie schließlich beieinander. Sein Gewicht ruhte angenehm und schwer auf ihr, und immer noch ruhte sein Schwanz in ihrer feuchten Wärme. Nie zuvor hatte er eine Frau wie sie getroffen, und zur Frau war sie soeben geworden. Auch er hatte ihre Begegnung genossen, und doch wusste er, dass sie viel mehr als er selbst die treibende Kraft für ihr Tun gewesen war. Vage dämmerte in ihm die Erkenntnis, dass es ihm schwerfallen würde, eine Frau wie sie zu verlassen.

Sie hingegen wusste in diesem Augenblick mit einer Gewissheit, wie sie nur Frauen haben können, dass sie ein Baby empfangen hatte, und sie war glücklich darüber. Das war genau die Art von Dingen, die am ersten Mai geschehen sollten.

Soldat, Soldat

»Hände weg von den Schwänzen, und auf die Beine mit euch!«

Er war augenblicklich hellwach. Es war Sonntagmorgen, und nach der Völlerei vom Vortag hatte er tief und fest geschlafen, doch dies hier war ihr geheimer Code, ihr persönlicher »Ruf zu den Waffen«. Es bedeutete, dass sie geil war und klar zum Gefecht. Er wusste, dass sie am unteren Treppenabsatz wartete, bis er so weit war. Im nächsten Moment fühlte er, wie sein kleiner »Soldat« auf den Kampfruf reagierte, und er schob seine Hand unter die Bettdecke und umfasste seinen anschwellenden Schwanz. Der bog sich in strammer Präsenz in Richtung Nabel, gehorsam und zuverlässig.

»Hörst du mich, du widerlicher kleiner Wichser, du anmaßende Obszönität? Stehst du vielleicht bald stramm, geschniegelt und poliert und bereit für die Visite?«

Sie kam die Treppe hoch, und sein Ständer ragte wie befohlen in die Höhe.

»Du ekelhafter, maßloser Idiot, Corporal Smeg, ich hoffe, dass du bereit bist für mich!«

Dann stand sie splitterfasernackt im Türrahmen, mit wippenden Brüsten und der Peitsche unterm Arm, die Offiziersmütze mit dem polierten Schirm keck auf ihren goldenen Locken. Sie schlug die Bettdecke zurück und sah ihn an, wie er die Hand um seine aufgerichtete Waffe gelegt hatte.

»Dachte ich es mir doch, du unsäglicher Abschaum! Kehrt marsch, damit du deine Strafe erhältst!«

Er drehte sich auf den Bauch. Sie nahm die Peitsche hoch und ließ die Lederschnüre über ihre Hand gleiten. Sein schwellender Schwanz pochte gegen die Matratze.

»Die Bestrafung für verkommenes, obszönes Benehmen beginnt!« Sie ließ die Peitsche auf seine blanke Kehrseite sausen. »Eins! Das ist für den Zustand deiner Waffe!« Sein Schwanz wurde hart und zuckte. »Zwei!« Erneut schlug sie auf ihn ein, und die Peitsche hinterließ rote Striemen. »Das ist für deine plumpen, übereifrigen Weichteile. Und drei!« Es knallte ein weiteres Mal, während sein pochender Schwanz schmerzhaft gegen das Laken drückte. »Und das ist für deine stümperhafte Fingerfertigkeit!«

Er erschauerte vor Lust. Sein Hintern brannte, und Begierde raste durch seine Lenden.

»Umdrehen, Corporal Smeg!«

Sie stieg auf das Bett und setzte sich, nachdem er sich umgedreht hatte, auf sein Gesicht. Er packte ihre festen Pobacken mit beiden Händen, stieß seine Zunge in ihren rosigen, nassen Spalt und leckte geräuschvoll ihre köstliche Möse.

Sie stöhnte und krümmte sich, als er wieder und wieder hart gegen ihre Knospe drückte. »Das ist es, Smeg«, flüsterte sie heiser. »Leg den Schalter um.«

Er fuhr den Spalt hoch und runter und trieb seine muskulöse Zunge tief in ihren saftigen Tunnel, während er ihre salzige Süße schmeckte.

»Das reicht!«, herrschte sie ihn an und erhob sich von ihm. »Nun bring den Kerl rein.« Und als er pflichtbewusst mit einer schnellen Bewegung das Becken anhob, stieß sie sich heftig auf sein forsch aufwärtsdrängendes Schwert. »Bereit fürs Gefecht, Soldat?«

»Bereit, Sarge.«

»Ist deine Waffe poliert, geladen und einsatzbereit?«

»Poliert, geladen und einsatzbereit, Sarge!«, erwiderte er.

»Dann los, los, los!«, schrie sie und begann, auf dem harten Rohr auf und nieder zu rutschen, das tief in ihre enge Möse tauchte und hart gegen die Knospe ihrer Lust pochte. Stromschläge schienen durch ihren Schoß und ihre Schenkel zu rasen.

»Zu den Waffen! Zu den Waffen!«, kreischte sie. Er packte sie und warf sie auf den Rücken, schob seine Arme unter ihre Knie und hob ihre Beine an, bis sie an ihre Schultern stießen, während er immer tiefer und härter in sie drang. Nach einer Weile wurde sie ganz still, und er wusste, dass ihr Höhepunkt unmittelbar bevorstand. Also bewegte er sich schneller und schneller, bis sie atemlos keuchte: »Den Finger an den Abzug, jetzt!« Er griff nach unten, legte den Daumen auf ihre zarte Knospe und drückte fest. Sie kam augenblicklich in heftig zuckenden Kontraktionen, während sie schrie: »Jetzt! Jetzt! Jetzt!«

Während sie kam, spürte er, wie seine eigene Erregung wuchs. Er stieß weiter tief in sie hinein, bis er schließlich rief: »Ich schieß jetzt!«

»Feuer marsch! Schieß es in mich rein! Schieß deine Munition in mich rein!«, antwortete sie jubelnd.

Schon schoss dickes, sämiges Sperma in Fontänen aus ihm heraus.

Sie sackten erschöpft und verschwitzt auf dem Bett zusammen und blieben dort liegen, bis sie sich etwas beruhigt hatten. Dann sagte sie: »Okay, Soldat, wegtreten. Zeit fürs Frühstück. Worauf hast du Lust?«

Er fuhr mit der Hand über seinen noch nassen Schwanz. »Brotsoldaten in Eigelb getunkt.«

»Eine gute Idee«, sagte sie schnippisch. »Muss ich irgendwann mal ausprobieren.«

Er grinste und klatschte ihr auf den wohlgeformten Hintern, als sie aus dem Bett sprang.

Noch war er Corporal, doch sein dritter Streifen war fällig, und er fragte sich, was sie dann mit ihm machen würde. Ihr Vater war ein Sergeant gewesen, und es war seine Kappe, die sie bei ihren Sexspielen trug. Sollte er einen Rang aufsteigen, würde sie vermutlich weitermachen wie bisher. Würde er Sergeant, wäre sie wahrscheinlich ein Sergeant-Major. Amüsiert fuhr er sich übers Kinn.

Sie war anders als die anderen Soldatenfrauen. Wenn er erschöpft, müde und abwesend von seinen Übungen nach Hause kam, hielt sie sich geduldig zurück, fragte nicht und wartete, bis er langsam bereit fürs Private war. Wenn er auf geheimen Missionen unterwegs war, von denen selbst sie nichts wissen dürfte, führte sie ihr eigenes ausgefülltes und geschäftiges Leben. Sie arbeitete in einer wohltätigen Einrichtung für Kinder und organisierte Ausstellungen mit Handarbeitsprodukten. Sie hatten keine eigenen Kinder. Und wenn sie zusammen waren, war sie stets heiß und voller einfallsreicher Ideen für Spiele, die ihre Ehe aufregend und abwechslungsreich hielten. Sie erfasste jede seiner Stimmungen, ging auf sie ein und erfüllte all seine Bedürfnisse, ohne dass er danach hätte fragen müssen – keine leichte Aufgabe für eine Soldatenfrau.

Er war ihr nie untreu gewesen. Das war nicht nötig, denn sie war alles, was er sich je gewünscht oder gewollt hatte. Er wusste, dass man sein Regiment demnächst wieder in einen dieser unangenehmen Brennpunkte entsenden würde, was der Grund für seinen Urlaub und damit für seine Anwesenheit zu Hause war. Sie waren beide entschlossen, die wertvolle Zeit zu zweit bis zur letzten Sekunde auszukosten.

Sie kehrte mit dem Frühstückstablett zurück. Mit Butter bestrichene Weißbrotscheiben – »Soldaten« –, dazu weich gekochte Eier und ein starker Tee. Sie lächelte geheimnisvoll und sah ihn von der Seite an. Er fragte sich, was mit ihr los war.

»Was geht dir durch den Kopf, Debs?«, hakte er nach.

»Iss dein Frühstück«, erwiderte sie mit einem Glitzern in den Augen.

Als er seine Soldaten in das flüssige Eigelb tauchte, legte sie ihre Hand leicht auf seinen nun trägen Schwanz. Behutsam zog sie an seinen Eiern und streichelte leicht die Unterseite seines Schafts. Während sie so aßen und tranken, blieben ihre zarten Liebkosungen nicht ohne Wirkung.

In dem Wissen, dass sie den ganzen Tag Zeit hatten, gab er sich dem Vergnügen ihrer sinnlichen Berührung und seiner neu erwachenden Erregung hin. Sie beugte sich vor, und als der Kimono aufklaffte und er einen Blick auf ihre festen, üppigen Brüste erhaschte, fühlte er erneut eine Woge des Verlangens in sich aufsteigen. Er griff in den Spalt hinein und umschloss ihre nackte Brust mit der Hand. Der Kimono gab den Blick auf die feste Spitze eines Nippels frei, und er beugte sich vor und nahm sie zwischen seine Lippen. Seine Frau streichelte mit den Fingerspitzen über seinen Nacken.

»Ich hatte eine Idee«, sagte sie und küsste ihn aufs Haar. »Schau, Steve, ich weiß, wie gut du dich mit Torch verstehst, und ich weiß, dass der nächste Auftrag wahrscheinlich kein Zuckerschlecken wird, also habe ich mich gefragt ... Warum laden wir ihn nicht an einem Abend ein und ... haben ein wenig Spaß ... zusammen ... du weißt schon, wir drei. Würde dir das gefallen?«

Torch war sein bester Kumpel, ebenfalls Corporal und immer noch Single.

Er setzte sich kerzengerade im Bett auf und lehnte sich an die Wand, während er über die Bombe nachdachte, die sie gerade gezündet hatte. Er wusste, was sie sagen wollte. Möglicherweise waren sie monatelang ohne weibliche Begleitung, und auch dieses Mal würden nicht alle zurückkommen. Doch sie drei zusammen? Wie fühlte er sich dabei? Sein Schwanz wurde hart und steif.

Sie bemerkte es.

»Das ist dann also ein Ja«, witzelte sie und lehnte sich über ihn, um ihn in den Mund zu nehmen. Sanft glitt sie mit der Zungenspitze von unten nach oben und sog dann nachdrücklich an ihm.

Er stöhnte. Der Gedanke an einen Dreier war ihm noch nie in den Sinn gekommen, doch er hätte darauf gewettet, dass Torch darüber nachgedacht hatte. Er wusste, dass Torch eine Schwäche für Debs hatte und sie anziehend fand. Als Debs fortfuhr, ihn mit dem Mund zu befriedigen, entfachte der Gedanke an ihren Plan seine Lust und endete in einem schnellen, plötzlichen Erguss in ihren Hals, und er wusste, dass dies ein eindeutiges Ja war.

Ihre Planung war sorgfältig. An dem festgelegten Abend überließ sie es ihm, Torch zu begrüßen, während sie sich oben vorbereitete. In Torchs Augen hatte ein hungriges Leuchten gebrannt, als er begriff, was sie ihm anboten. Mühsam hatte er geschluckt und sich die plötzlich trockenen Lippen geleckt. Er hatte einmal kurz genickt, und es hatte keiner weiteren Worte bedurft.

Sein Spitzname rührte aus ihrer Zeit als einfache Soldaten, bevor sie ihre Streifen bekommen hatten, von einem Unfall, der heute lustig zu erzählen, aber damals alles andere als komisch gewesen war. Er war ein typischer Soldat, ein großer, derber Klotz aus Muskeln. Im Gegensatz dazu war sein

Wesen ruhig und schüchtern. Ein freundlicher Riese, der zur Entspannung Balaklavas strickte. Beide mochten sie ihn, und seine Loyalität ihnen gegenüber stand außer Frage. In einer Notlage konnte man sich absolut auf ihn verlassen. Wann immer die Männer in den Einsatz gingen, hatte sie stets das Gefühl, dass Steve jemanden bei sich hatte, der ihn mochte und auf ihn aufpasste. Und da war er nun und bestärkte seinen Entschluss mit einem ordentlichen Schluck Whisky, seinem zweiten Glas.

Beide Männer trugen Jeans und T-Shirts und waren großartig anzusehen mit ihren gestählten Muskeln, die bei jeder Bewegung klar hervortraten. Sie waren in körperlicher Bestform, und die definierten Brust- und Armmuskeln, die sich unter den T-Shirts abzeichneten, verfehlten ihre Wirkung nicht. Männer in Uniform hatten schon immer eine große Anziehungskraft auf sie ausgeübt. Die Kraft, die sie ausstrahlten, gab ihr ein Gefühl von Sicherheit und Geborgenheit. Tief im Inneren ihres Herzens, und obwohl sie die Realität kannte und sich der Risiken bewusst war, denen sich die Männer in ihrem gefährlichen Beruf aussetzten und welchen Preis sie dafür zahlten, machte sie der Gedanke an all die raue Männlichkeit und den extremen Mut, den sie besaßen, an.

Manchmal, wenn Steve nach Waffen- und Schmieröl stinkend und völlig erledigt nach Hause kam, wurde ihr ganz schwindelig vor Lust nach ihm. In solchen Fällen nahm er sie im Stehen, unpersönlich, hart und von hinten, nur um sich Erleichterung zu verschaffen und ohne sie richtig wahrzunehmen. Sie liebte es. Bei anderen Gelegenheiten war er ausgesprochen liebevoll, beinahe ehrerbietig, und erkundete genüsslich und mit einer unglaublichen Intensität jede Rundung und jede Spalte von ihr, als ob ihm etwas entgehen könnte, wenn er sich nur für einen Moment ablenken ließe.

Ihre Spiele waren ein Bonus. Dabei verkörperte er verschiedene Charaktere in einer Person und war alles, was sie je gewollt hatte. Ihr Vorschlag, Torch miteinzubeziehen, war nicht aus Langeweile geboren worden, sondern entsprang dem aufrichtigen Verlangen, jemanden an ihrem Vergnügen teilhaben zu lassen, den sie beide gern mochten und der genau wie sie ein Leben am Abgrund führte.

Es schien vor sexueller Energie in der Luft zu knistern, als die beiden Männer warteten, unsicher, wie sie vorgehen sollten. Sie erschien in der Tür, und Steve und Torch ächzten gleichzeitig. Sie war sorgfältig geschminkt mit rotem Kussmund und schwarzer Mascara, die blonden Locken zu einer wilden Mähne zerzaust und hochgesteckt. Sie trug hohe, schwarze Stilettos, und ihre Kurven steckten in einem engen schwarzen Korsett mit Strapsen und Strümpfen. Ihre festen, vollen Brüste quollen über der engen Spitze hervor, die kaum die Nippel verbarg, und ihr zarter blonder Busch darunter lag nackt und frei, genau wie die straffen wohlgeformten Pobacken. In der Hand hielt sie die neunschwänzige Lederpeitsche, und die Schnüre streiften leicht gegen ihr Bein.

Torch verschluckte sich und ließ das Glas auf den Boden fallen.

»Böser, böser Bube«, flüsterte sie heiser. »Dafür wirst du bestraft. Zieh deine Hose aus.« Er zögerte. »*Jetzt!*« Sie ließ die Peitsche heftig gegen seinen muskulösen Oberschenkel sausen.

Er öffnete die Hose, ließ sie zu Boden gleiten und entblößte eine enorme Erektion, die ihr förmlich entgegensprang.

»Diese Monstrosität ist obszön. Und nun Hand anlegen, Soldat!«, gab sie Anweisung, und er gehorchte. »Los, mach deine Waffe scharf!« Er begann, sich langsam zu massieren.

Sie drehte sich zu Steve herum, der wie gebannt zugesehen

hatte und dessen Beule in der Hose höchst unbequem aussah.

»Und du, Corporal. Wie kommst du dazu, in diesem Aufzug zum Dienst zu erscheinen? Ausziehen!«

Er streifte Jeans und T-Shirt ab, und der Anblick der beiden perfekten Männerkörper mit ihren prallen Erektionen ließ ihre Knie weich werden. Heiße Begierde durchflutete sie, und sie musste sich zusammenreißen, um nicht die Fassung zu verlieren. Sie erbebte, als ihr bewusst wurde, dass keiner der beiden Unterwäsche getragen hatte. Ihr Blick fuhr über die Muskeln an Bauch, Brust und Beinen. Sie wusste, dass die Männer über Stunden hinweg schwerster körperlicher Belastung standhielten, und ihr Mund wurde trocken. Scharf sog sie die Luft ein. Sie spürte, wie die Innenseiten ihrer Oberschenkel nass wurden, und ihr eigener Moschusduft stieg ihr in die Nase.

»Auf die Knie, und die Ärsche hoch!«, stöhnte sie, und die beiden ließen sich gehorsam auf den Boden fallen und reckten ihr die strammen, wohlgeformten Hinterteile entgegen. Sie senkte die Stimme.

»Wie ich höre, hast du noch nicht genug, du Nichtstuer!«, sagte sie zu Torch, ließ die Peitsche kräftig auf seinen Hintern knallen und beobachtete, wie sich rote Striemen auf der blassen Haut zeigten. Sein Rücken krümmte sich vor Schmerz, und sein Schwanz schlug hart gegen seinen Nabel. »Und du, Corporal, bist ziemlich gierig geworden, du nimmersatter kleiner Perversling.« Mit all ihrer Kraft ließ sie die Peitsche auf Steves Arsch knallen und hörte, wie er zischend nach Luft schnappte.

Die beiden Schwänze drängten auf der Suche nach einem Ziel aufwärts. Von den steifen Kuppeln lösten sich feuchte Tropfen. Die Männer atmeten schwer.

»Und da ihr beide es so zu genießen scheint, bekommt ihr noch mehr für euer widerliches und obszönes Verhalten!« Sie gab jedem von ihnen noch einen Schlag, und die neuen Striemen überkreuzten sich auf Steves und Torchs Haut zu einem roten Rautenmuster. Während sie die Männer züchtigte, quollen ihre Brüste aus dem Korsett und ihre festen, großen Nippel kamen zum Vorschein.

»Dreht euch um!«

Als die Männer ihrer Aufforderung nachkamen, stand sie mit gespreizten Beinen vor ihnen, die Hände in die Hüften gestemmt und mit vorstehenden Nippeln. Ein Gefühl von heißer, hungriger Gier fuhr durch ihren Schoß. Zwischen ihren Beinen lief der Saft hinunter.

»Erfasst jetzt das Ziel.« Sie ließ sich auf alle viere nieder, die Brüste nach unten baumelnd, die Wespentaille geschnürt. Sie hielt ihnen ihre köstlichen, in schwarze Spitze gefassten Pobacken hin und offenbarte dabei ihre triefend nasse, geschwollene Möse, lockte sie magisch mit dem geheimnisvollen Schlitz, der feucht und bereit war, zuckte und pulsierte.

»Zielen und – Feuer!«, kommandierte sie in freudiger Erwartung.

Torch drang derart heftig von hinten in sie ein, dass sie beinah das Gleichgewicht verlor. Er stieß seinen Schwanz tief in das Objekt seiner Begierde, umfasste ihre Hüften und nahm sie wie ein Rammbock. Steve eroberte gierig ihren Mund, stieß tief in sie hinein, sodass sie für einen Moment keine Luft mehr bekam. Sie umschloss ihn vorsichtig mit dem Mund und fuhr dann mit Lippen und Zunge an dem seidigen, energisch pumpenden Schwanz auf und ab. Noch nie zuvor hatte sie sich derart komplett gefühlt wie in diesem Moment, als sie von vorn und hinten gleichzeitig gefickt wurde. Und die Lust, die dabei über ihr zusammenzuschlug, schien keinen Anfang und kein Ende zu haben.

Aus Torchs Brust drang ein tiefes Stöhnen, und Steve stieß kurze, grunzende Geräusche aus. Beide waren gefangen in einer unbändigen, alles verschlingenden Ekstase.

Torch kam zuerst, nachdem er noch einmal an Tempo zugelegt hatte und sie ihre Hand an seine Eier gelegt hatte und ihn mit den Fingerspitzen an der Schwanzwurzel liebkoste. Die unerwartete Berührung überraschte ihn, und laut schrie er seine Begeisterung hinaus, als er sich in kurzen, pumpenden Schüben entlud. Es brachte sie fast augenblicklich zum Höhepunkt, und als die heißen Wogen der Lust mit Macht über sie hereinbrachen, schloss sie sich ihm bei seinem letzten tiefen Stoß mit einem bebenden Schrei an. Sie wollte nun, dass Steve ebenfalls kam, fühlte, wie die Lust in ihm anstieg und griff nach seinen Eiern, um den zuckenden Muskel bis zum Orgasmus zu liebkosen. Schnell entließ sie ihn aus ihrem Mund, um zu beobachten, wie er abspritzte. Mit einem unterdrückten Aufschrei ergoss er sich in sämigen Spermafontänen, die warm und klebrig auf ihren Brüsten landeten und dann an ihr herunterflossen.

Alle drei sanken sie verschwitzt und völlig aufgelöst zu Boden. Sie nahm beide Männer an den Händen, und so blieben sie eine Weile schweigend liegen. Schließlich murmelte sie anerkennend: »Das war ordentliche Teamarbeit. Ihr bleibt die nächsten vierundzwanzig Stunden in der Kaserne.«

»Wozu?«, maulte Steve.

»Oh, keine Ahnung. Was auch immer kommt. Unanständige und schmutzige Spiele vielleicht.« Sie drehte sich herum und gab jedem von ihnen einen langen Kuss auf den Mund. »Ich habe jedenfalls nicht vor, euch aus den Augen zu lassen.«

Fremde im Zug

Es war ungewöhnlich für einen Montagmorgen, dass die U-Bahn pünktlich fuhr und die Züge im Minutentakt hielten. Kate war froh, einen Sitzplatz ergattert zu haben. Sie war ein wenig verstimmt, denn sie war spät aufgewacht, hatte sich zwar ganz munter gefühlt, aber keine Zeit mehr für eine gemütliche frühmorgendliche Masturbation gehabt. Außerdem hatte sie vergessen, sich eine Zeitung zu kaufen. Mit ihrem makellosen marineblauen Kostüm, der zugeknöpften Bluse und dem streng nach hinten gekämmten, hochgesteckten Haar schien sie der Inbegriff von Artigkeit. Keusch schlug sie ein Bein über das andere. Da sie nichts zu lesen hatte und immer noch sexuell unter Strom stand, schaute sie sich wie beiläufig im Zug um, weil sie wissen wollte, was die Mitreisenden zu bieten hatten. Sie sahen alle ziemlich normal und langweilig aus, wie immer. Es war kaum je einer darunter, der ihr Interesse hätte wecken können, und daher bevorzugte sie immer die Zeitung. Aber an diesem Tag fragte sie sich zum ersten Mal, ob sie die Gedanken der anderen Leute überraschen würden. Ihr war bewusst, dass sie in den Augen der anderen genauso langweilig wirken musste wie diese auf sie. Aber waren die Leute wirklich alle so langweilig, wie sie aussahen?

Mark saß ihr gegenüber und hielt die Zeitung auf den Knien. Obwohl er jung war, trug er einen konservativ geschnittenen dunkelgrauen Anzug und sah wie der typische Absolvent einer Privatschule aus. Das mochte an seiner tadellosen Haltung liegen und an dem ruhigen Selbstbewusstsein, das er an den Tag legte. Er hatte hellgraue Augen und blondes Haar, das er sich in regelmäßigen Abständen zurechtschüttelte, wenn es ihm über ein Auge fiel. Mark war ein Puritaner. Es gefiel ihm, dass Vergnügen für ihn mit Schuldgefühlen verbunden war, und täglich während der U-Bahn-Fahrten gab er sich allen möglichen schmutzigen Fantasien hin. Auf diese Weise steigerte er sich in eine geheime Lust hinein und suchte noch vor der Arbeit die Toilette auf, um es sich schnell und verstohlen selbst zu besorgen. An diesem Morgen gab er sich wieder seiner Lieblingsfantasie hin.

Er stellte sich vor, auf einer Dinnerparty zu sein. Eine richtig große Sache. Mit Tafelsilber, einer großen Schale mit Blumen in der Mitte eines runden Tisches und mit üppigem Essen, das Kellner in schwarzer Livree und Kellnerinnen mit weißen Schürzen servierten. An der Festtafel saßen zwölf Personen in Abendgarderobe, allesamt wichtige Persönlichkeiten des öffentlichen Lebens, einige darunter mit Titeln. Er saß einem älteren Paar gegenüber: einer Matrone und ihrem ältlichen, aristokratischen Gemahl mit schütterem Haar. Die Konversation verlief steif und förmlich. Er hatte seine gestärkte Leinenserviette auf dem Schoß auseinandergefaltet und war mit seiner Consommé beschäftigt. Fast wäre ihm entgangen, dass sich unter dem Tisch ein unbeschuhter Fuß an seinem Bein zu schaffen machte. Zehen strichen über seine Wade. Erschrocken unterdrückte er ein Keuchen, erlangte die Fassung zurück und nahm einen weiteren Löffel Suppe. Mit Schrecken musste er dann jedoch feststellen, dass sich sein Schwanz bemerkbar machte und gegen die Enge der Unterwäsche aufbegehrte. Mark war ein altmodischer Typ und trug weiße Baumwollunterhosen. Der fremde Fuß hielt inne, und Mark atmete erleichtert auf.

Ziemlich unpassend begann sein Schwanz zu zucken und sich weiter aufzurichten. Mark spürte, wie sich sein Ständer aus dem Hosenschlitz der Unterhose stahl und die Freiheit in der Anzughose zu genießen begann. Da er keinen Einfluss mehr auf sein Geschlecht hatte, nahm er noch einmal betont gelassen einen Löffel Suppe und tupfte sich den Mund mit der makellos weißen Serviette ab. Die Matrone stellte ihm eine Frage zu Rosen. Sie wollte wissen, wie er die Rosen zurückzuschneiden pflegte. Er konzentrierte sich auf die Antwort, spürte aber, dass der Fuß zurückgekehrt war. Diesmal spielten die Zehen um sein Bein und kitzelten ihn an den Fußknöcheln. Sein Schwanz zuckte unkontrolliert. In der Zwischenzeit schien die Jungfer zu seiner Rechten das Interesse an seiner Meinung zu Rosen vergessen zu haben, und auch der ältliche Aristokrat war in ein Gespräch mit seinem unmittelbaren Tischnachbarn verwickelt.

Da die Gesetze der Konversation von ihm verlangten, sich rechterhand zu unterhalten, war er nicht imstande, zu seiner Linken jene lüsterne Person auszumachen, die ihn mit dem Fuß reizte. War es nun ein Mann oder eine Frau? Er wusste es nicht. Sein Schwanz drückte weiter gegen die Hose und entzog sich Marks Kontrolle vollends, indem er zur vollen Größe heranwuchs. Zum Glück spielte sich das alles unter dem Tisch ab, vor den Blicken der anderen verborgen.

Mark war im Begriff, einem Tischnachbarn auf die Frage zu antworten, wie man am besten gegen Schnecken vorging, als er eine Hand zwischen seinen Beinen spürte, die genüsslich über die Wölbung in seinem Schritt strich. Nur mühsam konzentrierte er sich auf den Gesprächspartner und versuchte, gedanklich bei dem Schneckenbefall im Garten zu bleiben.

Währenddessen deckten die Kellner die Suppenteller ab und servierten als Vorspeise Krabbencocktails. Zwischen den Gängen – inzwischen drehte sich das Tischgespräch um die Vorzüge von Düngemitteln – öffnete eine unsichtbare Hand Marks Hose und befreite den Schwanz aus der Enge des Stoffs: Sofort federte dieser in eine aufrechte Position.

Mark konnte es kaum fassen. Oberhalb der Tischkante wusste er sich zu benehmen, nickte und lächelte charmant, doch weiter unten führte sein gieriger Schwanz ein Eigenleben und ragte steil empor. Fingernägel strichen spielerisch über die Länge des Schafts, und unwillkürlich ging ein Zucken durch Marks Unterleib. Um diese Regung zu vertuschen, griff er nach der Serviette, hüstelte und wischte sich dann den Mund ab. Als er sich vorsichtig umschaute, sah er, dass alle Gäste mit dem Krabbencocktail beschäftigt waren. Während er weiter um Fassung rang, wünschte er, die Fingerspitzen würden seinen Schaft nicht so neckend erkunden. Viel länger könnte er nicht gegen das Verlangen ankämpfen, mit den Hüften nach vorn zu stoßen. Er wusste, dass der erste Glückstropfen längst da war, und wie nicht anders zu erwarten, tastete ein kundiger Finger über die Spitze der Eichel und verrieb den Tropfen auf der samtenen Kuppe.

Mark versuchte, ein Stöhnen zu unterdrücken, und kehrte in Gedanken zurück zum besten Urlaubsort, den es um diese Jahreszeit geben konnte. War er nicht kürzlich auf Teneriffa gewesen? Teneriffa. Er wollte sich darauf konzentrieren, als die Hand sich endlich erbarmte, um den harten Schaft schloss und Druck ausübte. Teneriffa, Teneriffa, wo zum Teufel lag diese Insel noch mal? Bitte nicht! Als die Hand ihn zu massieren begann, war Mark einen Moment unaufmerksam und verfehlte die Krabbe mit der Gabel, sodass sie ihm über den Tellerrand schoss. Doch zum Glück hatte niemand den Fauxpas bemerkt, worauf Mark die Krabbe wieder auf den Teller befördern konnte, während die feste Hand weiter über die Länge seines Schafts glitt.

Mark schob sich Salat in den Mund, um nicht laut zu stöhnen. Inzwischen fuhr die Hand rascher auf und ab, und Mark wusste nicht mehr, ob er sich wünschte, sie möge aufhören oder für immer so weitermachen. Die Jungfer sah ihn erwartungsvoll an, worauf Mark sich entschuldigte und sich noch einmal erkundigte, wie doch gleich die Frage gelautet habe. Zu welcher Jahreszeit man am besten nach Teneriffa reisen könne? Ah, einen Augenblick. Schneller und immer schneller massierte ihn nun die Hand, und ließ seine Erregung ins Unerträgliche steigen. Schneller und schneller, fester, immer schön lächeln ... Frühling? Ja, Frühling, nicht im Sommer, wie bitte?

Niemand konnte die schnellen Handbewegungen sehen, die ihn drängten und sein inzwischen unkontrollierbares Verlangen weiter anfachten. Er wusste, dass er jeden Moment unter dem Tisch abspritzen würde. Nicht jetzt, nicht hier, ich will das nicht, ich kann nichts dagegen tun, bitte nicht, doch, weiter, weiter, nicht aufhören, schneller, schneller, fester. Ich darf nicht kommen, ich kann das nicht ... ich muss kommen, nicht hier, oh, bitte, o Gott, ich komme, ich komme. Oh nein, nein, nein. Er spürte, wie der Saft nach oben stieg und sich das Feuer der Lust in ihm ausbreitete. Da wusste er, dass er die Kontrolle über sich und seinen Körper verlor. Doch noch gab er sich äußerlich entspannt und versuchte, sich auf Teneriffa zu konzentrieren. Ja, wir hatten eine tolle Zeit dort. Ja, es war großartig. (Ich komme, o Gott, nein!). Oh, ja, wir würden immer wieder hinfahren.

Und die feurige Schlange raste den langen, festen Schaft hinauf und schoss aus ihm heraus, sodass sich sein heißes, sahniges Sperma in kleinen Fontänen unter der Festtafel ergoss, während oben auf dem Tisch auf Etikette und vornehme Zurückhaltung geachtet wurden. Die Matrone lächelte ihm zu und betonte, sie und ihr Gemahl bevorzugten Mauritius. War Teneriffa heutzutage nicht ein klein wenig gewöhnlich? Schweißperlen liefen ihm über die Stirn, und über seiner Oberlippe schimmerte es feucht. Sein Herz hämmerte wie wild in der Brust. Wieder hüstelte er verlegen in die Serviette und gab der Matrone recht.

Erstaunlicherweise merkte niemand bei Tisch, was für süße Qualen er durchlebte, sodass der nächste Gang – das Bœuf Bourguignon – in Angriff genommen werden konnte. Er spürte, wie die unbekannte Hand seinen Schwanz wieder in die Hose schob, zurück durch den Schlitz der Unterhose und dann den Reißverschluss zuzog. Ein letztes zartes Klopfen auf das verausgabte Glied, und es war vorbei. Mit leerem Blick bedachte er die alte Jungfer neben sich, die inzwischen über das Wetter sprach, und spürte, wie sein Herzschlag sich beruhigte. In einer Gesprächspause fand er Zeit, sich dem mysteriösen Tischnachbarn zur Linken zu widmen. Der Teller war leer, der Stuhl leicht vom Tisch abgerückt. Wer auch immer dort gesessen hatte, er oder sie war fort.

Mark strich sich nervös durchs Haar und hüstelte. Er hatte einen schönen Steifen in der Unterhose und freute sich auf das heimliche Masturbieren.

Susan war Romantikerin, sah aber aus wie ein verängstigtes Mäuschen. Sex spielte immer eine Rolle in ihren Gedanken, und daher trug sie jeden Tag Strapse unter ihrer schlichten Arbeitskleidung, denn man konnte ja nie wissen, wann sie *ihm* begegnen würde. Aus dem gleichen Grund hatte sie Kondome in der Handtasche, deren Haltbarkeitsdatum allerdings schon abgelaufen war. Tief in ihrem Herzen wollte sie an die wahre Liebe glauben und daran, dass er sanft und rücksichtsvoll sein würde. Noch hatte sie ihn nicht gefunden, aber man durfte ja träumen, oder? In der Zwischenzeit, während sie sich für Mr. Right aufsparte, war ihr Geist nie weit entfernt von dem ungestillten Hunger in ihrem Körper, einem Hunger, der sich besonders dann einstellte, wenn sie frühmorgens mit der U-Bahn zur Arbeit fuhr. Jeden Tag konnte es so weit sein. Sie wusste schon, wie er aussehen würde. Jeden Tag wurde er in ihrer Vorstellung realer. Und wieder spielte sie die erste Begegnung in Gedanken durch.

Er trug einen dunklen Anzug von Armani, ein dunkles Polo-Shirt, keine Krawatte, und das glänzende, schwarze Haar ging ihm bis zum Kinn. Seine durchdringenden Augen schimmerten wie Saphire. Er sah eher keltisch als mediterran aus, mit seiner blassen Haut, der geraden Nase und der sorgfältig rasierten, aber nicht zu kantigen Kinnpartie. Sein schön geschwungener Mund zeigte an den Seiten leicht nach oben, und natürlich hatte er ein Grübchen am Kinn. Er war groß, nicht ausgesprochen breitschultrig oder stämmig, sondern von feiner Gestalt und schlank. Er stieg in die U-Bahn und nahm gegenüber von Susan Platz. Sie spürte, dass sie vor freudiger Erregung leicht zu schwitzen begann. Dann schaute er auf, und ihre Blicke trafen sich. Mit seinen klaren Augen vermochte er, den wahren Menschen hinter der bescheidenen Fassade zu entdecken. Sie glaubte schon, gleich in Ohnmacht zu fallen. Ich kann diese Chance nicht so vorübergehen lassen, dachte sie. Sie versuchte, sich eine Strategie zurechtzulegen, aber sie fand keine. Und so ergab sie sich einer hoffnungslosen Verzweiflung, als der Zug schließlich an ihrer Station hielt.

Als sich die Türen öffneten, standen beide zugleich auf. Er gab ihr zu verstehen, dass sie zuerst aussteigen sollte, aber auf der obersten Stufe bekam Susan Panik, stolperte und suchte Halt. Er packte sie fest beim Arm und zog sie an sich.

»Verzeihung, das wollte ich nicht.« Seine Stimme war tief und warm und hatte einen leichten Akzent. Am Ausgang verloren sie sich in der Menschenmenge aus den Augen, und während sie auf der vollen Rolltreppe nach oben fuhr, wagte Susan es nicht, sich nach dem Fremden umzudrehen. Ihr Herz pochte wie wild, während sie versuchte, ihre Fassung wiederzuerlangen. Mit geschlossenen Augen stand sie da, spürte Enttäuschung und verlor sich in Selbstvorwürfen, als sie seine weiche Stimme erneut hörte: »Hätten Sie Zeit für einen Kaffee?«

Mit ihren haselnussbraunen Augen suchte sie seinen Blick, schaute in seine klaren, zuversichtlichen saphirblauen Augen und wusste, dass Kaffee eine Zeitverschwendung wäre.

»Wollen wir zu mir oder zu dir?«, fragte sie stattdessen mit heiserer Stimme. Er gab ein Glucksen von sich.

Er fand ein Café, in dem sie sich ausgiebig unterhalten konnten, um einander besser kennenzulernen, während sie die Welt um sich herum vergaßen. Er warb zurückhaltend um sie. Sie verbrachten den ganzen Tag in perfekter Harmonie zusammen und ahnten beide, dass der entscheidende Augenblick bevorstand. Doch beide wollten die unvermeidliche Vereinigung aufschieben und erst noch den köstlichen Schmerz der Zurückhaltung auskosten.

»Ich will nichts überstürzen«, flehte er sie beinahe an. »Ich denke, uns bleibt genügend Zeit. Ich möchte sicher sein.«

Da, die Worte waren heraus. Susan schaute tief in seine besorgten dunkelblauen Augen, ging in ihnen unter und war hoffnungslos verloren. »Ja«, wisperte sie. »Wir haben alle Zeit der Welt.«

Seufzend lehnte sie sich zurück und beobachtete, wie er sie mit sehnsüchtigen Blicken in sich aufnahm. Ihr fiel seine makellose, glatte Haut auf. Er konnte den Blick nicht von ihr wenden, wärmte sie mit dem zärtlichen Ausdruck in seinen Augen. In diesem Moment war sie sein, gehörte ihm, war offen und voller Hingabe. Er streckte die Hand nach ihr aus und zeichnete mit einem langen, eleganten Finger die Konturen ihres Kinns nach. Dann hob er es leicht mit dem Finger an, ließ seinen Blick mit ihrem verschmelzen und hauchte ihr einen Kuss auf die leicht geöffneten Lippen. Sie floss dahin und erbebte. Nichts anderes war noch von Bedeutung. Sie wähnte sich wie in einer unsichtbaren Luftblase, die sie nur mit ihm allein teilte. So blieben sie am Tisch sitzen, berührten einander nicht und genossen das Gefühl der gegenseitigen Anziehung.

Eine Ewigkeit schien vergangen zu sein, ehe er aufstand und die Hand nach ihr ausstreckte. Sie nahm seine Hand, erhob sich, und schweigend kehrten sie zum Bahnhof zurück. Es fühlte sich so gut an, ihre zierliche Hand in seine kräftigen Finger zu legen.

»Ich möchte dich nicht verlassen«, sagte er ihr am Bahnhof.

»Ich dich auch nicht«, antwortete sie.

Er lächelte wehmütig. »Was wird nun aus uns?«

Hoffnungslos verloren und zu keinem vernünftigen Gedanken fähig, senkte sie den Blick, schaute dann auf und flüsterte: »Wollen wir zu mir oder zu dir?«

Er hatte eine große Wohnung in Little Venice, mit Blick auf den Kanal. Das Tageslicht fiel durch die hohen Fenster und brachte die rötlichen Holzmöbel zum Leuchten, die sich von den hellen Wänden abhoben. Sein Zuhause wirkte geräumig und modern und kam Susan ausgesprochen männlich und voller Energie vor. Unter einem riesigen Bild von Matisse stand ein breites, diwanartiges Bett, auf dem Kissen in leuchtenden Farben einen rot-schwarz gemusterten Überwurf zierten. Der Fußboden bestand aus poliertem Pinienholz. Sie versuchte, nicht zu auffällig zum Bett zu schauen, und wollte auch nicht darüber nachdenken, wer dort alles gelegen haben mochte. Von jetzt an hatte das Bett keine Vergangenheit. Was zählte, waren allein die Stunden, die sie dort verbringen würde.

Es gab keinen Grund, länger zu warten. Das wussten sie beide. Doch noch immer zögerten sie, jene Grenze zu überschreiten, an der es kein Zurück gab. Es war riskant. Vielleicht würden sie den Zauber des Augenblicks zerstören. Beide verspürten sie das Verlangen, sich die verheißungsvolle Vorfreude noch ein Weilchen zu bewahren.

»Möchtest du ein Glas trinken?«

»Ja, bitte.« Sie hieß den Aufschub willkommen.

Er holte eine Flasche Champagner aus dem Kühlschrank, öffnete sie geschickt und goss die schäumende Flüssigkeit in hohe Kristallgläser. Schweigend schaute sie ihm dabei zu. Sie spürte, wie sich ihr Herzschlag beschleunigte, und unterdrückte ein unwillkürliches Zittern, als ihre Haut vor Vorfreude zu prickeln begann. Da sie zu keinem klaren Gedanken fähig war, wartete sie auf das, was er vorschlagen würde. Er hob sein Glas, als wolle er einen Toast ausbringen, und sie tat es ihm gleich. Dann entledigte er sich seiner Schuhe, griff nach einem großen, weichen Kissen, legte es vor ihr auf den Boden und ließ sich darauf nieder. Mit der Stirn berührte er ihre Knie. Fast ehrfürchtig strich sie ihm über das dunkle, samtene Haar. Schweigend tranken sie den Champagner.

Keiner verspürte das Bedürfnis zu sprechen, beide ahnten sie, wie wichtig es jetzt war, noch ein wenig in ihrem zitternden Verlangen innezuhalten.

Schließlich stellte er sein Glas ab, erhob sich, nahm ihr den Sektkelch aus der zittrigen Hand, umschloss ihre Hände mit seiner Hand und zog Susan sanft an sich. Mit einem leisen Seufzer sank sie in seine starken Arme. Ein Beben lief durch ihren Körper, und sie spürte, wie stark er gegen seine innere Anspannung ankämpfte. Sie sehnte sich danach, ihn von dieser Anspannung zu befreien und ihm die Zurückhaltung zu nehmen.

Sie hob ihm das Gesicht entgegen, und er senkte sich zu ihr herab und verschloss ihre Lippen mit einem Kuss. Sie verlor sich in der Berührung, kostete sein Verlangen, spürte, wie das Blut durch ihre Adern pulste. So lagen sie sich für eine kleine Ewigkeit in den Armen, erfüllt und beseelt, und hatten das Gefühl, nur noch mit einem Leib zu fühlen, da sie sich nicht mehr als zwei voneinander getrennte Körper empfanden. In stillem Einvernehmen begannen sie, sich gegenseitig zu entkleiden, unterbrachen den Kuss jedoch nicht. Er war entzückt, als er die aufreizende Wäsche unter ihrer schlichten Kleidung entdeckte. Lächelnd löste er die Strapse, und Susan lobte sich für ihren Mut zu so viel Freizügigkeit.

Kurz darauf standen sie nackt voreinander und schauten sich für einen Moment tief in die Augen. Mit bewundernden Blicken nahm er dann ihre Blöße in sich auf, und sie betrachtete seinen maskulinen Körper und seine stolze Männlichkeit, die bereit aufragte. Susan zerfloss innerlich bei diesem Anblick.

Er streckte die Hand nach ihr aus. Sie ergriff sie, und Hand in Hand gingen sie zu dem sonnenüberfluteten Diwan. Sie sanken in die Kissen, hielten einander eng umschlungen und vertieften ihren Kuss erneut. Sie erkundeten die Weichheit ihrer Münder und konnten nicht genug voneinander bekommen. Sacht umfasste er ihr Gesicht mit einer Hand, lehnte sich ein wenig zurück und suchte ihren Blick. Schließlich strich er ihr über die Lippen und murmelte: »Ich möchte, dass das hier von Dauer ist. Ich will, dass uns eine lange Zeit vergönnt ist.«

Und so nahmen sie sich die Zeit, die sie brauchten. Sie knieten auf dem Diwan, erforschten ihre Leiber mit tastenden Händen, streichelten einander und hinterließen mit ihren Lippen heiße Spuren auf ihrer Haut. Bald gab es keine Stelle mehr, die sie nicht berührt oder erkundet hatten. Sie hob ihre Arme leicht an, während er seine Zungenspitze um ihren Nippel kreisen ließ, und grub ihre Hände in sein wundervolles Haar. Sie rieb sich mit ihren Brüsten an ihm und bog den Rücken durch, als er ihren Bauchnabel mit heißer Zunge erkundete. Sie mochte den Anblick, der sich ihr bot: seine schmalen Hüften, die sportlichen Oberschenkel und der Übergang zu seinem flachen Bauch. Schließlich folgte sie mit ihrem Mund der Spur seiner Behaarung bis zu seinem Schoß. Mit den Fingernägeln fuhr sie ihm über den Rücken, während er ihren Po knetete und ihren Hals mit Küssen bedeckte.

Mit einem Mal hatte er eine wohlriechende Körperlotion hervorgezaubert, die er mit sanften Strichen in ihre Haut einmassierte. Kurz darauf beglückten sie sich gegenseitig mit dem duftenden Öl, bis ihre Körper ganz schlüpfrig waren und sie sich in dem betörenden Duft verloren. Während sie sich weiter an ihm rieb, spürte sie seine harte Männlichkeit an ihrem Bauch.

Ich will nicht, dass dies wieder aufhört, dachte sie. Ich will noch warten. Es soll für immer so sein. Offensichtlich dachte er genauso wie sie, denn er zögerte es endlos hinaus, hielt sich in seinem Verlangen so lange zurück, bis er spürte, wie ihre Begierde immer größer wurde. Mit heißem, hungrigem Verlangen eroberte er ihren Mund mit einem Kuss. Sie wussten bald nicht mehr, wo ihnen die Sinne standen, und die Wogen der Lust drohten sie zu überwältigen. Schließlich beugte er sich über sie und schob ihr beide Hände unter den Rücken.

Sie schloss die Augen, spürte, wie ihr Atem schneller ging, und wusste, dass der Augenblick gekommen war. Sie spreizte die Beine, um ihm Zugang zu gewähren. Er suchte erneut ihren Mund und schob sich sacht über sie, sodass sich ihre Körper auf ganzer Länge berührten. Die dunklen Haare auf seiner Brust kitzelten ihre Nippel, und sie drückte den Rücken durch, um mit ihren Brüsten über seinen festen Oberkörper zu reiben. Die Lippen zum innigen Kuss verschmolzen, lagen sie einander in den Armen, bis er sich langsam und ganz sanft ihrer Weiblichkeit näherte und in ihre samtenen Tiefen glitt. Sie erschauerte und verlieh ihrer Lust lautstark Ausdruck, als er sich ganz in sie senkte und sie ausfüllte. Mit jeder Faser ihres Leibes hieß sie ihn willkommen.

Endlich vereint, hielten sie lange inne, ehe sie sich gemeinsam Richtung Höhepunkt bewegten. Dabei entdeckten sie eine Intimität, die sie nie zuvor erlebt hatten. Gemeinsam wälzten sie sich auf dem Diwan, tauchten tief ein in das Meer ihres Verlangens. Bereitwillig blendeten sie die Welt um sich herum aus, verloren sich ineinander und stöhnten und seufzten, während die Flammen der Begierde durch ihre Lenden schossen und sie zu versengen begannen. Gemeinsam ritten sie auf den alles verzehrenden Wogen der Lust, immer schneller und schneller. Die Zeit schien stillzustehen, als sie sich ineinander verloren. Für eine Ewigkeit.

Als die Lust allmählich abebbte, blieb er noch in ihr und lag schwer auf ihr. Beide spürten ihrer Befriedigung nach und wagten es kaum, die Gefilde der Erfüllung zu verlassen. Er lag mit dem Gesicht auf ihrem Bauch, während sie ihm zärtlich über den Rücken streichelte.

Mit einem Seufzer kehrte Susan in die Realität zurück und spürte, wie die Strapse gegen ihren Oberschenkel drückten. Ihr Slip war feucht, und ihre Klitoris pochte fast schmerzhaft. Die Wirklichkeit ist grausam, dachte sie verzweifelt, als sie aufstand, um sich auf den Weg zu machen. Durch die Menschenmenge am Bahnhof, dem vorhersehbaren Tag im Büro entgegen. Das Beste, auf das sie hoffen durfte, war Dennis, der dauernd niesen musste und dessen Hände sich so unangenehm klamm anfühlten. Er hatte es darauf abgesehen, schnell zuzugreifen, und das Schlimme war, dass er auch noch Erfolg haben könnte, wenn sie weiterhin so erregt war und sich womöglich aus purer Verzweiflung auf einen Typen wie ihn einlassen würde. Susan ahnte, dass sie wahrscheinlich auf keinen anderen Mann hoffen durfte.

Stanley hatte sich hinter seinem Buch versteckt, las aber nicht. Er war ein Mann mittleren Alters, stets korrekt gekleidet, hatte leicht schütteres Haar und eine randlose Brille auf der Nase. Insgesamt wirkte er gesetzt und farblos, doch die Bücher, die er in der U-Bahn las, waren alles andere als unschuldig. Äußerlich sahen sie aus wie bedeutende Klassiker der Weltliteratur, doch nur auf den ersten Blick. An diesem Tag zum Beispiel las er *Fanny Hill*. Er hatte sich schon öfter vorgestellt, wie es wohl sein mochte, wenn er in einem früheren Jahrhundert gelebt hätte. Er dachte an sein altes College zurück und malte sich aus, wie es dort in vergangenen Zeiten zugegangen sein musste.

Er sah sich in viktorianischer Kleidung und stellte sich

einen großen, elegant eingerichteten Raum vor, der zu einem Collegedozenten wie ihm passte. Sein Bett und der Schreibtisch standen an einer Wand, zahllose Bücher füllten die Regale an der gegenüberliegenden Wand. Ein Lehnstuhl war auf den offenen Kamin ausgerichtet. Vom Fenster aus hatte man einen Blick auf den weitläufigen Hof und die von Weinranken überzogenen Backsteinmauern. Jemand war gerade dabei, die Asche aus der Feuerstelle zu fegen. Natürlich! Er hatte eine Haushälterin, und er *besaß* sie in jedweder Hinsicht. Schneller, gelegentlicher Sex, ohne irgendwelche Versprechungen und Raffinessen – gerade so, wie er es mochte.

Als er nun sein Zimmer betrat, fiel sein Blick gleich auf die Gestalt, die sich weit über die Feuerstelle beugte. Ihre perfekt geformten Brüste drängten gegen den Ausschnitt des Mieders, und seine Lenden fingen Feuer. Er trat ein paar Schritte in den Raum und warf seinen Gehrock auf das Bett. Als er sich wieder in Richtung Kamin drehte, kam er in den Genuss, auf ihr volles Hinterteil blicken zu können. Die fülligen Hüften und die eng geschnürte Taille boten einen delikaten Kontrast.

Seine Lust wuchs weiter, rasch war er hart und bereit. Ein unstillbarer Hunger ergriff von ihm Besitz und schien kaum noch kontrollierbar zu sein. Vollkommen überwältigt von diesem plötzlichen Verlangen, fingerte er verzweifelt an seinen Hosenknöpfen herum, um den angeschwollenen, drängenden Schwanz zu befreien. Als ihn die Lust übermannte, hob er die Unterröcke und Röcke der Haushälterin an und tastete eilig nach dem krausen Delta und der einladend weichen Furche ihrer Weiblichkeit. Keuchend stieß er sich blindlings in sie und spürte, wie sein Rohr ihre Enge ausfüllte.

Sie sog scharf die Luft ein, suchte Halt am Kaminsims, während er nicht länger warten konnte. Mit beiden Händen umfasste er ihre vollen Hüften und trieb sich mit kurzen, harten Stößen immer wieder in ihre Spalte. Binnen Sekunden spürte er, wie sein Saft aufstieg und sich in ihre heißen Tiefen ergoss. Schnell zog er sich aus ihr zurück und stand einen Moment lang schwer atmend da, mit nassem, aufragendem Schaft. Danach zwängte er den schlaffer werdenden Schwanz wieder in die Enge der Hose, schloss die Knöpfe, griff nach dem Gehrock auf dem Bett und floh aus dem Raum. Seine Haushälterin stand derweil mit ungeordneten Röcken und nacktem Hinterteil da und versuchte hastig, ihre Blöße zu bedecken.

Stanley nahm seine Brille ab und wischte über die beschlagenen Gläser. Verstohlen schaute er sich um, weil er befürchtete, sich mit seinen erhitzten Wangen verraten zu haben, aber er wurde von den anderen Passagieren gar nicht wahrgenommen – wie immer. Keiner nahm je Notiz von ihm. Er schlug ein Bein über das andere und versuchte, die peinliche Erektion zu überspielen, die ihn während der letzten Tage ständig plagte. Er musste warten, bis er wieder zu Hause war. Erst dann konnte er etwas dagegen tun. Ja, dann würde er wieder am offenen Fenster stehen und der prüden Alten von nebenan eine Vorstellung liefern – wusste er doch, dass sie ihn durch ihre alten Vorhänge hindurch beobachtete. Doch beklagt hatte sie sich noch nie.

Regis mochte es in aller Öffentlichkeit, heimlich, und er liebte das Risiko, entdeckt zu werden. Seine Lieblingszeit im Jahr war der Notting Hill Carnival, weil er dann gleich mehrmals bekommen konnte, was er wollte, wenn er es nur clever genug anstellte. Arrogant machte er sich auf der Sitzbank breit und belegte dabei gleich noch den freien Platz neben sich. Er wusste, dass niemand den Mut haben würde, ihn dafür zu tadeln. Die Zigaretten hatte er sich cool in die Hemdtasche gesteckt, die Dreadlocks fielen ihm auf die Schultern. Seine langen Beine steckten in einer Lederhose, und die Wölbung im Schritt trug Regis absichtlich zur Schau. Die schlanke, junge Frau, die ihr Haar hochgesteckt hatte und ein eng anliegendes Kostüm trug, unter dem ihre Brüste gut zur Geltung kamen, beäugte ihn. Er sah ihre glatten Schenkel unterhalb des Minirocks und musterte sie unverhohlen mit seinen dunklen Augen. Sie spürte seine Blicke und schaute hoch. Er sah sie weiter an. Bewusst suchte er ihren Blick, zog sie mit seinen Augen aus und sah, wie sie den Blick unbeeindruckt erwiderte. Regis' Schwanz wurde hart. Er rutschte auf seinem Platz hin und her, um den Druck in seiner Hose abzumildern. Die junge Frau begann zu kichern, und als sie beim nächsten Halt ausstieg, zeigte sie ihm durchs Fenster den Finger.

Er musste sie haben. Er musste sie beherrschen und ihr das arrogante Grinsen austreiben. Als der Zug wieder anfuhr, lebte Regis seine Rache in einem Tagtraum aus.

Es war der Tag des Notting Hill Carnivals im August, und es war heiß. In dem ärmellosen Shirt kamen Regis' beachtliche, ebenholzfarbene Oberarmmuskeln gut zur Geltung. Es war voll in den Straßen. Regis war schon wieder erregt und hatte einen Steifen, weil er wusste, dass er jeden Moment seine Lust würde ausleben können, in einem Hauseingang, einer Seitenstraße, wo auch immer. Am Tag des Carnival waren alle scharf und heiß auf Sex. Die Leute tanzten ausgelassen, ließen ihre Becken mit Hüftschwüngen aneinanderprallen. Die Frauen stellten ihre Kurven zur Schau, und alle genossen die schwül-erotische Atmosphäre und den beharrlichen Klang der Trommeln.

Da erblickte er sie auf der anderen Straßenseite. Sie stand

mit einigen Freunden zusammen, tanzte und wackelte mit dem Hintern. Ihre prallen Brüste drückten gegen den Stoff des engen Tops, und ihr brauner Bauch war zu sehen. Sie lachte und sang, warf den Kopf in den Nacken und schien sich ganz in dem Treiben zu verlieren.

Regis bahnte sich seinen Weg durch die wogende Menge, fand eine Lücke zwischen zwei Karnevalstruppen, zwängte sich an Tänzern und Musikern vorbei bis in die Nähe der jungen Frau. Sein Schwanz war hart und kurz vorm Explodieren. Unbemerkt näherte er sich ihr von hinten und ließ sich von der Menge treiben, bis er gegen die Frau gedrückt wurde. Jetzt waren sie praktisch eingeklemmt zwischen all den Leuten, doch sie schien es nicht zu stören, denn sie sang weiter zu den schrillen Tönen und hatte nur Augen für das Spektakel. Schnell hatte er die Hose aufgeknöpft und seinen kräftigen Schwanz befreit, der sogleich gegen den Hintern der Frau drückte. Es gelang Regis, seinen Schwanz unter ihren Minirock zwischen ihre Schenkel zu pressen. Sie schrie auf und war vollkommen überrascht, ohne ganz zu verstehen, wie ihr eigentlich geschah. Ehe sie begriff, rieb er sich schon hart an ihren Schenkeln und spürte, wie seine Spitze gegen ihren Slip stieß.

Plötzlich packte sie ihn, schloss ihre Hand um seine überreizte Kuppe. Sie rieb sich ausgelassen an ihm, was seine Lust noch steigerte. Erschauernd kam er in ihrer Hand und spritzte seinen Saft zwischen ihre Schenkel. Sie schaute nach unten und sah, wie ihr die dicke Flüssigkeit über die Finger lief. Rasch drehte sie ihm das Gesicht zu, und ihre Blicke trafen sich.

»Und wo bleibe ich, du Wichser?«, fragte sie mit wütendem Blick.

Doch er duckte sich weg, tauchte zwischen all den Leuten

ab und verschwand. Das soll dir eine Lehre sein, über mich zu lachen, dachte er.

Auf einmal fühlte sich Regis aber gar nicht mehr so prächtig, und daher stieg er an der nächsten Station aus, um sich auf andere Gedanken zu bringen.

In der Zwischenzeit musterte Kate einen Touristen, der lässig bei seinem Gepäck wartete. Sie konzentrierte sich nur auf ihn und bekam nichts von den anderen Leuten um sich herum mit. Der Mann schien gerade angekommen zu sein und gehörte irgendwie nicht hierher. Das lockige, blonde Haar hing ihm in die Stirn und verbarg halb die Augen, aber sein Körper war kraftvoll und sonnengebräunt. Seine muskulösen Waden waren unterhalb der knielangen Khaki-Hose zu sehen, die Haare an ihnen glitzerten golden. Sie hielt ihn für einen Australier. Dann schaute er auf, und sie spürte einen Anflug von Enttäuschung. Er entsprach doch nicht ihren Erwartungen: Seine Augen standen zu eng zusammen, sein Mund war zu groß, insgesamt war er ihr zu jung. Was soll's, dachte sie dann. Sie wollte ja keine Konversation mit ihm machen. Nein, sie hatte andere Pläne mit ihm. Er schien genau der Richtige zu sein für einen kleinen, harten Fick. Kein Drumherum, kein Vorspiel: nur seinen Schwanz in ihre Muschi und los.

Sie stellte sich vor, wie er mit dem Surfboard unterm Arm aus dem Meer watete und sich das salzige Nass aus den Locken schüttelte. Er legte das Board auf den Strand, zog den Neoprenanzug aus und trocknete sich mit einem Handtuch ab. Dann streckte er sich nackt auf dem Brett aus und drehte sich auf den Rücken, um die Sonne in sich aufzunehmen. Derweil beobachtete sie ihn von ihrem Versteck hinter einem umgedrehten Boot aus und sah, wie er sich verträumt an den

Eiern kraulte und seine Position leicht veränderte. Schließlich legte er sich einen Arm übers Gesicht und schien einzudösen. Doch zu ihrer Freude konnte sie genau erkennen, wie sein Schwanz sich regte und in der Wärme anschwoll. Langsam wuchs er in Richtung Bauchnabel, fest und prall.

Sie spürte, wie ihr die Hitze in den Schoß schoss und ein jähes, drängendes Verlangen in ihr auslöste. Sie hatte ein Sonnenbad genommen und trug nur eine kleine Bikinihose, die an den Seiten zusammengebunden wurde. Ihre festen, stolzen Brüste und langen Beine waren goldbraun.

Mit schwingenden Hüften stolzierte sie barfuß durch den weißen Sand, streckte die Brust raus und stellte sich über ihren Surfer. Sie raubte ihm die Sonne und fragte mit leiser, sinnlicher Stimme: »Lust auf einen Fick?«

Ohne eine Antwort abzuwarten, löste sie die Bändchen der Bikinihose und schleuderte sie fort, ehe sie sich auf ihn sinken ließ. Begierig umfasste sie seinen harten Schwanz mit einer Hand, öffnete mit der freien Hand ihre geschwollenen Intimlippen und drückte seinen Schwanz in ihre pochende, heiße Muschi. Sie war bereits so feucht, dass sie ihn gleich aufnehmen konnte. Als er ihren Glückspunkt berührte, durchfuhr sie ein scharfes Prickeln. Instinktiv hob er die Hüften, um tiefer eindringen zu können, und blieb dann in dieser Position. Sie spannte ihre Muschimuskeln an und begann, ihn zu massieren. Sie wusste, dass es schnell gehen würde, und ritt ihn in einem harten, fordernden Rhythmus.

Leicht nach vorn gebeugt, rieb sie sich mit ihrem Kitzler an ihm und nahm seinen Schaft immer wieder tief in sich auf, bis sie heiße Schübe der Erregung spürte, gefolgt von den ersten Anzeichen des herannahenden Höhepunkts. Kurz darauf war es so weit. Zuckend kam sie und spürte, wie ihre Muschisäfte flossen. Mit einem kehligen Stöhnen sank sie befriedigt auf ihn, und ihr langes Haar lag auf seiner Brust. Schließlich verließ sie mit einer geschmeidigen Bewegung seinen nassen, immer noch stolz aufragenden Schwanz, griff nach der Bikinihose und ging über den Strand davon.

Als sie einen Blick über ihre Schulter warf, sah sie, wie ihr unbefriedigter Surfer im Sand kniete und eine Hand um seinen harten Schaft gelegt hatte. Aha, dachte sie, das ist ja mal was anderes, und lächelte zufrieden.

Langsam kehrte sie ins Hier und Jetzt zurück, sah den Fremden und dachte: O Gott, ich drehe noch durch. Wenn da nicht mehr drin ist, werde ich noch zur Nonne. Doch das schmerzhafte Ziehen in ihrer Muschi verriet, dass ihr Körper andere Pläne hatte. Ich hab's, schoss es ihr durch den Kopf. Solange ich in diesem Zustand der Erregung bin, genieße ich es einfach. Ja, ich besorge mir einen verdammten Vibrator. Als sie sich erhob und den Waggon verlassen wollte, schaute sie sich noch einmal um und dachte: Was sind wir doch alle für steife, langweilige und verdrießliche Puritaner. Plötzlich spürte sie Aufwallungen einer längst überfälligen Rebellion.

»Was ihr alle braucht«, rief sie den umstehenden Leuten zu, »ist ein guter Fick!«

Als sie aus dem Zug stieg, hörte sie die mechanische Stimme: »Vorsicht an den Türen. Zurücktreten bitte.«

»Ach, ihr könnt mich alle mal!«, schnappte sie.

Rache ist süß

Andrea war ein kaltherziges, berechnendes und rücksichtsloses Luder und auch noch stolz drauf. Sie war so erzogen worden. Ihr Vater hatte die gleichen Wesenszüge gehabt, und er war immer ihr Vorbild gewesen. Er war Manager eines international aufgestellten, millionenschweren Unternehmens gewesen, und sie hatte ihn bewundert und ihm nachgeeifert. Doch eines Tages hatte die Firma ihn aus fadenscheinigen Gründen in den vorzeitigen Ruhestand gezwungen, nachdem es zu einem öffentlichen Skandal gekommen war, in dem von Betrug und Veruntreuung die Rede war. Der Ruf ihres Vaters war nachhaltig ruiniert. Bald war er bankrott und ein gebrochener Mann. Andrea aber war außer sich gewesen vor Wut und hatte Rache geschworen. Wusste sie doch, dass man ihren Vater nur geopfert hatte, damit andere Männer im Vorstand ihre Interessen durchsetzen konnten. Letzten Endes war er von jenen verdrängt worden, die über Jahre hinweg seine Freunde und Kollegen gewesen waren. So stark er auch zu seinen besten Zeiten aufgetreten war, schon bald nach seinem Rücktritt baute er sichtlich ab, alterte früh und starb einsam und ohne rehabilitiert worden zu sein. Doch inzwischen hatte Andrea sich einen Schlachtplan der Rache zurechtgelegt.

Sie wusste, dass sie toll aussah und puren Sexappeal verströmte. Ihre Reize waren ihre beste Waffe. Ihren Vater hatte sie schon früh mit flehendem Augenaufschlag um den Finger gewickelt. Ja, schon als kleines Mädchen hatte sie auf seinem Schoß gesessen und mit Erfolg ein Schmollmündchen gezogen, wenn sie nicht das bekam, was sie wollte. Sie hatte immer schon gewusst, wie unwiderstehlich sie war. Sex hatte sie nicht aus Vergnügen, sondern nur um voranzukommen und ihre Ziele durchzusetzen.

Sie war der festen Überzeugung, dass eine clevere Frau alles von einem Mann bekommen konnte, wenn sie es nur richtig anstellte. Als Frau brauchte sie nur den Schwanz eines Mannes zu manipulieren, eine Vorgehensweise, die sich noch immer bewährt hatte. Für diese Zwecke hatte sie den perfekten Körper. Sie war groß und schlank, hatte atemberaubend lange Beine, schön geformte Oberschenkel, einen knackigen Arsch, feste große Brüste und einen schlanken Hals. Ihr langes, honigblondes Haar glänzte, und ihre grünen Augen wurden von atemberaubenden dunklen Wimpern umrahmt. Sie hatte einen makellosen, hellen Teint und ein sinnliches Lächeln, das bisweilen scheu und verwundbar wirken konnte. Ihre Manieren waren tadellos. Sie hatte Privatschulen besucht und die beste Ausbildung genossen, die ein Vater sich für seine Tochter nur wünschen konnte.

Wann immer sie einen Raum betrat, zog sie alle Blicke auf sich. Anmutig schwebte sie über das Parkett, sodass sie jedes Geschäftstreffen, an dem sie teilnahm, allein durch ihre Anwesenheit zu einem Erfolg für sich machte. Um den Zuschlag für ein Geschäft zu bekommen, brauchte sie nur ein Bein über das andere zu schlagen. Sie wusste genau, wie sie ihre sexuelle Ausstrahlung sicher und zielgerichtet auszuspielen hatte. Nur eine Frau wie sie hätte einen Racheplan dieses Kalibers ersinnen und durchführen können.

Sie hatte vier Gentlemen ins Visier genommen: den geschäftsführenden Direktor Hereward Compton-Hughes, einst der beste Freund ihres Vaters, den Manager Gareth Bainbridge, den zweiten Geschäftsführer Jonathan Bowers und den Firmenanwalt Colin Winterstone. Diese vier steckten hinter der Intrige, der ihr Vater zum Opfer gefallen war, und diese Männer hatten am meisten von seinem Niedergang profitiert. Sie kannte sie alle persönlich und hatte bei manch einer Gelegenheit mit ihnen zu Abend gegessen. Sie hatte Partys für diese Herren geschmissen oder an ihren Meetings teilgenommen, ja, ein paar Mal hatte sie sie sogar auf Geschäftsreisen begleitet.

Zuerst knöpfte sie sich Jonathan vor, den zweiten Geschäftsführer, weil sie mit ihm leichtes Spiel haben würde. Er war zwar verheiratet, hielt sich aber für einen Frauentyp und galt als verwegen in diesen Dingen. Andrea rüstete sich für ihr Unterfangen mit der neuesten und teuersten Technologie aus: Geld spielte keine Rolle. Es war erstaunlich, was sie alles bekommen konnte und wie klein das entsprechende Equipment inzwischen geworden war.

Um zu verführen, trug sie ein schwarzes Chanel-Kleid mit tiefem Ausschnitt und kurzem Rock, dazu eine Diamantenbrosche und glitzernde Ohrringe. »Ganz zufällig« traf sie ihn in der Bar seines Lieblingsrestaurants und schlug ein gemeinsames Essen vor, um der alten Zeiten willen. Sie gab vor, die Vergangenheit ruhen lassen zu wollen, faselte etwas von »Das Leben geht weiter«, »Geschäft ist Geschäft«, »Jeder hat mal Pech im Leben« und Ähnliches und ließ ihren Charme spielen.

Der gewagte Ausschnitt wurde noch durch den schwarzen Spitzen-BH betont, der ihre Brüste zur Geltung brachte. Sobald sie sich am Tisch leicht vorbeugte, war die schwarze Spitze zu erahnen, und der Anblick genügte gerade noch den Regeln des Anstands. Das blonde Haar hatte sie elegant hochgesteckt, und eine einzelne Korkenzieherlocke fiel ihr in die Stirn. Hin und wieder spielte Andrea mit dieser Locke und wickelte sie kokett um den Finger. Nachdem sie die zweite Flasche Wein geleert hatten – das meiste davon hatte sie Jonathan eingeschenkt –, loderte die Lust in seinen Augen. Flüchtig streifte sie mit ihrem Fuß sein Bein unter dem Tisch, während Jonathan sich nervös den Mund abtupfte und unverhohlen auf Andreas Ausschnitt stierte. Schließlich begann er, von seinen sexuellen Eroberungen zu schwadronieren, und da wusste sie, dass sie ihn am Haken hatte.

Bei der nächstbesten Gelegenheit gestand sie ihm mit verführerischem Unterton in der Stimme, wie ungemein attraktiv sie ihn ja immer schon gefunden habe. Und nun sei sie so scharf auf ihn, dass sie es kaum noch abwarten könne. Sie fuhr mit ihrem Bein an seinem entlang und strich ihm mit den langen, blutroten Fingernägeln über den Handrücken. Jonathan wäre fast vom Stuhl gekippt, so aufgeregt war er. Sie schlug ihm vor, die Damentoilette aufzusuchen, da der Vorraum groß und elegant war.

Im Korridor legte sie ihm eine Hand vorn auf die Hose und rieb darüber. Seine Wölbung schwoll weiter an. *Klick.*

Während sie unbändige Lust vortäuschte, knabberte sie an seinem Ohr und gab ein leises Stöhnen von sich. Er wartete geduldig, während sie dann in der Damentoilette nachsah, ob jemand in den Kabinen war. Längst hatte sie die Kontrolle über sein egozentrisches, weingeschwängertes Ich. Niemand war in den Kabinen, und sie zog Jonathan zu sich herein. Er hatte seine Hose schon aufgemacht, kaum dass er durch die Tür war. Sein Schwanz wippte auf und ab und flehte um Zuwendung. Die Kuppe zeigte genau in Andreas Richtung und spiegelte sich in dem breiten Wandspiegel. *Klick.*

Kurz darauf führte sie ihn in eine der Kabinen, schloss ab,

nahm seinen federnden, gierigen Ständer in die Hand und fuhr mit ihren knallroten Nägeln gefährlich fest über den Schaft. *Klick.*

Er konnte nicht länger durchhalten. Ihm ging es um eine schnelle Nummer, und so fummelte er hektisch an ihren Sachen herum. Sie hob den Rock an und gewährte ihrem Opfer Einlass. Er nahm sie im Stehen, schob den Slip zur Seite und drang ohne Vorankündigung in ihre Pussy, wobei er ihren schlanken, weißen Hals mit feuchten Küssen bedeckte. Es war ein Machtspielchen für ihn, wie bei Hunden, die das Bein an Bäumen heben und sie markieren. Andrea erwiderte seine Sexlust nicht, doch das fiel ihm in seinem Rausch nicht auf. Stattdessen rammelte er sie fast aggressiv und pumpte sein Sperma so fest in sie, als wolle er ihr wehtun. Als er sich aus ihr zurückzog, schlaff und vor Nässe glänzend, setzte sie sich auf den Klodeckel. *Klick.*

Er richtete seine Kleidung und verabschiedete sich, indem er sie leicht in die Wange zwickte. »Vielleicht sehen wir uns ja mal wieder, Kleines.«

Andrea lächelte. Sie hielt das für extrem unwahrscheinlich. Sie hatte, was sie wollte.

Colin, der Firmenanwalt, war nicht so leicht zu knacken, wusste sie doch, dass er schwul war. Allerdings war das sein Geheimnis. Er war stets auf seinen Ruf bedacht, verhielt sich korrekt und war auf der Hut. Daher würde sie kaufen müssen, was er begehrte, und dabei eine kluge Wahl treffen. Colin war ein cleverer, konservativer, stets exzellent gestylter Privatschulabsolvent Anfang vierzig, der sehr zurückgezogen lebte. Er hatte eine atemberaubende Karriere hingelegt und war bei Rechtsstreitigkeiten von den Kollegen anderer Firmen mehr als gefürchtet. Kurzum: Colin war überehrgeizig und auf Status aus, stand immer gern im Rampenlicht und galt vor Gericht als brillanter Kopf. Er ließ sich nicht hinters Licht führen oder übers Ohr hauen, aber auch er hatte einen Schwachpunkt … und den kannte Andrea.

Nachdem sie sich lange genug in den Etablissements umgeschaut hatte, in denen Callboys verkehrten, entschied sie sich für zwei hübsche, intelligente Jungen und kaufte sie kurzerhand. Sie kleidete sie ein, machte sie zurecht, bestach die entsprechenden Leute und schaffte es, die Jungen als Barkeeper in Colins Privatclub unterzubringen. Einer der beiden war ein wirklich hübscher Südeuropäer mit kinnlangem, dunklem Haar, einem makellosen, olivfarbenen Teint, sehnsuchtsvollen Augen und einem schön geschwungenen Mund. Mitten auf dem Kinn hatte er ein niedliches Grübchen. Andrea kaufte ihm ein weißes Seidenhemd und eine schwarze Lederhose. Der andere Junge hatte ein Engelsgesicht und sah aus wie der klassische britische Schuljunge: weiche graue Augen, ein sanftes Lächeln, sandfarbenes Haar und helle Haut. Er hatte keinen Bartwuchs. Ihm kaufte sie ein hellblaues Poloshirt und einen beigefarbenen Armani-Anzug. Beide Jungs konnten sich gut ausdrücken, waren vollkommen pleite und gefügig.

Es lief alles nach Plan. Fast zwei Wochen lang hatten ihre Köder immer wieder wie beiläufig mit Andreas Opfer an der Theke geplaudert und den Fisch schließlich an der Angel. Eines Abends schleppten sie Colin ab und brachten ihn in das exklusive Apartment, das Andrea eigens zu diesem Zweck gemietet hatte.

Der dunkelhaarige Junge – Typ Italiener – entkleidete Colin, küsste ihn und leckte ihm über die Brust und den Bauch, während die Kleidungsstücke zu Boden glitten. Mit beiden Händen strich er ihm über die durchtrainierten, dunkel behaarten Beine. *Klick.*

Der Junge nahm Colins aufragenden Schwanz in den Mund, leckte über den leicht gebogenen, mit Adern überzogenen Schaft, nahm die Eier in eine Hand und streichelte Colin mit der anderen über die Arschbacken. *Klick.*

Dann übernahm der blonde Typ und geleitete Colin zu dem riesigen Bett mit dem schwarzen Satinlaken. Eng umschlungen sanken sie auf die Matratze, während der Dunkelhaarige zusah. Colins hungriger Schwanz glitt zwischen die Pobacken des Jungen, der inzwischen vor ihm auf dem Bett kniete. *Klick.*

Danach wanden sie sich zu dritt auf dem schlüpfrigen Laken, eroberten ihre Schwänze abwechselnd mit heißen Zungen, pumpten sich in die Hände des jeweils anderen und stießen hart in jede nur erdenkliche Öffnung, bis der blonde Junge heftig in Colins Mund kam. Dann sah der Blonde zu, wie es der dunkelhaarige Kollege und Colin trieben und der »Italiener« sich schließlich hinter Colin positionierte und ihn fickte, während er Colins Schwanz massierte. Es dauerte nicht lange, da spritzte Colin ab und hinterließ seinen cremigen Saft auf dem schwarzen Satin. *Klick.*

Zu dritt verbrachten sie die Nacht in dem Apartment und trennten sich erst am darauffolgenden Nachmittag: Auftrag erfolgreich erledigt, ohne dass Colin Verdacht geschöpft hätte. Andrea hatte kein schlechtes Gewissen, da sie wusste, dass alle drei auf ihre Kosten gekommen waren. Die Callboys erstatteten Bericht, nahmen das Geld dankend an und verschwanden dann.

Gareth, der stellvertretende Direktor, war ein Familienmensch und seiner Frau und seinen Kindern ergeben. Ein vorbildlicher Ehemann und Familienvater also. Seine treue Gattin war eine ehemalige Hostess, jetzt jedoch eine liebevolle Mutter, die bewundernd zu ihrem Mann aufschaute und keine eigene Karriere verfolgte. Gareth war stolz auf sein Bilderbuch-Familienleben, das er bei jeder Gelegenheit zur Schau stellte.

Doch einmal, als Andrea ihn auf eine Geschäftsreise nach Brüssel begleitet hatte, war eine Sekretärin aufgetaucht, die niemand je zuvor gesehen hatte. Daher kannte Andrea sein Temperament und seinen Geschmack. Zu Hause spielte er nie mit dem Feuer, und deshalb würde Andrea etwas Besonderes planen müssen. Es dauerte nicht lange, bis sie ihre Chance bekam, da Gareth oft beruflich im Ausland war, dort Geschäfte abwickelte und neue Kontakte für das Unternehmen knüpfte. Es gefiel ihm einfach, in anderen Ländern zu sein und sich dort umzusehen. Nachdem Andrea seine Flugrouten ausfindig gemacht hatte, flog sie ihm voraus, nahm sich eine Suite in eben jenem 5-Sterne-Hotel, in dem auch er eine Suite gebucht hatte, und wartete.

Er hielt es für einen unglaublichen Zufall, als sie einander in der Lobby begegneten. Sie gab sich zurückhaltend, begrüßte ihn aber freundlich und brachte zum Ausdruck, wie sehr es sie freue, ein vertrautes Gesicht zu sehen, da sie allein in diesem Land sei, um sich einer »Familienangelegenheit« anzunehmen. Sie betonte, wie sehr sie jemanden brauchen könne, der sie dabei unterstützte. Daher lag es nahe, sich zu einem gemeinsamen Abendessen zu treffen, und für diesen Anlass hatte sie sich ein klassisches rotes Kleid gekauft. Es hatte ein Vermögen gekostet und verfügte über einen sehr gewagten Ausschnitt. Das Kleid schmiegte sich an Andreas Kurven und war so kurz geschnitten, dass schon ein Blick auf ihre langen, in schwarze Seidenstrümpfe gehüllten Beine genügte, um Gareths Appetit anzuregen. Andrea stattete sich obendrein mit schwarzen Ohrringen aus und ließ das Haar offen, sodass ihr die langen, seidigen Locken auf die Schultern fielen. Der Nagellack passte farblich zu ihren leuchtend rot geschminkten Lippen. Sie wiegte sich in den Hüften, als sie das Restaurant betrat, und sorgte dafür, dass ihr Ausschnitt mehr von ihren Reizen zeigte, als er verbarg. Alle Blicke waren auf sie gerichtet. Sie strahlte eine unglaubliche sexuelle Anziehungskraft aus, gespickt mit Eleganz und Klasse. Ihr gehörte der Abend, und sie wusste, dass ein Mann wie Gareth stolz darauf war, sich mit einer solchen Frau an seiner Seite zeigen zu können.

Sie gab sich extrem lässig und wirkte unnahbar. Doch Gareth war der geborene Jäger und genoss die Herausforderung. Er mochte es nicht, wenn er eine Frau sofort haben konnte, und war wählerisch, daher wahrte Andrea Distanz und flirtete nicht mit ihm. Sie überließ ihm die Führung und verließ sich ganz auf ihre sinnliche Ausstrahlung. So lehnte sie sich auf ihrem Stuhl zurück, zog an ihrem Zigarillo und blies kleine Rauchkringel in die Luft. Beutesuchend blickte sie sich im Saal um, konzentrierte sich aber auf ihn, wann immer er das Wort ergriff. Stets blieb er das Zentrum ihrer Aufmerksamkeit, doch während sie nicht mit ihren Reizen geizte, achtete sie darauf, Gareth nicht zu viel in Aussicht zu stellen. Letzten Endes konnte er der Versuchung nicht widerstehen, und so kam es, dass er den ersten Schritt machte und Andrea auf einen Schlummertrunk einlud. Doch dafür begaben sie sich in ihre Suite. Andrea hatte ihre Pläne und Geld investiert, damit sie alles nach ihren Wünschen manipulieren konnte. Sie würde sich von ihm verführen lassen, doch noch ließ sie ihn nicht zu nah an sich heran. Seine Hand strich sacht über ihren Nippel, als er ihr ein Glas Brandy reichte.

Sie spielte noch ein bisschen auf Zeit, gab sich unbeeindruckt und ein wenig arrogant, aber nur, um auf diese Weise seinen Appetit weiter anzuregen.

Während sie es zuließ, dass er sie mit Komplimenten überhäufte, sah sie das Glitzern in seinen Augen. Eine verräterische Wölbung zeichnete sich unter dem Stoff seiner Hose ab. Er legte den Kopf leicht zur Seite, als sie sich Brandy nachschenkte, hob dann ihr Haar sacht an und küsste sie auf die Halsbeuge. Andrea wich zurück, jedoch nur ein Stück. Er drehte sie zu sich und legte ihr die Hand auf eine Brust. Vorsichtig lehnte sie sich gegen seine Finger, machte aber ansonsten keine Anstalten, die Initiative zu ergreifen. Ermutigt von seinem Vorstoß, schob er ihr eine Hand in den Ausschnitt und befreite eine Brust, um zu beobachten, wie sich der Nippel zwischen seinen Fingern aufrichtete. Er beugte den Kopf nach vorn und nahm ihn in den Mund. *Klick*.

Wieder wich sie ein wenig zurück, ließ aber ihre Brust mit der glänzenden Spitze unbedeckt. Schließlich zog er Andrea an sich, schob den Saum ihres kurzen Rocks hoch und drückte mit seiner harten Wölbung gegen ihre Scham. Sie täuschte ein lustvolles Stöhnen vor und drückte Gareth nach unten, sodass er vor ihr kniete. Begierig machte er sich daran, Andrea die Seidenstrümpfe und den Slip auszuziehen. Dann, nachdem er ihren Rock noch ein Stück hochgeschoben hatte, berührte er ihren daunenweichen Busch mit dem Mund und suchte mit der Zunge ihre kleine Perle. Er schien stolz auf seine Liebeskünste zu sein. Andrea spreizte die Beine, damit sein Mund ungehindert weiter vordringen konnte. *Klick*.

Dann zog sie Gareth auf die Beine, damit sie seine Hose aufmachen und seinen großen, erigierten Schwanz befreien konnte. Stolz zeigte er, was er hatte, zog sich weiter aus und entblößte seinen trainierten Körper. *Klick.*

Er streifte ihr das Kleid über den Kopf, küsste ihre frei schwingenden Brüste und leckte an ihrem unteren Rand entlang. Andrea fühlte sich verraten, als sie spürte, dass sich ein prickelndes Verlangen von ihrem Bauch bis in ihre Pussy zog. Es war nicht ihre Absicht gewesen, das hier zu genießen, und sie würde es ihn teuer bezahlen lassen, dass er ihr Vergnügen bereitete.

Langsam wanderte seine Zunge bis zu ihrem Bauchnabel und dann weiter zum Zentrum ihrer Lust, wo er die inzwischen harte Perle mit heißen Lippen umschloss. Diesmal stöhnte sie, ohne es zu wollen. Blitze der Lust durchzuckten sie, und dafür hasste sie ihn umso mehr. Schnell legte sie ihm eine Hand auf seinen wilden Schwanz, der drängend gegen ihre Handfläche drückte. Sie spürte, wie ihre Pussylippen anschwollen und sie förmlich zerfloss. Sacht strich sie über seinen zuckenden Schaft, umfasste ihn mit einer Hand und führte ihn in ihre sehnsüchtig wartende, feuchte Höhle. Leicht und ungehindert glitt er in sie. Er füllte sie perfekt aus und entlockte ihr ein Stöhnen. Ihre Muschimuskeln krampften sich hungrig um ihn.

Er drang langsam und tief in sie und genoss jeden Stoß, ehe er den nächsten folgen ließ. Andrea merkte, wie sie sich gegen ihren Willen nach festeren und härteren Stößen sehnte. Heftig und drängend stieß sie die Hüften vor. Er ließ sie warten, bis sie sich auf sein Tempo eingestellt hatte, sodass sie sich synchron bewegten und wie aus einem Mund stöhnten. Sie wollte keinen Orgasmus mit dem Feind, doch schon bald führte sein stetiges, festes Stoßen dazu, dass sie kurz darauf in einem Feuer der Lust zu verglühen schien. Sie spürte, wie ihre Nervenenden verrücktspielten und sie die Kontrolle verlor.

So hatte sie das nicht geplant. Doch sie war froh, als sie ihm einen gewaltigen Orgasmus verschaffte, auf dessen Höhepunkt er seinen Saft in sie schoss und seine Lust herausschrie.

Er blieb die Nacht über bei ihr und kam noch einige Male zum Zuge. Sie nahm ihn in den Mund, verwöhnte ihn gekonnt, und genau in dem Moment, als sie spürte, dass er kommen würde, legte sie die Hand mit den feuerroten Nägeln um seinen Schaft, zog den Mund zurück und sah zu, wie die weißen Fontänen aus seiner Kuppe schossen und auf seinem Bauch landeten. *Klick*.

Am Morgen verabschiedete sie sich von ihm mit den Worten: »Ich denke, es wäre besser, wenn man uns nicht mehr zusammen sieht.«

»Ja, natürlich«, pflichtete er ihr bei.

Dann checkte sie aus und flog zurück nach Hause. Sie war stinksauer auf sich, weil sie die ganze Sache genossen hatte, doch umso entschlossener war sie, ihren Feldzug aus Zorn und Rache zu einem befriedigenden Abschluss zu bringen.

Hereward Compton-Hughes war nur noch auf dem Papier geschäftsführender Direktor. Er war ein älterer Herr, der Andreas Vater noch aus dem Studium kannte. Sein Verrat schmerzte sie am meisten. In der Öffentlichkeit ließ er sich so gut wie nie blicken und kam auch nur noch selten ins Büro, da er sich schon halb zur Ruhe gesetzt hatte und seine Gesundheit nicht die beste war. Er hatte etwas Staatsmännisches und zugleich Großväterliches an sich und entstammte einer einflussreichen Dynastie. Früher waren Compton-Hughes und Andreas Vater ehrgeizige Konkurrenten gewesen und hatten es mit Rücksichtslosigkeit bis in die Top-Etagen geschafft, wo sie es nur noch miteinander zu tun gehabt hatten.

Andrea vereinbarte ein besonderes Treffen mit ihm, wobei sie ihn wissen ließ, ihr Vater habe ihm etwas Wertvolles hinterlassen, das sie ihm nun aushändigen wolle. Es handelte sich um eine Trophäe, die eigentlich beiden zustand und um die sie sich immerzu gestritten hatten. Ihr Vater hatte immer darauf bestanden, dass diese Trophäe nur ihm allein gehörte, und hatte sie gehütet wie seinen Augapfel. Doch Andrea war sich sicher, dass ihr Dad ihr vergeben würde, wenn sie ihm mit ihrer Hilfe zu später Rache verhelfen konnte. Sie hatte sich bereits einen Plan zurechtgelegt.

Es war Winter, und sie trug einen teuren, langen Pelzmantel und dazu ihre Diamantohrringe. Ihre herrlichen Locken fielen ihr ungebändigt über die Schultern. Sein Büro war weitläufig und erinnerte an ein riesiges Wohnzimmer: Im Kamin prasselte ein Feuer, und die gegenüberliegende Wand zierte ein bodenlanger Spiegel mit goldenem Rahmen, wie es seinem Ego entsprach. Der alte Mann war argwöhnisch, als Andrea hereinkam, aber sie gab sich keine Blöße und spielte ihm Papas liebes Mädchen vor, so wie sie es ihr ganzes Leben lang getan hatte. Compton-Hughes entspannte sich bald, weil er sie für ungefährlich hielt.

Sie schmeichelte seiner Eitelkeit, indem sie ihm Geschichten und Anekdoten aus früheren Tagen erzählte und an die glorreichen Geschäftsjahre erinnerte, die zwei so unvergleichliche Schwergewichte wie er und ihr Vater entscheidend geprägt hatten, während sie ihr Leben auf der Überholspur genossen hatten. Andrea sprach von Vergebung und betonte, dass die Kameradschaft zweier alter Weggefährten den Tod überdauere. Später kam sie auf seine sexuelle Standfestigkeit zu sprechen, worauf er ihr gestand, dass die Kräfte ihn verlassen hätten und er inzwischen impotent sei. Doch er unterstrich, noch immer mit einer guten, treuen Frau verheiratet zu sein. Dennoch hob Andrea unbeirrt hervor, wie männlich und potent er stets gewesen sei und wie viel Erfolg er bei den Frauen gehabt habe. Mit kokettem Augenaufschlag gab sie ihm zu verstehen, dass sie ihn immer schon bewundert und seine Eroberungen beneidet habe. Sie habe ihn heimlich begehrt und für einen ungemein attraktiven Mann gehalten, der im Übrigen immer noch stattlich und charmant sei. Sie ging sogar so weit, ihm zu versichern, er habe nichts von seiner sexuellen Ausstrahlung verloren. Allmählich regte sich sein altes Ego. Er wollte ihren Worten Glauben schenken, und als Andrea spürte, dass ihr ihre Beute in die Falle ging, setzte sie ihren schamlos übertriebenen Kurs fort.

Sie erzählte ihm nun, sie habe ihm ein Geschenk mitgebracht, das sie ihm immer schon hatte geben wollen. Langsam knöpfte sie ihren Pelzmantel auf und zeigte dem alten Mann, dass sie unter dem Pelz nichts anhatte. Seine Augen schienen aus den Höhlen zu treten, und Speichel tropfte ihm aus dem Mundwinkel. Unruhig rutschte er auf seinem Sessel herum, während sie verführerisch vor ihm posierte und bewusst so stand, dass ihre Blöße in dem langen Spiegel zu sehen war. *Klick.*

»Es nützt alles nichts«, keuchte er schließlich. »Ich bin zu alt.«

»Oh, keine Sorge«, beruhigte sie ihn. »Überlassen Sie mir nur die Arbeit. Genießen Sie es einfach.«

Sie spielte die Unterwürfige, kniete sich vor ihn hin, machte seine Hose auf und entblößte den kümmerlichen Versuch einer Erektion. *Klick.*

Sie nahm den Schwanz in die Hand, sah, wie ihre roten Fingernägel sich von der hellen Haut abhoben, und begann mit der Massage. Sie übte Druck aus und kitzelte ihr Opfer unter den schlaff hängenden Eiern. Während sie den alten Mann auf diese Weise verwöhnte, stöhnte sie und drückte mit ihren Brüsten gegen seine Beine und erzählte ihm, was für ein gut aussehender Mann er gewesen sei und wie begehrenswert er immer noch sei. Sein schlaffer Schwanz versuchte, sich ein wenig aufzurichten. Sofort nahm sie ihn in den Mund, setzte all ihr Können ein und ließ ihre Zunge um die Eichel kreisen. Sanft sog sie an seiner Kuppe und neckte ihn mit der Zungenspitze an dem schmalen Spalt. *Klick*.

Eine Hand fest um den Schaft gelegt, verwöhnte sie ihn mit dem Mund, während der willige, aber verbrauchte Schwanz seine letzten Reserven mobilisierte. Nach einer gefühlten Ewigkeit gab Compton-Hughes endlich ein langes, zittriges Wimmern von sich, worauf Andrea mit den Händen weiter massierte. Bald brachte der Alte unter Anstrengung ein Tröpfchen zustande, das ihr über die Finger lief. *Klick*.

Es war jämmerlich mit anzusehen, wie dankbar er war. Er streichelte ihr Gesicht und nannte sie sein »gutes Mädchen«. Sie knöpfte ihren Pelzmantel wieder zu, tätschelte ihm den Kopf und verließ das Haus, angewidert, aber triumphierend.

Sie hatte nun alles, was sie brauchte. Dank der modernen Technik war es sogar besser gelaufen, als sie gedacht hätte. Eine Woche später waren riesige Fotocollagen auf Plakatwänden überall in der Stadt und auch vor der alten Firma ihres Vaters zu sehen. Die Fotos auf diesen Plakaten waren eindeutig und ließen nichts verborgen: Jeder, der sie betrachtete, sah vier Männer in höchst kompromittierenden Situationen mit unterschiedlichen Sexpartnern. Vergrößerungen zeigten die Erektionen der Männer, präsentierten die Schwänze, die in irgendeiner Körperöffnung steckten oder von einer Hand mit rot lackierten Fingernägeln massiert wurden. Hin und wieder hatte der unbekannte Fotograf den Moment der Ejakulation abgepasst. Die Opfer waren komplett zu sehen, entweder ganz nackt oder nur halb bekleidet, wobei die schlaffen Schwänze nach dem Akt einfach nur lächerlich wirkten. Auch sie selbst und die Callboys waren zu erkennen, was Andrea nicht störte. Im Gegenteil, ihre Unverfrorenheit brachte ihr sogar Sympathien ein, und man beglückwünschte sie. Quasi über Nacht wurde sie zur Heldin und Stilikone.

Sie hatte die Fotos natürlich auch an die Regenbogenpresse weitergegeben, sodass die Story auf den Titelseiten prangte – wenn auch in zensierter Version. Die Fakten waren unwiderlegbar. Die Reputation von vier Männern war zerstört. Vier Persönlichkeiten, die in der Öffentlichkeit standen, waren Hohn und Spott preisgegeben und in Geschäftskreisen untragbar geworden. Vier ehemals vermögende Leute standen vor dem finanziellen Ruin. Drei Ehen gingen in die Brüche, entweder öffentlich oder im Verborgenen, vier ehemals sensationelle Karrieren endeten mit einem Knall. Der ältere Herr segnete alsbald das Zeitliche.

Andrea hatte ihre Mission erfolgreich beendet. Sie klopfte sich selbst auf die Schulter und prostete sich mit einem Glas Champagner zu. Dann hielt sie Ausschau nach neuer Beute. Sie zog es durchaus in Betracht, dass Gareth Bainbridge, der nun allein und verwundbar irgendwo herumzog, sich als würdiger Gegner erweisen könnte. Immerhin hatten sie viel gemeinsam.

Die meisten Fotos hatte sie mit einer Minikamera geschossen, die sie versteckt am Revers oder im Knopfloch getragen hatte oder die die Callboys geschickt bedient hatten. Die besonders guten Fotos, auf denen Gareth und sie zu sehen waren, hatte jedoch jemand anders gemacht, der sich in ihrer Hotelsuite versteckt hatte. Er war teuer gewesen, aber es hatte sich letzten Endes ausgezahlt.

Andrea verspürte mit einem Mal einen fiebrigen Anflug erotischer Vorfreude bei der Vorstellung, wieder einmal »rein zufällig« auf Gareth Bainbridge zu treffen. Die explosive Mischung aus ihrem gegenseitigen Hass und der nicht zu leugnenden sexuellen Anziehungskraft würde Andrea den ultimativen Kick geben.

Heiße Lust fuhr ihr bis in die Pussy, und Andrea spürte, wie sich ein weiterer Plan in ihrem Hinterkopf formte.

Jasons Mutter

Jeder wusste, dass Jasons Mutter Schauspielerin war, und alle beneideten ihn darum. Jeder wusste, dass sie fast vierzig sein musste, aber keiner glaubte es. Sie hatte so viel Energie und besaß diesen jugendlichen Sinn für Humor. Maeve Madigan. Sie hatten sie einige Male im Fernsehen gesehen. Ein Star war sie nicht, aber trotzdem erkannten die Leute sie auf der Straße und baten sie dann um ein Autogramm, das sie immer gern gab. Jason war das unangenehm. Für ihn war sie immer irgendwie präsent, groß und strahlend, und als sie noch zur Schule gegangen waren, hatten sie sich alle ein wenig vor ihr gefürchtet.

Eigentlich umgab sie kein Glamour, sie war auch nicht überlebensgroß, aber sie besaß Autorität und setzte sich durch. Sie hatte strikte Ansichten, was Höflichkeit und Respekt anbelangte – und auch Selbstachtung –, und machte sich immer dafür stark, dass die Leute rücksichtsvoll miteinander umgingen. Aber in so ziemlich allen anderen Bereichen zeigte sie sich sehr tolerant. Die jungen Leute begegneten ihr mit einer Art warmherziger Ehrfurcht, und sie behandelte jeden gleich und nahm ihre Probleme, Ansichten und emotionalen Verstrickungen ernst. Sie unterhielt sich gern mit jungen Leuten und ermunterte sie, ihre frische und leidenschaftliche Sichtweise auf die Welt beizubehalten.

Luke war Jasons bester Kumpel und verbrachte seine Ferien bei ihm, wie er es schon als unschuldiger, vierzehnjähriger

Schuljunge getan hatte. Schon damals hatte er ein Auge auf Jasons Mutter geworfen, und jetzt als Student im zweiten Jahr fühlte er sich immer noch zu dieser Frau hingezogen. Insgeheim bewunderte er sie. Sie war – es fiel ihm nicht leicht, ihre Einzigartigkeit zu beschreiben – übersprudelnd in ihrem Temperament. Ja, das war es. Sie war wie ein frisch eingeschenktes Glas Champagner. Prickelnder Schaum, Vergnügen, Substanz, Raffinesse und Klasse, alles in einem. Sie war die perfekte Frau, und obwohl er Affären mit Mädchen seines Alters hatte, genügte ihm das nicht. Die Mädchen schienen ihm nur einen faden, farblosen Vorgeschmack auf das zu bieten, was sie als reife und erfahrene Frauen darstellen würden. Aber sie, Maeve Madigan, stand bereits in voller Blüte. Sie war witzig, intelligent, ausdrucksstark und strahlte eine üppige Sinnlichkeit aus.

Er wurde jetzt noch rot, wenn er sich an ein Ereignis erinnerte, das einige Jahre zurücklag und in die wilde Phase seiner Pubertät gehörte. Damals hatte er den Wäschekorb vor der Waschmaschine gesehen, und obendrauf hatte ihr Slip gelegen. Er war aus schwarzer Seide gewesen, mit einem feinen Spitzeneinsatz vorn, wo ihr Busch sich am Stoff rieb. Verstohlen hatte er den Slip genommen, sein Gesicht in ihn vergraben und ihren Duft eingesogen. Er hatte sofort einen Steifen gehabt und war ins Bad gelaufen, weil er seine Lust nicht mehr kontrollieren konnte. Dort wickelte er sich die weiche, schwarze Seide um den Schwanz und hatte es sich dann fiebrig selbst besorgt. Heiß spritzten die Fontänen seines Spermas in den Stoff.

Eine Zeit lang glaubte sie, den Slip verloren zu haben. Er hatte ihn nämlich unter der Matratze versteckt und wiederholte das geheime, erotische Vergnügen, wann immer er die Gelegenheit dazu hatte. Schließlich, als der Stoff nicht mehr nach ihr, sondern nach ihm roch, hatte er den Slip gewaschen und hinter ihre Waschmaschine geworfen, wo Jasons Mutter ihn dann schließlich gefunden hatte.

Nie hatte er jemandem von seinen Gefühlen für sie erzählt, aber er vermutete, dass Jason ihn durchschaute. Sie waren so gut befreundet, dass der eine die Gedanken des anderen lesen konnte. Meistens verstanden sie sich auch ohne Worte. Sie waren sich ziemlich ähnlich, auch äußerlich: groß, gut gebaut, blond und von sanftem Gemüt. Sie waren beide anders als die meisten ihrer Altersgenossen: nachdenklicher, empfindsamer, eher philosophisch angehaucht. Sie schrieben Gedichte, liebten Musik und hassten Fußball. Wenn sie über Gott und die Welt diskutierten, konnte es vorkommen, dass sie bis in die Nacht zusammensaßen, und manchmal gesellte sich Jasons Mum zu ihnen.

Jason war mit den anderen auf ein Rockfestival gegangen, aber Luke hatte keine Lust. Maeve schlug vor, er könne ihr bei der Gartenarbeit helfen. Es war ein warmer Samstagnachmittag, und sie wollte das Wetter ausnutzen. Er bot an, den Rasen zu mähen. Mittags machten sie eine Pause und aßen im Garten. Maeve hatte Dosenbier mitgebracht. Das volle, kastanienbraune Haar hatte sie locker hochgesteckt, und hier und da stahl sich eine Locke aus der Frisur und fiel Maeve ins Gesicht. Als er sah, wie die Strähnen auf Maeves feuchter Haut klebten, brachte ihn das schier um den Verstand. Sie trug an diesem Tag kurze Sommerhosen, und ihre langen Beine waren durchtrainiert vom Tanzen. An den Füßen hatte sie türkisfarbene Espadrilles, obenherum trug sie ein weites T-Shirt mit dem Logo ihrer letzten Show, das sich über ihre Brüste zog. Da sie offenbar nie einen BH trug, wippten ihre Brüste unter dem leichten Stoff. Luke hoffte, dass sie seine Erektion nicht sah, die er in seiner Unterhose zu verbergen suchte.

Ihr fiel auf, dass er im Lauf der letzten Jahre dauernd einen Steifen zu haben schien, aber sie hatte Verständnis für solche Dinge und erwähnte nie die Flecken auf dem Bettlaken oder das verräterische Kondom, das irgendwie neben seinem Bett gelandet war. Ohne weitere Kommentare verteilte sie Taschentücher in den Schlafräumen der Jungs und machte nie irgendeine Anspielung. Er wusste nicht, ob sie ihn bemerkt hatte oder nicht, und hatte nicht die geringste Ahnung, wie großartig er war: geschmeidig wie ein Löwe mit seinem langen Haar. Er hatte Sexappeal und etwas Wildes und Animalisches in all seinen Bewegungen. Er war oft rastlos und unzufrieden mit sich und der Welt, eher still und doch von Leidenschaft erfüllt, und er sah aus wie ein Filmstar, war ein Typ wie Harrison Ford.

Er war ihr seit Längerem aufgefallen, aber sie bewunderte ihn in einer Weise, wie es sich für Eltern ihrer Generation gehörte. Manchmal neckte sie ihn, indem sie sagte, er sehe aus wie ein Rockstar der Siebziger. Doch sie ließ die Finger von jungen Männern und bevorzugte Männer ihres Alters, die gereift waren wie ein guter Käse oder Wein. Doch gerade im Moment gab es niemanden in ihrem Leben. Sie registrierte zwar die Wölbung in Lukes Hose, hielt sich aber zurück, ihn mit einem Kommentar in eine peinliche Situation zu bringen. Er war ein liebenswerter junger Mann – einer ihrer »Jungs«, und sie war stolz auf sie alle.

Sie räumte die Essensreste weg und kehrte in den Garten zurück, wo sie den Schlauch im Blumenbeet hatte liegen lassen, damit die Pflanzen anständig gewässert wurden.

»Könntest du den Schlauch bitte abstellen?«, rief sie ihm zu.

Er ging zum Hahn und drehte das Rad, aber in die falsche Richtung, sodass der eben noch unverdächtige Schlauch in ihren Händen zu einer prallen, gefährlichen Python wurde.

Vor Schreck ließ sie den Schlauch fallen, worauf er sich auf dem Gras drehte und schlängelte und sie von oben bis unten nass spritzte. Luke wollte das Wasser abdrehen, aber aus irgendeinem Grund klemmte der Hahn.

»Ich kann ihn nicht zudrehen!«, rief er und rannte zu ihr, weil er versuchen wollte, den zuckenden Schlauch auf dem Rasen zu bändigen. Maeves Nippel zeichneten sich unter dem nassen Shirt ab. Der Stoff klebte an ihren Brüsten, die auf und ab hüpften, weil Maeve versuchte, den Schlauch zu fassen. Das Haar hatte sich aus der Hochsteckfrisur gelöst, hing ihr ungebändigt ins Gesicht und fiel ihr in feuchten Locken über den Rücken. Gemeinsam tanzten sie um den wild gewordenen Schlauch herum und konnten sich schließlich selbst nicht erklären, wie es hatte geschehen können.

Keiner hatte so recht die Initiative ergriffen, aber plötzlich lagen sie einander in den Armen und ließen sich in die Wasserlachen auf dem Rasen fallen. Während der Gartenschlauch für eine Berieselung von oben sorgte, knutschten sie wie verrückt und rieben sich aneinander. Schließlich fand sein Mund ihre Brüste. Fest schlossen sich seine Lippen um die harten Nippel, die unter dem Stoff aufragten, und sogen die Feuchtigkeit aus dem Shirt. Sie schrie auf bei dem plötzlichen Schmerz und umfasste Lukes Hintern mit beiden Händen. Dann warf sie den Kopf in den Nacken, bog voller Lust und Begehren den Rücken durch und drängte sich förmlich mit ihren Titten an seinen heißen Mund. Hektisch fingerte sie an seiner Shorts herum und befreite seinen festen, aufbegehrenden Schwanz. Mit einer Hand massierte sie den schimmernden, harten Schaft.

Derweil hatte Luke ihr die kurze Hose und den Slip heruntergezogen, und als sie sich weiter auf dem nassen Rasenstück wälzten, drang er tief in ihre feuchte und willige Pussy. Sie war eng. Luke war überrascht und entzückt. Als ihre Muskeln ihn bearbeiteten, begann er zu stöhnen. Bald hatten sie einen gemeinsamen Rhythmus gefunden und bumsten ungeniert. Noch immer konnte er es nicht recht glauben, dass er endlich in ihr war, und hielt vor Anspannung den Atem an. Doch eine innere Stimme trieb ihn an, diesen Augenblick bis zur Erfüllung zu genießen und alle Bedenken zu vergessen.

Der Sprühregen des Schlauchs feuerte ihre Leidenschaft noch an. Sie waren verschmiert von Matsch und Grashalmen, aber das merkten sie nicht, während sie sich hemmungslos auf dem Rasen wälzten, ohne den Sexrhythmus zu unterbrechen. Sein Mund eroberte ihren Hals, und seine Lippen nahmen die Nässe auf, die Maeve von den feuchten Haarsträhnen troff. Er trank von ihr, als wäre es das Letzte, was er in seinem Leben tun würde. Ihre gemeinsamen Hüftstöße wurden wilder, als sie sich vor Lust wie verlassene Schiffe auf tosender See von einer Seite auf die andere warfen. Luke konnte es vom Verstand her immer noch nicht fassen. Dieses verbotene Vergnügen schien ihm einfach zu ungeheuerlich. Und so hinderten ihn sein Respekt vor ihrem Alter und ihrer Autorität daran, zu kommen. Hinderten ihn, seinen Samen in ihre geheime Spalte zu pumpen, die für ihn so viele Jahre lang ein Tabu gewesen war, in diese herrliche enge Höhle, um die sich all seine jugendlichen Fantasien gedreht hatten.

Doch während er sich zurückhielt und nicht in der Lage war, dieses unaussprechliche Sakrileg zu begehen, spürte er, dass Maeve unter ihm explodierte. Ihr Körper bog sich in Zuckungen orgastischer Ekstase durch, und sie stöhnte vor Lust. Und während sie kam, melkten ihre Muschimuskeln gierig seinen Schwanz. In diesem Moment verlor er jede Beherrschung, und schon pumpte er sich seiner sündigen Erlösung entgegen. Mit einem Schrei spritzte er seinen Saft Schwall um Schwall in ihre verbotenen Tiefen. In einem letzten Erschauern verharrten sie eng umschlungen in dem Wasserschauer, der sich aus dem Schlauch ergoss.

»Oh nein«, jammerte sie. »Oh nein, das kann nicht wahr sein. Das darf nicht sein. Es ist niemals geschehen.« Mit diesen Worten sprang sie auf, zog sich ihre Kleidung glatt und lief ins Haus. Verwirrt und benommen erhob Luke sich und machte sich daran, endlich den widerspenstigen Schlauch abzustellen.

In den folgenden Wochen gab sie sich unterkühlt und blieb auf Abstand. Sie unterhielt sich zwar höflich mit ihm, aber distanziert. Luke nahm es hin, war verletzt und verunsichert. Jason schien das Ganze wie mit einem sechsten Sinn zu ahnen und zeigte sich mitfühlend und verständnisvoll.

Eines Tages nach dem Frühstück, als Luke noch im Bett lag, sagte er leise zu seiner Mutter: »Er hat dich wirklich gern, weißt du. Es geht ihm nicht nur um den Sex. Denk darüber nach. Was wäre schon dabei? Ich denke, er täte dir gut.«

Schweigen breitete sich aus. Maeve kannte die Weisheit ihres Sohnes, und doch war sie immer wieder aufs Neue überrascht, wenn sie ihn so reden hörte.

»Er ist doch noch so jung«, sagte sie schließlich.

»Er ist ein erwachsener Mann«, antwortete Jason, »der seinen eigenen Kopf hat und weiß, was er tut. Er ist ja nicht dein Sohn. So darfst du ihn nicht sehen.«

Dabei beließen sie es. Zu Luke sagte er: »Gib ihr Zeit und versprich mir, dass du ihr nie wehtun wirst.«

»Du weißt, dass ich das nie tun würde«, erwiderte Luke. »Ich glaube, ich liebe sie.«

»Ja, ich denke, das tust du.«

Luke rang mit sich, wollte alles unter Kontrolle haben und

ein gestandener Mann sein, aber nach wie vor verspürte er Ehrfurcht gegenüber dieser älteren, selbstbewussten Frau, die einen Sohn großgezogen hatte und allen jungen Leuten seither wie eine Mutter gewesen war. Er war sich ihrer Verwundbarkeit bewusst und spürte den Wunsch, sie immer und vor allem zu beschützen. Doch sie ließ ihn nicht an sich heran und verschanzte sich hinter ihrer kühlen Höflichkeit. Es schmerzte ihn, sie derart distanziert zu erleben. Sie müsste vor Lebenslust sprudeln und schäumen, und er fühlte sich verantwortlich dafür, dass sie es nicht tat. Gleichzeitig war er in seinem Herzen davon überzeugt, ihr Heilmittel zu sein.

Nach vielen inneren Kämpfen traf er eine Entscheidung. Er würde sich als Mann beweisen. Er begann, um sie zu werben.

Schon am nächsten Tag wurde ihr ein großer Blumenstrauß geliefert, mit einem Kärtchen, dem sie entnehmen konnte, dass die Blumen von ihm kamen. Er hatte sich für einen schlichten, aber wirkungsvollen Satz entschieden: *Für die schönste Frau, die ich kenne. Luke.* Sie verlor den Boden unter den Füßen.

Er fing an, ihr Gedichte zu schreiben, was ihm durchaus lag. Zuerst waren die Zeilen romantisch angehaucht, und er legte sie auf ihr Kopfkissen. Sie las die Gedichte verwundert, sagte jedoch nichts dazu. Langsam wurden die Verse persönlicher und sinnlicher, und als er schließlich sah, dass sie nicht protestierte, ließ er seinen wahren Gefühlen freien Lauf und brachte seine Liebe und sein Begehren in einer Lyrik zum Ausdruck, die ungezügelt und wunderschön war. Es verwirrte sie, dass er sie derart verehrte. Seine Fähigkeit und sein Mut, sie an seinen geheimsten Gefühlen teilhaben zu lassen, rührten sie. Langsam gab sie ihre Abwehr auf und fing an, ihn mit anderen Augen zu sehen. Er hatte ihr neue Seiten von sich gezeigt.

Ihm war nicht bewusst, dass er tief in ihr eine Sehnsucht

geweckt hatte, die kein Mann je gestillt hatte. Seine Fähigkeit, seine Leidenschaft in schönen, sinnlichen Versen zum Ausdruck zu bringen, brachte eine Saite in ihrem Herzen zum Schwingen. Allmählich öffnete sie sich seinem bewundernden Sehnen. Dann schickte er ihr eine Karte mit einer einzelnen Rose. *Ich möchte Dich gern zum Abendessen einladen.*

Sie ließ sich Zeit bei der Wahl des Kleids und entschied sich für eins, das sich eng um ihre Rundungen schmiegte, um möglichst verführerisch und anziehend zu wirken. Sie tupfte sich einen leichten, blumigen Duft hinters Ohr und trug Seidenstrümpfe und Strapse unter ihrem Rock. Eigentlich war er noch zu jung für solche weiblichen Kniffe, und sie befürchtete, im schlimmsten Fall altmodisch zu erscheinen. Ihre üppig fallenden kastanienbraunen Locken umrahmten ihr lebhaftes, leuchtendes Gesicht. Sie war wunderschön anzusehen, und er kam elegant daher in seinem locker sitzenden, perlgrauen Satinhemd. Seine blonde Mähne fiel ihm bis über die Schultern, und je nachdem, wie er den Kopf hielt, kam der kleine silberne Ring im linken Ohr zum Vorschein.

Er führte sie aus in ein angesagtes französisches Restaurant, wo sie endlich wieder zu der ungezwungenen, lockeren Unterhaltung zurückfanden, die sie früher genossen hatten. Doch die Luft um sie herum knisterte. Beide sprachen sie ehrlich über ihre Ängste und ihre Unsicherheit, und Luke entdeckte das fragile, verletzbare Mädchen in ihr, das sie immer verbergen wollte. Dass sie sich ihm so öffnete, gab ihm Kraft. Während er ihr in den Mantel half, beugte er sich zu ihr herab und küsste sie zärtlich, worauf sie ihm bereitwillig ihr Gesicht entgegenhob. Mit einem Mal kam sie sich klein vor, während er über sich hinauswuchs.

Später waren sie allein in ihrem Zimmer, in jenem verbotenen Heiligtum, das sonst niemand betreten durfte. Er zitterte, überwältigt von seinem Erfolg. Im nächsten Moment entkleidete er sie, und sie ließ es bereitwillig zu, erschauerte leicht, als sie seine Finger auf ihrer Haut spürte. Das Kleid sank mit einem leisen Rascheln zu Boden, bis sie nur noch in Seidenstrümpfen und Strapsen dastand. Ihm entwich ein Keuchen, und sein Herz begann, wie wild zu schlagen. Noch nie in seinem Leben hatte er eine so schöne und begehrenswerte Frau gesehen. Seine Erektion schmerzte fast, und ein hungriges Verlangen durchströmte ihn. Maeve erbebte unter seinen Berührungen und atmete schneller. Er löste die Strumpfhalter in heißer Vorfreude, sein Schwanz wippte in Richtung ihres krausen Deltas.

Erneut umschloss sie seinen Steifen mit beiden Händen, sacht diesmal, umfasste dann seine Eier mit einer Hand und strich mit der anderen über die harte Länge seines Schafts. Dann, eine Hand fest um seinen Ständer gelegt, ging sie vor ihm auf die Knie und ließ ihre Zungenspitze an seiner prallen Eichel spielen. Leicht leckte sie über seinen Schaft, fuhr die aufliegenden Adern nach und entlockte Luke ein heiseres Stöhnen. Sie verwöhnte ihn mit all ihrer Erfahrung, ließ sich Zeit und brachte alle Nervenenden in ihm zum Glühen, ehe sie ihre Lippen ganz über seine Kuppe schob. Fest sog sie an seinem Schwanz, bis Luke es nicht mehr aushielt und leicht mit den Hüften vor- und zurückstieß.

Zuerst war er vorsichtig, weil er fürchtete, ihr die Luft zu nehmen, doch sie ermunterte ihn mit leisem Stöhnen und festen Lippen, seine Zurückhaltung aufzugeben. Schließlich vergaß er sich und pumpte sich hemmungsloser in ihren Mund. Er rechnete damit, dass sie sich zurückziehen würde, wie alle anderen Mädchen es getan hatten. Umso verblüffter war er, als er merkte, dass sie ihn noch härter lutschte und es zuließ, dass er in ihrem Mund kam: Genüsslich nahm sie den

Saft auf, den er in ihre Mundhöhle spritzte und der ihr den Rachen hinablief.

Danach erkundeten sie einander mit warmen Händen und Lippen. Sie zeigte ihm, wo ihre Lustpunkte waren und wie er sie mit Fingern und Zunge in höchste Ekstase versetzen konnte. Sie ließen sich Zeit, jetzt, da sein drängendster Hunger gestillt war, und als sein Schwanz sich wieder aufrichtete, kicherte sie leise.

»Das ist der Vorteil, wenn man zwanzig ist«, sagte sie mit einem Lächeln. »*Mann* kann immer.«

»Während du gerade den Gipfelpunkt deiner Weiblichkeit erreichst«, betonte er. »Daher sollten wir gut zueinander passen. Sollen wir testen, wer am häufigsten in einer Nacht kommen kann?«

»Du durchtriebener kleiner Teufel«, neckte sie ihn und lachte. »In Ordnung, ich bin dabei.« Er drang langsam und zärtlich in sie ein, und sein junger Schwanz war so fest und dick wie zuvor. Tief sank er in ihren feuchten Tunnel und spürte, wie sie ihn wieder willkommen hieß. So bumsten sie bis in die frühen Morgenstunden und hatten schließlich vergessen, wer wie oft gekommen war.

»Ah.« Sie lächelte verträumt, als sie beide tief befriedigt und erschöpft waren. »Dann müssen wir morgen Nacht noch einmal zählen.«

Sie blieben eng umschlungen liegen, und Luke war immer noch benommen, als er sich bewusst machte, dass er in ihrem Heiligtum lag, vereint mit der Frau seiner jugendlichen Fantasien. Maeve war erstaunt und verwundert, dass ihre tiefsten Bedürfnisse und Sehnsüchte von einem leidenschaftlichen und zärtlichen jungen Mann befriedigt wurden, den sie zeitweise fast wie ihren eigenen Sohn großgezogen hatte.

Der Vorfall im Umkleideraum

Er legte eine Hand auf seine Hosenwölbung und wand sich voller Unbehagen. Irgendwie musste es ihm gelingen, sich selbst von diesem pochenden, sehnsüchtigen Hunger zu befreien, der sich zwischen seinen Beinen regte. Dieses experimentelle Training mit den jungen, weiblichen Kadetten brachte ihn um den Verstand. Als unverheirateter Ausbildungsoffizier hatte er sich für diese Aufgabe zur Verfügung gestellt, weil es seine Dienstzeit erlaubte. Aber er hatte nicht damit gerechnet, wie diese Gruppe junger Frauen in Armyuniform auf ihn wirken würde. Besonders beunruhigend wurde es für ihn, wenn er sie antreten ließ und auf zwölf Paar Titten blickte, die sich in unterschiedlichen Formen und Größen unter der Uniform abzeichneten und allesamt auf ihn gerichtet waren.

Er wusste selbst nicht, ob er diesen Kitzel nun liebte oder hasste: Ständig brannte diese Erregung in ihm, die er nicht so schnell loswurde, schon gar nicht in seiner Funktion als Schwimmlehrer. Jetzt sah er durch die Glastür all die jungen Dinger, die in ihren Badeanzügen herumliefen, sich gegenseitig nass spritzten und ausgelassen kreischten. Spätestens da wusste er, dass er etwas unternehmen musste, wenn er verhindern wollte, dass die Frauen etwas merkten. Das konnte er nicht riskieren. Aber wo wäre er für sich? Er musste schnell handeln. Er drückte mit einer Hand gegen seinen gewölbten Schritt und stellte fest, dass sein Schwanz sich unter diesem Druck umso stärker regte und sich bereits aus der Badehose stahl. Langsam schob seine Eichel sich bis zum Bauchnabel empor. »O Gott«, stöhnte er verzweifelt.

Inzwischen waren alle draußen im Becken, und daher flüchtete er sich in den Umkleideraum, schaute sich ein letztes Mal um und begann dann, seine beharrliche Erektion zu massieren. Er musste schnell sein, denn sonst würden die Frauen ihn vermissen und jemanden losschicken, der nach ihm sähe. Schon spürte er, wie sich der Höhepunkt näherte. Er schloss für einen Moment die Augen, als sein Pulsschlag sich erhöhte und seine Lenden in Flammen standen. Schneller und immer schneller massierte er seinen harten Schwanz und genoss nun den Anblick seiner aufragenden Erektion, die ihn an eine gierige Python erinnerte. Schließlich, kurz bevor er sich die ersehnte Erleichterung verschaffen konnte, tauchte eine junge Frau hinter einem Spind auf und stand unvermittelt vor ihm. Zu spät: Er spritzte den milchig-cremigen Saft genau in ihre Richtung.

»Oh Sir, was machen Sie da, Sir?«

Erschrocken und sprachlos starrte er sie an.

Sie sah ihn an und blickte auf seinen Schwanz, der verausgabt in seiner Hand ruhte. Dann befeuchtete sie die Lippen mit der Zunge und wisperte: »Beim nächsten Mal, Sir, lassen Sie sich von mir helfen.« Mit diesen Worten verschwand sie aus der Umkleidekabine.

Er musste all seinen Mut aufbringen, um sich aufzurappeln und für den Unterricht vor der Gruppe zu erscheinen. Er war dafür verantwortlich, dass die Frauen den Lebensrettungsschein machten, und dafür stand das Tauchen nach Gegenständen auf dem Programm. Am liebsten wäre er aus Verlegenheit davongelaufen, doch mit eisernem Willen stellte er sich seiner Pflicht. Irgendwie stand er die Stunde durch, aber er wurde das Gefühl nicht los, dass sie alle heimlich über ihn lachten. Er achtete besonders darauf, nicht die Frau anzusehen, die ihn erwischt hatte, fürchtete er sich doch vor ihrem wissenden Blick.

Er ertrug den Gedanken nicht, dass alle von seinem Ausrutscher wussten, aber er ahnte, wie die jungen Frauen waren – sie erzählten sich sowieso alles. Die Sache würde sich herumsprechen. Allerdings machte er sich keine Sorgen darüber, dass die Sache sich bis zu den dienstälteren Offizieren herumsprechen könnte. Mädchen hatten gern ihre kleinen Geheimnisse, und daher vermutete er, dass die jungen Frauen das Ganze für sich behalten würden. Doch allein die Vorstellung, im Regiment zur Zielscheibe des Spotts zu werden, trieb ihm die Schamesröte ins Gesicht.

Bald war die Stunde vorüber, und er schickte sie alle in die Kabine. Natürlich traute er sich nicht mehr in die Nähe der Umkleide, sondern beschäftigte sich mit Aufräumarbeiten, bis alle Frauen fort waren.

Der Pool, den die Streitkräfte für Ausbildungszwecke nutzten, war in privater Hand und lag weit von der Straße zurück. Ein langer Weg schlängelte sich an alten Buchen und Birken vorbei bis zum Schwimmbecken. Ein Fluss grenzte an einer Seite an das Gelände, und das gegenüberliegende Ufer war dicht bewachsen mit Bäumen und Buschwerk. Die Anlage lag einsam und abgeschieden. Er atmete erleichtert aus, als er sah, wie die Frauen über den Weg Richtung Kaserne gingen. Endlich allein, sprang er in das Becken und legte eine Bahn im Freistil zurück, um einen klaren Kopf zu bekommen. Die rhythmischen Arm- und Beinbewegungen halfen ihm dabei, und so ging er alle Möglichkeiten durch, die er nun hatte: Er könnte bei höherer Stelle darum bitten, von seiner Pflicht entbunden zu werden. Es gäbe gewiss noch andere Aufgabenbereiche für ihn. Oder er tat so, als wäre nichts geschehen, und machte einfach weiter wie bisher. Ja, er könnte es aussitzen und alle möglichen Anspielungen erdulden, bis die Angelegenheit keinen mehr interessierte. Er könnte aber auch …

Nein, könnte er nicht. Daran durfte er nicht einmal denken. Er durfte nicht in einen Sexskandal verwickelt werden. Nein, nicht unter den gegebenen Umständen. Aber die verräterische Saat war ausgebracht und schien auf fruchtbaren Boden gefallen zu sein. Also gut, er musste Farbe bekennen. Er würde ihr Angebot annehmen.

Er zitterte und verschluckte sich, als seine Kraulbewegungen langsamer wurden. Nein! Daran durfte er nicht mal im Traum denken! Er würde in ein Chaos hineinschlittern. Sie war gerade mal siebzehn, und selbst wenn sie bereits Erfahrung hatte, war sie immer noch eine junge Kadettin, die ihm unterstand. Er war ihr Offizier. Er liebte seine Karriere und wollte sie nicht aufs Spiel setzen. Es könnte zu Nachforschungen kommen, und dann drohte ihm womöglich ein Verfahren vor dem Militärgericht. Nein, er wollte auf keinen Fall, dass man ihn wegen einer törichten Eskapade mit einer lasziven Nymphe aus der Armee entließ. Schließlich hatte er nicht mal etwas übrig für diese Frau. Zumindest bis jetzt nicht … Doch mit einem Mal hatte sich das geändert, und er wusste nicht, ob er ihr kaum verhülltes Angebot verurteilen oder sich für seinen Mangel an Selbstdisziplin hassen sollte.

Er seufzte, stemmte sich aus dem Pool und trocknete sich ab. Dann zog er sich wieder an und folgte kurz darauf dem Weg, der sich durch die Bäume schlängelte. Dankbar für jede sich bietende Ablenkung genoss er die Abendsonne, die ein goldenes Glitzern in die raschelnden Blätter zauberte. Er wollte keine Komplikationen. Er verstand sich darauf, die jungen Kadetten auszubilden, und jetzt wollte er einfach nur den Spaziergang durch das Waldstück genießen. Er dachte darüber nach, wie sehr ihn seine Karriere mit Zufriedenheit erfüllte, er hieß die körperliche Fitness willkommen und freute sich darüber, mit seinen Offizierskollegen ein Bier zu trinken. War das denn zu viel verlangt? Mit diesen Gedanken schlenderte er den sonnengesprenkelten Weg entlang und hatte es nicht eilig, sich am Ende des Waldes wieder unter die Menschen zu mischen. Umso erstaunter war er, als er plötzlich in der vermeintlichen Einsamkeit drei junge Frauen vor sich entdeckte.

Sofort spürte er, dass sich ihm die drei bewusst in den Weg gestellt hatten. Ohne zu zögern, spielte er seine Autorität aus.

»Also, meine Damen, was soll das hier? Sie hätten längst das Gelände verlassen sollen.«

Die große, üppig ausgestattete Frau in der Mitte war dafür bekannt, eine Unruhestifterin zu sein. Sie war mehr als frühreif und kannte sich bereits in der Kunst der verführerischen Provokation aus. Von Unschuld konnte bei ihr keine Rede sein. Die junge dunkelhaarige Frau links von ihr sah ebenfalls zum Anbeißen aus, mit ihren vollen Brüsten und den aufgeworfenen Lippen. Sie schien der Typ Mädchen zu sein, das schnell zu haben war. Bei der dritten Frau handelte es sich um jene kecke Miss, die ihn erwischt hatte: ein blondes, junges Ding mit einem gewinnenden, koketten Lächeln. Da sie eher zu den Stillen gehörte, überließ sie das Sagen offenbar bereitwillig der Amazone in der Mitte. Die Dunkelhaarige schien der geborene Mitläufer zu sein. Sie würde das tun, was man von ihr erwartete, nur um in der Gruppe akzeptiert zu werden.

All dies hatte er in Sekundenschnelle erfasst, ehe eine von ihnen überhaupt etwas sagen konnte. Als die Wortführerin dann den Mund aufmachte, wusste er, dass er angezählt war.

Die Anspannung fuhr ihm bis in die Fingerspitzen, und seine Haut prickelte. Er war hellwach und auf der Hut.

»Also, Sir. Wir haben gehört, dass Sie jemanden gebrauchen können, der Ihnen zur Hand geht. Wir sind hier, um dafür zu sorgen, dass das auch so ist.« Sie grinste, und die Dunkelhaarige kicherte.

Er versuchte erneut, seine Autorität auszuspielen. »Kommen Sie, meine Damen. Zurück in die Kaserne, aber zack, zack.«

Doch die drei blieben stehen. Die Amazone legte den Kopf leicht in den Nacken, stemmte die Hände in die Hüften und bedachte ihn mit einem vielsagenden Lächeln. »Los, packt ihn«, zischte sie schließlich, so leise, dass er ihre Worte fast nicht verstanden hätte.

Ohne weitere Vorwarnung stürzten sie sich zu dritt auf ihn, hoben ihn hoch und schleppten ihn schnell in den Schutz der Bäume und Büsche. Ehe er sich versah, legten sie ihn auf einer kleinen Lichtung ab, zogen ihn mit schnellen Handgriffen aus und ließen ihn nackt im Gras liegen. Sein Atem kam stoßweise. Sie hatten ihn mit ihrer Attacke völlig überrumpelt. Plötzlich zauberten sie aus ihren Taschen irgendwelche Seile und fesselten seine Hände und Füße, bis er sich nicht mehr bewegen konnte. Danach hoben sie ihn an und lehnten ihn an den Stamm einer großen, alten Eiche. Keinen Augenblick war es ihm in den Sinn gekommen, um Hilfe zu rufen. Man hätte ihn sowieso nicht gehört. Die nächsten Häuser waren weit entfernt.

»Wenn ihr mich fragt«, sagte die Amazone spitz, »weiß ich nicht, warum ihr so viel Aufhebens macht. Sieht nicht sehr eindrucksvoll aus.« Sie schnippte mit dem Fingernagel gegen seinen schlaffen Schwanz. Er verzog den Mund und war nach wie vor zu verwirrt, um die Situation ganz zu erfassen. »Was war er doch für ein ungezogener Junge«, fuhr sie fort. »Was sollen wir jetzt mit ihm machen, Sarah?«

Sarah musste wieder kichern. »Ich denke, wir sollten ihn bestrafen«, sagte sie mit ihrer hohen Mädchenstimme. »Was meinst du, Louise?«

Louises Stimme glich einem heiseren Flüstern. »Denke ich auch«, lautete ihre Antwort.

»Also, ich weiß nicht.« Die Amazone schien Zweifel zu haben. »Ich sehe nichts, was ich als aufregend bezeichnen könnte.«

Ohne Vorwarnung spürte er, wie es heiß durch seine Lendengegend strömte. Mit Schrecken merkte er, dass sein Schwanz ein Eigenleben entwickelte und das Spielchen der drei Grazien mitspielen wollte. Langsam richtete er sich auf, was ihm nur neuen Spott einzubringen schien.

»Na, sieh mal einer an«, neckte sie ihn mit ironischem Unterton. »Vielleicht ist er doch ein böser Junge. Vielleicht sollten wir ihn für seine Frechheiten auspeitschen.« Sie lachte leise, nahm ihr Barett ab und löste ihre lange, glänzende Lockenpracht. Sie beugte sich zu ihm herab und schüttelte ihre Mähne über seinem anschwellenden Organ. Als Reaktion auf das Kitzeln ihrer Haare schwang sich sein Schwanz zu seiner vollen Größe auf, stand fest und stramm und wartete begierig auf weitere Zuwendung.

Dann reizten sie ihn alle, ob dunkelhaarig, brünett oder blond. Der Reihe nach streichelten sie ihn mit ihrem üppig fallenden, samtigen Haar und steigerten seine Qualen noch. Verzweifelt sehnte er sich inzwischen nach einer Hand, die seinen Schaft umfasste. Sein Verlangen wurde übermächtig, und er stöhnte laut.

»Hört auf, bitte. Das ist nicht richtig.«

»Nein, Sir, das ist wirklich nicht richtig, Sie ungezogener

Junge. Sie dürften hier im Wald keinen Steifen haben, in Gegenwart von drei unschuldigen jungen Kadettinnen. Was sollen da die Leute denken? Kommt, Mädchen. Zeigen wir ihm, wie unschuldig wir sein können.«

Sie fing an, den Bund von Sarahs Hose und den Reißverschluss zu öffnen. Sarah hob die Arme, um aus ihrem Khakihemd zu schlüpfen. Langsam machte sie ihren BH auf und ließ ihn zu Boden fallen. Mit offenem Mund starrte er sie an. Sarah hatte volle Brüste, und ihre Haut sah unglaublich zart und doch fest aus. Ihre Nippel waren von pinkfarbenen Monden umgeben.

Nachdem die Hose fort war, kamen die Stiefel dran. Als Letztes folgte der weiße Baumwollslip. Sarah stand wie Venus vor ihm, aus Schaum geboren. Das dunkle Dreieck ihres Deltas hob sich scharf von der hellen Haut ab. Sie war eine Frau, rein und reif, gleichzeitig unberührbar und überwältigend einladend.

Die Amazone umschloss eine von Sarahs Brustspitzen mit der Zunge und ließ einen Finger um die andere Spitze kreisen. Langsam und sinnlich sog sie daran, während sie an der zweiten zupfte. Sein Schwanz zuckte und wippte auf und ab. Da seine Hände gefesselt waren, konnte er seinen Schwanz nicht anfassen, obwohl das Verlangen danach schier unerträglich war. Er versuchte, den Blick von den Frauen zu wenden, scheiterte jedoch kläglich.

Derweil hatte die Amazone die blonde Louise entkleidet. Louise hatte vor Entzücken die Augen geschlossen und legte beide Hände auf die noch verborgenen Brüste der Amazone. Sie massierte die Brüste mit kraftvollen Bewegungen, während sie ausgezogen wurde. Schließlich stand auch sie nackt da, blass, schlank und geschmeidig, mit perfekt geformten kleinen Apfelbrüsten. Ihre Nippel waren wie zwei kleine harte Perlen, und zwischen ihren langen Beinen zeigte sich der blonde, krause Venushügel. Sie wandte sich Sarah zu, worauf sie sich gegenseitig mit Händen und Mündern verwöhnten. Abwechselnd sogen sie an ihren Brustspitzen und strichen einander sehnsuchtsvoll über die langen Schenkel.

Er fand den Anblick ihrer Blöße hier im Freien schockierend und schalt sich im selben Moment dafür, dieses lästige, lustvolle Verlangen zu verspüren. Er fühlte, wie eine pulsierende Hitze in seinen Schwanz schoss, und glaubte, jeden Moment zu explodieren. Die Amazone stand dicht vor ihm, während Sarah und Louise sich weiter gegenseitig verwöhnten. Kurz darauf zog sie sich ebenfalls aus. Verführerisch drückte sie den Rücken durch, als sie ihr Oberteil von sich schleuderte, und brachte ihre vollen Brüste zur Geltung, die noch in einen BH gezwängt waren. Mit einem Finger fuhr sie unter den Saum, wobei ihre Nippel vom zarten Stoff verdeckt waren. Dann beugte sie sich zu ihm herab und ließ ihre vollen Brüste über seinem Schwanz pendeln.

Mit einem Griff hatte sie den BH gelöst, streifte ihn ab und begann, ihre Brüste mit beiden Händen zu kneten. Ihren Lippen entwich ein leises, wollüstiges Stöhnen. Als sie sich vor ihn kniete, beugte sie sich so weit vor, dass ihre harten Knospen erst über seine Brustbehaarung und weiter unten über seine Schwanzkuppe strichen. Er stöhnte vor Lust und begehrte gegen seine Fesseln auf.

Das pulsierende, pochende Feuer in seinen Lenden drohte jeden Augenblick außer Kontrolle zu geraten, und die Hitze schoss ihm in Brust und Gesicht wie ein Fieberschub. Er schwitzte, sein Atem ging schnell und abgehackt. Die Amazone lehnte sich auf seinen Beinen zurück, um ihre Hose auszuziehen, wobei sie ihm ihr Becken entgegenschob. Der Schweiß lief ihm übers Gesicht. Verlangen durchrieselte seinen Schwanz, und als sie kurz darauf noch ihren Slip auszog und ihre Muschi vor seinem Gesicht aufblitzen ließ, schrie er wie unter Schmerzen auf.

Atemlos sah er zu, benommen und wie im Rausch, wie sie sich an das dunkle Delta fasste und ihre Lippen mit den Fingern spreizte. Hemmungslos führte sie zwei Finger in ihren Tunnel, stieß rhythmisch zu und zeigte ihm die von ihren Säften feuchten Finger, ehe sie damit über ihre Klitoris rieb. Sein Schwanz zuckte, pulsierte und schien jeden Augenblick zu explodieren. Sie mochte noch jungfräulich sein, aber als unschuldig konnte man sie nicht bezeichnen. Plötzlich fiel sein Blick auf Louise, die sich mit dem Gesicht zwischen Sarahs Schenkeln zu schaffen machte. Sarah hatte die Augen geschlossen und den Kopf in Ekstase in den Nacken geworfen. Sie stöhnte und wand sich unter den Liebkosungen. Kurz darauf machte sie ihrer Lust mit lauten Schreien Luft.

»Hört endlich auf damit!«, rief er. »O Gott, hört auf, ich ertrage das nicht mehr länger.« Er zerrte an seinen Fesseln, sodass sie in seine Handgelenke schnitten.

Doch die Amazone lachte spöttisch und rieb sich fester an seinen Beinen. Da die Schmerzen fast unerträglich wurden, gab er allen Widerstand auf und ließ sich auf die herrlichen Qualen ein.

Inzwischen schob die befriedigte Sarah eine Hand zwischen Louises Beine, während die Amazone sich unmittelbar vor seinen Augen zum Höhepunkt massierte. Er spürte, wie sich ein Ziehen von seinen Eiern auszubreiten begann. Und während die Amazone von den Schüben ihres eigenen Höhepunktes geschüttelt wurde, erlag er der obszönen Erlösung seiner Lust und spritzte seinen Saft auf ihre weichen, prallen Brüste. Wie aus weiter Ferne nahm er Louises schrille Schreie des Vergnügens wahr und beobachtete – nicht ohne Triumphgefühl –, wie sein zähes Sperma zwischen den Brüsten der Amazone herunterlief und auf ihren Bauch tropfte.

Erschöpft und hilflos, wie er plötzlich war, hätte er heulen können.

»Bitte bindet mich los, Mädels. Lasst mich frei.«

Doch die drei ignorierten ihn, während sie sich wieder anzogen und miteinander plauderten.

»Na, was meint ihr?«, fragte Louise mit ihrer Flüsterstimme. »Hatte ich nicht recht? Ist er nicht widerlich?«

»Ja, du hattest recht«, entgegnete die Amazone. »Ich bin noch nie jemandem begegnet, der so widerlich ist. Er braucht wirklich eine harte Strafe. Da müssen wir uns noch das Passende überlegen.«

In diesem Moment ging ihm auf, dass seine Qualen offenbar noch nicht beendet waren.

Sowie sie komplett angezogen waren und die Baretts keck auf dem Kopf trugen, wandten sie sich ihm noch einmal zu.

»Sie sind wirklich ein böser Junge, Sir.« Die Amazone grinste ihn an. »Wir werden dafür sorgen, dass Sie von Ihren schmutzigen Angewohnheiten kuriert werden. Wir sehen Sie nächste Woche wieder.« Überheblich lachend holte sie ein Schweizermesser aus ihrer Tasche, durchtrennte rasch die Fesseln an Armen und Beinen und machte sich dann mit ihren Kameradinnen auf den Weg. Er sah, wie die drei fröhlich kichernd zwischen den Bäumen verschwanden.

Er blieb lange so sitzen und glaubte, noch das entfernte Echo ihres Lachens zu hören. Nächste Woche! O Gott, o Gott, o Gott! Es war noch nicht vorüber! Sie waren noch nicht fertig mit ihm! Auf ihn wartete noch mehr!

Ein Schauer durchrieselte ihn, aber das lag nicht an der kühlen Abendluft. Nein, verzweifelt musste er sich eingestehen, dass er sich schon auf das nächste Zusammentreffen freute. Aber er traute sich nicht, darüber nachzudenken, wo all das enden sollte. Nachdem er sich wieder angezogen hatte, tastete er sich im Dunkeln zwischen den Bäumen entlang. Waren die drei noch Jungfrauen?, fragte er sich. Mochten sie überhaupt Männer, oder diente er ihnen nur als Spielzeug? In den erotischen Kitzel und die Furcht, bloßgestellt zu werden, mischte sich das Rauschen des Adrenalins in seinen Adern, die Droge des Soldaten. Da wusste er, dass ihn die drei am Haken hatten.

In der nächsten Woche ging er mit einem unguten Gefühl in der Magengegend zum Schwimmbecken und spürte, wie sich sein Herzschlag beschleunigte. Keiner der Frauen konnte er in die Augen sehen und wurde das Gefühl nicht los, dass sie alle irgendwie grinsten. Doch er überspielte all das mit seiner Autorität als Offizier. Dennoch, das Prickeln der Vorfreude war schier unerträglich. Während er zusah, wie sie später den Pfad durch das Waldstück nahmen, atmete er erleichtert auf. Sein Mund war ganz trocken, sein Puls raste. Um Zeit zu gewinnen vor den Qualen, die sicherlich zwischen den Bäumen auf ihn warteten, tauchte er in das kühle, erfrischende Wasser.

Das Erste, das er wahrnahm, waren zwei Schatten, die wie aus dem Nichts unter ihm auftauchten. Vier Hände zerrten an seiner Badehose und zogen sie ihm aus, obwohl er mit den Beinen strampelte. Die Nixen waren vollkommen nackt und hatten sich offenbar heimlich ins Wasser gestohlen. Während er versuchte, möglichst schnell den Beckenrand zu erreichen, schlangen sich Hände um seine Beine und strichen ihm über die Schenkel und Waden. Er war fit, hatte einen durchtrainierten Körper und harte Muskeln, die sich unter der Haut spannten. Dunkle Haare zogen sich über seine Brust und den Bauch.

Es dauerte nicht lange, bis die tastenden Hände eine Reaktion in seinen willigen Lenden hervorriefen. Sein freier Schwanz erhob sein Haupt und drängte bis zum Bauchnabel. Inzwischen tauchte ein dritter nackter Leib unter ihm auf und strich an seinem Körper entlang. Er spürte ihre Brüste an seiner Brust und seinem Bauch, ehe er merkte, dass eine Hand über seine wachsende Erektion streichelte. Währenddessen fuhren andere Hände über seinen Hintern und die Rückseite seiner Beine. Er verschluckte sich, rang nach Luft und kam aus dem Rhythmus. Verzweifelt drehte er sich im Becken, sodass sein Steifer aus dem Wasser ragte.

Inzwischen hatte er offenbar den Nichtschwimmerbereich erreicht, denn zwei Hände packten seine Fußknöchel und ließen ihn nicht mehr los. Wieder gelang es den dreien, ihn zu fesseln und in seiner Bewegungsfreiheit einzuschränken. Sie hatten ihn eiskalt erwischt. Hätten sie ihm wie die Woche zuvor im Waldstück aufgelauert, wäre er darauf vorbereitet und ihnen vermutlich gewachsen gewesen. Doch jetzt hatten sie ihn überrumpelt, was ganz offensichtlich ihre Absicht gewesen sein musste. Kurz kam ihm der Gedanke, dass die drei das Zeug zu taktisch denkenden Soldaten hatten. Sie verließen sich auf ihr Teamwork und durchdachten Situationen im Voraus. Er kam sich wie ein hilfloses Beutestück vor. Er wusste nicht, wie ihm geschah und was ihn noch erwartete, aber der Adrenalinschub ließ ihn einen klaren Kopf behalten. Sein Herz schlug schneller, und die harte Erektion klatschte immer wieder gegen seinen Bauch. Sein Verlangen war unbeschreiblich, heißer als je zuvor. Was auch immer sie mit ihm vorhatten, er sehnte sich danach, egal, wie groß die Gefahr war. Zur Hölle mit seinen Bedenken. Das Risiko machte die

Sache nur umso reizvoller. In seinem Kopf begann sich alles zu drehen, als er versuchte, ihre nächsten Schritte vorauszuahnen. Aber was konnte er schon dagegen ausrichten? Schließlich war er ihnen wieder ausgeliefert und hatte keinen Einfluss auf das Geschehen.

Ein starker Wasserschwall traf seinen aufragenden Schwanz. Es war die Amazone, die, wie er inzwischen wusste, Gwen hieß. Wieder nahm sie Wasser in den Mund und zielte auf ihn. Der Strahl traf seinen festen Schaft. Es tat weh. Beim dritten Versuch reizte sie seine Eichel, was einen herrlichen Lustschmerz in ihm auslöste. Er schrie auf und wand sich. Er wollte sich auf den Bauch drehen, um seinen Schwanz zu schützen, aber die Nixen hielten ihn erbarmungslos fest.

Sie lachten, als sie sahen, wie hilflos er im Wasser trieb.

»Ehrlich, das ist das Obszönste, was ich je gesehen habe«, kreischte die Amazone. »Seht euch nur all diese Adern an, wie Würmer, und die tiefrote Färbung.«

»Sieht fast aus, als würde das Ding gewürgt«, prustete Gwen ausgelassen.

»Es könnte jeden Augenblick explodieren«, kicherte Louise. »Wäre das nicht widerlich?«

»Männer sind einfach widerwärtig«, sagte Sarah. »Ein Blick auf diese abstoßende Obszönität und ich habe genug fürs Leben. Was ist das schon gegen eine schöne warme Pussy?«

»Das sagst *du*«, gab Gwen zurück. »Was mich betrifft, so komme ich mit beidem klar.«

»Was dich betrifft, Gwen, so gibst du dich mit allem zufrieden«, konstatierte Louise, was zu weiterem Gelächter führte. »Ich jedenfalls möchte sehen, zu was sein Schwanz noch fähig ist«, fuhr sie fort. »Sollen wir ihn weiter testen?«

Er fühlte sich komplett außen vor, so als gäbe es ihn gar

nicht. Sie sprachen über ihn wie über einen Gegenstand, doch in einem triebgesteuerten Winkel seines Hirns wollte er seine Männlichkeit unter Beweis stellen. Sein gescholtener Schwanz zuckte bei dieser Vorstellung, worauf die Amazone den nächsten Schritt ihres Plans in Angriff nahm.

»Okay, dann wollen wir ihn mal auf die Probe stellen. Seid ihr bereit? Eins, zwei, drei, los!« Mit vereinten Kräften hoben sie ihn an Schultern, Hüfte und Füßen aus dem Becken und trugen ihn zur grasbewachsenen Fläche unweit des Flusses.

»Nehmt eure Positionen ein«, befahl sie. Offensichtlich hatten sie alles bis ins Detail geplant. »Also, Sir, was Sie mit der Hand können, wissen wir ja schon, aber sind Sie auch für was anderes zu gebrauchen? Ihre Zukunft hängt womöglich davon ab, wie Sie sich gleich bewähren.«

Sie verhöhnte ihn mit ihrem schiefen, überheblichen Lächeln, und Panik breitete sich in ihm aus. Am liebsten hätte er die Augen zusammengekniffen, traute sich aber nicht.

Die Amazone stand über ihm, majestätisch und großartig, hatte die Hände in die Seiten gestemmt und grinste ihn breit an.

»Sind dann alle bereit?«

»Nun, er offensichtlich schon«, meinte Louise, worauf sie wieder alle kicherten.

»Auf eure Positionen«, kam der Befehl von Gwen. Die anderen standen hinter ihm, während Gwen sich auf seinen Schoß sinken ließ.

Ehe er Zeit hatte, ihre Absicht zu durchschauen, umfasste sie seinen zitternden Schwanz, hielt ihn fest und ließ sich genüsslich darauf sinken. Langsam drang sein Kolben in die Enge ihrer feuchten Tiefe und füllte sie aus. Es kam so plötzlich, dass sein Kopf schmerzte. Im selben Moment kniete sich Louise über seinen Kopf und setzte sich mit ihrer Pussy mitten auf sein Gesicht, sodass er kaum noch Luft bekam. Als er wieder besser atmen konnte, leckte er über ihre Spalte und drang mit der Zungenspitze in ihren Eingang. Zunächst glaubte er, Sarah würde ihn losbinden, ehe er merkte, dass sie nur seine rechte Hand nahm und an ihre Muschi führte. Er zwängte zwei Finger in ihre feuchte Wärme und sah aus den Augenwinkeln, dass sie sich zu Louise beugte, die inzwischen an Sarahs großen Brüsten herumfingerte.

Dann küssten die beiden Frauen sich, wodurch er einen besseren Zugang mit seinem Mund und seinen Fingern bekam. Er verwöhnte die Frauen mit der Zunge und seinen kreisenden Fingerkuppen und drang tiefer in Sarahs Höhle. Derweil ritt die Amazone schamlos seinen harten, glühend heißen Steifen. Er versuchte, sich zu konzentrieren, und war dankbar für die militärische Ausbildung, die es ihm ermöglichte, mehrere Dinge gleichzeitig zu koordinieren. Wusste er doch, dass seine Karriere davon abhing.

Allmählich verfielen sie alle in den gleichen Rhythmus, da er sich mit seiner forschenden Zunge und seinen Fingern auf das Tempo einstellte, das Gwen auf seinem Schwanz vorgab. Während seine Finger in Sarah glitten, tauchte er mit der Zunge tiefer in Louises Spalte. Als er sich mit zwei Fingern Sarahs geschwollener Perle widmete, ließ er auch seine Zungenspitze über Louises Knopf zucken. Und die ganze Zeit ritt Gwen ihn wild, verschaffte keiner der anderen Frauen Vergnügen, sondern erhöhte noch das Tempo, um ihre Leidenschaft auszuleben.

Die drei Nymphen waren alle nass und weich, und sein ganzer Körper prickelte vor purer Lust und Verlangen. Er wünschte, es würde immer so sein, und da er sich auf die Koordination seiner Zunge und seiner Hand konzentrieren musste, hatte er keine Probleme, zu früh zu kommen.

Louise kam als Erste, auf seinem Gesicht. Sie seufzte befriedigt, während er nicht aufhörte, mit der Zunge über ihre Perle zu fahren. Dann stieg sie von ihm und umarmte Sarah von hinten. Sie schmiegte sich an sie, küsste sie auf die Schultern und spielte mit ihren Brüsten. Schließlich tastete sie zwischen Sarahs Schenkeln, fand seine Hand und rieb über Sarahs Knopf, während seine Finger wie Kolbenstöße in die Pussy stießen. Sarah kam wie eine Rakete, keuchte und schrie und drückte sich gegen Louises und seine Hand. Ihre Sexmuskeln krampften sich um seine Finger. Danach ließ sie sich am ganzen Leib bebend in Louises Arme sinken.

Jetzt hatte er Zeit, sich vollkommen auf die wild auf ihm reitende Amazone zu konzentrieren. Als er hörte, dass sich ihr Stöhnen verstärkte und sie jeden Augenblick kommen würde, ergab er sich endlich dem Feuer in seinen Lenden. Sein Wunsch, sie mit seinem Samen vollzupumpen, war so übermächtig, dass er sich mit aller Kraft in sie hämmerte. Er hob sein Becken an, um tiefer eindringen zu können, und blieb einen Moment in dieser Position, damit Gwen seinen Schaft ganz in sich aufnehmen konnte. Dieses tiefe Eindringen kam überraschend für sie. Sie riss die Augen auf und starrte ihn gleichzeitig überrascht und beeindruckt an. Für den Bruchteil einer Sekunde schien die Welt stillzustehen, als ihre Blicke sich trafen. Dann ließ er seiner Lust freien Lauf und füllte ihre Pussy mit seinem cremigen Saft.

»Aaaah!«

Nie hatte er so einen Lustschrei gehört. Er zerriss die Abendluft und vertrieb die Vögel aus den Bäumen. Als ihre Schreie in ein leises Stöhnen übergingen, ließ sie sich nach vorn sinken. Sein Schwanz war noch in ihr, und ihr Haar breitete sich über seine Brust.

»Nun«, fragte er sie dann, »habe ich bestanden?«

Sie starrten ihn nur stumm an, und schweigend griffen sie nach ihren Kleidungsstücken, zogen sich an, lösten seine Fesseln und gingen davon. Ehe Gwen als Letzte zwischen den Bäumen verschwand, drehte sie sich noch einmal zu ihm um. Sie erinnerte ihn an ein verängstigtes Reh, sie sah so verletzlich und unsicher aus. Aha!, dachte er triumphierend. Hab ich euch!

Er legte einen Arm unter seinen Kopf, blieb noch eine Weile im kühlen Gras liegen und schaute hinauf in den Abendhimmel. Er hörte die Blätter in der Brise rascheln und musste grinsen. Er wusste, dass er das Kommando wieder übernommen hatte. Ehe wir den Kurs beenden, versprach er sich selbst, habe ich euch alle drei gehabt!

Lampenfieber

Es lag Gefahr in der Luft. Sie riskierten einen öffentlichen Skandal, den Verlust ihrer Jobs und – falls das Geld zurückgezogen wurde – die Schließung des Theaters. Aber sie waren nun schon so weit gegangen. Alles hatte sich so schleichend entwickelt, dass das Risiko keinem wirklich bewusst gewesen war.

Sie konnten sich nicht genau erinnern, wann es begonnen hatte. Vielleicht, als sie auf Tournee waren und angefangen hatten, sich gegenseitig Punkte für das Essen an den Sonntagabenden zu geben. Da sie alle in Wohneinheiten untergebracht waren, in denen sie sich selbst versorgen mussten, wechselten sie sich sonntags beim Kochen ab, an ihrem einzigen freien Tag. Mit der Zeit wurden die Abendessen immer üppiger und ausgefallener, als hätte ein unausgesprochener Wettstreit begonnen. Irgendwann gab es 5-Gänge-Menüs, zu denen sie exzellente Weine servierten. Vielleicht lag es aber auch an der Orgie, die sich vor ein paar Wochen zufällig bei einer Party ereignet hatte. Noch immer wollten sie sich nicht eingestehen, dass es überhaupt dazu gekommen war. Oder lag es an der einsetzenden Langeweile, da sie sich alle so gut kannten und nicht mehr viel hatten, um ihrer Kreativität neue Flügel zu verleihen? Vielleicht war es eine Kombination aus all diesen Gründen, aber Langeweile und allzu große Vertrautheit hatten sicherlich ihren Anteil daran.

Inzwischen probte und spielte die Theatergruppe seit zwei

Jahren zusammen, daher kannten sich alle genau. Nur selten waren die Rollen neu besetzt worden. Aufgrund der ungewöhnlichen Arbeitszeiten feierten sie auch zusammen, entspannten sich gemeinsam oder wohnten manchmal zusammen. Der Lebensstil – sechs Auftritte die Woche, dazu die Proben – war verantwortlich dafür, dass sie wenig Gelegenheit hatten, sich unter andere Leute zu mischen.

Alle vier Shows ihres Repertoires liefen seit drei Monaten, und allmählich brauchten sie neuen Stoff. Einmal, als sie auf Tournee gewesen waren, hatten sie versucht, die Rollen zu tauschen und den Text des jeweils anderen zu sprechen – nur so aus Spaß. Es hatte ganz gut geklappt und sie bei Laune gehalten. Aber dann hatte der Direktor es spitzgekriegt und sie alle zusammengeschissen. Er hatte sie Amateure geschimpft und ernsthaft hinterfragt, ob sie in dieses professionelle Umfeld gehörten. Eine Weile hielten sie sich bedeckt und muckten nicht mehr auf. Später ersannen sie eine neue Version des »Mörderspiels« auf der Bühne. Sie legten alle einen Zettel mit ihrem Namen in einen Hut und zogen dann geheim den Mörder des Abends. Derjenige, auf den die Wahl gefallen war, musste auf der Bühne den Blick eines Kollegen einfangen und ihm zuzwinkern. Wer das Zwinkern wahrnahm, musste sterben, und zwar in einer Weise, die nur die Schauspielkollegen bemerkten, aber niemand im Publikum.

Sie hatten es als Herausforderung angesehen. Es wurden Punkte vergeben, wie viele Kollegen pro Aufführung »getötet« werden konnten. Es war schwierig, dem Blick oder dem Zwinkern des »Mörders« bewusst auszuweichen, und manchmal mussten sie während der Aufführung kichern. Doch am Ende waren sie richtig gut darin geworden, und bei einer Aufführung war es einem cleveren »Mörder« aufgrund seiner überlegenen Position auf der Bühne gelungen, alle anderen zu »töten«. Alle ließen den Kopf zu einer Seite sacken, als sie »starben«.

Da sie sich alle so gut kannten und gemeinsam Ankleideräume oder sogar Duschen nutzten, hatte niemand Hemmungen in Gegenwart der anderen. Während der Sommerferien hielten sie sich oft an einem See auf und campten dort im Freien, mit ihren Kindern und Familien. Beim Baden hatten sie meist alle nichts an, so freizügig waren sie inzwischen. Einmal, auf einer Party in einer sehr heißen Sommernacht, hatte sich einer von ihnen – keiner wusste mehr so recht, wer es gewesen war – vor aller Augen im Wohnzimmer ausgezogen. Die anderen machten mit, sodass die Party nackt gefeiert wurde. Ein anderes Mal waren sie nachts alle nackt nach draußen gerannt und hatten sich einfach auf die Straße gesetzt. Keiner wusste, warum. Es geschah nur so zum Spaß.

Dann war es zu der Orgie gekommen. Spontan. Alle hatten mitgemacht, und danach trauten sie sich eine Woche lang nicht, einander in die Augen zu sehen. Irgendwann hatten sie angefangen zu kichern, und einige Tage später gestanden sie sich endlich ein, was geschehen war. Kit meinte, er sei kurz zum Pinkeln in den Garten gegangen, und als er zurückkam, habe er überall nackte Körper und verschlungene Gliedmaßen gesehen. Jeder schien es irgendwie mit jedem zu treiben. Er war durch den Raum gegangen und hatte überlegt, wie er sich daran beteiligen könnte, bis irgendjemand seinen steifen Schwanz gepackt und Kit mit in das Geschehen gezogen hatte.

Neue Paare hatten sich an diesem Abend gefunden, andere Beziehungen zerbrachen. Eine Ehe stand danach vor dem Aus, und Beth hatte ihre Jungfräulichkeit verloren. Sie meinte, sie wisse nicht genau, wer es gewesen sei, aber sie war froh, dass es in dieser wunderbaren Gruppe passiert sei, in der sie alle Freunde waren. Es war ein einmaliges Ereignis gewesen und nur zufällig passiert. Es würde nicht wieder geschehen, aber nun waren auch die letzten Hemmungen verschwunden, und in der Gruppe herrschte eine entspannte, familiäre Atmosphäre.

Und genau das hatte zu dieser gefährlichen Situation geführt. Das neue Spielchen auf der Bühne hieß *Wer sieht den heimlichen Sex?*. Sie nahmen sich vor, während der Aufführung auf der Bühne Sex zu haben, ohne dass es die Kollegen und die Leute im Publikum merkten. »Längerer Kontakt mit den bloßen Genitalien«, so lautete die Bedingung. Wem das gelang, der bekam fünf Punkte, aber der Erfolg musste von einem anderen bestätigt werden, meistens natürlich vom Partner. Sobald jemand auf der Bühne die anderen beim Sex erwischte, wartete man, bis alle Backstage waren, und erst dann wurden die Sexpartner, die Art von Sex und der Ort auf der Bühne benannt. Pro richtiges Detail bekam man einen Punkt, zwei Extrapunkte gab es, wenn man alle Einzelheiten benennen konnte. Allerdings verlor man Punkte, wenn man die Details des verbotenen Treibens falsch beschrieb. Liz hatte schon fünf Minuspunkte. Wie es aussah, hatte noch keiner Sex auf der Bühne gehabt.

Die ersten beiden, die Punkte sammelten, waren Bambi und Thumper. Das waren natürlich nicht ihre richtigen Namen, aber sie spielten ein schwules Paar mittleren Alters, das viel mit den richtigen Schauspielern gemein hatte. Sie behaupteten, sich gegenseitig mit der Hand in der Umkleidekabine befriedigt zu haben, und zwar im ersten Akt der Burleske. Da sich die Umkleide auf der Bühne befand und das Publikum Gelegenheit hatte, mitzuerleben, welche Akteure sich mehrmals in der Show umzogen, galt dieser Ort als »auf der Bühne«. Es gab einen Ausgang hinter die Bühne. Dort hatten es Bambi und Thumper gemacht, als gerade keiner auf die Bühne kam. Da niemand sie erwischt hatte, bekamen sie beide fünf Punkte.

Bambi behauptete, sie hätten beide ejakuliert, aber Thumper bestritt das, daher wusste es keiner so genau. Aber ein Orgasmus war nicht unbedingt nötig, um die volle Punktzahl zu erhalten. Von da an lag eine knisternde Erotik in der Luft, weil sich alle ausmalten, wie der eine dem anderen während der Aufführung den Schwanz massiert hatte und der Samen durch die Luft gespritzt war, obwohl jeden Moment die Tür hätte auffliegen können. Alle waren aufgewühlt und fühlten sich angespornt. Jeder ließ seiner Vorstellungskraft freien Lauf.

Tanith und Nate waren die Nächsten. Sie planten den Coup und probten heimlich. Sie kamen frisch von der Schauspielschule und hatten sich vor zwei Jahren dem Ensemble angeschlossen. Die Orgie bezeichnete den Beginn ihrer Beziehung, und da sie beide noch jung und erfolgsverwöhnt waren, strahlten sie Selbstsicherheit aus. Diese Herausforderung wollten sie sich nicht entgehen lassen.

Bei einem Stück des Repertoires waren alte Kostüme gefragt. Tanith spielte eine Hure und trug ein eng anliegendes Mieder mit tiefem Ausschnitt, in dem ihre Nippel zu erahnen waren. Dazu trug sie einen Reifrock mit Petticoats. Der Rock war so ausladend, dass sie sich kaum setzen konnte. Durch die Tür kam sie nur seitwärts wie eine Krabbe. Nate hatte die Idee, sich unter den Röcken zu verbergen. Mit etwas Übung gelang es ihm, unter den Röcken zu kriechen, wann immer Tanith auf der Bühne ein paar Schritte gehen musste. In der Gerichtsszene hatte sie einen kürzeren Auftritt und musste ein paar Textzeilen sprechen. Dann gesellte sie sich zu den anderen Huren auf der Bühne und trat seitlich wieder ab.

Nach ein paar Proben beschlossen sie, es zu riskieren. Nate positionierte sich also unter den weit fallenden Röcken, als gerade niemand hinsah. Tanith betrat die Bühne, konnte sich kaum halten vor Kichern, beherrschte sich dann jedoch und sprach ihren Text. Dann zog sie sich zu den anderen Huren zurück. Sie zwängte sich zwischen die Kolleginnen und stellte die Füße auseinander, bis sie eine Art Tai-Chi-Position mit gespreizten Knien eingenommen hatte. Lange würde sie sich so nicht halten können. Sie trug natürlich keinen Slip. Nate liebkoste die Innenseiten von Taniths Schenkeln mit den Händen und machte es sich bequem. Ihre Beine begannen, unter den leichten Berührungen zu prickeln, und ihre Säfte flossen.

Dann spürte sie, wie plötzlich zwei Finger in ihre Pussy drangen, und sie keuchte. Liz musterte sie scharf, wedelte mit ihrem Fächer herum und schaute wieder zum Bühnengeschehen. Nates Finger tauchten weiter in die Spalte, sodass Tanith Schauer der Lust durchrieselten. Während er mit zwei Fingern in ihre feuchte Wärme drang, tastete er mit dem Daumen nach ihrer harten Perle und rieb darüber. Sie konnte ein Stöhnen nur mit Mühe unterdrücken. Das Glühen breitete sich in ihrem Unterleib aus und schoss ihr in die Schenkel. Sie fühlte sich erhitzt und schwach auf den Beinen.

Da sie sich des Publikums bewusst war, konzentrierte sie sich wieder auf das Stück und zwang sich, nicht die Kontrolle über ihren Körper zu verlieren. Doch je mehr sie sich anstrengte, desto schwerer fiel es ihr. Unter ihren Röcken wurde sie gnadenlos manipuliert.

Dann tat Nate etwas, was er nie zuvor getan hatte. Er nutzte ihre Feuchtigkeit schamlos aus, badete einen Finger in der Nässe und schob ihn Tanith in den Po. Damit hatte er beide Öffnungen erobert und rieb weiterhin über ihre Klitoris. Sie schmolz dahin, bekam wacklige Beine und betete, nicht auf der Bühne und vor aller Augen kommen zu müssen. Wieder bedachte Liz sie mit einem strengen Blick aus verengten Augen. Tanith spürte, wie die Hitze in ihr aufstieg. Ein dünner Schweißfilm legte sich auf ihre Oberlippe und ihre Stirn. Ihr Herz schlug schneller, und die heißen Schübe in ihrem Innern wurden heftiger. Sie wünschte, Nate würde aufhören, ahnte jedoch, dass er es nicht lassen konnte.

Sie biss sich auf die Lippe und versuchte, stark zu bleiben, aber Nates Finger waren überall zugleich, drangen in sie ein, stießen sich in sie und massierten sie, wobei er sich ihrem Zugriff entzog. Sie war nass zwischen den Schenkeln. Hastig wedelte sie mit dem Fächer vor ihrem Gesicht herum und hoffte, die Szene möge bald zu Ende sein, damit sie den himmlischen Qualen entkommen könnte. Dann, als die letzten Textzeilen der Szene gesprochen wurden, kam sie so heiß und heftig, dass sie die Orientierung auf der Bühne verlor. Ihre Nervenenden standen in Flammen, während heiße Wellen über ihren erregten Leib rollten. Ein Zittern lief durch ihre Beine, sie keuchte leise, und Liz sah sie mit einem triumphierenden Blick an. Tanith fächerte sich wie wild Luft zu und verließ auf wackligen Beinen die Bühne, als der Vorhang zwischen den Akten fiel.

Als die anderen fort waren, kam Nate grinsend unter den Röcken hervor und hielt sich durchtrieben die Finger an die Nase.

»Was fällt dir ein, deinen Finger in meinen Hintern zu schieben?«, zischte sie.

Er zeigte sich nicht reuig. »Tja, du warst mir ausgeliefert, und die Chance wollte ich mir nicht entgehen lassen. Komm schon, du hast es doch genossen. Dein Loch und deine Pussy legten sich so eng um meine Finger, als du kamst, dass ich schon dachte, meine Finger würden zerquetscht. Gib es zu. Das war wirklich geil.«

Sie knallte ihm eine. »Geh hinten um die Bühne herum, damit dich keiner sieht.«

Sie ging die Stufen zur Garderobe hinunter. Liz wartete schon auf sie. Als Nate aus der anderen Richtung kam, machte sie einen Luftsprung.

»Ich habe Sex gesehen!«, jubilierte sie. Alle guckten sie erwartungsvoll an. »Tanith hatte in der letzten Szene Sex, weil sich jemand unter ihrem Rock versteckt hat. Und es kann eigentlich nur Nate gewesen sein.«

Alle Blicke wanderten zu Tanith.

Sie errötete. »Okay, fünf Punkte für Liz.«

Die anderen brachen in schallendes Gelächter aus.

»Was für eine verdammt gute Idee!«, rief Jenny bewundernd. »Das wäre mir nie eingefallen. Bist du gekommen?«

»Natürlich ist sie gekommen«, erklärte Nate freimütig. »Ich dachte, ich würde in ihren Fluten untergehen.«

Wieder lachten alle, und die Atmosphäre wurde immer ausgelassener.

Später, als die »vier Huren« in einer Garderobe saßen, meinte Jenny. »Ich denke, wir könnten deine Idee noch ein bisschen ausbauen, Tanith. Wie wäre es, wenn wir vier es in einer Szene alle zugleich machen? Ich wette, das merkt niemand.«

Ein Grinsen breitete sich auf Liz' Gesicht aus. »Also, ich bin dabei. Du und ich, wir könnten Mark und Dave überreden, unter unsere Röcke zu kriechen. Tanith hat Nate. Wie steht's mit dir, Joan? Machst du mit?«

Joan war über fünfzig, und die anderen waren sich nicht sicher, ob sie einwilligen würde, obwohl auch sie bei der Orgie mitgemacht hatte. Etwas unsicher schauten die drei jüngeren Kolleginnen sie an. Sie puderte sich das Gesicht und drehte sich nicht um.

»Oh, ich finde schon einen Weg. Sagt mir nur Bescheid, wann ihr startet.«

Die anderen grinsten verschwörerisch.

Die Planung brauchte etwas Zeit. Mark und Dave waren jung und Singles, gehörten aber zu den Bühnenarbeitern. Sie waren zwar willig und fähig, mussten aber gut auf ein solches Risiko vorbereitet werden. Daher probten sie lange unter den Reifröcken, bis sie meinten, sie würden es schaffen.

Dann kam der Tag, an dem sie sich bewähren wollten. Auf dem Programm stand eine Matinee. Sie glaubten, eine Abendvorstellung sei ein wenig zu gewagt für ein derartiges Vorhaben. Als sie Joan Bescheid sagten, nickte sie und gab den anderen zu verstehen, dass sie bereit sei. Keiner fragte Joan, wie sie sich vorbereitet hatte.

Nate, Mark und Dave bezogen unter den Röcken Stellung. Nachdem die drei anderen Huren die Bühne betreten hatten, folgte Taniths Auftritt von der anderen Seite. Kurz darauf standen sie zu viert in einer Gruppe zusammen, mit ihren grell geschminkten Lippen und freizügigen Ausschnitten. Niemand ahnte etwas von den Männern unter den weit ausladenden Röcken. Liz musste kichern, und damit ging es los. Bald zitterten sie und bebten am ganzen Leib, weil sie Mühe hatten, nicht die Kontrolle zu verlieren. Die anderen Männer auf der Bühne sahen zu ihnen hinüber und schienen sich zu wundern, was dort vorgehen mochte. Verpassten sie da gerade etwas? Die Röcke flatterten, als die Männer sich in die richtige Position brachten.

»Oh!«, quietschte Liz plötzlich und täuschte sofort ein Hüsteln vor. Derweil sog Jenny scharf die Luft ein und legte den Kopf in den Nacken. Nervös wedelte sie mit ihrem

Fächer. Joans Miene wirkte konzentriert. Die Brustspitzen der Damen richteten sich in den engen Miedern auf. Die männlichen Darsteller auf der Bühne warfen argwöhnische Blicke in Richtung der vier Frauen. Tanith spürte, wie Nates Zunge ihre feuchten und anschwellenden Sexlippen erkundete. Ihr Blick wurde verträumt. Den anderen hatte sie gezeigt, wie sie sich hinstellen mussten, um sich verwöhnen zu lassen, ohne das Gleichgewicht zu verlieren. Kurz darauf standen die vier wie erstarrt da und schienen mit leicht glasigen Augen in eine unbestimmte Ferne zu schauen. Dabei konzentrierten sie sich auf die sinnlichen Vorgänge unter den Röcken und auf ihr wachsendes Vergnügen. Für das Publikum setzten sie starre, kaum zu deutende Mienen auf und fächerten sich hastig Luft zu.

Erstaunlicherweise war es Joan, die als Erste stöhnte. Es klang wie ein kaum wahrnehmbares Schnurren. Die anderen tauschten verwunderte Blicke. Das Stück nahm seinen normalen Gang, und die Zuschauer ahnten nichts von den Vorgängen im Verborgenen. Als Jennys Knie nachgaben, taumelte sie leicht gegen Tanith, hatte sich aber schnell wieder in der Gewalt. Liz musste erneut kichern und hielt sich den Fächer vor den Mund, aber ihre Röcke zitterten heftig. Tanith genoss Nates warme Zungenstriche und spürte, wie er mit der Zungenspitze tief in ihre Pussy drang. Ehe sie sich versah, lutschte er an ihrer geschwollenen Knospe. Wieder hatte er ihr einen Finger in den Po geschoben, und sie musste sich eingestehen, dass dieses kleine Detail ihre Lust noch um ein Vielfaches steigerte. Der Höhepunkt kündigte sich in herrlich warmen Wellen an, die schließlich über ihr zusammenschlugen, als gerade der Vorhang zur Pause fiel.

Hinter den Kulissen schlug Liz spielerisch auf Dave ein und meinte, sie sei diejenige, die Sex gehabt habe, nicht er. Er grinste nur, duckte sich weg und sagte, es sei nicht von Belang, wer nun Sex hatte, solange überhaupt etwas lief. Nacheinander begaben sie sich in die Garderobenräume und sahen, dass die anderen sie schon schweigend erwarteten.

Robert ergriff das Wort. »Ich bin mir ziemlich sicher, dass ich Sex beobachtet habe. Ich denke, es war Jenny, in der letzten Szene, unter ihren Röcken. Ich weiß aber nicht, mit wem sie es getan hat.«

»Ich habe auch Sex bemerkt«, meinte Kit, »aber ich glaube, es war Liz. Und ich denke, dass Mark in der letzten Szene unter ihrem Rock war. Denn er ist der einzige Bühnenarbeiter, der zu diesem Zeitpunkt abkömmlich ist.«

»Das soll's gewesen sein?«, fragte Tanith, worauf die vier Frauen in lautes Lachen ausbrachen.

»Ich weiß nicht, wie wir das werten wollen, verdammt«, gluckste Liz, »aber ihr zwei habt recht und auch wieder nicht. Wir waren alle vier daran beteiligt. Wer kriegt also die Punkte?«

»Ihr vier?«, hakte Robert gespannt nach. »Gleichzeitig?« Die Vorstellung schien ihn zu faszinieren. »Wer mit wem?«

»Tanith noch einmal mit Nate. Jenny und Mark. Dave und ich. Und bei Joan sind wir uns nicht ganz sicher.«

»Ich zeige es euch«, sagte Joan. Sie hielt ihre Röcke hoch. Alle Schichten waren zusammengenäht, aber in einer der Nähte klaffte ein Loch, das gerade groß genug war, um mit einer Hand hineinzugreifen. Auf diese Weise war es Joan gelungen, heimlich und im Schutz des fülligen Stoffs zu masturbieren.

»Zählt es auch, wenn man Sex mit sich selbst hat?«, fragte sie in die Runde. Sie beschlossen, es zu akzeptieren, und gaben ihr fünf Punkte. Tanith und Nate bekamen ebenfalls fünf, weil niemand sie erwischt hatte. Robert und Kit strichen je zwei Punkte ein, und Dave bekam fünf, weil man ihn übersehen hatte und weil er obendrein noch masturbiert hatte, was nicht abgesprochen gewesen war.

Ein Knistern lag in der Luft. Sie konnten alle nur noch an erotische Spielchen denken, sodass inzwischen das Wichtigste an jeder Aufführung der verbotene Sex war. Natürlich waren diese Sex-Eskapaden nicht ständig realisierbar, weil alles genau geplant werden musste, aber allen war bewusst, dass sie rund um die Uhr nur noch an Sex dachten. Diejenigen, die bislang noch nicht in Sexspiele verwickelt waren, bekamen vor Aufregung leuchtende Augen. Und während der Aufführung waren alle ganz aufmerksam und achteten auf die noch so kleinsten Veränderungen in Mimik oder Gestik. Manch einer verlor wertvolle Punkte, weil er behauptete, Sex gesehen zu haben, der gar nicht stattgefunden hatte. Denn inzwischen sahen sie alle überall Sex.

Dann landeten Robert und Beth einen Coup. Es war eine Meisterleistung, unglaublich gewagt und obendrein auch noch spontan. Danach hatten sie sogar ein bisschen Angst vor der eigenen Courage und konnten nicht glauben, was geschehen war. Von da an hielten sich eigentlich alle mit ihren Vorhaben zurück. Robert und Beth hatten bereits seit einiger Zeit ein Auge aufeinander geworfen, aber sie hatten es sich noch nicht gestanden. Sie hatten also noch keine intime Beziehung. Sie befanden sich gerade in dem Stadium, in dem die Luft vor erotischer Anziehungskraft um sie herum knisterte. Wo sie auch waren, sie spürten diesen sinnlichen Kitzel. Alle hofften, sie würden endlich zueinanderfinden, nur war Robert verheiratet. In der Ehe kriselte es, und es war nur eine Frage der Zeit, bis sie zerbrechen würde. Doch Beth wollte nicht in eine solche Geschichte hineingezogen werden.

Alles begann während einer Aufführung auf der Bühne,

was die Sache umso pikanter machte. Da sie beide ihre Gefühle füreinander so lange unterdrückt hatten, war die Sache intensiv und wäre fast außer Kontrolle geraten.

In der Boulevardkomödie gab es zwei Schlafzimmer auf der Bühne, jeweils mit einem Doppelbett. Doch die Betten standen nicht direkt auf der Bühne, sondern auf einer Empore in einer Art Balkon, der über eine Treppe zu erreichen war. Während die Haupthandlung sich unten auf der Bühne im Wohnraum abspielte, war es oben in den Schlafzimmern dunkel. Doch die Betten waren vom Publikum trotz der Dunkelheit zu erkennen.

Als Robert und Beth oben nicht mehr im Scheinwerferlicht standen, hätten sie eigentlich – wie sonst auch – die Bühne verlassen sollen. Doch aus irgendeinem Grund prallten sie im Dunkeln gegeneinander, was verwunderlich war, weil sie diese Szene seit Wochen spielten und bisher immer den Ausgang gefunden hatten. Doch nun standen sie voreinander, allein im oberen Teil des Bühnenaufbaus. Von Verlangen getrieben fielen sie sich in die Arme. Sie küssten sich leidenschaftlich und vergaßen, dass sie sich noch immer auf der Bühne befanden. So kam es, dass sie eng umschlungen auf das Bett fielen. Vielleicht lag es an der erotisch aufgeladenen Atmosphäre, am Reiz des Verbotenen oder an der schmerzhaften Zurückhaltung, die sie sich auferlegt hatten – jedenfalls ließen sie nun alle Vorsicht fahren und begannen, sich gegenseitig auszuziehen. Vollkommen nackt – eigentlich sichtbar fürs Publikum, aber im Schutz der Dunkelheit – hatten sie sich unter die Decke geflüchtet und bumsten dort hemmungslos: Sie wanden sich auf dem Laken, ließen ihrer Lust freien Lauf und trieben es wild. Doch bereits in der nächsten Szene sollten sie in eben diesem Bett spielen.

Es war ein explosiver, heftiger und ungezügelter Fick, bei

dem sie beide kamen und der sie atemlos zurückließ. Sie hatten sich von ihrer Leidenschaft mitreißen lassen, aber glücklicherweise hatte keiner von ihnen laut gestöhnt oder gar geschrien. All ihre Laute der Lust waren von den Kissen gedämpft worden.

Als sie sich dann bebend in den Armen lagen, machten sie sich mit Schrecken bewusst, was geschehen war, und krochen hastig aus dem Bett. Jeden Moment könnte die Beleuchtung für die nächste Szene wechseln. Rasch suchten sie ihre Kostüme zusammen und zogen sich atemlos zurück. Als oben die Scheinwerfer angingen, hatten Robert und Beth es gerade eben hinter die Kulissen geschafft. Kit und Liz hatten noch auf die Schnelle die letzten verräterischen Kleidungsstücke unter dem Bett verschwinden lassen.

Nach dem Stück waren es Kit und Liz, die bekannt gaben: »Wir wissen, dass es zu Sex gekommen ist, aber wir wissen nicht genau, wer es war. Tatsächlich haben sich zwei getraut, während der dritten Szene im zweiten Akt in dem großen Bett zu bumsen. Das wissen wir, weil wir das hier gefunden haben ...« Liz hielt einen BH hoch. »Wem gehört der?«

»Das ist meiner«, gab Beth leise zu. »Das sollte nicht passieren. Wir haben es nicht geplant. Es waren Robert und ich. Kriegen wir irgendwelche Punkte?«

Einen Moment lang herrschte Schweigen, weil die anderen diese Informationen erst verarbeiten mussten. Schließlich räumte Liz ein: »Ja, ich denke, ihr bekommt eure Punkte, aber ich würde vorschlagen, dass keiner mehr so viel riskiert. Das war verdammt knapp. Das Bett war vollkommen durcheinander, und auf dem Boden lagen Klamotten herum. Wir hatten alle Hände voll zu tun, um wieder für Ordnung zu sorgen.«

Alle schwiegen mit gesenkten Köpfen.

Aber einige Wochen später fing alles wieder von vorn an. Das Spiel war einfach zu gut, um die Finger davon zu lassen. Jenny verwöhnte Kit mit einem Blowjob während der Bankett-Szene in *Macbeth*. Sie hatte sich unter der Festtafel versteckt und nutzte Kits langen, wallenden Mantel als Schutz. Er rückte näher an den Tisch heran und saß ganz still, während sie es ihm besorgte. Doch als er gerade sein Sperma in ihren Mund schoss, wurden sie von Thumper entdeckt, der alles von einem besonderen Aussichtspunkt verfolgte, den sie vergessen hatten.

Fünf Punkte also für Banquos Geist.

Offenes Haus

Als ich den Raum betrat, wusste ich sofort, dass etwas im Gange war. Ich fühlte mich ihren Blicken ausgesetzt. Große Erwartungen lagen in der Luft, und da ahnte ich, dass sie mich am Wickel hatten. Schnell überlegte ich, wie ich mich dabei fühlte, und beschloss, die Sache zu genießen. Was war schon dabei? Ich bin immer bereit, alles einmal auszuprobieren, und die Entscheidung lag ja bei mir.

Natürlich war er da, und ein blondes Paar in den Dreißigern, die mir als verheiratet vorgestellt wurden. Dann wartete da noch eine jüngere, klug aussehende, dunkelhaarige Frau. Alle schauten mich durchdringend an, und die Luft war so aufgeladen, dass man fast einen Schlag bekam.

Da ich wusste, dass alle Blicke auf mir lagen, stolzierte ich geradezu in den Raum. Ich kannte den Typen erst seit zwei Monaten, und an eine richtige Beziehung hatte ich nie wirklich gedacht. Wir trafen uns nur so zum Spaß, hatten Sex und wussten beide, was der eine vom anderen wollte und erwartete. Er war so eine Art Rockmusiker und hatte ein Studio nebenan, was seine Attraktivität natürlich noch steigerte. Mit seinem fast drahtigen und durchtrainierten Körper hatte er einiges zu bieten. Über Stunden schien er seine spielerischen Erkundungen beim Sex durchhalten zu können und kam doch nie als Erster zum Orgasmus. Für mich eine einzigartige Erfahrung. Ich weiß nicht genau, ob er überhaupt richtige Befriedigung fand, weil er ständig diesen hungrigen Ausdruck in den Augen hatte. Aber das sollte mich nicht kümmern. Allzu viel Vertraulichkeit ließ er ohnehin nicht zu.

Ich wusste, dass er noch jede Menge andere hatte und ständig Ausschau nach Beute hielt, aber das war mir egal, weil er immer für mich da war, wenn ich ihn wollte. Er war die personifizierte Lust. Er hatte Sex zur Kunstform erhoben und war erfahren, wenn es darum ging, dem anderen Vergnügen zu verschaffen. Er wusste, wie er meine süßen Qualen in die Länge ziehen konnte, ging auf all meine Wünsche ein und gab mir das Gefühl, besonders und begehrenswert zu sein. Immer verließ ich ihn zutiefst befriedigt. Der Raum war wie geschaffen für das Ausleben sexueller Fantasien: Auf dem Boden lagen jede Menge Kissen, und die Zimmerdecke zierte der blaue Seidenstoff eines Fallschirms. Aus den Falten der Stofffülle lugten kleine rote Lämpchen hervor, die wie kecke Augen zwinkerten und blinkten.

Für diesen Tag hatte er etwas geplant, und ich wusste auch, was. Da ich mich im Zentrum der Aufmerksamkeit wusste, begann ich, mich aufreizend zu bewegen. Ich trug ein leichtes, trägerloses Sommerkleid mit kurzem Rock, aber speziell für ihn hatte ich Seidenstrümpfe und Strapse angezogen. Genüsslich ließ ich mich auf einige Kissen am Boden sinken, sodass mein Rocksaum aufflatterte und über meinen Knien liegen blieb. Meine Strumpfhalter waren gerade so zu erahnen. Während ich es mir weiter verführerisch in den Kissen bequem machte, rutschte mein Rock immer höher, doch ich tat so, als würde ich es gar nicht merken.

Als ich mich kurz darauf vorbeugte, um mein Glas Wein von dem niedrigen Tisch zu nehmen, verrutschte der Ausschnitt meines Kleides, sodass die Wölbungen meiner festen Brüste nicht zu übersehen waren. Sinnlich bog ich den Rücken durch, schüttelte mein langes, blondes Haar zurück und fing an, den anderen von meinen Erlebnissen des Tages zu erzählen, wobei ich zweideutige Andeutungen machte und lachte. Dann fragte ich die anderen, wie ihr Tag verlaufen sei, plauderte und zeigte Interesse. Deutlich spürte ich seinen fragenden Blick. Er schien sich nicht sicher zu sein, wohin das führen würde. Ich legte den Kopf ein wenig zurück, um beim Trinken meinen langen Hals zu präsentieren, streckte die Beine aus und entblößte die Strumpfhalter, als sich der Rocksaum immer höher schob. Schließlich sank ich noch tiefer in die Kissen, streckte die Arme genüsslich über den Kopf und strich mir das Haar zurück.

Daraufhin stellte die blonde Frau ihr Weinglas ab und erhob sich von dem Sofa.

»Ich halte das nicht mehr aus«, sagte sie, ging neben mir auf die Knie, schob beide Hände unter meinen Rock und fing an, über die Innenseiten meiner Schenkel zu streicheln.

Unsere Blicke trafen sich, und in diesem Moment wussten alle, dass ich die Erlaubnis erteilt hatte. Alle erhoben sich von ihren Plätzen, kamen zu mir, und im nächsten Augenblick spürte ich Hände überall auf meinem Körper. Entspannt schloss ich die Augen und genoss es, von Kopf bis Fuß verwöhnt zu werden, ohne noch sagen zu können, wie viele Hände über meinen Leib strichen.

Mir war klar, dass ich einfach still genießen sollte, und daher gab ich mich willig den Freuden hin. Ich spürte, wie jemand meinen Rock hochschob, und hob die Hüften an, damit es schneller ging. Geschickte Finger öffneten den seitlichen Reißverschluss. Ich richtete mich kurz auf, sodass mir jemand das Kleid über den Kopf streifen konnte. Ich trug keine Unterwäsche und hatte nun nur noch meine Strapse und Strümpfe an.

Hände strichen über meine in Seide gehüllten Beine, Fingerspitzen fuhren über die Innenseiten meiner Schenkel und über den dichten Flaum meines Venushügels. Andere Hände streichelten meinen Bauch und meine Brüste, meine Arme, mein Gesicht und über mein Haar. Ich spreizte die Beine, damit die Hände über meine Scham streichen konnten. All die sinnlichen Berührungen versetzten mich in eine Art Schwebezustand. Plötzlich hatte ich das Gefühl, völlig frei zu sein. Es gab keine Vorschriften, keine Hemmungen. Ich wusste nicht genau, ob es Lippen oder feuchte Finger waren, die meine Brustspitzen verwöhnten und hart werden ließen, bis es mich beinah schmerzhaft durchzuckte. Und auch ob es ein Mann oder eine Frau war, der oder die sanft über meine angeschwollenen Sexlippen strich, vermochte ich nicht zu sagen. Längst wusste ich nicht mehr, wo mir der Kopf stand. Ich vergaß, wer und wo ich war, und war nichts als Gefühl. Ich spürte reines Vergnügen und wurde eins mit dem Raum, eins mit den anderen, mit ihren Händen, die mich sacht und sinnlich liebkosten und mir herrliche Freuden bereiteten.

Mein Geist war frei von allen Zwängen, und so schwebte ich in einer zeitlosen, atemberaubenden Sinnlichkeit und merkte zunächst gar nicht, dass mir leises Stöhnen entfuhr. Während ich mich weiter mit geschlossenen Augen den Zärtlichkeiten hingab, in ihnen badete und eins mit meinem Körper wurde, spürte ich, wie sich jemand angenehm schwer auf mich schob und sich drängend in mich drückte. Ich wusste nicht, wer es war. Ich öffnete auch nicht die Augen, um nachzusehen. Es war mir egal. Er drang leicht in mich, sein harter Schwanz glitt weich in meine willige, nasse Wärme. Ich spürte, wie der Schwanz mich ausfüllte und ein Feuer in mir weckte. Langsame, rhythmische Bewegungen, die streichelnden Hände, das Hinein- und Hinausgleiten, keine Gedanken belasteten mich, als die Bewegungen schneller und intensiver wurden und mich immer weiter in Richtung Höhepunkt brachten. Bald spürte ich nur noch ein Stoßen und Reiben, tiefer und schneller, jetzt, ja, jetzt, oh ja, mehr!

Ich konnte nicht mal genau sagen, wo die Explosion ihren Anfang nahm. In mir? Außerhalb meines Körpers? Überall zugleich? Vom Kopf bis in die Zehen spürte ich, wie mich die anschwellende, glühende Woge durchspülte, wie sie sich langsam aufbaute und dann über mir zusammenschlug. Ich verlor mich, während mich eine Welle nach der anderen mit sich riss in die Gefilde purer Ekstase, mich umschloss und wieder freigab, bis ich eins war mit diesen Wellen.

Wie aus weiter Ferne hörte ich zwei Stimmen schreien, und dann kam er in mir: pumpte sich in mich, drang mit seinem Schaft in meine Tiefen und verströmte sich in mir. Es kam mir wie eine Ewigkeit vor. Nur langsam kehrte ich wieder in die Realität zurück und spürte, wie die Hände von mir abließen. Das Prickeln meiner Haut ebbte nach und nach ab. Mit geschlossenen Augen sank ich noch tiefer in die Kissen und stieß einen langen Seufzer aus.

Nach einer Weile öffnete ich die Augen, von Befriedigung beseelt, und schaute mich um. Die junge dunkelhaarige Frau hatte es sich mit gespreizten Beinen auf dem Sofa bequem gemacht und ließ sich von der Blonden verwöhnen, die auf allen vieren vor ihr kniete. Mit der Zunge spielte sie an einer Brustspitze der Dunkelhaarigen und massierte die andere Brust mit einer Hand. Hinter der Blondine kniete er, stieß sich mit langsamen Bewegungen in sie und ließ beide Handflächen über ihre Arschbacken kreisen. Der Mann der Blondine saß derweil auf der Armlehne des Sofas, sah den Frauen zu und massierte rhythmisch seine harte Erektion.

Möglichst unauffällig erhob ich mich und ging barfuß in die Küche. Leise machte ich die Tür zu, weil ich niemanden stören wollte. Am liebsten hätte ich auf dem Sofa mitgemacht, wollte aber nicht als zu gierig wirken. Außerdem wusste ich nicht genau, wie ich mich beim Gruppensex verhalten sollte. Ich machte den Herd an, stellte den Kessel auf die Platte, zündete mir eine Zigarette an und bedauerte es, nicht auch in den Genuss weiblicher Brüste zu kommen. Ich war immer schon ein großer Fan von Brüsten gewesen, aber als heterosexuelle Frau hatte ich noch nie die Gelegenheit gehabt, Titten zu genießen. Während ich bei der Küchenbank stand und rauchte, hörte ich gedämpftes Stöhnen von nebenan. Plötzlich hielt ich es nicht mehr aus. Ich drückte die Zigarette aus, machte die Küchentür auf und sah ins Zimmer hinein. Schon überlegte ich, was ich tun musste, um am Geschehen teilzunehmen.

Die Szene hatte sich verändert. Die Dunkelhaarige ritt inzwischen den Mann der Blonden, warf den Kopf ekstatisch zurück und glitt schnell auf seinem Kolben auf und ab. Währenddessen ließ sich die Blondine immer noch von hinten bumsen, mit schneller und härter werdenden Stößen. Sie hielt sich mit beiden Händen an der Sofalehne fest, und ihre Brüste wippten bei jedem Stoß vor und zurück.

Ich sah meine Chance, ging durch den Raum – immer noch mit Seidenstrümpfen und Strapsen –, kletterte über die Sofalehne und glitt so unter die Blondine, dass sie sich von da an auf meinen Knien abstützen konnte, ohne dass er hinter ihr aus dem Rhythmus kam. Ich umschloss ihre vollen Brüste mit beiden Händen, drückte sie zusammen und presste mein Gesicht in das Tal zwischen ihren Titten. Schließlich drehte ich den Kopf ein wenig, nahm einen Nippel in den Mund und spürte, wie er hart wurde. Es fühlte sich toll an. Ich ließ meine Zungenspitze um die Knospe kreisen, nahm den Nippel zwischen die Lippen und sog fest daran. Die Blondine schrie vor Lust auf. Dann widmete ich mich der anderen Brust und erregte den Nippel auf die gleiche Weise. Gleichzeitig knetete ich die andere Brustspitze zwischen Daumen und Zeigefinger und drückte und zog sacht. Die Frau stöhnte leise.

Aus den Augenwinkeln sah ich das andere Pärchen, das es heftig trieb. Mir fiel auf, dass die Dunkelhaarige hinter sich gegriffen hatte, mit der Hand leicht über seine Eier rieb und die Wurzel seines Schwanzes streichelte.

Derweil schob ich mich weiter unter die hängenden Brüste der blonden Frau, griff mit einer Hand unter ihren sich vor- und zurückbewegenden Körper und tastete nach ihrem Busch. Mit dem Zeigefinger fand ich ihre harte, geschwollene Perle und berührte seinen Schwanz, der sich beständig in ihre Spalte trieb. Er stöhnte. Mit der Feuchtigkeit am Finger, die seinen festen Schwanz umgab, tastete ich mich wieder zu ihrer hungrigen Klitoris und übte Druck aus. Die Blondine kam wie aus dem Stand zum Höhepunkt, wurde von Krämpfen geschüttelt und stieß kehlige Schreie der Lust aus. Das stimulierte wiederum die anderen, sodass der Raum plötzlich erfüllt war von heiseren Schreien und tiefem Stöhnen, weil sie alle gleichzeitig kamen. Ihre Körper erschlafften mit der sich ausbreitenden, tiefen Befriedigung. Ich nahm den Duft der Pussys und der feuchten Schwänze wahr, und auch mein Atem ging schneller in dieser überwältigenden erotischen Atmosphäre.

Ich blieb noch eine Weile mit dem Gesicht zwischen den Brüsten, sog leicht an ihren Spitzen und war nicht bereit, die weiche Behaglichkeit aufzugeben. Männer haben immer den Spaß, dachte ich, ehe ich für mich ergänzte: Na, vielleicht nicht den ganzen, obwohl Brüste wirklich ein Plus sind. Als wir alle wieder klar denken konnten, nahmen wir das schrille Pfeifen wahr, das uns in unserem Sexrausch offenbar entgangen war. Unsere Schreie hatten dieses Pfeifen übertönt, das sich irgendwie kläglich anhörte.

»Ach, ja.« Ich kicherte. »Hatte ich ganz vergessen. Möchte einer von euch eine Tasse Tee?«

Nach der Teepause wurde mir klar, dass dies erst der Anfang gewesen war. Der Plan sah vor, dass wir alle zum Abendessen ausgingen und später zurückkehrten, um die Orgie fortzusetzen. Mein Körper vibrierte schon in fiebriger Erwartung, die Sexspiele wieder aufzunehmen, wusste ich doch, dass ich süchtig war nach dieser Form der Unterhaltung. Beim Abendessen ließen wir noch einmal Details unseres gemeinsamen Vergnügens aufleben und überlegten uns neue pikante Dinge für später. Der Fantasie waren keine Grenzen gesetzt. Unerhörte Ideen lösten Prusten und Lachen aus, sobald klar war, dass die vorgeschlagenen Stellungen nicht durchführbar waren – denn schließlich war keiner von uns Akrobat.

Es dauerte nicht lange, und die Mischung aus Wein und erotischer Unterhaltung machte uns alle wieder scharf. Da das Eis einmal gebrochen war, gab es keine Hemmschwellen mehr zwischen uns. Wir fingen an, uns gegenseitig zu liebkosen, sowohl über als auch unter dem Tisch. Ich sah, wie beide Männer unruhig auf ihren Stühlen hin und her rutschten, und wusste, dass sie in den Hosen mit ihren harten Wölbungen zu kämpfen hatten. Inzwischen fragte ich mich, ob es so klug gewesen war, die Unterwäsche komplett zu Hause zu lassen, weil ich feucht wurde. Ich sah das Leuchten in den Augen der anderen Frauen, ihre vor Aufregung geröteten Wangen, und ahnte, dass ich genauso fiebrig aussah. Ich fuhr mir mit der Zunge über die Lippen und konnte eben noch der Versuchung widerstehen, meine Hand auf meinen Venushügel zu legen. Ich fragte mich, welche der vielen Möglichkeiten und

Kombinationen, die wir erwähnt hatten, wir letzten Endes umsetzen würden.

Schließlich verließen wir das Restaurant, erregt und begierig auf mehr Sex. Sowie wir die Wohnung betreten hatten, entledigten wir uns in Sekundenschnelle unserer Klamotten und fielen nackt übereinander her. Angestachelt von der heißen Atmosphäre, tasteten bald unsere Zungen und Hände über unsere Körper, und harte Schwänze suchten jede erdenkliche Öffnung, die sich ihnen bot. Die Blonde und ich verwöhnten uns gegenseitig in der 69er-Stellung, wobei sie über mir kniete. Zunächst leckten wir über unsere Nippel und Brüste und streckten unsere Hintern raus, während die Dunkelhaarige und der Mann der Blonden hinter uns knieten, durch unsere Spalten leckten und mit ihren Zungen in unsere Muschis stießen. Genüsslich verteilten sie unseren Saft auf unseren pochenden Perlen. Mein Typ hockte derweil hinter dem Mann der Blondine und strich ihm mit beiden Händen über den Steifen und die Eier.

Allmählich fanden wir alle in einen Rhythmus, wechselten die Positionen und tauschten Finger oder Zungen an unseren Öffnungen gegen pralle Schwänze, bis keiner von uns mehr genau wusste, wer gerade was machte oder wer in wem war. Jegliche Hemmungen waren von uns abgefallen, und ich ließ mich in die Freiheit fallen, die mir dieses Reich des Sinnlich-Erotischen bot. Während ich gerade in der Weichheit zweier Brüste versank, drängte sich ein Schwanz vor mein Gesicht. Willig nahm ich ihn in den Mund. Während er sich in mich stieß, wurde mein Schoß von einer gierigen Zunge erobert, die über meine Sexlippen glitt und heiße Schübe des Verlangens in mir auslöste. Raue Hände massierten derweil meine Brüste, und jemand anders ließ seine Zunge auf meinen exponierten, sonnengebräunten Pobacken spielen.

Als der Schwanz wieder aus meinem Mund verschwand, fand ich wieder zu den üppigen Brüsten zurück und zog eine der harten Knospen in meinen Mund. Halb erstickt unter der weichen Fülle der Titten, spürte ich Finger zwischen meinen Sexlippen, tastende, drängende, stoßende Finger. Ich drückte mich gegen die Hand, und mein Becken war heiß vor Verlangen nach Erlösung.

Der Schwanz kehrte zu meinem Gesicht zurück, vielleicht war es auch ein anderer. Ich ließ meine Zunge um die Eichel kreisen, ehe ich ihn tief in den Mund nahm und den salzigsüßen Saft der Muschi schmeckte, in der er eben noch gesteckt hatte. Unterdessen trieben sich die Finger tiefer und schneller in meinen Tunnel, und die Atmosphäre war aufgeladener denn je. Der stoßende Kolben in meinem Mund wurde härter und drängender.

Mit einem Mal hatte ich, nach einem erneuten Stellungswechsel, eine Muschi im Gesicht. Blindlings suchte ich die kleine Knospe und sog daran, während der feuchte Busch an meiner Nase kitzelte. Mir schwanden vor Lust fast die Sinne, und ich krallte mich mit den Fingernägeln in die weichen Schenkel. Ein langer, fester Schwanz pumpte sich in meine Pussy, ersetzte die Finger und füllte mich aus. Schnell schlang ich die Beine um die schmalen Hüften seines Besitzers und stieß mich hart gegen seinen Rhythmus. Währenddessen leckte ich fester über die Perle der Pussy, die sich an meinem Gesicht rieb. In diesem Zustand der Erregung hatte ich alles um mich herum ausgeblendet.

Die verschiedenen Sexpartner verschwammen vor meinen Augen und wurden zu einer Einheit, während sich mein Höhepunkt bereits ankündigte. Unser Rhythmus beschleunigte sich, und die einzelnen Akteure schoben, stießen und drängten dem einen Ziel entgegen. Wir schwebten im freien

Raum, hatten alles um uns herum vergessen, drohten unterzugehen und erlebten ekstatische Momente, die sich meiner bisherigen Vorstellungskraft entzogen hatten. Und als uns die alles mit sich reißende Kraft des Höhepunkts erfasste, stöhnten und schrien wir wie aus einem Munde, bis ich das Gefühl hatte, die Grenzen des Bewusstseins hinter mir gelassen zu haben. Dunkelheit umfing meinen Geist, und es gab einen kurzen Moment vollkommener, allumfassender Harmonie. Plötzlich kannte ich die anderen so genau wie mich selbst. Es war ein Augenblick, den ich nicht so schnell vergessen würde.

Ganz allmählich nahm der Raum um mich herum wieder Konturen an, und ich spürte mich allein, inmitten der anderen.

»Großer Gott!«, hörte ich einen der beiden Männer wie aus großer Ferne ausrufen. »Was war das denn?«

Eine Weile saßen wir im Kreis auf dem Fußboden und hatten einander die Arme um die Schultern gelegt. Langsam beruhigte sich unser Atem wieder, und nach und nach war jeder von uns wieder er selbst. Instinktiv schienen wir alle zu ahnen, dass wir dieses Erlebnis nicht noch einmal in dieser Intensität wiederholen konnten, und daher genossen wir schweigend die Nachbeben in uns, bevor wir uns schließlich voneinander verabschiedeten.

Ich wusste, dass wir uns nicht wiedersehen würden. Wozu auch. Dem, was wir erlebt hatten, war nichts mehr hinzuzufügen.

Blutsbande

Ziellos streifte er durch die Stationen der Klinik. Er wollte nur seine unersättliche Neugier stillen. Inzwischen verbrachte er die meiste Zeit hier und kannte den Ort daher so gut wie andere Leute ihr Zuhause. Aufmerksam verfolgte er die Schichtwechsel, kannte die Namen aller Angestellten und wusste viele persönliche Details über die Leute um sich herum. Bei jedem Patienten in jedem Bett wusste er, um welche Krankheit es ging und wie sie behandelt wurde, und immer wieder erstaunte es ihn, wie viele unterschiedliche Menschen hier an diesem Ort zusammenkamen.

Ganz besonders faszinierten ihn die Säuglinge auf der Entbindungsstation. Das Entstehen neuen Lebens hatte ihn schon immer verblüfft und ihn mit einer Mischung aus Neid und Verlangen erfüllt, mit einem schmerzhaften Gefühl des Verlusts. An diesem Abend galt sein Interesse einer Patientin, die erst vor Kurzem auf die gynäkologische Station gekommen war. Sie war irgendwie anders, und es umgab sie etwas Leichtes, Himmlisches. Sie litt unter akuter Anämie und bekam eine Bluttransfusion, und damit konnte er sich identifizieren, da es Übereinstimmungen mit seiner eigenen Situation gab. Außerdem glaubte er, dass unter all denen, die kamen und gingen, speziell *sie* in der Lage sein könnte, mit ihm zu kommunizieren. Es gab da auch noch ein paar andere, die er allerdings sorgsam mied.

Normalerweise konnte niemand mit ihm kommunizieren.

Denn er war unsichtbar und anonym, obwohl er immer unter ihnen wandelte. Er hatte auch einen Namen, eine Art Namen, aber der war anders als alle anderen Namen und ließ sich nicht so leicht ins Englische übersetzen. Der Name war eher eine Beschreibung, die an eine Aufeinanderfolge von Noten erinnerte, und sie bedeutete in etwa »der Einsame, der zwischen den Sphären wandelt«. Da ihm keine passende Übersetzung einfiel, bezeichnete er sich selbst gern als Skydancer.

Er trat neben das Bett, in dem sie lag. Sie war nach einer Narkose nur halb bei Bewusstsein, und ihr Anblick verschlug ihm den Atem. Wie sie so dalag, mit geschlossenen Lidern und ihrem blonden Haar, das ihr erhabenes, blasses Antlitz umfächerte, glaubte er, nie etwas Schöneres gesehen zu haben. Unter der dünnen Bettdecke zeichneten sich ihre Gliedmaßen ab, und sie lag so vollkommen still und reglos da, dass er sich fragte, ob sie wirklich menschlich war oder doch ein Engel auf Erden. Als hätte es einer Bestätigung bedurft, spürte er, wie ihr Geist ihn berührte, während ihr Bewusstsein – aufgrund der Narkose und der Schmerzen – leicht über ihr schwebte, vorübergehend losgelöst von ihrem verletzten Körper. Und diese Berührung fühlte sich an wie die feine Gaze der Elfen.

Sein Herz setzte einen Schlag aus. Dieser Wachzustand war die gefährlichste Zeit für ihn, und er wusste, dass er nicht andauern würde. Aber er vermutete, dass sie die geheime Gabe auch bei Bewusstsein hatte. Er schätzte sogar, dass sie nie ganz von ihrem irdischen Körper in Beschlag genommen wurde. Wie im Rausch starrte er sie an, und für einen kurzen Moment befürchtete er, sie könne ihn wahrnehmen. Dazu wollte er es nicht kommen lassen, und so wandte er sich von ihr ab, floh aus dem Zimmer und flüchtete sich in einen Raum, wo er seine Fassung wiedererlangen konnte. Noch nie hatte sein Herz so gerast, nie hatten seine Sinne so viele Eindrücke verarbeiten müssen. Er wusste nicht recht, wie er damit umgehen sollte. Seine besondere Beschaffenheit ließ dies nicht zu.

Renatas Geist war nicht in ihrem Körper. Er hatte ihn verlassen, damit ihr Körper sich von den Strapazen der Operation erholen konnte. Aufgrund des Narkosemittels erfreute sich ihr Bewusstsein großer Freiheit und schwebte in einer angenehmen Dimension, in der weder Gedanken noch Gefühle eine Rolle spielten. Dieser Zustand war ihr vertraut, da sie seit Jahren meditierte, und sie hatte für sich festgestellt, dass sie ihn der realen Welt vorzog. Losgelöst von der Wirklichkeit schwebte sie in einer Zwischenwelt des Friedens und Träumens.

Dennoch war sie sich sicher, die Anwesenheit von jemand anderen gespürt zu haben. Allerdings war sie nicht imstande, ihre Aufmerksamkeit darauf zu lenken, und konnte daher nicht mit Bestimmtheit sagen, um was oder wen es sich handelte. Sie hatte das Gefühl gehabt, dass ein Mann in ihrer Nähe war, eine sanfte Erscheinung, von Wehmut und Kummer erfüllt. Für den Bruchteil einer Sekunde hatte sie ein zärtliches, liebevolles Mitgefühl verspürt, aber dann war sie wieder in die Bewusstlosigkeit abgetaucht.

Als sie am nächsten Morgen aufwachte, hatte sie alles nur für einen Traum gehalten, dessen Details bruchstückhaft und unverständlich waren. Aber die Vorstellung, dass jemand an ihrer Seite war, blieb und verblasste auch nicht. Daher beschloss sie, dieses Gefühl in ihre Meditation aufzunehmen, sobald sie dazu in der Lage wäre.

Nach zwei Tagen unternahm sie den Versuch und spürte, dass er nicht weit entfernt war. Er merkte, dass sie nach ihm suchte, und konnte ihr nicht widerstehen. Seine Neugier war immer schon stark gewesen, und sie – mit ihrer grazilen, eleganten Schönheit, die seiner so ähnlich war – zog ihn an wie ein Magnet. Sie fühlte sein Kommen und lächelte. Konzentriert schloss sie die Augen, während er in erstaunter Ehrfurcht verharrte. Er war sichtbar für sie, und sie selbst war von einem glühenden Strahlen umfangen, das ihm wie ein Zauber erschien.

»Du kannst mich sehen!«, brach es aus ihm hervor.

»Ja, natürlich kann ich dich sehen. Wer bist du? Warum bist du hier?«

»Ich hätte mich dir nicht zeigen dürfen! Du dürftest gar nicht mit mir reden! Das sollte nicht passieren! Ich bin schon seit Jahren hier, aber nie hat mich irgendjemand gesehen. Dafür habe ich immer gesorgt. Ich möchte keinem wehtun. Dieser Ort war perfekt für mich, aber jetzt darf ich nicht länger verweilen.«

»Warum nicht? Ich will dich nicht erschrecken. Erzähl mir, wer du bist und warum du hier bist. Niemand wird je davon erfahren. Du bist doch kein Geist, oder? Nein, du bist kein Geist, aber du bist auch kein Engel. Du bist sehr schön. Was bist du?«

»Dir würde es nicht gefallen. Ihr habt hässliche Namen für uns, und wir haben einen schlechten Ruf, aber das sind Vorurteile, die von Furcht und falschem Verständnis herrühren. Ich möchte nicht, dass du Angst vor mir hast.«

»Ich habe keine Angst vor dir. Deine Anwesenheit ist angenehm. Ich weiß, dass du mir nichts Böses willst, aber was stimmt dich so traurig?«

»Mein Neid.«

»Du bist neidisch? Auf was?«

»Auf dein Leben. Deine Gefühle und Empfindungen.«

»Das verstehe ich nicht.«

»Ich bin eine Art Geist, aber ich bin nicht tot und gehöre eigentlich nicht hierher. Ich gehöre in eine andere Dimension, die deiner Welt sehr unähnlich ist. Es lässt sich am besten beschreiben mit ›wischen den Welten‹. Man nennt uns die Untoten, aber das ist nicht korrekt. Wir sind vielmehr die Ungeborenen. Ich hatte nie einen Körper wie du und werde auch nie einen haben, daher kann ich Emotionen nur dann erfahren, wenn ich sie mir ›borge‹, von einem Leben und Körper wie deinem. Auf diese Weise erhalte ich ein bisschen mehr Substanz, und dann fühle ich, wie du fühlst, und habe emotionale Erlebnisse. Aber wenn ich aufhöre, mir diese Emotionen zu borgen, kehre ich zurück in die körperlosen, spirituellen Gefilde, in denen es nur Bewusstsein und Geist gibt. Ohne den stetigen Fluss von Lebenskraft habe ich keine Substanz. Bis vor Kurzem konnten wir das nur auf einem Weg erlangen: Wir nahmen Blut aus einem lebenden Körper, natürlich mit Zustimmung der Person. Aber seit es Bluttransfusionen gibt, eröffnet sich uns eine Alternative. Die meisten von uns halten sich in der Nähe einer Blutbank oder einer Klinik auf. Vieles wird dadurch leichter, dass wir nicht zu sehen sind und so jenem furchtbaren Ruf entfliehen können, den die Angst der Menschen um uns herum erschaffen hat.«

»Du bist ein Vampir?«

»Dieses Wort hasse ich. Mein einziges Vergehen ist mein Neid. Ich kann nicht geboren werden, aber ich sehne mich nach euren Gefühlen. Ohne Blut kann ich aber keine Gefühle erleben.«

Die Mischung aus Kummer und Sorge, die er ausstrahlte, drang wie ein eisiger Windhauch in ihr Bewusstsein, und Renata zitterte unkontrolliert.

»Es tut mir leid«, sagte er voller Reue. Darauf folgten Besorgnis und ein Hauch von Mitleid. »Ich hatte vergessen, dass du mich so deutlich wahrnehmen kannst. Meine Gefühle sind zu stark für dich. Ich muss versuchen, sie zu kontrollieren, damit sie dich nicht überwältigen.«

Renata verspürte ein Stechen im Herzen. Tränen liefen ihr aus den geschlossenen Augen. »Du musst so einsam sein.«

»Einsam? Oh ja, das mag stimmen. Daran hatte ich noch gar nicht gedacht.« Kaum hatte er gesprochen, als er sich bewusst machte, dass dieses Gespräch und dieses Miteinander eine so anregende und belebende Erfahrung war, dass er sich fragte, ob er so etwas je zuvor erlebt hatte. Die Dankbarkeit und Freude, die ihn daraufhin durchströmten, sandten eine Woge aus Emotionen durch Renata, die sie mit Wärme und Vergnügen erfüllte. Ihr Herz begann zu pochen, und ihr Atem beschleunigte sich. All dies spürte auch er, da sie sich auf telepathischer Ebene trafen.

In liebevollem Schweigen ließen sie zu, wie diese Empfindungen und das Gemeinschaftsgefühl sich ausdehnten und in ihnen aufblühten. Gemeinsam gingen sie auf in einem ekstatischen Zustand der Seelenverwandtschaft. Wabernde, bunte Schwaden umgaben sie in klaren, kaleidoskopartigen Lichtreflexen aus blauen, pinkfarbenen und rötlichen Sprengseln und ließen sie in einer schillernden Weichheit baden. Langsam schwebten sie durch Raum und Zeit, jenseits ihres Selbst in die Ewigkeit.

Plötzlich brach er den Kontakt ab, und die abrupte Trennung löste in ihr ein schmerzhaftes Gefühl aus. »Nein!«, rief er. »Du gehörst hierher. Das können wir nicht tun.«

Er löste sich vollends von ihr, floh den Korridor hinunter und zog sich mit seiner Geisteskraft zurück. Sie fühlte sich mit einem Mal schrecklich allein gelassen. Als Renata wieder richtig zu sich kam, liefen ihr Tränen über die Wangen. Ihr

Körper stand in Flammen vor ungestilltem Verlangen nach seiner Berührung. Sie war sowohl dankbar als auch von Kummer erfüllt. Die Schönheit und Reinheit dieser Verbindung war genau das, was sie sich immer erträumt hatte. Stets hatte sie tief in ihrem Herzen geahnt, dass so etwas möglich war, doch jetzt musste sie feststellen, dass sie es auch schon wieder verloren hatte.

Er kam nicht wieder zu ihr, ganz gleich, wie verzweifelt sie nach ihm rief. Und als sie schließlich aus dem Krankenhaus entlassen wurde, verspürte sie einen schmerzlichen Verlust. Zu Hause musste sie sich noch schonen und ihre Aktivitäten auf ein Mindestmaß reduzieren. Viele Stunden verbrachte sie in Meditation, und ihr Herz suchte jede Minute nach ihm.

Er hielt sich versteckt und versuchte, nicht auf sein Herz zu hören, aber er kam nicht umhin, sich an der Blutbank zu bedienen. Denn selbst diese Leidenschaft und dieser Schmerz waren besser als überhaupt kein Gefühl, und er konnte der beharrlichen Sehnsucht zu leben nicht länger widerstehen. Er wollte leben, echte Gefühle haben. Doch er rang mit seinem Gewissen, wusste er doch, dass es nur einen Weg für sie beide gab, zusammen zu sein – und den Preis dafür würde sie zahlen müssen. Er hatte schon vor langer Zeit Opfer gebracht und die Gefilde des Geistlichen verlassen, in denen es vollkommenes Glück gab, um in diesem verrückten Durcheinander der Gefühle sein zu können. Er wusste, welchen Preis Renata zahlen müsste, und würde sie daher nicht fragen.

Er spürte, dass sie nach ihm rief, und aufgrund der fein aufeinander abgestimmten Natur ihrer Kommunikation nahm er wahr, wie ihr das Herz brach. Genau wie seines. Nach und nach wurde sein Widerstand schwächer, bis er schließlich davon überzeugt war, dass er nicht länger leben konnte, ohne dieses sehnsüchtige Verlangen zu stillen. Mehrere Tage verbrachte er damit, sich an der Blutbank gütlich zu tun, was zu einiger Verwirrung bei den Angestellten führte. Plasmabeutel waren plötzlich leer. Doch er musste vollständig körperlich sein, ehe er es wagen durfte, Renata mit seinem Angebot zu konfrontieren.

Wochen vergingen, und Renata wurde wieder gesund, aber immer noch lag Kummer auf ihrem Herzen und lähmte ihren Lebensgeist. Inzwischen suchte sie ihn während der Meditationen eher aus Gewohnheit, ohne noch daran zu glauben, ihn wirklich zu erreichen. Dennoch konnten sich ihr Herz und ihr Körper gegen alle Vernunft nicht mit dem Verlust abfinden. Und genau auf dieser Wellenlänge des Sehnens fand er sie, flog durch das offene Fenster und landete neben ihrem Bett. Sie begrüßte ihn mit so großer Verzückung, dass er vor Freude weinen musste.

Sie umarmten einander, verloren sich in einem innigen Kuss, dem Leidenschaft und drängendes Verlangen innewohnten. Ihre großen, geschmeidigen Körper – beide waren sie blass und weich und hatten lange Beine – schoben sich sehnsuchtsvoll übereinander. Ihre Zungen berührten sich, und mit den Händen erkundeten sie sich gegenseitig. Die locker sitzende Kleidung fiel ihnen von allein vom Leib, und ihre nackte Haut leuchtete, als sei sie von einem weichen, changierenden Film überzogen. Sein schillerndes dunkles Haar war so ganz anders als ihre glänzende blonde Haarpracht. Wie berauscht zeichnete er die Konturen ihrer fein gerundeten Brüste nach, umschloss die Wölbungen mit der Hand und schob seine Lippen über Renatas harte Nippel. Lange ließ er seine Zunge dort kreisen, sog an den Spitzen und badete in dieser neuen Sinnlichkeit und dem prickelnden Vergnügen der Berührungen. Gefühle flossen und strömten wie Wasseradern zwischen ihnen, und heißes Begehren schoss durch ihre Leiber. Die Lust, die sie wie flüssiges Feuer durchströmte, war so übermächtig, dass sie kaum Luft bekamen.

Mit einem qualvollen Schrei stieß er sich von ihr, rang nach Luft und verfiel in ein Schluchzen, das aus seinem Innersten kam. Sie klammerte sich an ihn, als drohe sie zu ertrinken.

»All das hier hat seinen Preis!«, keuchte er. »Du musst die Konsequenzen kennen. Wenn wir uns vereinigen wollen, bin ich gezwungen, ein wenig von deiner Lebenskraft zu nehmen. Ich kann dich sonst nicht lieben. Aber ich werde dir nicht das Leben nehmen und dich auch nicht krank machen, und du wirst nicht wie ich werden. Das verspreche ich dir. Ich werde dir nie wehtun. Aber du kannst auch nicht so bleiben, wie du jetzt bist. Und da wäre noch etwas ...«

»Es ist mir egal, was ich tun muss, wenn ich nur bei dir sein kann. Bitte verlass mich nicht wieder. Bitte. Was muss ich tun?«

»Du wirst zu einem Geschöpf zwischen den Welten. Weder gehörst du der einen noch zu der anderen Welt, aber mit jedem Tropfen, den ich dir abnehme, wirst du dich der Dimension nähern, die ich bewohne. Dein Körper wird wie ein gewöhnlicher menschlicher Körper sein und wird normal altern und sterben, aber das wird nicht länger von Bedeutung sein, denn dein Geist wird in eine andere Sphäre gezogen, in einen anderen Bewusstseinszustand. Das wird sehr schmerzhaft für dich sein.«

Renata lachte. »Das ist alles? Weißt du denn nicht, dass es

immer schon so für mich war? Ich fühle mich hier sowieso nicht richtig zu Hause. Wenn ich also die meiste Zeit woanders sein werde, wäre das für mich ein Segen und kein Fluch. Und ich werde bei dir sein können. Versprich mir nur, dass ich immer bei dir sein kann.«

Er ging vor ihr auf die Knie, lehnte seinen Kopf an ihren Bauch und weinte wie ein Kind. Sie streichelte über sein dunkles Haar, und er verteilte feurige Küsse auf der cremeweißen Haut rund um ihren Bauchnabel, ehe er sich ihren geschwungenen Hüften widmete. Sie zog ihn hoch, führte ihn zum Bett, und eng umschlungen sanken sie auf das Laken. Er strich ihr das volle, blonde Haar aus dem Gesicht, worauf sie ihm ihren langen, milchweißen Hals darbot. In ihren Augen leuchteten Liebe und Begehren.

Er sah in ihre Augen, und als er dort nur Bereitschaft und Hingabe entdecken konnte, senkte er mit einem langen, kehligen Laut seinen Mund auf ihre zarte Halsbeuge. Mit seinen scharfen Eckzähnen durchdrang er ihre Haut, und Renata spürte, wie ein heißes Zucken durch ihre Pussy ging, gefolgt von einer glühenden Woge übermächtiger Lust. Während er von ihr trank und ihre Haut mit den Fingern straffte, sodass Renata nur mit Mühe atmen konnte, suchte sich seine Erektion zwischen ihren Schenkeln den Weg und drang mit der Schärfe einer Klinge in sie. Sie war nass und eng und zog ihn tiefer in sich, ehe sie sich seinem drängenden Schwanz entgegenstieß. Noch immer sog er ihren Lebenssaft in sich auf, und ihre Muschimuskeln spannten sich um seinen pumpenden Schwanz. In diesem Rhythmus gefangen, liebkosten sie sich leidenschaftlich mit den Händen und spürten, wie ihre Hüften heftig aneinanderschlugen. Schließlich kamen sie gleichzeitig und fühlten sich buchstäblich in ungeahnte Höhen katapultiert.

Renata vermochte nicht zu sagen, wo sie sich befanden, aber sie wusste, dass sie selbst nie in diesen schwindelerregenden Gefilden gewesen war. Der mitternachtsblaue Himmel war übersät von blinkenden Sternen, sodass sie an die Lichtermeere in der Guy-Fawkes-Nacht denken musste. Und er war bei ihr und flog mit ihr durch den lichtsprühenden Himmel. Sie lachten und weinten und wurden eins mit dem unendlichen Raum, und noch immer bebten ihre verzückten Leiber vor Lust. Sein Samen schoss tief in sie, während ihr das warme Blut über den Hals rann. Immer und immer wieder durchströmten sie die Fieberschübe ihres Orgasmus, bis sie sich erschöpft in den Armen lagen, ausgelaugt und völlig verausgabt.

Mental blieben sie miteinander verbunden, trieben unterhalb der Wolken und vernahmen die ätherischen Laute und Farbspiele einer anderen Welt, getragen von Glückseligkeit, sorglos und keine Konsequenzen fürchtend. Ihre Körper schliefen, während sie durch die Nacht flogen, sich mit den Gedanken anderer schwebender Geschöpfe verbanden, angetrieben von den Engelsschwingen und durchdrungen von der Herrlichkeit himmlischer Anmut, die den Sterblichen verborgen bleibt.

Morgen würde er sich der Sache annehmen. Morgen würde er ihr beibringen, wie man sich in beiden Welten bewegte. Es würde schwer für sie sein, nicht ständig in seiner Welt bleiben zu wollen. Doch noch schwerer würde es für sie sein, die anderen Menschen davon zu überzeugen, dass sie nicht verrückt wurde. Aber über all das würden sie erst morgen nachdenken. Der heutige Tag war allein der Liebe vorbehalten. Ihr glückliches Lachen durchdrang die himmlischen Sphären und sandte Wellen der Freude direkt in Gottes Herz.

Türkische Freuden

Phyllida, für ihre Freunde kurz Philly, war siebenundzwanzig und hatte noch nie einen Orgasmus gehabt, zumindest nicht im Beisein einer anderen Person. Dabei hatte sie drei längere Affären gehabt. Aber das lag nun alles schon mindestens zwei Jahre zurück. Verzweifelt und frustriert wegen ihrer langen »Trockenzeit« hatte sie sich einen Sexratgeber für Frauen besorgt und darin erfahren, wie sie sich selbst stimulieren und befriedigen konnte. Beim ersten Mal hatte es extrem lange gedauert und ihr nicht allzu viel Freude gemacht, aber es war dennoch ein großer Triumph für sie gewesen. Schließlich hatte sie sich schon eingeredet, irgendetwas sei bei ihr anatomisch oder auf andere Weise körperlich nicht in Ordnung, und daher war es eine große Erleichterung für sie – wenn auch nicht besonders lustvoll –, als sie herausfand, dass alles so war, wie es sein sollte. Bald war sie zwar ein bisschen besser und auch sicherer geworden, ahnte jedoch, dass das noch nicht alles gewesen sein konnte.

Außerdem hatte sie in dem Handbuch von Praktiken und Formen des Vergnügens gelesen, von denen sie nie zu träumen gewagt hatte. Sie war auf seltsame und aberwitzige Bezeichnungen gestoßen wie Fellatio und Cunnilingus, die große Sinnlichkeit verhießen. Jetzt, da sie wusste, dass es solche Aktivitäten gab, denen sich Menschen auf der ganzen Welt hingaben – nur sie selbst nicht –, war sie begierig darauf, diese Praktiken selbst auszuprobieren. Was die Theorie betraf, so war sie längst Expertin. In dem Buch hatte sie erfahren, wie man die Zunge am besten spielen ließ, wie man genüsslich sog und erkundete und wie man verhinderte, dass die Zähne Schaden anrichteten. Sie wusste nun auch, dass der Penis vorn einen kleinen Schlitz besaß und dass der Schaft stark auf den Druck der Finger oder einer Hand ansprach. Inzwischen hatte sie auch erfahren, dass sie etwas besaß, das Klitoris genannt wurde, und sie hatte entdeckt – was bislang keinem Sexpartner gelungen war. Mit einem Spiegel hatte sie sich selbst erforscht und zwischen den geschwollenen und feuchten Lippen getastet, bis sie wusste, was ihr Vergnügen verschaffte. Sie hatte sogar ihren Sex-Punkt entdeckt, und zwar so eindeutig, dass sie nur Verachtung für jene Anatomen übrig hatte, die behaupteten, etwas Derartiges gebe es nicht, genauso wenig wie den vaginalen Orgasmus. Ihre Experimente mit dem Vibrator hatten all diese »Experten« Lügen gestraft. Aber ihr neues Wissen blieb im Wesentlichen Theorie, und sie war sich bewusst, dass ihr damit etwas Entscheidendes entging.

Ihren ersten Liebhaber, mit dem sie ein paar Jahre zusammengelebt hatte, bezeichnete sie inzwischen nur noch als »den Wichser«. Er war ein nervös-ängstlicher, von Schuldgefühlen geplagter, neurotischer Mann, der wie unter Zwang jeden Tag Sex brauchte. Daher wurde er immer mürrisch und bekam schlechte Laune, wenn sie sich ihm verweigerte. Um sich in Stimmung zu bringen, sog er an einem ihrer Nippel, stieß sich dann direkt in sie und kam sofort. Schon bald hatte sie alle Hoffnung auf Erfüllung aufgegeben und lag nur passiv unter ihm. So hatte ihr Sexleben mit diesem Mann ausgesehen, und sie ließ sich nur deshalb darauf ein, weil sie davon überzeugt war, dass Liebe wichtiger sei als Sex. Erst nach Jahren ging ihr auf, dass sie ihn überhaupt nicht geliebt hatte.

Für ihren zweiten Liebhaber, mit dem sie nie zusammengelebt hatte, den sie aber über einen Zeitraum von zwei, drei Jahren regelmäßig gesehen hatte, war ihr die Bezeichnung »Mönch« eingefallen. Er hatte ihr nie erlaubt, ihn anzufassen, es sei denn, er wollte Sex, aber dazu kam es auch nur alle zwei oder drei Wochen. Dann streichelte er zwar ihre Brüste und ließ sich von ihr küssen, aber nur oberhalb der Taille. Sie durfte seinen Schwanz mit einer Hand drücken, bis er steif wurde, und wenn er dann ohne weiteres Vorspiel in sie eindrang, bewegte er sich in einem trägen, monotonen Rhythmus in ihr, ohne einen Funken Leidenschaft zu zeigen. Irgendwann hielt er plötzlich inne und gab ein kurzes Stöhnen von sich. Sie wusste dann, dass er ejakuliert hatte, aber aufgefallen wäre es ihr sonst kaum, weil er zu keinem Zeitpunkt das Tempo erhöht hatte.

Der dritte Liebhaber, der genauso schnell in ihr Leben geplatzt war, wie er sich wieder davongemacht hatte, war für sie nur »das Tier«. Er stand auf heftiges Bumsen, also auf harten Sex ohne Raffinessen. Es gab kein Vorspiel und keinerlei gefühlsmäßige Verwicklungen. Meistens nahm er sie hart von hinten oder legte sich ihre Beine über die Schultern, damit er sich noch fester und schneller in sie treiben konnte. Hatte er einmal seine Ladung abgeschossen, war er zufrieden und nicht länger an körperlicher Nähe interessiert. Über Nacht blieb er nie. Zuerst hatten sie seine Lust und sein Feuer fasziniert, weil er so anders war als die Vorgänger, doch dann waren ihr die Gemeinsamkeiten mit den anderen Typen aufgefallen. Diese Affäre nahm ein jähes Ende, als er sich bei einer Gelegenheit in seinem selbstsüchtigen Vorgehen in der Körperöffnung irrte und sich hart in sie stoßen wollte, obwohl es viel zu eng war und er kein Gleitmittel zur Hand hatte. Sie hatte Schmerzen und weigerte sich. Ihm war es offenbar egal, denn ein Loch war für ihn wie das andere. Erst da hatte sie beschlossen, dass sie mit ihm nichts mehr zu tun haben wollte.

Verständlicherweise war sie seither sehr vorsichtig und nervös, wenn es darum ging, einen neuen und für sie geeigneten Lover zu finden. Manchmal glaubte sie sogar, dass es gar keine guten Liebhaber gab, auch wenn andere Frauen zufrieden schienen und Erfüllung fanden. Oder sie gab sich selbst die Schuld, niemanden zu finden, und machte sich selbst für die fehlende Sensibilität ihrer Liebhaber verantwortlich. Sie redete sich ein, irgendetwas stimme nicht mit ihr. Keinen Moment zog sie in Erwägung, es könne auch an den Männern liegen. Oder daran, dass sie einfach im falschen Land lebte.

Philly war noch nie im Ausland gewesen, und als ihre Freundin Di vorschlug, zwei Wochen Urlaub im Süden der Türkei zu verbringen, war Philly begeistert. Bei der Auswahl der Kleidung, die sie brauchen würde, verließ sie sich ganz auf Di. Philly selbst hatte keine Ahnung, welche Temperaturen in der Türkei herrschten oder was man bei welchem Anlass in der Öffentlichkeit trug. Letzten Endes kaufte sie sich alles neu: Bikinis, ein paar Sommerkleider, einen Wickelrock, kurze Hosen, Tops und einen warmen Pullover, für den Fall, dass die Nächte kühl waren und sie nicht in ihrem Bett lagen – zumindest nicht in ihrem eigenen, wie Di betonte.

Während der Fahrt vom Flughafen zu dem kleinen Küstenort, den sie sich ausgeguckt hatten, bekam Philly regelrecht Stielaugen. Die Farben leuchteten ihr so ganz anders als zu Hause entgegen, die Landschaft flimmerte in der Hitze. Und wie hätte sie die ganzen Männer in der Öffentlichkeit übersehen können? Überall entdeckte sie Männer, und die sahen alle fantastisch aus. Sie waren nicht groß, aber dafür ungemein männlich, mit ihren dunklen Augen, dem dunklen Teint und dem dichten, pechschwarzen Haar. Sie hatten markante Gesichtszüge, schön geschwungene Lippen, klare Augen und ein breites Kinn. Die Männer saßen lässig in Straßencafés, als gehöre ihnen die Zeit, und der Blick aus ihren dunklen Augen war verwirrend und gleichzeitig ungemein erregend. Sie glaubte, einen unausgesprochenen Hunger in diesen Augen zu entdecken, und stellte sich vor, dass alle diese Männer zu haben seien. Die geballte Männlichkeit, die an so ziemlich jeder Straßenecke in der Luft zu liegen schien, genügte schon, um Phillys Slip feucht werden zu lassen. Ihr Herz begann, schneller zu schlagen, und mit einem Mal war sie aufgeregt, wenn sie an all die Möglichkeiten dachte, die sich ihr hier auftaten. Jeder Blick schien sie auszuziehen und verweilte auf ihren Kurven. Sie gab sich selbstbewusst, flirtete und zeigte sich ohne Scheu.

Sie liebte die Hitze. Sie liebte die Sonne und das türkisfarbene Meer. Aber sie konnte den Blick nicht von den Männern wenden, und die Männer – so schien es – ließen sie nicht aus den Augen. Sie war hellblond und groß, also anders als die einheimischen Frauen. Und sie legte die Selbstsicherheit einer modernen Europäerin an den Tag. Die Männer folgten ihr, als wäre sie eine läufige Hündin. Das fiel natürlich auch Di auf, die gleich ihre Witze machte. Aber Di hatte selbst schon leuchtende Augen bekommen.

Nachdem sie ihre Koffer ausgepackt und die Shops sowie den Strand erkundet hatten, setzten sie sich auf die Terrasse eines einladenden Restaurants, an dessen Mauern Wein rankte. Feigenbäume spendeten Schatten. Die Kellner umschwirrten sie wie emsige Bienen. Philly und Di begannen, ein wenig mit den Kellnern und zwei deutschen Mädchen zu plaudern, die am Nachbartisch saßen. Später am Abend führte man sie alle vier auf den Mezzanin-Balkon über dem Restaurant. Farbenprächtige Kelims lagen auf dem Dielenboden, Vasen standen in Nischen, und von einem kleinen Bogenfenster aus hatte man einen herrlichen Blick auf den Hafen. Die einzigen Sitzmöglichkeiten boten große, weiche Kissen auf dem Boden. Die Kellner servierten noch mehr Wein und setzten sich hin und wieder zu den Frauen, um eine Zigarette zu rauchen oder mit ihnen auf ein Glas anzustoßen. Die Musik war laut und fröhlich, und unten tanzten die Gäste im offenen Lokal. Die Atmosphäre war energiegeladen und gesellig. Die Kellner waren nette Jungs, höflich und aufmerksam, und hatten immer ein paar Witze auf Lager.

Später, sehr viel später, nachdem mehrere Flaschen geleert waren, lag Philly auf den Kissen und dämmerte wohlig vor sich hin. Die anderen Frauen lagen ebenfalls mit geschlossenen Augen in den Kissen, während die übrigen Gäste sich längst auf den Heimweg gemacht hatten. Philly nahm noch wahr, dass die Kellner im Mezzanin waren, als plötzlich die Lichter ausgingen. Es war stockdunkel, und nur das Licht des Halbmonds, das sich auf dem Wasser spiegelte, fiel durch das halbrunde Fenster.

Einer der Kellner fluchte. »Ach, Mist. Wartet einen Moment. Nicht weggehen.«

Sie lachten alle. Keiner konnte die Hand vor Augen sehen, die Treppenstufen nach unten waren nicht mal zu erahnen. Schweigend saßen sie da und warteten. Kurz darauf vernahm Philly ein Flüstern und ein raschelndes Geräusch, als ob sich etwas über den Fußboden schlängelte. Ohne Vorwarnung spürte sie, wie sich ein harter Schaft mit samtweicher Haut zwischen ihre leicht geöffneten Beine schob. Eine Stimme wisperte: »Möchtest du ein Geschenk?«

Beschwingt von dem Wein und der Atmosphäre, hielt sie

das Angebot für eine prima Idee, und daher spreizte sie die Beine weiter. Sie spürte die unmittelbare Nähe eines Mannes und nahm den herben Paco-Rabanne-Duft wahr, während der feste Schwanz weiter zwischen ihre Schenkel drängte und schließlich ihren Slip erreichte. Sie schob das Höschen ein wenig zur Seite, um den Weg frei zu machen, und ihre Muschi war längst heiß und feucht vor Verlangen. Dann spürte sie weiche, forschende Lippen auf ihrem Mund. Eine Hand umschloss Phillys Brust. Sie hatte absolut keine Ahnung, welcher der jungen Männer sich ihr widmete. Sie waren alle süß und attraktiv. Die geschwollene Kuppe fand ihren Weg vorbei an dem Stoff und drückte sacht gegen ihre weichen, geschwollenen Muschilippen. Derweil vertiefte er den Kuss und rief so ein noch größeres Verlangen in ihr hervor, das ein Kribbeln in ihrer Beckengegend auslöste. Das war neu für sie. Es fühlte sich an, als sei es ihm wichtig, dass sie Vergnügen fand. Er nahm sich nicht einfach das, was er begehrte, ohne vorher ihre Reaktion abzuwarten. Sie schmolz weiter dahin, öffnete ihre Schenkel noch ein Stück und hielt immer noch den Slip fest. Mit den Fingern tastete sie nach dem harten, drängenden Schaft mit der seidigen Haut und den Eiern, die an ihrem Hintern kitzelten.

Der Schwanz badete in ihren Säften, glitt mit der Spitze in ihrer Spalte rauf und runter und rieb über die harte, geschwollene Perle, die noch nie so viel echte Aufmerksamkeit hatte genießen dürfen. Geduldig wartete er ihre Reaktion ab. Das Kribbeln verwandelte sich in feurige Schübe, und Philly fing an, sich mit den Hüften an ihm zu reiben, sehnte sie sich doch danach, von einem großen Schwanz ausgefüllt zu werden. Ihre Erwartungen waren hoch. Nie hatte sie diese pulsierenden Schwingungen gespürt, dieses flüssige Feuer in den Lenden. Vorsichtig, aber beharrlich, schob sich das Geschenk in sie und glitt tief in ihre Pussy. Dann bewegten sie sich im gleichen Rhythmus. Ihre Hüften stießen erst langsam, dann immer schneller und schneller aneinander. Philly hörte noch andere Bewegungen und leises Stöhnen aus der Dunkelheit, was sie nur noch mehr anspornte. Sie war kurz davor zu kommen und sah sich bereits am Ziel all ihrer Sehnsüchte. Sie seufzte und gab sich ganz ihrer Lust hin.

Plötzlich rief jemand von unten: »Alles klar, war nur die Sicherung. Das Licht geht wieder!«

Das herrliche Gefühl ebbte ab, und Philly lag schwer atmend da und spürte eine unaussprechliche Leere. Man zog ihren Rock nach unten, und Sekunden später, als das Licht wieder anging, vermochte sie nicht zu sagen, wer von den jungen Männern in ihr gewesen war. Aber sie war frustriert, und ihr Herz hämmerte immer noch heftig in ihrer Brust.

Am nächsten Tag, nachdem sie sich selbst befriedigt hatte und länger im Pool geschwommen war, war Philly trotzdem dankbar und zufrieden. Denn sie wusste jetzt ganz sicher, dass eine echte Befriedigung möglich war, und so hoffte sie, dass sie diese sinnliche Freude hier in der Sonne finden würde, zusammen mit einem dieser lebensfrohen jungen Türken. Offensichtlich hatte Di ähnliche Freuden in der Dunkelheit erlebt, und daher kicherten sie durchtrieben, als sie ihr weiteres Vorgehen für die kommenden zwei Wochen planten.

An diesem Abend folgten Philly und Di den beiden deutschen Mädchen in eine andere Bar, in der Live-Musik gespielt wurde. Der Sänger war Folk-Gitarrist und sah wie eine Legende aus den Siebzigern aus. Er war noch jung und hatte einen wilden, von der Sonne gebleichten Haarschopf. Seine Augen waren verträumt und nussbraun. Er war groß und schlank und trug nur eine Badeshorts mit elastischem Bund. Ein heller Haarflaum zog sich über seine Brust. Als Sänger schien er nur die Musik um sich herum wahrzunehmen, sonst nichts.

Philly war hin und weg von der Aura, die dieser Mann ausstrahlte, und von der kraftvollen Spannung, die all seinen Bewegungen innewohnte. Sie saß unmittelbar neben ihm, lauschte auf das, was er sang, und stimmte ab und zu mit ihrer schönen Singstimme in die Refrains ein, die sie kannte. Er beugte sich zu ihr herunter, wann immer sie gemeinsam sangen, und so verbrachten sie über eine Stunde in einer angenehmen Atmosphäre miteinander.

Später legte er die Gitarre beiseite und sorgte für die entsprechende Musik vom Band zum Tanzen. Lässig streckte er sich vor ihr auf dem Boden aus, legte seinen Kopf in ihren Schoß und rauchte, während sie ihm mit den Fingern durch die ungezähmten Locken fuhr. Mit einer Hand liebkoste er die Innenseite ihres Schenkels unter dem Rock, als gehöre seine Hand dorthin. Sie genoss den Augenblick und dachte darüber nach, dass eigentlich nichts unerhört oder inakzeptabel an dieser Situation war. Es fühlte sich alles richtig an, und daher konnte sie sich bei seinen Berührungen problemlos entspannen. Ein Prickeln lief über ihre weiche, empfindsame Haut, die bereitwillig auf das Streicheln seiner Finger reagierte.

Nach einer Weile richtete er sich auf und zog sie auf seinen Schoß, sodass sie nach vorn schaute und sich mit dem Rücken an seine bloße Brust schmiegen konnte. Deutlich spürte sie seine Erektion unter sich und war sofort erregt und feucht. Ihre Pussy pochte, immer noch hungrig nach der Unterbrechung am Vorabend. Seit jenem Erlebnis hatte sie beschlossen, keine Unterwäsche mehr zu tragen, und als er nun ihren Rock bis über ihre Knie schob und gleichzeitig seine Badeshorts nach unten zog, befreite er seinen Schwanz unterhalb ihrer Schenkel. Geschickt gelang es ihm, in sie einzudringen. Sie erwartete ihn bereitwillig. In dem matten Licht würde es kaum jemand merken, auch wenn sie von Leuten umgeben waren. Sie drückte sich gegen ihn, und gemeinsam fanden sie zur Musik in eine Bewegung, die ihn unsichtbar für alle anderen im Raum ganz in ihren feucht-heißen Tunnel dringen ließ. Sie spannte ihre Muskeln an, und ihr sanftes Stöhnen wurde von den Klängen im Raum überspielt.

Immer auf den Rhythmus der Musik achtend, wippten sie leicht auf und ab und ließen sich von der Mimik her nichts anmerken. Philly spürte, wie die fiebrige Hitze ihr bis in die Finger- und Zehenspitzen wallte, in immer heftigeren Schüben. Es gab nichts Besseres als einen schönen, dicken Schwanz, um die Leere zwischen den Schenkeln auszufüllen. Sie glaubte, nicht genug davon bekommen zu können. Die sitzende Position erwies sich als günstig, um ihre Perle zu stimulieren, und Philly beugte sich leicht vor, um das Gefühl noch zu verstärken.

Um nicht entdeckt zu werden, durften sie das Tempo nicht erhöhen, und daher rieben sie sich aneinander und stöhnten leise und taten so, als ließen sie sich von den Klängen der Musik davontragen. Gerade als sie kommen wollte, stieß er sich besonders heftig in sie, wurde dann langsamer und schlaffer.

Oh nein. Sie war verzweifelt. Warum musste ihr das schon wieder passieren?

Sie erhob sich langsam, gab ihm einen Kuss auf den Mund und verließ die Bar, um noch eine Runde im Pool zu schwimmen.

Am nächsten Tag mieteten Di und sie ein Boot, zusammen mit zwei Kellnern aus dem Restaurant, die für den Rest des Tages frei hatten. Murat war voller Tatendrang und übernahm die Führung, während Hakan eher der stillere Typ war, nachdenklich und gründlich. Philly glaubte, dass es Hakan zu mehr im Leben bringen würde, auch wenn er ziemlich ruhig war. Murat flirtete mit Di und versuchte, seine Männlichkeit unter Beweis zu stellen. Hakan dagegen war schweigsam und zurückhaltend, aufmerksam und intelligent. Er übernahm das Ruder, während Murat den Frauen ins Boot half. Es war ein ziemlich großes Boot und hätte zehn Touristen Platz geboten. Ein blaues Tuch spendete Schatten, und die vier machten es sich bequem. Murat und Di saßen am Bug in der prallen Sonne, Philly und Hakan am Heck.

Als sie sich neben ihn setzte, nahm sie den schwachen Duft des Paco-Rabanne-Rasierwassers wahr und wusste, dass er es an jenem Abend im Restaurant in der Dunkelheit gewesen war. Sie war froh. Denn er war nett und bescheiden. Jetzt betrachtete sie ihn genauer und war angenehm überrascht von dem, was sie sah. Er hatte wirklich Ähnlichkeit mit James Dean, mit seinem vollen Haarschopf – der allerdings pechschwarz war – und den ungewöhnlich klaren, grau grünen Augen, die von langen, dunklen Wimpern umrahmt wurden. Sein Mund war fein geschwungen und sinnlich, und obwohl Hakan nicht sehr groß war, hatte er einen durchtrainierten Körper. Er trug nur eine kurze, ausgefranste Jeans, die ihm bis zu den Knien reichte, dazu Ledersandalen. Seine Brust, Beine und Unterarme waren von einem Flaum dunkler Haare überzogen, und ihr fiel auf, dass aus allen seinen Bewegungen große Selbstbeherrschung und Effizienz sprachen. Sie vermutete, dass er die Fähigkeit besaß, stets alle Umstände abzuwägen und vorausschauend zu denken. Sie war beeindruckt von ihm. Er war klug, ohne arrogant zu wirken. Als sie jetzt an jene heiße Nacht zurückdachte – und die unwillkommene Unterbrechung –, spürte sie, dass sie weiche Knie bekam. Ihre

Bikinihose sog die Feuchtigkeit ihrer Muschi auf. Ihre Nippel richteten sich auf und zeichneten sich unter dem dünnen Gewebe ab. Derweil hatte Di vorn am Bug das Bikini-Top abgelegt und nahm ein Sonnenbad. Sie und Murat liebkosten einander an intimen Stellen und hatten offenbar keine Scheu, dabei gesehen zu werden.

Hakan steuerte das Boot in eine Bucht, die abgeschieden lag und einen herrlichen, weißen Sandstrand besaß. Diese Bucht war nicht über den Landweg zu erreichen, und deshalb warfen sie den Anker aus und ließen das Boot sacht auf den Wellen dümpeln, einige Meter vom Strand entfernt. Murat lag inzwischen auf Di, die sich unter ihm wand. Sie schienen die beiden anderen vergessen zu haben und waren ganz mit sich selbst beschäftigt. Der Anblick war erregend für die frustrierte und verzweifelte Philly, und so schaute sie heimlich zu Hakan, weil sie wissen wollte, welche Wirkung das Sexpaar auf ihn hatte. Unter der kurzen Hose wölbte sich sein Schwanz. Da er sich nicht mehr länger um die Ruderpinne kümmern musste, schien er nicht recht zu wissen, wohin er seine Hände legen sollte. Verunsichert schaute er auf die Planken des Bootes.

»Hakan.«

Ohne den Kopf anzuheben, warf er ihr unter dichten Wimpern einen Blick zu, und das Flehen in seinen schönen grüngrauen Augen berührte ihr Herz. Langsam löste sie ihr Bikini-Top und drehte sich ihm mit ihren festen Brüsten und den harten Nippeln zu. Er sah sie noch immer mit hoffnungsvollen, sanften Augen an. Die Wölbung in seiner Hose regte sich, als sein Schwanz nach Freiheit verlangte. Philly beugte sich vor und öffnete den Reißverschluss.

Befreit federte der Schwanz vor und strebte hungrig in Phillys Richtung. Fasziniert betrachtete sie ihn. Er war beschnitten. Erst da machte sie sich bewusst, dass so ziemlich alle Männer in diesem Kulturkreis beschnitten waren, und durch ihre Pussy ging ein Zucken der Vorfreude. Seine pralle, ungeschützte Eichel leuchtete in der Sonne, und sein Schwanz sah ungewöhnlich groß aus. Leicht gebogen zeigte er hoch zum Bauchnabel. Der Anblick ließ Philly an den Satyr Priapus denken.

Ein Ziehen purer Lust ging durch ihr Becken, und ihr Schoß schmolz in gierigem Verlangen dahin. Schon befürchtete sie, von dieser Lust überwältigt und in ein wildes, ungezügeltes Tier verwandelt zu werden. Ihre Pussy erinnerte sich an die jäh unterbrochenen Vergnügen der beiden vorhergegangenen Abende, wobei Philly einfiel, dass auch Hakan nicht zum Zug gekommen war. Sie erinnerte sich, wie rücksichtsvoll er ihren Rock glatt gestrichen hatte, ehe er sich zurückzog, und da überkam sie ein zärtliches Gefühl für ihn. Aber immer noch zögerte er und schien nicht recht wahrhaben zu wollen, dass er seine Lust an ihr würde stillen können. Offenbar wartete er, dass sie die Initiative ergriff.

Am anderen Ende des Bootes verschwand Dis Kopf zwischen Murats Beinen. Die beiden seufzten und stöhnten. Inzwischen befanden sie sich in ihrer eigenen kleinen Welt und hatten Hakan und Philly ausgeblendet. Philly ließ sich von ihrer Zügellosigkeit beflügeln und war gleichzeitig entschlossen, sich alle Zeit der Welt zu lassen. Sie ahnte, dass Hakan ihr das bieten würde, was sie sich wünschte, und sie nicht antreiben würde. Unwillkürlich entspannte sich Philly und sah ihren Moment der Erfüllung gekommen. Sie kniete sich vor ihn und nahm den aufragenden Schaft in den Mund. Mit der Zunge fuhr sie um die dicke Kuppe, zeichnete die Konturen nach und ließ die Zungenspitze leicht über den kleinen Spalt zucken. Als sein Schwanz darauf ansprach, wurde sie mutiger. Eine Hand um den Schaft gelegt, schob sie ihre Lippen rhythmisch über seine geschwollene Eichel und nahm zufrieden wahr, wie Hakan sich langsam in ihren Mund stieß. Als sie fester lutschte, stieß er tiefer. Sie erinnerte sich an das Handbuch, verwöhnte seinen Schaft auf ganzer Länge mit der Zunge und sog genüsslich, bis sie deutlich Hakans heiseres Stöhnen vernahm. Während sie ihm in dieser Weise einen blies, konnte er sich hemmungslos in ihren jungfräulichen Mund stoßen. Sie umfasste seine harten Eier und übte Druck auf die Wurzel des Schafts aus.

Sie spürte, wie sich sein Verlangen weiter steigerte, als er sich aus ihrem Mund zurückzog. »Du bist dran«, flüsterte er.

Sie erbebte. So war es mit ihren anderen Liebhabern nie gewesen. Er löste ihre Bikinihose und legte die blonden, krausen Haare frei. Sanft tastete er nach ihrer Perle, die schon hart war und pochte.

»Oh, wie bereit du bist«, stöhnte er. »Wie geschwollen und nass und erregt.«

Ihr schwanden beinah die Sinne. Für sie war es überwältigend, auf diese Weise begehrt zu werden. Bislang hatten die Männer sie und ihre Bedürfnisse kaum je wahrgenommen. Er fing an, einen Finger um ihre Perle spielen zu lassen, und löste wieder diese feurige Lust in ihr aus. Genüsslich schloss sie die Augen und vergaß alle Hemmungen, die sie früher verunsichert hatten. Kurz darauf tauchte er mit zwei Fingern in ihre feuchte Spalte, während Philly dahinschmolz.

Mit dem Rücken lehnte sie inzwischen am Bootsrand, saß auf der Bank, spreizte die Schenkel schamlos und zeigte Hakan ihre Pussy, die sich nach seinem harten Schwanz sehnte. Er kniete zwischen ihren Beinen und stieß mit einem leisen Schrei in ihre heiße Tiefe. Um den Halt nicht zu verlieren, umfasste sie den Bootsrand und kam Hakan, der ihr beide Hände auf die Schultern gelegt hatte und sich heftig in sie pumpte, mit ihrem Schoß entgegen. Mit seinen harten und tiefen Stößen erregte er den Sex-Punkt in ihr, und ihre aufflammende Begierde war nun ganz auf den Schwanz gerichtet, der sie eroberte.

Plötzlich spürte sie es, ohne große Anstrengung. Ihr Orgasmus kündigte sich heftig und unausweichlich an, schien sie von innen her zu versengen und katapultierte sie im nächsten Moment auch schon in einen Strudel der Verzückung. Philly fürchtete, den Verstand zu verlieren, als sie auf dem Höhepunkt ihrer Lust laut aufschrie. Auf den ersten Schub folgte gleich noch einer, und sie spürte, wie ihr Körper unter den Kontraktionen ihrer Sexmuskeln erbebte. Hakan trieb sich ein letztes Mal in sie, stöhnte laut und spritzte tief in ihrer Pussy ab. Erschöpft lagen sie halb übereinander.

Di schaute verblüfft herüber. »Du machst keine halben Sachen, wie?«, neckte sie Philly.

Hakan streichelte zärtlich über Phillys Brüste. »Ich wusste nicht, dass es so sein kann«, sagte er leise.

Ihre Antwort war ein zärtlicher Kuss.

Nachdem sie sich einen Moment ausgeruht hatten, erhob sie sich und sprang, immer noch nackt, ins Meer und genoss das frische, kühle Wasser auf ihrer Haut. Hakan tauchte neben ihr in die Wellen, kam wieder nach oben und schmiegte sich eng an Philly. Mit den Lippen strich er über ihre Brustspitzen und rieb mit dem jetzt weicheren Schwanz über ihren Bauch und ihre Schenkel. Das war wieder neu für sie: ein Mann, für den Sex nicht mit der Ejakulation endete. Was war er doch für ein Geschenk!

Im klaren Wasser liebkosten sie einander, ehe sie sich Hand in Hand auf den Planken des Boots sonnten. Philly wusste, dass dieser Moment nicht von Dauer sein würde. Ihr war klar, dass Hakan nicht die Liebe ihres Leben war, und sie wusste, dass Hakan klug genug sein würde, um das auch zu wissen. Er würde sie nicht vermissen, wenn sie abreiste, und sie ihn nicht. Der eine hatte dem anderen etwas völlig Neues offenbart, und jeder würde für sich seinen Weg fortsetzen. Doch bis dahin war Philly fest entschlossen, so viel wie möglich aus jedem gemeinsamen Tag herauszuholen, der ihnen vergönnt war. Um ihre Technik zu verbessern – und auch seine. Dies war nur der Anfang.

Oberon und Titania

Er wusste, dass er einen fantastischen Körper hatte. Es konnte gar nicht anders sein. Er war Schauspieler und Tänzer, und seine Existenz hing davon ab. Ein letztes Mal betrachtete er sich in dem langen Spiegel, dann wollte er in den Wagen steigen und losfahren. Er trainierte jeden Tag, um sich fit zu halten, und sein großer, muskulöser, dunkler Oberkörper war hart und wie aus Marmor gehauen.

Ihm war bewusst, dass sein Schwanz ungewöhnlich groß war. Zwar hatte er nie nachgemessen, aber er wusste, dass die Proportionen enorm waren. Schon wenn sein Schwanz schlaff war, musste er ihn sorgfältig in der Hose verstauen. War er voll erregt, ragte er über den Bauchnabel hinaus. Die Jungs in der Schule hatten ihn immer damit gehänselt, dass er sich ja leicht selbst einen blasen könne. Und tatsächlich hatte er es einmal probiert. Es gelang ihm zwar, ihn in den Mund zu nehmen, aber es hatte trotzdem nicht funktioniert.

Die Mädchen, denen er sich in seiner Blöße gezeigt hatte, hatten den Schwanz mit einer Mischung aus Staunen und Schrecken angestarrt, und einige hatten sich geweigert, sich überhaupt auf diese Länge einzulassen. Und diejenigen, die willens waren, baten ihn, vorsichtig zu sein. Er war es leid, immer Rücksicht nehmen zu müssen. Manchmal, so dachte er, war sein Schwanz eine Belastung und kein Vorteil. Wenn er auf Tournee war, griff er oft zu einem Partytrick. Dann durften die Frauen sich auf seinen Schoß setzen und konnten tasten, wie weit sich sein Schwanz in der Hose zog. Sie kicherten und tuschelten, kehrten manchmal zurück, um noch einmal zu fühlen, oder forderten sich gegenseitig auf, den Schwanz durch den Stoff anzufassen. So viel Spaß musste sein.

Mit Engagements hatte er keine Probleme, da dunkelhäutige Tänzer gefragt waren, insbesondere dann, wenn sie auch noch schauspielern und singen konnten wie er. Seine männliche Ausstrahlung war ein weiteres Plus. Auf der Bühne kam er vollends aus sich heraus und setzte eine Energie frei, die die anderen mitriss. Schon als Junge hatte er das Theater geliebt, und seither war eigentlich kein Moment in seinem Leben vergangen, in dem er nicht irgendwie mit dem Theater zu tun gehabt hätte.

Und nun war er schon wieder unterwegs und auf Tournee. Er spielte den Oberon in einer Musical-Version von *Ein Sommernachtstraum*. Er pfiff leise vor sich hin, während er seinen Koffer packte. Diese Tournee würde lang werden: Sechs Monate, und die Truppe war toll. Alle verstanden sich bestens und feierten gern zusammen. Daher stand für ihn fest, dass sie alle jede Menge Spaß haben würden.

Das Theater war nicht nur Teil seines Berufslebens. Nein, hier spielte sich auch sein soziales Leben ab, gelegentlich auch sein Liebesleben. Er kannte nur wenige Tänzer, die Familie hatten und unter Hypotheken ächzten. Das normale Familienleben war einfach unpraktisch, insbesondere dann, wenn eine Tournee lange dauerte und man immer wieder in einer neuen Stadt war. Es gab da eine Kollegin im Ensemble, die ihm aufgefallen war und bei der er sich Hoffnungen machte. Aber bislang hielt er sich noch abwartend zurück, weil sie ihm durch nichts signalisiert hatte, dass sie Interesse an ihm hatte. Er würde sich also noch gedulden müssen, bis die Probenzeit vorüber war und die Show offiziell startete.

Bei der ersten Probe war sie gar nicht dabei gewesen. Er hatte sich die Talente am ersten Tag angeschaut, doch niemand hatte wirklich seine Aufmerksamkeit erregt. Aber das bedeutete zu diesem frühen Zeitpunkt nicht allzu viel. Einige Leute kamen erst später aus sich heraus. Manchmal fand man dann doch noch Gefallen an dem ein oder anderen. Als er dann wieder zu den Proben erschien, stand *Oberon, Titania und die Feen* auf dem Plan. Und diesmal war auch sie da und bekam die Rolle der Titania. Das bedeutete, dass sie einige gemeinsame Szenen haben würden: wunderbare Szenen, provokativ und feurig.

Ja, in ihrem Fall war das genau das passende Wort – feurig. Zuallererst war ihm ihr Haar aufgefallen: Die kupferfarbenen Locken fielen ihr in üppigen Wellen über die Schultern und betonten ihre glatte, cremefarbene Haut. Sie war zierlich, genau wie eine Elfenkönigin sein sollte, fast zu zierlich gegenüber seinem großen, athletischen Körper, aber sie strahlte nichts Zerbrechliches aus. Gleich beim ersten Probentag hatte sie sich zielstrebig, zupackend, energiegeladen und unabhängig präsentiert. Wann immer Proben angesetzt waren, zeigte sie vollen Einsatz, aber sie war keineswegs verbissen, sondern konnte auch lustig sein. Dann lachte sie oft mit einer rauen, fast heiseren Note in der Stimme.

Er vermutete, dass sie durchfeiern würde, sobald sie unterwegs wären. Aber solange sie sich noch gemeinsam die Szenen erarbeiteten und die Charaktere ausloteten, war sie die Professionalität in Person und konzentrierte sich voll und ganz auf ihre Arbeit. Sie war genauso vertieft in ihre Rolle wie er in seine, und von Anfang an hatten sie sehr gut miteinander harmoniert. Die gemeinsamen Szenen waren voller Leben und Sinnlichkeit, denn so verlangte es die Beziehung zwischen Oberon und Titania. Ihre Stimmen – beide dunkel und volltönend – eigneten sich perfekt für die Duette. Dass sie eher zierlich, er jedoch von großer Statur war, belebte die Choreografie noch und machte die Tanzszenen zu einem fesselnden Erlebnis.

Nach der Autofahrt kam er etwas zu spät im Theater an und blickte zu seiner Garderobe, die er sich mit Puck und Bottom teilte. Eine Tür weiter schminkten sich Lysander und Demetrius. Die Garderobe auf der anderen Seite teilten sich Helena, Hermia und Titania. Die Feengeschöpfe von Oberon und Titania waren in anderen Räumen ein Stockwerk darüber untergebracht. Einen Raum hatte man den Tänzern vorbehalten, damit sie sich aufwärmen konnten. Ein ungewöhnliches Privileg, für das alle dankbar waren.

Über die Lautsprecheranlage hörte er, wie die vier Liebenden gerade eine Szene probten, und da er inzwischen seine Trainingseinheit absolviert hatte und schwitzte, ging er den Korridor hinunter zu seiner Garderobe, weil er duschen wollte. Als er in der Tür stand, hörte er eine Frau mit rauer Stimme singen. Wasser lief in der Duschkabine. Er war erschrocken und einen Moment lang irritiert. Was mochte da vorgehen? War er überhaupt in der richtigen Garderobe? Schnell überprüfte er noch einmal den Namen an der Tür. Ja, alles richtig. Sein Blick fiel auf die Duschkabine, und er sah, dass die äußere Tür offen stand. Es gab zwei Duschen, keine hatte einen Vorhang. Titania war in einer der Kabinen zu sehen und schien ihn nicht zu bemerken. Sie war nackt und von Schaum bedeckt und sang leise, während sie sich ganz ungeniert unter dem heißen Wasserstrahl einseifte.

Er reagierte instinktiv, und sein Schwanz fing an, sich unter der weiten Probenhose langsam aufzurichten. Er hatte nur die Hose am Leib, und auf seiner glatten, ebenholzfarbenen Brust glänzte der Schweiß. Während sie weiterhin selbstvergessen den Schaum auf ihrer Haut verteilte, wurde seine Erektion immer größer, bis der Stoff sich wie ein Zeltdach aufspannte.

Sie war einfach himmlisch, mit ihren wohlgeformten, vom Tanzen trainierten Waden, den schmalen Fußfesseln und den langen, festen Schenkeln. Ein kupferfarbenes Dreieck zog sich über ihren Venushügel. Ihre Pobacken glichen zwei schön gerundeten Halbkugeln, und die Stellen zwischen ihrem Hüftknochen und dem flachen Bauch luden seine Zunge geradezu ein. Sein hungriger Blick glitt über ihre milchweißen Brüste, die auf und ab wippten, als sie sich bückte, um sich die Schenkel einzureiben. Ihre Brüste schrien förmlich danach, von seinen großen, feinfühligen Händen umschlossen zu werden. Das offene Haar umrahmte ihr elfenreines Gesicht wie luftige, kupferrote Zuckerwatte. Mit ihren Pfirsichbrüsten und der sahneweißen Haut fand er sie zum Anbeißen.

Während er wie angewurzelt dastand und sie anstarrte, begann sie, sich zwischen den Schenkeln zu waschen. Ihre Nippel verhärteten sich zu zwei harten Knospen, und er bekam einen trockenen Mund. Sein Schwanz zuckte und beharrte darauf, freigelassen zu werden. Wie von allein wanderte seine Hand in die Hose und umfasste den dicken Schaft. Als Titania sich hingebungsvoll zwischen ihren Beinen rieb, bewegte sich seine Hand rhythmisch auf und ab. Mit einer Hand spielte sie an ihren Brüsten herum, zwickte die Nippel und rieb sie zwischen Daumen und Zeigefinger, mit der anderen Hand fuhr sie über den goldenen Busch, schob die Lippen auseinander und schloss genüsslich die Augen. Als ihre Finger dann schneller und schneller über ihre Perle rieben, massierte er seinen geschwollenen Schwanz in immer schnellerem Tempo.

Plötzlich bog sie den Rücken durch, und als sie mit einem

leisen, katzenartigen Laut kam, stand er in Flammen und spritzte seinen Saft in seine locker sitzende Hose. Er verbarg sich hinter einer Tür, als sie sich in ein flauschiges Duschhandtuch wickelte und am anderen Ende des Duschraums durch eine Tür verschwand, die er nicht sehen konnte.

Wie es aussah, teilten sich ihre Garderoben einen gemeinsamen Duschbereich. Leise schloss er beide Türen ab, drehte das warme Wasser an und stellte sich unter den Duschstrahl.

Von da an sah er sie mit anderen Augen. Er begehrte sie. Er sehnte sich voller Verlangen nach ihr und wusste, dass es unerträglich für ihn sein würde, wenn er sie nicht bald besaß. Später, als sie ihre Szene probten, war er sich sicher, dass seine Lust mit Händen zu greifen war. Aber es fiel offenbar niemandem auf, da sein feuriges Verlangen zur Rolle passte. Er wusste nicht, ob sie die Hitze spürte, die seinen Leib durchströmte, oder ob sie einfach nur dachte, dass Oberon an diesem Tag besonders gut in Form war.

Er bekam sie nicht aus dem Kopf. Als er allein hinter der Bühne war, sie aber noch auf der Bühne tanzte, warf er einen Blick in ihren Garderobenraum und sah den Schminktisch, auf dem alle Utensilien und einige Glücksbringer standen, wie viele Schauspieler sie haben. Neben einer Box mit Papiertüchern lag ein Buch mit erotischen Kurzgeschichten. Sein Blut pochte an den Schläfen, und mit einem Mal hatte er ein schlechtes Gewissen und kehrte in den Zuschauerraum zurück. Dort versuchte er, sich ein Bild von ihr zu machen.

Die Kostüme der Feen und Geister bestanden nur aus Streifen durchsichtiger, indigoblauer Gaze. Die Künstler waren nackt darunter, sodass nichts der Fantasie überlassen blieb. Auf den Köpfen trugen die Feen riesige silberne Perücken, die Gesichter waren blau und silbern geschminkt und die Wimpern künstlich verlängert. Sein eigenes Kostüm bestand lediglich aus einer engen, silbernen Lederhose, sein Oberkörper war frei. Auch er bekam eine enorme silberfarbene Haarmähne aufgesetzt. Das Stück versprach, ungemein sinnlich zu werden, und jetzt, da seine Lust so heftig erwacht war, ahnte er, dass Titania ihn um den Verstand bringen würde. Jeden Abend von Neuem und dazu noch bei den Matineen.

Also fing er an, einen Schlachtplan auszuarbeiten. Es war offensichtlich, dass sie genauso sexhungrig veranlagt war wie er, aber bedeutete das auch, dass sie *ihn* wollte? Das musste er herausfinden. Allmählich gestaltete sich die Tournee für ihn sehr vielversprechend.

Dann lief doch alles anders als geplant. Später am Abend, während der Aufführung, entspannte er sich mit den anderen Tänzern im Aufwärmraum, da die Tanzszenen vorbei waren. Auch Titania hatte ihren Auftritt hinter sich und konnte sich auf eine längere Pause freuen. Plötzlich tauchte sie in der offenen Tür auf, praktisch nackt bis auf die dünnen Streifen Gaze am Leib. Die Perücke hatte sie abgesetzt, sodass die feurigen Locken ihren Kopf wie Flammen umspielten.

»Ich habe mein Buch durch.« Das ging ja schnell, dachte er unwillkürlich. »Hat einer von euch noch etwas zum Lesen für mich?« Alle verneinten, schüttelten den Kopf und streckten sich müde auf dem Boden aus.

»Also gut«, fuhr sie keck fort, »hat dann einer von euch Lust auf einen Fick?«

Unglaublich! Schauspieler, oder Künstler allgemein, machten manchmal solch derbe Späße untereinander, ohne dass es einer ernst nahm. Aber schon so früh in der Saison?

Ehe er sich versah, hörte er sich antworten: »Klar, ich.«

Sie sah ihn an, ohne mit der Wimper zu zucken, schien aber doch überrascht zu sein. Mit einer Antwort hatte sie offenbar nicht gerechnet.

»Das würdest du dich nicht trauen!«, forderte sie ihn heraus.

»Ach, meinst du nicht?«, gab er zurück und stand auf.

Ausgelassen lachend floh sie den Korridor hinunter, und er rannte ihr nach. Keiner nahm richtig Notiz von ihnen. Diese Art von Neckerei passierte dauernd, bedeutete aber meistens gar nichts. Doch diesmal war es anders, denn es war ihm vollkommen ernst.

Unter übertriebenen Ausrufen wie »Du hast es so gewollt, also kriegst du es!« jagte er sie bis in die Garderobe.

Sie rief immerzu: »Du traust dich nicht, du traust dich nicht, ich wette, du hast nicht den Mut dazu!«, und lachte laut.

Kaum waren sie in der Garderobe, verschloss er die Tür. Titania kreischte ausgelassen und protestierte in spielerischem Zorn. Als sie sich ihm zuwandte, loderte ein Feuer in ihren Augen. Er zog seine enge Hose aus. Jetzt gab es kein Zurück mehr.

Nackt und erregt stand er vor ihr, und seine Erektion, gewaltig wie die eines Hengstes, pochte an seinem Bauch. Ihr fielen fast die Augen aus dem Kopf.

»O mein Gott!«, keuchte sie, und zum ersten Mal in seinem Leben merkte er, dass sich kein Schrecken in das Erstaunen mischte, sondern nur pures Verlangen. Atemlos befeuchtete sie ihre Lippen. »Hallo, mein großer Junge«, stieß sie heiser hervor. »Wo bist du denn die ganze Zeit gewesen?«

Er spürte Freude in sich aufsteigen bei der Aussicht auf ungezügelten Sex. Er bräuchte keine unnötige Vorsicht walten zu lassen und könnte genau das machen, wonach ihn verlangte. Sein Schwanz zuckte gierig, und Oberon stöhnte auf.

Er führte sie zu dem diwanartigen Bett, auf dem man sich zwischen den Shows ausruhen konnte. Sie folgte ihm willig.

»Knie dich hin!«, befahl er, worauf sie sofort gehorchte und ihm ihren köstlichen, milchweißen Arsch entgegenschob. Oberons Blick fiel auf ihre feuchten, rosafarbenen Sexlippen, die geschwollen waren. Ihre vollen Brüste schaukelten unter ihr, die Nippel waren erregt. Sein drängender Schwanz platzte fast vor Begierde.

Er kniete sich hinter sie und beschloss, sie zunächst ein bisschen zu necken. Mit der Spitze seines riesigen Phallus rieb er leicht über ihre Lippen, tauchte in die Nässe ihrer Spalte und verteilte ihre Säfte auf ihrer Klitoris. Sie bog den Rücken durch, schob sich ihm weiter entgegen und gab ein leises Stöhnen von sich. Während er in ihren frei fließenden Säften badete, fuhr er mit seinem Schwanz zwischen ihren Lippen rauf und runter, entfachte ihre Lust weiter und steigerte ihr Verlangen, indem er sich noch zurückhielt. Schließlich schob er seine pralle Kuppe nur ein Stück weit zwischen ihre Muschilippen und spielte an ihrem Eingang, forschend, geduldig. Er hatte es nicht eilig.

Erst als er spürte, dass sie jeden Moment kommen würde und bereits unkontrolliert zitterte, drückte er seinen riesigen Kolben langsam in ihre engen Tiefen. Das Gefühl, endlich ganz aufgenommen zu werden, überwältigte ihn. Er stöhnte und gab einen kehligen Laut von sich, als sein Körper vor Vorfreude erbebte. Derweil spannte sie ihre Sexmuskeln an und massierte ihn. Wieder entrang sich seinem Mund ein Stöhnen, während sie sich heftiger gegen ihn stieß, hungrig und ungeduldig. Mit langsamen, rhythmischen Stößen glitt er leicht rein und raus und genoss die Empfindungen, die die Bewegung in ihm auslöste.

Sie stöhnte in ihr Kissen, stieß sich weiter hart gegen ihn, drückte noch den Rücken durch, um ihren Arsch höher zu strecken, und rieb sich so fest an ihm, wie sie nur konnte. Sie wollte ihn noch tiefer in sich spüren. Er kam der stummen Aufforderung nach und tauchte mit seiner unglaublichen Länge in sie. Er stimulierte Lustpunkte in ihr, die sie bis dahin noch gar nicht gekannt hatte, und löste eine Woge der Ekstase nach der anderen in ihr aus. Die Hitze ihrer Lust strömte ihr in Arme und Beine. Sie erschauerte vor Befriedigung, endlich ausgefüllt zu sein. Er veränderte seinen Rhythmus nicht, sondern bumste sie langsam und tief, bis sich die Wellen ihres Orgasmus Bahn brachen und sie wie flüssige Lava durchströmten. Sie schrie ihre Lust in das Kissen.

Aber er hörte nicht auf und fickte sie weiter in diesem unnachgiebigen, stetigen Tempo. Sie kam wieder, diesmal mit kurzen, gellenden Schreien, die erneut durch das Kissen gedämpft wurden. Ein unkontrolliertes Zittern fuhr durch ihren Körper. Sein langer, fester Schaft verschaffte ihr einen Genuss, der sie immer und immer wieder kommen ließ, während er sie kraftvoll nahm, ohne die Kontrolle über sich zu verlieren.

Doch bald wollte auch er nicht mehr länger warten und fing an, sich fester in sie zu treiben. Er umklammerte ihre Hüften, genoss den Kontrast, den sein dunkler Körper und ihre milchweiße Haut boten, und hämmerte sich in ihre Pussy. Die gazeartigen Streifen aus mitternachtsblauem Gewebe wippten um ihre Hüften.

Er merkte fast nicht, dass sie ein weiteres Mal kam. Inzwischen war sie völlig außer Atem, zitterte und konnte sich kaum noch auf den Knien halten. Kraftlos sackte sie ein wenig nach vorn, hielt die Schenkel aber gespreizt, sodass er immer noch leicht in ihre Enge gleiten konnte. Dann spürte er, wie sein eigener Höhepunkt heranrollte. Langsam und unaufhaltsam fuhr die Kraft der Lust durch seine Lenden und hinein in seinen enormen Schaft. Endlich schoss er seine

Sahne in heißen Spritzern in ihre Muschi und sank danach atemlos auf ihren weißen Rücken. Eine Weile blieb er noch in ihr, da er die enge Wärme nicht verlassen wollte. Als er sich dann aus ihr zurückzog, sah er, wie sein Samen aus ihrer Spalte floss und einen Fleck auf dem Diwan hinterließ. Sie stieß einen langen Seufzer aus.

Langsam kehrte er mit allen Sinnen in die Gegenwart zurück und hörte, dass Helena und Hermia auf dem Weg zur Garderobe waren. Es war Zeit zu gehen: Gleich mussten Oberon und Titania wieder auf der Bühne stehen. Er löste sich ganz von ihr und eilte zur Tür, während Titania ihr Kostüm richtete.

Lachend schloss er die Tür wieder auf, trat hinaus in den Korridor und rief für alle anderen hörbar: »Besten Dank, Titania! Das war super!«

Niemand ahnte, dass tatsächlich etwas passiert war. Er grinste breit, als er zur Bühne ging, um die letzte Szene zu tanzen. Oh ja, das würde bestimmt die beste Tournee von allen werden.

Ein Wochenende auf dem Land

Der junge Mann starrte verwirrt und ungläubig auf die Einladung in seiner Hand.

Der Marquis und die Marquise de Bacchanale erbitten sich das Vergnügen, Mr. Julian Wentworth und Begleitung am Wochenende des 20. bis 22. Juni im Château Valdésir willkommen heißen zu dürfen. Das Thema des Wochenendes lautet »Nymphen und Satyrn«. Sie sind herzlich eingeladen, beide Nächte im Schloss zu verbringen. Kostüme sind verpflichtend.

Die goldenen Lettern hoben sich von der edlen, marmorierten Einladungskarte ab. Er kannte weder einen Marquis noch eine Marquise und wusste, dass keiner seiner Freunde sich einen derart ausgeklügelten Scherz erlauben würde. Es konnte sich ja nur um einen Scherz handeln. Das konnte er doch nicht ernst nehmen! Dennoch, die aufwändige Karte mit Goldrand sah beunruhigend echt aus. Nachdem er noch eine Weile auf die Einladung gestarrt hatte, fiel ihm plötzlich Rupert ein. Er würde wissen, was dahintersteckte. Wenn irgendwas an der Sache dran war, so würde Rupert ihn aufklären können. Denn er hatte des Öfteren mit diesen Kreisen zu tun und kannte sich mit den Adligen in der Umgebung aus. Ja, er würde Rupert anrufen.

»Hallo, Rupe! Mir ist gerade was Seltsames passiert, und da dachte ich, du könntest mir vielleicht helfen. Hast du je von einem Marquis und einer Marquise gehört, die in einem Château Valdésir leben?«

Kurzes Schweigen am anderen Ende der Leitung. »Wieso fragst du mich das?« Rupert klang vorsichtig-ausweichend.

»Nun, es ist nur so, dass ich eine Einladung für ein Wochenende bekommen habe, aber von diesen Leuten noch nie etwas gehört habe.«

Wieder eine lange Pause, dann ein Kichern. »Du glücklicher Bastard!«

»Von was redest du da, zum Teufel?«

Das Kichern wurde lauter.

»Oh, die beiden sind ziemlich bekannt, oder vielleicht sollte ich besser sagen berüchtigt. Wie kommt es, dass du eine Einladung erhalten hast? Diese Wochenenden sind total begehrt, weißt du? Viele Interessenten und wenig freie Plätze. Ich weiß aber nicht, ob du richtig vorbereitet dafür bist. Das Ganze ist nämlich, wie soll ich sagen, nichts für Leute mit einem schwachen Herzen.«

»Was willst du mir denn damit sagen?«

Das folgende Glucksen klang ausgelassen. »Wir sprechen hier von frivolen Dingen, und das ist noch untertrieben. Du kannst dich echt glücklich schätzen!«

»Wenn das so ist, möchtest du dann vielleicht mitkommen?«

»Wie bitte?«

»In der Einladung steht ›und Begleitung‹. Wenn es stimmt, was du von diesen Wochenenden erzählst, dann ist es vielleicht besser, ich nehme keine Freundin mit. Willst du nicht mitkommen? Hört sich nämlich so an, als könnte ich moralische Unterstützung gebrauchen.«

»Du nimmst die Einladung also an?«

»Ich denke schon. Das sollte ich mir besser nicht entgehen lassen. Was meinst du?«

Ein ungewöhnlich langes Schweigen folgte. Schließlich prustete Rupert am anderen Ende der Leitung. »Ich kann's kaum glauben! Ja, wieso eigentlich nicht? Das sollten wir uns wirklich nicht entgehen lassen. Verdammt, nein, wirklich nicht.«

Es war gar nicht so leicht, die richtige Kleidung für das Wochenende auszuwählen. Rupert meinte, dass die Themen den Gästen viel Spielraum ließen, was die Kreativität betraf. Die meisten nahmen es als Herausforderung und entwarfen übertriebene oder doch sehr fantasievolle Kostüme. War man nämlich nicht passend gekleidet, lief man Gefahr, fehl am Platz zu sein. Nach einigem Hin und Her kamen sie darin überein, dass sie besser beraten wären, als Satyr zu gehen und nicht als Nymphe, obwohl Rupert ernsthaft mit einem Nymphenkostüm geliebäugelt hatte. Zuerst überlegte er, als Diana zu gehen, die Göttin der Jagd, doch schließlich entschied er sich für Herne den Jäger, verkleidet als Hirsch.

Julian brauchte etwas länger und konnte sich nicht so schnell entscheiden. Er schwankte zwischen Ledas Schwan und Pan. Letzten Endes gewann Pan. Julian hielt es nämlich für schwierig, ein ganzes Wochenende lang das Schwanenkostüm zu tragen. Es machte ihnen Spaß, für die Kostüme und Accessoires einkaufen zu gehen. Richtig lustig wurde es dann, als sie sich daran machten, die Kostüme zu nähen. Schließlich beschlossen sie, sich mit ihren Entwürfen an eine professionelle Schneiderin zu wenden. Sie erzählten ihr, sie bräuchten die Sachen für einen Kostümball, was einen wahren Kreativitätsschub in der Frau auslöste.

Die Lederkostüme sahen toll aus. Ruperts Hörner waren vielleicht ein bisschen sperrig, aber eindrucksvoll, und Julian hatte erst Bedenken wegen seiner bloßen Brust. Doch die Schneiderin betonte, es wäre eine Schande, wenn er nicht zeigte, was er zu bieten habe. Und tatsächlich war er stolz auf seinen sonnengebräunten, kraftvollen Körper und schämte sich nicht für seine dunkle Brustbehaarung, die sich bis zum Bauchnabel zog.

Rupert hingegen war schlanker und blasser, hatte keine Haare auf der Brust und trug sein helles, honigfarbenes Haar offen, sodass es ihm bis zum Kinn reichte. Er hätte problemlos als Gottheit auf dem Kostümball erscheinen können. Ihre unteren Körperhälften hatten sie in unterschiedliche Tierhäute gehüllt. Rupert trug lange braune Lederbeinlinge, Julian hingegen eine kurze pelzige Hose, in der seine von Natur aus stark behaarten, kräftigen Beine gut zur Geltung kamen. Zusätzlich hatte er sich für einen kurzen Schwanz und kleine, aufschießende Hörner entschieden. Rupert konnte sein Geweih, das an einer ledernen Kappe befestigt war, falls nötig abnehmen.

Inzwischen hatten sie sich schon so lange über das Wochenende unterhalten, dass sie es in ihrer Vorfreude kaum noch aushielten. Rupert hatte alles erzählt, was er von diesen Wochenenden gehört hatte, was wiederum nicht allzu viel war. Das meiste waren Gerüchte, schlüpfrige Anspielungen und anzügliche Witze, die er ab und an im Club gehört hatte. Bald war ihnen klar, dass sie eigentlich keine Fakten kannten, und so malten sie sich in ihrer Fantasie die wildesten Sachen aus. Sie waren zu allem bereit – oder zumindest hofften sie das. In dieser Hinsicht verspürten sie eine gewisse Unsicherheit, was nicht verwunderlich war, da keiner der beiden wusste, was sie wirklich erwartete.

Endlich war es Samstag, der 20., und bereits am Morgen verhieß der Himmel einen heißen und perfekten Sommertag. Die Landschaft leuchtete grün, und in der Sonne glitzerte noch der Tau auf den Blättern, als sie in Ruperts kleinem, sportlichem Mercedes dem Verlauf der Landstraße folgten. Ihre Anspannung war inzwischen so groß, dass keiner der beiden das Bedürfnis verspürte, sich zu unterhalten. Bald passierten sie eine Toreinfahrt, deren Torflügel sich automatisch öffneten, und folgten dann einer von Kastanien gesäumten Allee. Das gusseiserne Tor war verziert mit nackten Geschöpfen der Mythologie, die sich bei den angedeuteten Kopulationen unmöglich verrenkten. Oben auf den Säulen zu beiden Seiten des Tores thronten der lachende, zechende und Weintrauben essende Bacchus sowie Venus in all ihrer Herrlichkeit. Allein der Anblick dieser Figuren löste bei den Männern ein Kribbeln im Bauch aus. Wieder fragten sie sich, auf was sie sich da eingelassen hatten. Aber nun war es zu spät, um noch zurückzurudern.

Nach einiger Zeit gab die Allee den Blick frei auf das Herrenhaus. Ein wahrlich großartiger Anblick: klassische Architektur, aus hellem Stein, mit Zinnen und Erkertürmchen, bodenlangen Fenstern und zwei Flügeln, die vom zentralen Gebäude abgingen. Zu beiden Seiten der breiten Stufen, die zum Portal hinaufführten, standen weitere Figuren aus der Mythologie, diesmal aus weißem Stein geschlagen. Das schlossähnliche Gebäude erstreckte sich über drei Stockwerke und mochte an die hundert Zimmer haben. Die beiden Gäste stellten das Auto auf einer eigens abgesperrten Fläche ab, auf der schon jede Menge andere Wagen standen. Mit den Koffern in der Hand stiegen sie die eindrucksvollen Treppenstufen hinauf, bis sie ehrfurchtsvoll vor der Eingangstür standen. Julian betätigte den Klingelzug, woraufhin von innen ein volles, heiteres Klingeln zu hören war.

Es dauerte eine Weile, bis ihnen geöffnet wurde, und das von keinem Geringeren als Neptun persönlich. Zumindest war es ein älterer Herr mit schulterlangem, silbergrauem Haar, der einen langen, weißen Schurz trug und einen Dreizack in der Hand hielt. Mit ernster Stimme verlangte er nach der Einladung, warf einen kurzen Blick auf die Karte und bedeutete den beiden schließlich, die Eingangshalle zu betreten.

Ihnen blieb der Mund offen stehen. Keiner von ihnen hatte je eine derart opulent ausgestattete Halle gesehen: Marmorsäulen in allen erdenklichen Farben, von Grautönen und beigefarbenen Schattierungen über Rot und Braun bis hin zu glänzendem Schwarz. Wandvorhänge aus Moiré-Seide, große Vasen mit duftenden Blumen auf Sockeln sowie Kristallluster, die ein warm-glitzerndes Licht spendeten. Die aus Marmor gehauene Treppe führte zunächst hinauf zu einem Podest, wo sie sich teilte und dann in zwei Halbbögen in den ersten Stock führte. Die Wände zierten verschiedene aufwändige Intarsien aus Eiche, Esche, Mahagoni, Rosenholz und anderen Hölzern. Schon die Eingangshalle zeugte von Reichtum, verströmte aber auch einen Anflug von Dekadenz. Die Farbenpracht waren überwältigend, der Duft der Rosen und Lilien fast schon aufdringlich. Während die beiden Neuankömmlinge dastanden und die Atmosphäre auf sich wirken ließen, erschien eine junge Frau am oberen Absatz der Treppe.

»Hallo, ihr zwei«, grüßte sie fröhlich. »Dann wären ja fast alle da. Ich zeige euch eure Zimmer, damit ihr euch anziehen … oder besser …«, sie ließ ein leises zweideutiges Lachen folgen, »… ausziehen könnt.«

Sprachlos und wie vom Donner gerührt starrten sie die Frau an. Sie trug ein fließendes cremefarbenes Tuch, das einer Toga ähnelte und von der Schulter bis zum Boden reichte. Sie hatte sich den Stoff im antiken Stil um die Taille geschlungen, wobei eine ihrer weißen Brüste unbedeckt blieb. Das rabenschwarze Haar war kunstvoll hochgesteckt und mit goldenen Bändern durchwirkt, ganz im Stil einer griechischen Gottheit. Die Stirn der Frau zierte ein goldener Reif, der zwei sich aufbäumende Schlangen zeigte. Die Frau schien weder die Verblüffung der beiden jungen Männer noch den Grund dafür zu bemerken. Die Rundung ihrer offen zur Schau gestellten Brust war vollkommen.

»Ich lasse euer Gepäck hinaufbringen. Rudi!« Sie betätigte ein Glöckchen, worauf ein kleiner, zwergenhafter Mann in einer der Türen erschien, die von der Halle wegführten. Wortlos nahm er die Koffer und erklomm recht behände die Marmorstufen. Rupert und Julian hatte es die Sprache verschlagen. Das lag nicht allein an dem Anblick der bloßen Brust, sondern auch an der Gestalt von Rudi, dem Bediensteten: Er mochte nicht viel größer als ein Meter dreißig sein, hatte kurzes, lockiges Haar und trug statt eines Hemds ein eng anliegendes Top aus goldenem Elastan. Als Hose dienten ihm braune, enge Beinlinge, unter denen sich sein Hinterteil abzeichnete und die bis zu den Knien aus zotteligem Pelz bestanden. Die Waden und Füße waren unbekleidet, und an jedem Fuß hatte er nur je zwei Zehen. Sein augenfälligstes Merkmal jedoch war eine gigantische, bloße Erektion, die in einem Winkel von fünfundvierzig Grad von seinem Unterleib abstand und Dauerbereitschaft signalisierte.

»Oh, beachtet Rudi nicht weiter«, trällerte die Frau beschwingt und winkte ab. »Ein genetischer Defekt. Ihr werdet euch an den Anblick gewöhnen. Sobald ihr euch entsprechend gekleidet habt, könnt ihr zu den anderen im Ballsaal stoßen.« Sie wandte sich von ihnen ab, stieg mit ihrer herrlichen Brust wieder die Stufen hinauf und war alsbald verschwunden.

Inzwischen befürchteten die beiden, dass ihre Kostüme – verglichen mit denen der anderen – zahm und eher langweilig wirken würden. Doch so leicht wollten sie sich nicht entmutigen lassen. Schließlich hatten sie zumindest etwas vorzuweisen, das vom Thema her passte. Sie tauschten einen verlegenen Blick und machten sich dann auf den Weg zu ihren Zimmern, die durch eine Zwischentür miteinander verbunden waren. Nachdem sie die Tür hinter sich zugemacht hatten, sahen sie sich einen Moment unsicher an, ehe sie in schallendes, fast hysterisches Lachen ausbrachen.

»Großer Gott, wo sind wir da denn reingeschlittert?«, rief Julian johlend.

»Keine Ahnung, aber ich bin dabei«, antwortete Rupert. »Wie sieht's mit dir aus?«

»Keine Sorge, ich bin auch dabei. Ich weiß nur noch nicht, ob ich angemessenes Format zeigen kann, wenn du weißt, was ich meine?«

»Das werden wir noch früh genug herausfinden. Besser, wir ziehen uns jetzt um und gehen runter zu den anderen.«

Sowie sie in ihre Kostüme geschlüpft waren, gingen sie über die breite Treppe wieder nach unten und fühlten sich großartig. Neptun wies ihnen den Weg in den Ballsaal. Er stieß die Flügeltür weit auf und gab laut und vernehmlich ihre Namen kund. Die beiden Freunde tauschten einen schnellen Blick, zwinkerten sich zu, atmeten tief durch und traten ein.

Das, was sich nun ihren Blicken bot, hätten sie sich in ihren kühnsten Träumen nicht vorstellen können. Der alte Ballsaal war zu einer Art Vergnügungs-Lounge umgestaltet worden.

Dicke Vorhänge aus tiefrotem Samt hingen vor den langen Fenstern und ließen das Tageslicht draußen. Der Saal wurde erhellt vom Kerzenschein von sechs großen Kronleuchtern. Entlang der Fensterfront und der Wände standen Sofas, Liegen, Sitzkissen und Diwane, alle bezogen mit Samt oder Brokatstoffen in purpurroten und blau changierenden Tönen.

Die gegenüberliegende Wand beherrschten grellbunte Fresken, die orgiastische, dionysische Spielereien darstellten. Vor dieser Wand stand ein Tisch, beladen mit jeder nur erdenklichen Gaumenfreude, die dem Betrachter das Wasser im Munde zusammenlaufen ließ: Wachteln und Kapaune, Spanferkel, Lammkeulen, Wildbret, Schinkenspezialitäten, Austern, Garnelen, Hummer, Berge von Schaumgebäck mit Sahne, Profiteroles, Mousse au Chocolat, Götterspeise, Kuchen – Schlemmereien im Übermaß. Wein wurde aus langen Schläuchen serviert und farbenprächtige, schaumige Cocktails in verzierten Gläsern gereicht.

Die Gäste saßen, standen oder lungerten freizügig auf den Sofas herum, und erst auf den zweiten Blick wurde den beiden Männern klar, dass sich einige der Leute befingerten oder sich bereits in unterschiedlichen Phasen der Kopulation befanden. Niemand war ganz bekleidet. Mehrere Männer trugen historische Schamkapseln, die so überdimensioniert wirkten, dass einem die Augen übergingen. Julian und Rupert kamen sich in ihren lockeren Lederhosen beinahe lächerlich vor. Einige der Damen, deren Kostüme erst unterhalb der Brüste begannen, hatten sich nicht nur die Lippen grell geschminkt, sondern auch ihre Brustspitzen zinnoberrot gefärbt. Niemand tanzte, obwohl melodiöses Flöten-, Harfen- und Glockenspiel durch den Saal wehte.

Als Julian sich nach den Musikern umschaute, glitt sein Blick hinauf zu einer Galerie, auf der die Musiker standen.

Die Galerie zog sich balkonartig an drei Seiten des Ballsaals entlang und bot dem Betrachter einen Blick aus der Vogelperspektive. In der Luft lag ein würzig herber Duft, durchsetzt von orientalischen Aromen. Rupert glaubte, dass sich in den Duft der fremdländischen Gewürze noch ein Hauch von ätherischen Substanzen mischte.

Eine barfüßige Kellnerin näherte sich ihnen, die unter ihrem gazeartigen Gewand völlig nackt war.

»Austern, Wein oder mich?« Sie lächelte, und es wäre naiv gewesen zu glauben, dass sie scherzte. In diesem Herrenhaus umfasste der Service offenbar alle Sonderwünsche. Sie entschieden sich für Rotwein, der ihnen in großen, silbernen Kelchen serviert wurde. Dann nahmen sie sich Zeit, um sich ein wenig genauer umzusehen.

Tatsächlich tanzte niemand, doch alle waren irgendwie beschäftigt. Es war schwer, den Blick von dem sinnlichen Treiben zu wenden, obwohl einem der Anstand unter normalen Umständen geboten hätte, woanders hinzusehen. Fasziniert ließ Julian den Blick über die Gäste schweifen. Als Ruperts Aufmerksamkeit von Bewegungen in einer Ecke erregt wurde, bot sich ihm ein Anblick, den weder er noch Julian je für möglich gehalten hätte.

Eine Frau in einem eng anliegenden Body aus hellgrünem Elastan lag mit gespreizten Beinen auf einer Chaiselongue, den einen Fuß hatte sie auf den Boden gestellt, den anderen auf der Sofakante abgestützt. Sie war von Kopf bis Fuß in Elastan gehüllt und nur ihr Gesicht, die Hände und Füße und ihre offen zur Schau gestellte, rasierte Vulva waren zu sehen. Den Mund hatte sie sich grün geschminkt, ebenso die Finger- und Zehennägel. Lange, spitze Pixie-Ohren kennzeichneten sie als Bewohnerin des Waldes.

Neben ihr auf dem Fußboden hockte ein kleiner Kapuzineraffe, der sich neugierig umsah. Er trug ein mit Edelsteinen besetztes Halsband, dessen Kette mit einem Ring verbunden war, den die grüne Frau als Piercing in ihren Schamlippen trug. Hin und wieder nahm die Pixie-Frau einen kleinen Schokoladenkeks und schob ihn sich in die Vagina. Daraufhin sprang das Äffchen an der Kette auf die Chaiselongue, hockte sich zwischen die Schenkel seiner Herrin und knabberte an dem Keks. Julian schluckte, während Rupert sich mit der Zunge über die trockenen Lippen fuhr und versuchte, nicht allzu auffällig hinzustieren. Seltsamerweise erregte ihn dieser Anblick weniger, als dass er ihn verblüffte. Doch die Botschaft war klar: Hier war alles erlaubt.

Fasziniert und verwirrt zugleich schlenderten sie zu den Banketttafeln und stellten sich einige der Köstlichkeiten auf Tellern zusammen. Schon bald merkten sie, dass manche Gäste sich von bestimmten körperlichen Bedürfnissen nicht daran hindern ließen, den Abend ohne Unterbrechung in vollen Zügen zu genießen. Denn Julian und Rupert sahen, wie ein Mann neben ihnen am Tisch einem Kellner ein Zeichen gab und auf seinen Schritt zeigte. Daraufhin brachte der Bedienstete wie selbstverständlich einen hübsch bemalten Porzellanbehälter und hielt ihm den Mann hin, worauf der Gast seinen Schwanz hervorholte und das Gefäß entspannt mit einer goldgelben Flüssigkeit füllte. Den Gaumenfreuden widmete er sich dabei weiter, ließ sich die mit Schokolade überzogenen Profiteroles auf der Zunge zergehen und stopfte sich noch andere Delikatessen in den Mund. Als er zu Ende gepinkelt hatte, tupfte der Kellner ihm den Schwanz mit einer Serviette ab, die er dann über den Behälter legte und damit verschwand.

Rupert und Julian schauten einander an und zogen die Augenbrauen hoch. Die Vermutung lag nahe, dass andere drängende Bedürfnisse in derselben diskreten Weise behandelt würden. Ihnen war schnell klar geworden, dass die Festivitäten von keiner Unannehmlichkeit unterbrochen werden sollten.

Die beiden Freunde begaben sich kurz darauf mit ihren voll beladenen Tellern in eine Ecke des Saals und ließen sich dort auf die riesigen Sitzkissen plumpsen. Die Teller stellten sie auf einem niedrigen Tischchen ab. Sie aßen langsam und machten sich bewusst, dass sie noch ein ganzes Wochenende vor sich hatten. Daher genossen sie jeden der köstlichen Bissen. Die leicht gekleidete Kellnerin füllte derweil noch einmal die Silberkelche und schenkte den beiden ihr anzügliches Lächeln. Rupert beugte sich zu Julian hinüber und betonte, dass es fast unmöglich sei, in dieser schwülen Atmosphäre nicht erregt zu sein. Umspielt von der sanft-melodiösen Musik lehnten sie sich zurück, naschten von ihren Tellern und ließen das hemmungslose Treiben im Saal auf sich wirken. Zunächst fiel es ihnen schwer, sich auf ein Fest einzulassen, das keine herkömmlichen Regeln zu kennen schien. Doch die grenzenlosen Möglichkeiten, die sich gerade dadurch auftaten, waren natürlich verlockend. Also fragten sie sich, wie sie es anstellen sollten, selbst aktiv zu werden.

Zwei Meerjungfrauen erregten Julians Aufmerksamkeit. Eine der beiden sah in seine Richtung. Ihre Brüste waren unbedeckt, und ihre bläulich-grüne, geschmeidige Schwanzflosse lag auf der Sofalehne. Er konnte nicht genau sehen, wie sie die Attrappe an ihren Hüften befestigt hatte, aber er registrierte den Übergang von der nackten, leuchtenden Haut zur schuppigen Fischflosse. Das glänzende, blonde Haar wallte ihr in wild wogenden Locken bis weit über den Hintern und schien sie beinahe einzuhüllen. Als die andere sich anschickte, einen Teller mit Krabben vom Boden aufzuheben, erkannte

Julian, dass es sich um einen Mann handelte. Sofort durchzuckte ihn Enttäuschung. Offenbar waren die beiden ein Paar.

War es in diesem Szenario zulässig, mit der Begleiterin eines anderen Gasts anzubandeln? Vermutlich schon, denn sonst wären sie ja nicht hier. Julian verspürte ein Flattern im Bauch, als die Meerjungfrau mit den schimmernden Brüsten ein glockenklares Lachen ertönen ließ und ihre Flosse etwas höher auf die Lehne bettete. Ihn überkam das Verlangen, in der weich fallenden Haarfülle zu baden und zu spüren, wie sich diese kraftvolle Schwanzflosse um seine Hüfte legte. Julian wusste, dass er der Herausforderung gewachsen war, und fühlte sich von neuer Zuversicht beflügelt. Die Meerjungfrau schaute wieder zu ihm herüber, fing seinen Blick ein und schenkte Julian ein Lächeln. Ihre Augen waren von einem lebhaften Grün. Er erwiderte das Lächeln, hielt ihren Blick fest und spürte, wie es zwischen ihnen zu knistern begann. Er schluckte schwer und bekam einen ganz trockenen Mund. Lachend wendete sie den Blick von ihm, doch er hatte Feuer gefangen. Die härter werdende Wölbung, die gegen das Leder aufbegehrte, verriet das ganz deutlich.

Inzwischen stellte Rupert fest, dass der Zwerg mit der Dauererektion sehr gefragt schien. Jedenfalls wurden Rudis Dienste des Öfteren in Anspruch genommen. Da er durch keinerlei Kleidung behindert wurde, konnte Rudi sein beeindruckendes Stück in jede Körperöffnung stecken, die man ihm darbot, und so lange stoßen, bis die Gäste zum Orgasmus kamen. Sodann zog er sich zurück und verließ den Saal, immer noch mit derselben Erektion, um nach einer Weile wiederzukommen. Die Freunde hatten diesen Vorgang bereits mehrmals mit eigenen Augen verfolgt.

»Ich frage mich, ob er dabei je selbst kommt?«, wandte Rupert sich an Julian.

»Ja und nein«, vernahmen sie eine frohgelaunte Stimme jenseits der Kissenberge. Als Rupert sich umdrehte, sah er die Gastgeberin, die sich ihnen unbemerkt genähert hatte und jetzt vor ihnen stand, eine der Brüste entblößt. Sie lachte. Wie verzaubert starrte Rupert auf die Brust, die sich über dem schräg um den Leib geschlungenen Stoff zeigte.

Als sie seine Verwirrung bemerkte, lachte sie umso ausgelassener. »Unter bestimmten Bedingungen kommt er zum Höhepunkt, aber er ejakuliert nicht, und seine Erektion verschwindet nie. Niemand weiß, warum. Inzucht vielleicht, aber ihn scheint es nicht zu stören. Tatsache ist, dass es ihn mit großer Freude erfüllt, wenn er anderen zu Diensten sein kann, wie ihr ja selbst gesehen habt. Amüsiert euch gut und genießt, was ihr als besonders stimulierend empfindet. Hier gibt es keine Regeln, solange alle ihren Spaß haben.« Sie gluckste und stolzierte davon.

Rupert war immer noch ganz verzaubert von ihrer bloßen, alabasterreinen Brust. Es juckte ihn in den Fingern, diese Rundung zu berühren.

Für den Rest des Abends begnügten sie sich damit, das Treiben zu beobachten und sich ausgiebig an den Speisen zu bedienen. Später standen sie oben auf der Galerie und verfolgten, wie die Gäste es unten trieben oder einander befummelten. Die beiden waren nicht länger verblüfft, sondern befanden sich in einem Zustand der Dauererregung. Aber sie spürten, dass sie noch nicht den Mut hatten, sich selbst hemmungslos in das Geschehen zu stürzen. Zu Julians Verdruss war das Meerjungfrauen-Paar von vier kräftigen Faunen in einer Sänfte davongetragen worden und bislang noch nicht zurückgekommen. Langsam sank Julian in eine Art matte, aber nicht unangenehme Benommenheit, da seine Sinne überreizt waren. Rupert hingegen war geradezu berauscht von den Bildern in seinem Kopf: Er sah die schwebende Brust vor sich, perfekt geformt und schimmernd, die ihn lockte und doch außer Reichweite schien.

Schließlich zogen sie sich gesättigt und müde von all den Eindrücken in ihre Zimmer zurück. Dort schliefen sie tief und fest durch bis zum nächsten Morgen.

Sie wollten sich nicht gleich wieder unter die Menge mischen, sondern zogen es vor, durch die weitläufigen Gärten des Anwesens zu spazieren. Im Schatten des alten Baumbestands erholten sie sich und erfrischten sich später in einem Pool mit marmornen Wänden. Danach lagen sie ausgestreckt auf dem kurz geschnittenen Rasen in der Abendsonne und plauderten, bevor sie auf ihre Zimmer zurückkehrten, in die Kostüme schlüpften und sich ins Partygeschehen stürzten.

Das Meerjungfrauen-Pärchen war wieder da, und Julians Schwanz zuckte, als er die beiden sah. Er war sofort erregt. Die grüne Gottheit und ihr Äffchen genossen wieder die Freuden vaginaler Delikatessen, diesmal allerdings mit Obst: Vorsichtig zog der Affe eine Banane aus seiner Herrin, schien aber nur an dem Fruchtfleisch interessiert zu sein. Die Herrin lag immer noch so entspannt und lasziv auf der Chaiselongue wie am Abend zuvor und schien sich gar nicht wegbewegt zu haben.

Die Musiker spielten noch immer, und die Bediensteten zeigten sich noch zuvorkommender als am Vortag. Die Gastgeberin durchmaß mit stolzen Schritten den Ballsaal, schenkte ihren Gästen ein ermunterndes Lächeln, während Rudi mit ungebrochenem Enthusiasmus seinen Pflichten nachkam. Nach einem üppigen Mahl und mehreren Drinks beschlossen die beiden Freunde, dass sie jetzt aktiv werden würden. Jetzt oder nie hieß die Devise. Einige Nymphen verschafften sich in einer kleinen Gruppe gegenseitig Vergnügen, was wiederum ein paar Satyrn dazu animierte, sich ebenfalls der Wollust hinzugeben. Rupert und Julian verspürten nicht den Wunsch, sich diesen Grüppchen anzuschließen, aber das Stöhnen und die drängenden Bewegungen der sexhungrigen Gestalten erregten die beiden dennoch. Unterdessen war das Meerjungfrauen-Paar erneut verschwunden.

Kurze Zeit später verkündete die Gastgeberin, es sei eine herrliche Sommernacht und die Gartenanlage stünde all jenen offen, die lieber im Freien herumtollen wollten. Nach einer Weile war der Ballsaal fast leer, und als Julian und Rupert den anderen Gästen folgten, sahen sie, dass die Nymphen und Satyrn sich bereits auf den weichen Rasenflächen vergnügten. Die Freunde waren ziemlich angetrunken, und der Kopf war ihnen schwer von der stickigen Luft des Ballsaals.

»Das liegt uns irgendwie nicht so, oder?«, beklagte Julian sich. »Ich meine, das, was wir hier zu sehen bekommen, ist sehr erotisch und sollte ein Ansporn für uns sein, aber wir stellen selbst nichts auf die Beine.«

»Ja, kann sein«, antwortete Rupert. »Was schlägst du also vor?«

»Wenn ich das wüsste. Aber eins weiß ich, mir wird das alles allmählich zu heiß und schwül. Ich muss meinen Kopf freikriegen. Ich denke, ich nehme ein Mitternachtsbad im Pool, nackt, versteht sich. Wenn das alles nichts hilft, sehen wir uns später im Ballsaal, um weiter der Völlerei zu frönen.«

»Und ich werde im Mondschein im Wald spazieren gehen. Ich kriege diese Brust einfach nicht mehr aus meinen Gedanken.«

»Mir geht es so mit der Schwanzflosse der kleinen Meerjungfrau. Die oder keine.«

Sie lachten beide, trennten sich dann, und ein jeder ging seines Weges.

Julian war so benommen, dass er fast in den Pool gestürzt wäre, der sich geheimnisvoll und dunkel vor ihm erstreckte. Das Wasser kräuselte sich ein wenig in der nächtlichen Brise, und das Mondlicht zauberte einen glitzernden Streifen auf die Oberfläche. Julian zog seine Sachen aus und sank langsam in das kühle Nass. Während er gemächlich von einem Beckenrand zum anderen schwamm, ließ er seinen Gedanken freien Lauf, bis er merkte, dass er nicht allein war. Ein Schatten schien in den Tiefen unter ihm seine Bahn zu ziehen. Verdutzt hielt er inne und schaute sich um. Hatte er sich das nur eingebildet? Verwundert schwamm er schließlich weiter. Dann spürte er eine leichte Berührung am Bauch und an der Brust. Er bekam eine Gänsehaut, hielt wieder inne, blickte sich hastig um und hielt den Atem an. Kurz darauf durchbrach ein lachendes Gesicht die Wasseroberfläche, umspielt von einer Flut silberfarbenen Haars.

Erregung erfasste ihn. Das Blut schoss ihm in seinen Schwanz, der sich augenblicklich aufrichtete. Sie tauchte wieder ab, streifte seinen Körper verführerisch mit der vollen Länge ihres Körpers und schloss eine Hand um seinen Ständer. In seinem leicht schwindeligen Zustand hielt Julian diese Empfindungen erst für Einbildung. Sie schien ihre Schwanzflosse noch zu tragen, während sie mit kräftigen Zügen durchs Becken schwamm. Er verharrte an einer Stelle und versuchte, seine wirren Gedanken zu ordnen. Sie wand sich um ihn, ihr fließendes Haar umhüllte ihn, und ihre Hände schienen ihn überall zugleich zu berühren. Seine Haut begann zu prickeln.

Schon tauchte sie wieder ab. Mit dem Mund eroberte sie seine Erektion und schob die Lippen über die Spitze seines harten Schwanzes. Wie konnte sie nur so lange die Luft anhalten? Sein verwirrter Geist ließ alle Kontrolle fahren und verlor sich ganz in dem Vergnügen. Als die Meerjungfrau auch noch ihre Schwanzflosse um seine Hüften schlang, waren für Julian alle Fantasien Wirklichkeit geworden. Sie hielt ihn an ein und derselben Stelle im Wasser und schmiegte sich an ihn, während er ihren Kopf nahm und ihre Lippen an seine zog. Mit beiden Händen strich er fasziniert durch ihre schwebenden Haare. Als ihre Haarpracht sich wie ein Mantel um sie beide legte, rieb sie sich mit ihrem Leib an seinem Schwanz. Ihre Haut war von einem irisierenden Schimmer überzogen. Berauscht zog er sie eng an sich und spürte, wie sie sich so lange wand, dass sie seinen Schwanz in ihre Muschi aufnehmen konnte.

Dass sie die Beine spreizte, bekam er gar nicht mit. Er hatte sich ganz in seinen Fantasien verloren und vermutete, dass irgendwelche bewusstseinserweiternden Substanzen im Essen gewesen waren. Daher wähnte er sich in einem Traumzustand – ein Traum, der viel zu gut war, um ihn mit vernünftigen Gedanken zu unterbrechen. Gebannt vom Anblick seiner Meerjungfrau gab er sich ganz den überwältigenden Empfindungen hin. Sie schwebten mit dem leichten Wellengang, offenbar nur getragen von ihrer Schwanzflosse, während er in ihren herrlich engen Tunnel hinein- und wieder hinausglitt. Längst hatte er die Kontrolle über sich verloren. Er hatte die Arme um sie geschlungen, barg sein Gesicht an ihrem nassen Haar, verschloss ihren Mund mit einem feurigen Kuss und drang schwungvoll in sie hinein. Julian sank in eine Art Trance und hatte das Gefühl, sich auf den Weiten des Meeres von den Wellen forttragen zu lassen.

Derselbe Zauber entführte ihn in eine Dimension, in der er sich weich gebettet und sicher aufgehoben fühlte. Seine Sinne waren schärfer denn je und empfänglicher, als er es sich erträumt hätte. All seine Nervenenden waren prickelnd erwacht, und sein Schwanz kam ihm riesig vor: wie ein gigantischer Kolben, der seine Kraft ins Universum übertrug. Bei jedem Pulsschlag schien flüssiges Feuer durch seine Adern zu laufen. Ihre Sexmuskeln umschlossen ihn so fest, dass ihm die Sinne schwanden. Als er schließlich von seinem Orgasmus überwältigt wurde, hätte ihn die Wucht der Gefühle fast zerrissen. Sein Samen spritzte wie heißes Magma in ihre samtene Tiefe. Ohne ihre kraftvolle Flosse wäre er untergegangen und erbärmlich ertrunken. Von Ferne vernahm Julian einen hohen, sirenenhaften Laut, der seine Trommelfelle bestürmte und ihm schließlich das Bewusstsein raubte.

Als er wieder zu sich kam, lag er auf dem Rasen und seine Meerjungfrau saß am Rand des Pools und ließ ihre schillernde Flosse durchs Wasser gleiten. Sie musterte ihn mit wachem Blick und ein wenig besorgt.

»Was ist passiert?«, flüsterte er.

»Ich war fast zu viel für dich«, antwortete sie, und ihre Stimme besaß ein eigenartiges Echo.

Julian fand es schwer, sich richtig auf die Meerjungfrau zu konzentrieren.

»Du bist schön, zeugungskräftig und von perfekter Gestalt. Ich wollte, dass du mich befruchtest, und ich denke, dass du es getan hast. Es war extrem schön«, setzte sie hinzu.

»Aber was ist mit deinem Mann?« Julians Kopf wollte nicht so, wie er wollte, und ein Teil von ihm wähnte sich immer noch in einem halluzinativen Zustand.

»Er ist nicht mein Mann, er ist mein Bruder.«

Als Julian später aufwachte, war sie fort, und er trug wieder die lederne Hose Pans. Die Sterne funkelten am Himmel, und der Boden bewegte sich nicht mehr. Julian nahm an, dass die Wirkung des Halluzinogens nachgelassen hatte, obwohl er immer noch keine Ahnung hatte, was er da gegessen haben sollte. Leicht taumelnd erhob er sich und machte sich auf den Weg zurück zum Herrenhaus.

In der Zwischenzeit befand Rupert sich auf seinem einsamen Spaziergang durch den Wald. Nach einem kurzen Stück blieb er neben einer alten, knorrigen Eiche stehen, öffnete seine Hose und pinkelte gegen die raue Rinde.

Twack!

Erschrocken schaute er auf und sah, dass sich rechts unmittelbar neben seinem Kopf ein Pfeil in die Rinde gebohrt hatte, der noch vibrierte. Sein Wasserstrahl versiegte sofort, und Rupert drehte sich um.

Das Mondlicht umhüllte ihre stattliche Erscheinung: Diana, die Jägerin, trug einen kurzen Lederrock, unter dem ihre kraftvollen Schenkel zu sehen waren. Die Riemen ihrer Sandalen kreuzten sich bis hoch zu ihren Knien. Den Köcher mit Pfeilen hatte sie sich um die Schulter geschlungen, und während der Lederriemen auf ihre rechte Brust drückte, leuchtete die andere unbedeckte Brust im Mondschein. Ihr schwarzes Haar schillerte bläulich. Kaum hatte Rupert sie erspäht, als sie auch schon wieder verschwand und mit dem dichten Buschwerk zu verschmelzen schien.

Er blieb einen Moment zu lange stehen.

Twack!

Ein zweiter Pfeil zitterte im Stamm der Eiche, knapp neben Ruperts Schulter. Sein Herz hämmerte in der Brust, und in seinem Kopf überschlugen sich die Gedanken. Adrenalin schoss durch seinen Körper. Sie jagte ihn, er war ihre Beute. Da Rupert sich nicht mit dem Gedanken abfinden wollte, ihr Opfer zu sein, suchte er verzweifelt nach einer Möglichkeit, die Situation unter Kontrolle zu bekommen. Während er im Geiste die Situation abschätzte, wirkte der Anblick der bloßen Brust in ihm nach. Im selben Moment wurde ihm seine Erregung bewusst. Die Schlange in seiner Hose war zum Leben erwacht. Rupert lächelte entschlossen. Dies war ein sexuelles Kräftemessen, so viel wusste er: Diana, die Jägerin, und Herne – beide sowohl Jäger als auch Gejagte. Ein heißes Prickeln lief über seine Haut, und seine anschwellende Erektion pochte und drückte in der Hose, ehe der Schwanz durch den Schlitz im Leder aufragte und zum unübersehbaren Zeichen seiner Lust wurde. Diana, wo immer sie auch im Augenblick war, konnte dies nicht entgangen sein, denn sein Schaft war im Mondlicht deutlich zu sehen.

Als ihm bewusst wurde, dass sein Geweih ihn zu einem leichten Ziel machte, tauchte er rasch hinter einem Baum ab, warf sich zu Boden, nahm die Lederkappe vom Kopf und kroch dann auf allen vieren durch das Gestrüpp zu einem umgestürzten Baumstamm. Er brauchte etwas Zeit zum Nachdenken. Schließlich griff er zu einer alten List, hob einige Steine auf und warf sie ins Gebüsch. Ein sirrender Pfeil folgte den Geräuschen. Da er glaubte, sie für einen Moment abgelenkt zu haben, lief er zurück zu der alten Eiche und riss die beiden Pfeile aus der Rinde. Schon kroch er wieder davon. Als er von seinem Versteck aus durch das Geäst spähte, beobachtete er, wie die Jägerin zu eben jener Stelle schlich, an der die Steine liegen mussten. Diana hatte einen weiteren Pfeil auf die Sehne gelegt und hielt den Bogen schussbereit. Rupert gefror das Blut in den Adern, doch gleichzeitig wurde sein Schwanz noch steifer. Seine Angst steigerte seine Begierde noch. Ja, er würde sie erobern oder sterben. Wieder hob er einige Steine vom Boden auf, warf sie in ein Gebüsch und sah, wie Diana den Kopf herumriss. Langsam bewegte sie sich in die Richtung, aus der sie das Geräusch gehört hatte, vorsichtig und argwöhnisch. Rupert sah ihre herrliche, marmorweiße Brust, die im Mondschein leuchtete. Sein Herz setzte einen Schlag aus.

Während er beobachtete, wie sie ihn zu stellen versuchte, empfand er Bewunderung für sie. Sie war schlank und leise und voller Kraft. Mit sicheren Schritten durchmaß sie selbstbewusst ihr Revier, und kurz darauf setzte auch er sich vorsichtig in Bewegung und folgte ihr. In einem Halbkreis näherte er sich ihr von hinten. Sie blieb hinter einem großen Baum stehen, und da sah er seine Chance gekommen. Er eilte zu der Stelle und packte Diana genau in dem Moment, als sie herumwirbelte. Sie wurde von ihm zurückgestoßen und prallte mit dem Rücken gegen den Stamm. Ihr Köcher wurde gequetscht, und der Bogen fiel ihr aus der Hand. Rupert rammte einen der beiden Pfeile unmittelbar neben Dianas Hals in die Rinde, den anderen links neben ihren Rippenbogen, sodass die Haut der Göttin geritzt wurde. Sie erstarrte, sah ihn mit weit aufgerissenen Augen an, und ihre Blicke trafen sich. Ein entschlossenes, von Lust beherrschtes Glitzern lag in seinen Augen, während ihrem Blick eine Mischung aus Zorn und Erstaunen innewohnte. Doch er meinte, noch etwas anderes in ihren Augen aufflammen zu sehen: ein herausforderndes Funkeln.

Jedes Mal, wenn sie sich zu bewegen versuchte, drückte er gegen die Pfeile, um ihr zu zeigen, wie entschlossen er war. Sie würde ihm nicht entkommen. Sie hob einen Arm, holte zum Schlag aus und bleckte die Zähne, aber er drückte den Pfeil an ihrem Rippenbogen tiefer ins Holz, sodass die Spitze Dianas Haut ritzte und Blut floss. Mit einem Zischen atmete sie aus. Er genoss ihren resoluten und mutigen Kampfeswillen und presste seine eigene aufragende Waffe fest zwischen die Schenkel der Gottheit. Fleisch berührte Fleisch, und der feurige Kitzel versengte sie beide.

Obwohl der eine Pfeil ihren Hals ritzte und der andere sie an der Flanke verletzt hatte, gab Diana noch nicht auf. Sie spie ihm ins Gesicht und riss ein Knie hoch, doch damit hatte er gerechnet. Er trieb die Pfeile noch weiter, bis kleine blutige Rinnsale zu sehen waren. Ihr entwich ein leiser Schmerzenslaut. Doch als Rupert in ihre Augen sah, fand er dort nur das Funkeln leidenschaftlicher Erregung.

Er wartete nicht länger. Während sie noch nach ihm trat, schlang er seine Beine um ihren Leib und drückte sie auf den Waldboden. Rasch legte er sich auf sie, drückte ihre Schenkel auseinander, suchte ihren Blick und versenkte seinen gierigen Speer tief in ihrer Höhle. Sie schrie auf, und der Ausdruck in ihren Augen sagte ihm, dass sie vor Lust und Triumph in Flammen stand. Die Pfeile noch in den Händen, trieb er sich weiter in sie und wusste, dass die Eroberung kurz und heftig sein würde. Alles, was er jetzt noch wollte, war ihre Unterwerfung. Hart kämpfte er gegen ihren Widerstand an und pumpte sich in sie.

Als ein Zucken durch ihren Leib lief und sie unter Schreien den Rücken durchbog, spürte er, wie ihre Muschi sich um seinen Schwanz krampfte. Diese Reaktion ließ ihn zum Höhepunkt kommen, und Sekunden später spritzte er keuchend in ihr ab und füllte sie mit seinem heißen Saft.

Sie erschlaffte unter ihm, worauf er die Pfeile losließ und schwer auf sie sackte. Endlich hatte er Gelegenheit, sein geheimstes Verlangen zu stillen: Er hob den Kopf und schaute ehrfurchtsvoll auf die perfekt gerundete, silbern leuchtende Brust und den harten Nippel. Sanft nahm er ihre Knospe in den Mund. Er umschloss ihre Brust mit einer Hand, zeichnete die Konturen mit einem Finger nach, sog an ihrem Nippel und fühlte die weiche Fülle an seinem Gesicht. Beseelt gab er sich den Empfindungen hin und genoss es, seine Fantasie ausleben zu können.

Sie drückte ihm die Fingernägel in den Rücken. Sein Schwanz war immer noch in ihre Wärme gehüllt, und während er sog und sie streichelte, blieben sie lange in dieser Position, bis er sich wieder in ihr bewegte und härter wurde. Mit einem langen Seufzer ließ sie ihn willig gewähren. Er leckte weiter über ihre Brustspitze und spürte, dass sein Verlangen aufs Neue entfacht war. Sie wand sich unter ihm, rieb sich an ihm, und kurz darauf – sein Mund schloss sich immer noch um ihre Knospe, und ihre Hüften stießen im selben Rhythmus – nahm er sie hart, bis sie beide in ihrer Lust untergingen und gleichzeitig mit heiseren Schreien der Ekstase kamen. Stöhnend wühlte sie ihre Hände in sein Haar. Danach lag er vollkommen ausgelaugt mit dem Kopf auf ihrer Brust.

Sie sprach so leise, dass er sie fast nicht verstanden hätte. »Du warst der Erste. Niemand vor dir hatte je den Mut, sich mir im Zweikampf zu stellen. Deshalb war Diana Jungfrau.«

Er brauchte einen Moment, um zu begreifen, was sie ihm da sagte.

»Aber was ist mit all diesen Wochenenden? Bestimmt ...?« Er wusste nicht recht, wie er sie danach fragen sollte, ob die Gastgeberin mit allen Gästen bumste.

»Oh, ich bin daran nicht beteiligt. Die sind alle für Rudi. Sie dienen seinem Vergnügen. Er ist mein Cousin, und wir beide haben nur geheiratet, damit das Familienvermögen in unserer Hand bleibt und wir das Anwesen weiterhin unterhalten können. Weißt du, er ist eher wie ein Kind und nicht wie ein Mann. Aber ich brauchte einen Mann.«

Später, im Herrenhaus, fand er Julian, der immer noch benommen wirkte und offenbar keinen vollständigen Satz hervorbringen konnte. Diana gesellte sich wieder zu ihren Gästen, nachdem sie sich in ihr cremefarbenes Gewand gehüllt hatte, das eine Brust freiließ. Jetzt blickte Rupert voller Stolz auf diese weiße Rundung. Er würde wiederkommen, aber nicht nur für ein Wochenende.

Julian war derweil bei den Pixies oder, wie er vor sich hin murmelte, bei den Fischwesen. Nach seinem Abenteuer gab er sich verschlossen und unkommunikativ, aber angesichts der Ereignisse im Wald war Rupert nicht bereit, die ganze Geschichte dem Reich der Fantasie zuzuschreiben. Was auch immer geschehen war, für Julian war es real gewesen, auch wenn man nichts mehr von den Meerjungfrauen sah.

Am letzten Tag schliefen sie lange, stärkten sich beim Bankett und kehrten dann in die Stadt zurück. Julian blieb wortkarg, Rupert hingegen sprudelte vor neuem Eifer. Keiner von beiden verlor in Gegenwart anderer ein Wort über Valdésir. Für Julian blieben diese Tage ein lebhafter und unvergesslicher Traum, doch für Rupert wurden die Erlebnisse zu einem wiederkehrenden Abenteuer. Diana und er rangen weiterhin lustvoll darum, wer dominanter war. Jeder Winkel des Herrenhauses und der Gärten und Wälder wurde Rupert alsbald so vertraut wie sein eigenes Zuhause – tatsächlich wurde das Château schließlich sein neues Zuhause.

Doch Julian kam nie zu Besuch.

Altweibersommer

Aisha war seit sechs Monaten mit Selim verheiratet, und die Hochzeit war immer noch nicht vollzogen. Es war eine arrangierte Ehe gewesen, und sie hatte willig zugestimmt. Selim war ein Geschäftsfreund ihres Vaters und nur ein paar Jahre jünger als er, doch Selim war ein guter Mann. Kultiviert, intelligent, freundlich und attraktiv. Sein Körper war immer noch kraftvoll und jugendlich, und das volle schwarze Haar war lediglich an den Schläfen ein wenig ergraut, was seine Vornehmheit unterstrich.

Er war außerdem ein guter Ehemann, aufmerksam, höflich und großzügig. Sie hatten ein wunderschön eingerichtetes Heim mit mehreren Bediensteten, und sie feierten häufig prächtige Feste. Wann immer er zu einer Geschäftsreise aufbrach, begleitete sie ihn, und ihre Unterhaltungen waren anregend und geistreich. Sie waren zu Kameraden geworden und fühlten sich in der Gesellschaft des jeweils anderen wohl, und das war der Grund, warum Aisha sich den Kopf zerbrach. Sie wusste, dass sie entzückend war mit ihren großen braunen Rehaugen und ihren üppigen Formen, mit ihrer weichen, mokkafarbenen Haut, den wohlgeformten, festen Brüsten und Schenkeln und ihrer klugen, koketten Art. Sie war dazu erzogen worden, ihrem Mann zu gefallen, und sie wusste, wie sie ihm schmeicheln musste und ihn in Versuchung führen konnte. Ihre Hand war die am meisten nachgesuchte in der ganzen Stadt gewesen, auch wegen ihrer nicht unbeträchtlichen Mitgift, und sie war hocherfreut gewesen, als ihr Vater den ebenso beständigen wie reifen und eleganten Selim für sie ausgesucht hatte.

In der Hochzeitsnacht hatte Selim sie in ihr luxuriöses Schlafzimmer getragen, behutsam auf das Bett gelegt, sichergestellt, dass für all ihre Bedürfnisse gesorgt war, und sich sodann mit einem väterlichen Kuss auf die Stirn in sein eigenes Schlafzimmer zurückgezogen. So war es seither jede Nacht gewesen. Er kam zu ihr, um sich zu unterhalten, und manchmal lasen sie sich gegenseitig Geschichten vor, doch am Ende zog er sich jedes Mal in sein Zimmer zurück und zeigte keinerlei sexuelles Interesse an ihr. Sie hatte alles versucht. Sie hatte sich die atemberaubend schönen, langen schwarzen Haare mit Jasminöl parfümiert. Sie hatte die verschiedensten Moschusdüfte aufgetragen. Sie trug stets farbenfrohe, weich fallende Kleider, die ihre Formen betonten, und wann immer sie sich bewegte, klingelten leise Glöckchen. Sie saß auf eine Weise am Tisch, die ihren langen, schlanken Hals und die Form ihrer Brüste betonte, und sie sah ihn verführerisch unter ihren kohlrabenschwarz geschminkten Augenlidern hervor an. Keine Reaktion. In ihrem Körper lauerten ein Hunger und ein pochendes Verlangen, die die liebevolle Fürsorge ihrer Dienerinnen nicht zu stillen vermochte, genauso wenig wie es die Süßigkeiten und Delikatessen vermochten, die stets überreich zu haben waren. Ihre Haut kribbelte und prickelte bei jeder leisen Berührung, und ihre unteren Regionen fühlten sich sehnsüchtig und leer an. Sie wusste nicht mehr weiter.

Nur ein einziges Mal hatte sie Selim erregt gesehen, und das hatte sie noch mehr verwirrt. Sie waren auf einer Reise durch das Land gewesen, und er hatte sie zur Besichtigung eines antiken Tempels mitgenommen. Als sie die Stufen zur Spitze hinaufgestiegen waren, hatten sie Scharen von Affen aufgescheucht, die schnatternd durcheinandergerannt waren. Zwei von ihnen hatten direkt vor ihren Augen auf den Stufen kopuliert. Das kleine Männchen hatte das Weibchen von hinten genommen und seinen winzigen Schwanz mit offen zur Schau gestelltem Desinteresse in sie hineingerammt. Als es fertig war und sich zurückgezogen hatte, hatte das Weibchen seine Intimzone aufmerksam untersucht und mit den Fingern in den langen, hellen Haaren umhergetastet. Bei dieser Gelegenheit waren Aisha der Glanz in Selims Augen und die Wölbung in seiner Hose aufgefallen, eine Beule, die selbst durch die Jacke hindurch zu sehen gewesen war. Sie war erleichtert darüber, dass er zu einer Erektion imstande war, doch zugleich rätselte sie nun noch mehr darüber, warum er keinerlei Interesse an ihr zeigte. Er hatte sich hastig abgewandt, doch sie hatte einen Funken gespürt, der ihren leeren Leib entzündet hatte, und war wild entschlossen, der Sache ein für alle Mal auf den Grund zu gehen. Sie zerbrach sich den Kopf, was sie als Nächstes tun sollte, und machte sich daran, ihn genauer zu beobachten und auf Hinweise zu achten.

Ihr Badezimmer war luxuriös, mit einer in den Boden eingelassenen Wanne mit Sprudelfunktion. An sämtlichen Wänden hingen große Spiegel in verschiedenen Winkeln. Ihre Dienerinnen wuschen, cremten und parfümierten Aisha, shampoonierten ihr langes, glänzendes Haar und bürsteten es. Baden war eines ihrer wenigen sinnlichen Vergnügen.

Eines Tages, die Dienerinnen waren fertig mit ihrer Arbeit und entlassen, während sie noch in den schäumenden Blasen der Sprudelwanne verweilte, erspähte sie in einem Spiegel Selims Gestalt. Er war in der Tür stehen geblieben, als er sie erblickt hatte, und einer plötzlichen Eingebung folgend tat sie so, als hätte sie ihn nicht bemerkt, während sie anfing, sich mit den Fingern selbst zu berühren.

Sie nahm ihre schweren Brüste in die Hände und massierte sie und beugte den Kopf vor, um die Nippel zwischen die Lippen zu nehmen und daran zu saugen, bis sie ganz hart und steif wurden. Dann fuhr sie mit der Hand zwischen ihre Beine, legte den Kopf im warmen Wasser in den Nacken und streichelte sich, während sie aus dem Augenwinkel unablässig Selims Reflexion im Spiegel beobachtete. Er trug einen langen westlich geschnittenen Bademantel aus schwarzer Seide mit Drachenmuster. Zu ihrer Freude sah sie, wie er nach unten griff und seinen rasch anschwellenden Schwanz umfasste, der aus dem Mantel lugte. Beruhigt darüber, dass ihre Lust ihn nicht abstieß, beobachtete sie ihn heimlich, während sie sich weiter und bis kurz vor den Höhepunkt stimulierte. Auch er pumpte schneller und schneller, bis zu dem Moment, als sie einen leisen Schrei ausstieß und den Rücken durchbog, um sich den Wogen des Vergnügens hinzugeben, die ihren Körper durchströmten, während sie zugleich im Spiegel sah, wie Selim wild in die Luft spritzte.

Jetzt war sie völlig verwirrt. Sie wusste nun, dass er empfänglich war für ihre Reize und fähig, sich sexuell zu vergnügen. Sie wusste auch, dass ihr Anblick ihn erregte, und so begriff sie nicht, was ihn immer wieder daran hinderte, zu ihr zu kommen wie ein Ehemann. Doch nun wusste sie jedenfalls, dass er nicht schwul war, wie sie bereits befürchtet hatte. Danach beobachtete sie ihn noch genauer, insbesondere nachts. Eines Abends erhielt sie einen ersten eindeutigen Hinweis darauf, was mit ihm los war. Sie hatte sich in seinem Schrank versteckt und spähte durch einen Türspalt ins Zimmer. Selim hatte den Fernseher eingeschaltet und sich auf den Diwan gelegt, um ein Video anzusehen, das er aus einem Schränkchen geholt hatte.

Schon kurz darauf war sein Schwanz aufgerichtet, prall

und hungrig und genau so, wie sie ihn sich ersehnte. Ihr Schoß verwandelte sich in Wackelpudding, als sie Selim beobachtete, und ihre Säfte begannen zu fließen. Mühsam unterdrückte sie ein Stöhnen. Sie sah genauer hin und stellte fest, dass er sich einen Porno ansah. Der Film zeigte einen Mann und eine Frau, die es miteinander trieben. In Nahaufnahme war zu sehen, wie der Schwanz des Mannes in die Frau eindrang und wieder aus ihr herausglitt, wieder und wieder, während Selim seinen eigenen erigierten Schwanz in der Faust hielt. Das Paar tat genau das, was Aisha sich von Selim wünschte, doch alles, was er tat, war zuzusehen, während er sich zu einem schnellen Orgasmus pumpte. Als er kam und dickes, weißes Sperma verschoss, spürte sie, wie die Innenseiten ihrer Schenkel von ihren eigenen Säften klebrig wurden, während sie Wogen des Verlangens durchfluteten und ihre Verzweiflung immer größer wurde.

Als das Video endete, schaltete Selim den Fernseher aus und verließ das Zimmer. Aisha schlüpfte aus dem Schrank und kehrte in ihr eigenes Schlafzimmer zurück, wo sie im Dunkeln lag und angestrengt nachdachte. Irgendwie musste sie ihn dazu bringen, sich so mit ihr zu beschäftigen, dass sie beide zum Höhepunkt kamen. Doch im Moment sah alles danach aus, als wäre Zusehen sein einziges Vergnügen. Doch Aisha genügte es nicht länger, sich immer nur selbst zu befriedigen.

Es schien nur einen Ausweg zu geben, doch der kam ihr liederlich und waghalsig vor. Gleichzeitig wusste sie, dass etwas geschehen musste, wenn sie eine zufriedenstellende Ehe führen wollte. Eines Abends nahm sie all ihren Mut zusammen, und nachdem die Dienerinnen sie besonders sorgfältig parfümiert und eingeölt und die prachtvollen Haare über ihre Schultern und Brüste drapiert hatten, präsentierte sie sich

Selim in seinem Schlafzimmer, wo er mit einem Buch im Bett lag und las. Sie ließ den weißen Spitzenmantel zu Boden gleiten und stand in ihrer ganzen nackten Schönheit vor ihm.

»Bitte sag nichts«, flüsterte sie. »Geliebter Ehemann, ich weiß, dass nicht ich es bin, die du willst, aber ich möchte dennoch eine richtige Frau sein. Ich bitte dich um nichts. Ich erwarte nicht, dass du mich berührst. Ich habe nur einen Wunsch. Würdest du mir diesen einen Wunsch erfüllen?«

»Wie lautet dein Wunsch?«, fragte er.

»Würdest du mir zusehen, während ich mich selbst befriedige?«, flüsterte sie. Sie fühlte sich dreist und schamlos und rechnete durchaus damit, von ihm verstoßen zu werden.

In der darauf folgenden Stille sah sie, wie sein Schwanz anschwoll und ihn verriet. Das Bettlaken über ihm erhob sich wie ein Zelt und wankte hin und her.

»Ich möchte dich so gerne beglücken«, sagte sie leise und begann, mit ihren Händen über ihre Kurven zu streichen und sich in der wohligen Berührung zu aalen und in der Verruchtheit des Gefühls, dass er sie in ihrer ganzen Sinnlichkeit beobachtete.

Als sie ihre anfängliche Scham ablegte, schloss sie die Augen und gab sich ganz ihrer exhibitionistischen Lüsternheit hin. Am Fußende seines Bettes liegend spreizte sie die Beine weit auseinander und teilte mit beringten Fingern die äußeren Lippen, sodass er ungehindert auf die rosafarbenen, feuchten Falten ihrer Möse sehen konnte. Er stöhnte leise auf, streckte die Hand nach seinem pochenden, zuckenden Schwanz aus und begann, ihn zu massieren. Sie beobachteten sich gegenseitig gierig, während sie ihre Schöße gegen die eigenen knetenden Finger stießen und schoben, bis ihr Rhythmus schneller und schneller wurde und die heißen, pulsierenden Wellen, die ihre Körper durchströmten, schließlich über ihnen zusammenschlugen. Aisha hielt ihre Muschi fest in der Hand, als er sich über ihrem fruchtbaren Leib verströmte. Ermutigt von diesem Erfolg beugte sie sich vor und umschloss seinen erschlaffenden Schwanz mit den Lippen, um die letzten Reste von Samen aus ihm zu saugen.

Schweigend saßen sie auf dem Bett und hielten sich an den Händen, bis er als Erster das Wort ergriff.

»Du bist eine wunderbare Frau, Aisha. Ich habe dich nicht verdient. Ich sehe, dass du meinen schwachen Punkt entdeckt hast – ich werde nicht fragen, wie –, aber nun müssen wir einen Weg finden, deine Bedürfnisse und Wünsche zu befriedigen. Ich bin außerstande, in eine Frau einzudringen. Ich finde nur Befriedigung, wenn ich anderen zusehen kann, aber du, meine Liebste, bist eine richtige Frau und hast ein Recht darauf, Erfüllung zu finden. Ich bitte dich nur darum, mich als Zuschauer mit einzubeziehen. Auf diese Weise sind wir wahrhaft vereint.«

»Was schlägst du vor, Selim?«, fragte sie.

»Ich werde Liebhaber für dich suchen, Aisha, so viele du willst. Männer oder Frauen oder beides – was immer du zu deinem Vergnügen ersehnst. Ich werde dir nichts verweigern, doch ich bitte dich, mir zu versprechen, dass du keine heimlichen Affären haben wirst, die du vor mir verbirgst. Damit wir Mann und Frau sein können, musst du mich in deine sexuellen Aktivitäten einschließen. Wirst du mir das versprechen?«

»Ich werde alles tun, was du verlangst, Selim, aber ich will nur dich. Du bist mein Mann, und du bist der, den ich liebe und nach dem ich mich sehne. Wie kann ich jemand anderen lieben?«

Er beugte sich vor und küsste sie sanft und anhaltend. »Ich liebe dich aus ganzem Herzen, Aisha. Ich werde jemanden finden, der dir gefällt und dich befriedigt. Vertraust du mir?«

»Ja«, flüsterte sie mit wild pochendem Herzen. In jener Nacht lagen sie zum ersten Mal nebeneinander und schliefen Arm in Arm wie Liebende.

Zwei Wochen später – ihre Freundschaft hatte sich durch die neuen Einsichten noch vertieft – sorgte Selim für ein ganz besonders köstliches und üppiges Mahl bei Mondlicht und Kerzenschein, mit duftenden Blumen im Übermaß in jedem Zimmer und einer Vielzahl von Kerzen, die überall romantisch im Garten verteilt waren. Der Magnolienbaum stand in voller Blüte, und der Anblick der samtigen, rosa-weißen Blütenblätter und das köstliche Essen und die Getränke erfüllten ihre Sinne und machten sie schläfrig. Sie hatten sich satt gegessen und einander mit den Fingern gefüttert, und nun lagen sie matt und verträumt beim Lilienteich nebeneinander. Aishas Kopf lag auf Selims Brust, und ihre Hand war unter seinem Gewand und streichelte sein teilnahmsloses Geschlecht, kraulte seine Eier und spielte mit dem dunklen, lockigen Busch. Es war keine sexuelle Handlung, vielmehr eine freundschaftliche und liebevolle Berührung. Auch wenn sein Schwanz nicht für sie aufstand, so wollte sie doch jedes Detail seines Körpers kennenlernen, so wie er bei ihr. Seine Hand streichelte zärtlich über die Kurven ihres Leibes.

»Ich habe ein Geschenk für dich, Aisha«, sagte er. »Ich hoffe, es gefällt dir.«

Er klatschte in die Hände, und vor ihren Augen und scheinbar wie aus dem Nichts erschien eine Kreatur, die nur ein Gott sein konnte. Der junge Mann war unbeschreiblich schön. Er trug nichts weiter als einen weißen, knöchellangen Lendenschurz, und seine Haut leuchtete makellos und golden. Er war geschmeidig, die schlanken, sehnigen Arme muskulös und stark, die glatte Brust in sanften Kurven geformt, der Bauch flach und geschwungen bis zu den schmerzlich schönen, schlanken Hüftknochen. Sein Haar war schwarz und lockig und reichte ihm bis zu den Schultern, und sein Gesicht war das eines Engels mit mandelförmigen, schwarzen Augen und wohlgeformten, vollen und lächelnden Lippen.

Es verschlug ihr den Atem angesichts so viel männlicher Schönheit, und ihre Beine wurden weich und begannen zu zittern. Sie spürte, wie sie sich öffnete wie eine Lotusblume in der Sonne. Selim hatte sich erhoben und verschwand im Schatten. Der junge Mann kniete vor ihr nieder, nahm ihre anmutigen, beringten Finger in seine großen, sinnlichen Hände und küsste ihre Handflächen. Bei seiner Berührung schmolz sie dahin.

»Ich bin Malik, dein neuer Masseur«, flüsterte er mit leiser, voller Baritonstimme. »Erlaube mir, dir Freude zu bereiten.« Sie setzte sich auf, als er ihr behutsam das Gewand auszog und das Schultertuch entfernte und beiseitelegte. Sie stand still, während er ihr die Hose über die Hüften streifte und ganz herunterzog. Dann nahm er ihre Füße in die Hände und beugte sich darüber, um mit der Zunge über die empfindlichen Innenseiten zu streichen und an jedem einzelnen Zeh zu saugen und mit seiner flinken Zungenspitze über ihn zu lecken. Wonneströme flossen durch ihre Beine nach oben in ihren Schoß, wo ein köstliches Verlangen ihr williges Fleisch zum Schmelzen brachte.

Sie legte sich zurück auf die Kissen, während er seine Handflächen mit parfümierten Ölen benetzte und ihren Rücken und den Po mit starken, wissenden Händen massierte, bis jede Faser in ihr mit einem köstlichen Hunger erfüllt war. Er massierte jeden Muskel, jede Linie und Kurve mit sorgfältiger Konzentration und widmete seine ganze Aufmerksamkeit ihrem Vergnügen. Er spürte, wo sie am stärksten reagierte und was ihr am meisten Vergnügen bereitete, und ihr leises Stöhnen leitete ihn dabei. Er legte die Hände zwischen ihre Pobacken, teilte sie und schob behutsam einen geölten Finger in ihren Hintern. Sie spürte, wie das Feuer unter seiner suchenden Berührung in ihr entflammte.

Er drehte sie auf den Rücken und wandte sich ihren großen, wohlgeformten Brüsten zu. Er küsste, kniff, saugte an den Nippeln, bis sie hart wurden wie kleine Knospen, strich mit den Fingern über ihren Hals, die Brüste, den Bauch bis hinunter zu ihren Schenkeln und dann zwischen sie. Und er streichelte die Innenseiten ihrer Oberschenkel, bis sie vor Feuchtigkeit glänzten. Er legte seine Lippen auf die ihren, während seine Finger all ihre Öffnungen und Vertiefungen erforschten. Als er gegen die kleine, harte Liebesknospe in der Mitte ihres Schoßes drückte und Wellen der Lust durch ihren Körper jagten und Nervenenden elektrisierten, von deren Existenz sie nichts geahnt hatte, stieß sie einen leisen Schrei aus, so tief war das Sehnen in ihr. Sie umklammerte ihn hungrig, voller Begierde nach Monaten des Wartens auf die Erfüllung, nach der sie sich so sehnte.

Er erhob sich und streifte den seidenen Lendenschurz von den Hüften. Sie stöhnte auf, ein animalischer Laut aus tiefster Kehle. Sein langer, kräftiger Schwanz ragte bis zum Nabel auf, und der beschnittene Kopf krönte stolz den dunklen Schaft, an dem sich geschwollene Adern entlangschlängelten. Sie hob die Knie und spreizte einladend die Schenkel, weit offen und bereit für diesen Gott des Vergnügens. Langsam und behutsam senkte er sich auf sie herab, und sie seufzte, als sie endlich, endlich seine harte Männlichkeit auf ihrem weichen Leib spürte.

Er hob die Hüften, um mit der Schwanzspitze ganz leicht gegen ihre pulsierende Mitte zu drücken, und indem er sich ihrer überreichen Säfte bediente, strich er mit der Eichel vor und zurück, bis sie glaubte, den Verstand zu verlieren. Ihr Kopf war leer bis auf eine unbezähmbare Begierde, als sie ihre Hüften seiner potenten Köstlichkeit entgegenstreckte, drängend und voller Verlangen. Sie spürte die leichte Berührung seiner samtigen Eier, die gegen ihre Pobacken schlugen, und beinahe hätte sie vor Lust laut aufgeschrien. Selim, der mit fiebriger Erregung die Verführung seiner unberührten Gattin aus der Deckung des Gebüschs heraus verfolgte, war vollkommen vergessen.

Die angeschwollene Spitze des prachtvollen Schwanzes spielte nun mit ihren inneren Lippen und drängte beharrlich gegen die jungfräuliche Enge und bahnte sich Stück für Stück ihren Weg. Aisha verlor ihre Jungfräulichkeit so schnell und leicht, dass sie es in ihrer hungrigen, wollüstigen Geilheit kaum bemerkte. Er presste die Lippen auf ihre Brüste, bedeckte sie mit Küssen und schürte das Feuer in ihr immer weiter an, während er unaufhaltsam in ihre heiße, feuchte Weichheit vorstieß, bis er schließlich vollständig von ihr umschlossen war. Dann entspannte er sich auf ihr, und endlich spürte sie sein machtvolles Gewicht nicht nur in, sondern auch auf sich. Sie ergab sich, wurde weich, nachgiebig und offen. Er drückte seinen Mund auf ihre Lippen, suchte mit der Zunge, bis sie reagierte und lustvoll an ihm saugte, genauso wie ihre Möse an dem glatten, prallen Stab zwischen ihren Schenkeln. Dann fing er an, sich zu bewegen. Ganz langsam glitt er hin und her in ihrer Feuchtigkeit, und sie war erfüllt von wilder, hemmungsloser Hingabe. Sie erwiderte seine Stöße, und bald warfen sie sich gegeneinander wie Schiffe auf einer stürmischen See, während Selim, vergessen und unsichtbar in seinem Versteck, wild an seinem Schwanz pumpte, bis er selbst ekstatische Erleichterung erfuhr.

Auch Aishas Erregung schwoll zu einem Crescendo an,

und als die Lust schließlich über ihr zusammenschlug und durch ihre Lenden jagte, über ihre Oberschenkel und den Bauch hinauf bis in Finger- und Zehenspitzen, da schrie sie laut auf und zerstob in tausend Teilchen. Erst als sie allmählich wieder sie selbst wurde, spürte sie, wie sein Pumpen zunahm und er machtvoll in sie spritzte, um schließlich ein letztes Mal hart gegen ihren Leib zu stoßen und zitternd zu erschauern. Danach lag er mit seinem ganzen Gewicht auf ihr, und sie umklammerte ihn stöhnend, zufrieden und gesättigt.

»Du bist sehr sinnlich, meine Kleine«, flüsterte er ihr einige Sekunden später ins Ohr. »Wir werden viel Zeit zusammen verbringen, du und ich, und ich werde dich lehren, deine eigenen Wünsche zu erkennen. Wir werden jeden nur erdenklichen Genuss erforschen, den wir uns gegenseitig bereiten können, darunter manch einen, von dem du nie zu träumen gewagt hättest.«

Sie streichelte seine glatte, dunkle Haut und lag glückselig in den Laken. In den Büschen erklang ein kaum hörbares Geraschel, und über seine muskulöse, goldene Schulter hinweg sah sie ihren Ehemann in das Mondlicht treten. Er lächelte, blies ihr einen Kuss zu und verschwand im Haus. Sie lächelte dankbar in den Schatten, und ihr Vergnügen steigerte sich noch angesichts des Wissens, dass sie beobachtet worden waren. Sie begann, von den mannigfachen Freuden zu träumen, die sie beide mit diesem perfekten, jungen Adonis erwarteten, den er in seiner fürsorglichen Liebe für sie ausgesucht hatte.

Am nächsten Tag ordnete Selim an, dass in jedem einzelnen Zimmer goldene Spiegel installiert wurden, durch die man von einer Seite sehen konnte.

BASTEI LÜBBE
www.luebbe.de